suhrkamp taschenbuch 3062

H. Rüdel

Als Emilia Sauri am 12. Februar 1893 um sieben Uhr morgens geboren wird, ist der Mond noch nicht ganz verschwunden, und auch die Sterne stehen günstig: Leidenschaft, gepaart mit Sanftheit, werden den Charakter des Mädchens prägen. Das Leben werde ihr tiefen Kummer, aber auch höchstes Glück bescheren, prophezeit ihre Tante Milagros Veytia und wünscht ihrem Patenkind Verrücktheit, Waghalsigkeit, Intelligenz, Witz, Mut, Vertrauen und den Beistand der Götter der Maya.

Angeles Mastretta erzählt die Lebensgeschichte der emanzipierten Emilia, die Ärztin wird und »auf der die Gewißheit lastet, daß sie zwei Männer mit der gleichen Intensität liebt«. »Wir Frauen«, sagt Angeles Mastretta weiter, »verfügen über Schätze, Einsichten, die nirgends niedergeschrieben sind und die an andere Frauen weiterzugeben unsere Pflicht ist.« Das hat sie mit »einem der schönsten Romane über die Liebe aus einem Kontinent, der überreich an Liebesgeschichten ist« (*Tomás Eloy Martínez*), getan.

Angeles Mastretta, 1949 in Puebla, Mexiko, geboren, lebt heute in Mexiko-Stadt. 1988 erschien im Suhrkamp Verlag ihr Roman *Mexikanischer Tango* (st 1787); er wurde mit dem hochangesehenen Literaturpreis Mazatlan ausgezeichnet, den vor ihr u. a. Octavio Paz, Juan Rulfo und Isabel Allende erhielten. 1992 erschien *Frauen mit großen Augen* (st 2297). Für *Emilia* erhielt Angeles Mastretta den namhaftesten lateinamerikanischen Literaturpreis, den Rómulo-Gallegos-Preis, der vor ihr Autoren wie Mario Vargas Llosa, Gabriel García Márquez, Carlos Fuentes und Javier Marias zugesprochen wurde.

Angeles Mastretta
Emilia

Roman

Aus dem Spanischen von
Petra Strien

Suhrkamp

Die Originalausgabe erschien 1996
unter dem Titel *Mal de amores*
Umschlagfoto: Édouard Boubat/Agence Top/Focus

suhrkamp taschenbuch 3062
Erste Auflage 1999
© Angeles Mastretta, 1996
© der deutschsprachigen Ausgabe
Suhrkamp Verlag Frankfurt am Main 1998
Suhrkamp Taschenbuch Verlag
Satz: Wallstein Verlag, Göttingen
Druck: Ebner Ulm
Printed in Germany
Umschlag nach Entwürfen von
Willy Fleckhaus und Rolf Staudt

1 2 3 4 5 6 – 04 03 02 01 00 99

Emilia

Für Héctor Aguilar Camín

mit seiner strengen Ordnung im Kopf und dem
freimütigen Chaos im Herzen

Diego Sauri kam auf einer kleinen Insel zur Welt, auf einer wilden, einsamen Karibikinsel vor der Küste Mexikos, einer einzigen Verlockung aus Farbenspiel und Licht. Gegen Mitte des 19. Jahrhunderts gehörten alle Inseln und das gesamte Festland dahinter zum Staate Yucatán. Die Furcht vor Piraten, die immer wieder den Frieden dieses in zwanzig Blautönen schillernden Meeres störten, hatte die Inseln entvölkert. Erst nach 1847 wagten die Menschen allmählich wieder zurückzukehren.

Der letzte Mayaaufstand der Gegend war lang und blutig gewesen wie noch kaum einer in der mexikanischen Geschichte. Die Mayas, in einem Kult um ein mysteriöses, sprechendes Kreuz verbunden, hatten sich in den Urwäldern und Küstenregionen, wo einst ihre Ahnen herrschten, gegen die weißen Siedler erhoben und waren mit Macheten und englischen Gewehren über sie hergefallen. Auf der Flucht vor dem grausamen Gemetzel, das sich *Krieg der Kasten* nannte, hatte es schließlich einige Familien auf die *Fraueninsel* verschlagen mit ihrem tropischen Grün und den weißen Stränden.

Kaum waren sie an Land gegangen, beschlossen die neuen Insulaner, Kreolen und Mestizen, Nachfahren von verirrten Reisenden und Abkömmlingen abenteuerlichster Rassenverschmelzungen, die nichts als ihr nacktes Leben zu verteidigen hatten, jeder solle so viel Land erhalten, wie er urbar machen könne. Sie rodeten Unkraut und Gestrüpp, und so kamen Diego Sauris

Eltern in den Besitz eines Teils des leuchtenden Strandes und eines schmalen Küstenstreifens und errichteten mitten darin die Palmenhütte, unter deren Dach ihre Kinder zur Welt kommen sollten.

Blau war das erste, was Diego Sauris Augen entdeckten, denn rings um das Haus war alles ein Leuchten in tiefem Blau und glasklarem Licht. In seiner Kindheit tat Diego nichts, als im Urwald herumzutoben oder sich im endlosen Sand zu räkeln, sanft von den Wellen gestreichelt, ein Fisch mitten in einem Schwarm gelber und violetter Fische. Er gedieh prächtig unter der Sonne, und doch war er von einer unerklärlichen Unrast. Seine Eltern hatten Frieden auf der Insel gefunden, nur er schien stets von etwas getrieben, als habe er irgendwo in der Fremde noch eine Schlacht zu schlagen. Seine Großmutter meinte, seine Ahnen seien in einer eigenen Brigantine auf der Halbinsel Yucatán gestrandet; woraufhin sein Vater halb stolz, halb im Scherz zu antworten pflegte: »Sie waren nämlich Piraten.«

Wie auch immer, Diego Sauri sehnte sich mit den Jahren mehr und mehr nach einem anderen Horizont als Wasser, so weit der Blick reichte. Er besaß die Gabe zu heilen, wie sein Vater entdeckt hatte, als der kleine Junge die schon halbtoten, fürs Abendbrot mitgebrachten Fische wieder lebendig machte. Seine Begabung wurde Diego schnell zur Passion. Mit dreizehn hatte er seiner Mutter bei ihrer schwersten Geburt beigestanden; und bald schickten auch andere Frauen wegen seiner flinken Hände und seiner starken Nerven in schwierigen Fällen nach ihm. Seine Kunst basierte auf reinem Instinkt, doch war er mit der würdevollen Ruhe eines Mayapriesters gesegnet, gleich ob er die Heilige Jungfrau vom Karmel oder die Göttin Ixchel um Hilfe anrief.

Mit neunzehn Jahren wußte er bereits alles, was man auf der Insel über Kräuter und jede Art Heiltrank in Erfahrung bringen konnte, hatte sämtliche in dieser Gegend gestrandeten Bücher gelesen und besaß einen Todfeind; einen Mann, der von Zeit zu Zeit mit einer Menge Geld über die Insel herfiel, Geld, an dem Blut und Albträume klebten. Fermín Mundaca y Marechaga war Waffenhändler. Er bereicherte sich an dem endlosen Krieg der Kasten und erholte sich von seinen schmutzigen Geschäften beim Fischen und mit ewigen Aufschneidereien vor den friedliebenden Insulanern. Das allein reichte, um ihn für Diego zum Feind zu machen, doch als Heiler wußte er noch mehr über den Mann.

Eines Nachts hatte ihm jemand Mundacas derzeitige Gefährtin mit eingeschlagenem Gesicht vor die Tür geschleppt. Sie war am ganzen Körper zerschunden und brachte keinen Mucks mehr hervor, nicht mal ein Jammern. Diego kurierte sie und behielt sie im Haus seiner Eltern, bis sie wieder laufen und ohne quälende Erinnerung in den Spiegel sehen konnte. Dann schaffte er sie auf das erste Segelschiff, das die Insel verließ. Bevor sie aufs Schiff ging, kritzelte sie in den feinen, glitzernden Sand das Wort *Ah Xoc*, das in der Mayasprache Hai bedeutet. Das war der Spitzname Fermín Mundacas, des Mannes, der den Mayas die Waffen und der Landesregierung die Schiffe zu ihrer Bekämpfung verhökerte. Dann tat die Frau, blaß und scheu, zum ersten und letzten Mal den Mund auf und hauchte »danke«.

Noch am selben Abend wurde Diego Sauri auf dem Weg zu Krankenbesuchen von fünf Männern überfallen. Sie prügelten ihn halbtot, fesselten ihn an Händen und Füßen und stopften ihm den Mund zu, als er sie noch verfluchte. Dann schloß er die Augen, und der

Anblick des riesigen gelben Mondes mit dem höhnischen Grinsen eines Gottes blieb auf ewig in sein Gedächtnis gegraben.

Als er sich wieder fragen konnte, was mit ihm geschehen war, spürte er schaukelndes Wasser unter dem Verschlag, in den man ihn gesperrt hatte. Er befand sich auf einem Schiff, wer weiß mit welchem Ziel, doch statt heillosen Entsetzens packte ihn blanke Neugier. Bei allem Unglück: er war auf dem Weg in die weite Welt.

Nie sollte er herausfinden, wie viele Tage er in jenem Verlies zugebracht hatte. Um ihn war fortwährend Nacht, so daß er allmählich das Gefühl für die Zeit verlor. Mindestens fünfmal hatte das Schiff angelegt, bevor der Kerl, der ihm jeden Tag ein paar Brocken Brot und einen Spalt Licht brachte, die Tür aufschloß.

»So here we are«, sagte ihm der rote Riese so mitfühlend, wie er vermochte, und ließ ihn frei.

Here war ein eisiger Hafen in Nordeuropa.

Einige Jahre später und um zahlreiche Erfahrungen reicher kehrte Diego Sauri nach Mexiko zurück, und es war, als fände er damit unwillkürlich zu sich selbst. Er sprach vier Sprachen, hatte in zehn Ländern gelebt, für Ärzte, Forscher und Pharmazeuten gearbeitet, die Straßen und Museen in Rom und die Plätze in Venedig bis zum letzten Winkel erkundet. Er war zu einem kauzigen Vagabunden geworden, und doch wünschte er sich nichts sehnlicher, als daß Fortuna ihn an die Hand nehmen und für die restliche Zeit seines Lebens heim an den alten Suppentopf und unter das alte Dach führen möge.

Er war knapp siebenundzwanzig, als er eines Abends von Bord ging und wohlig die glutheiße Luft von Veracruz einsog, die ihm vertraut war wie seine Seele. Die Gegend glich seiner Insel, und obwohl der Boden dunkler war und das Wasser trüber, jubelte er. Wenn man nicht nach unten sieht, dachte er, könnte man sich fast heimisch fühlen.

Raschen Schritts ließ er das schwüle, lärmende Hafengelände hinter sich, ging zur Plaza und betrat dort einen Gasthof voll brodelnden Lebens. Es duftete nach eben geröstetem Kaffee und frischem Brot, nach Tabak und Anis. Mitten in dem anheimelnden Wirrwarr, dem Geschnatter der Leute und dem Umherwieseln der Kellner nahm er nichts weiter wahr als die Augen von Josefa Veytia.

Diego hatte genug Zeit mit der Suche nach dem Glück vertan, um nicht auf der Stelle zu begreifen, daß es ihm jetzt winkte. All die Jahre war er durch die Welt geirrt, damit das Leben ihm nun genau dort eine Zukunft verhieß, wo sie ihm einst geraubt worden war. Wie benommen wankte er zum Tisch der Frau.

Josefa Veytia war mit ihrer Mutter und ihrer Schwester Milagros aus Puebla nach Veracruz gekommen, um ihren Onkel, Miguel Veytia, abzuholen, der mit einem Schiff aus Europa erwartet wurde. Er war ein jüngerer Bruder ihres Vaters, der auf die glorreiche Idee verfallen war, ihn noch seiner Familie ans Herz zu legen, bevor er selbst sich davonstahl und verschied. Josefa war damals zwölf, Milagros siebzehn Jahre, und ihre Mutter befand sich in dem undefinierbaren Alter, in dem die Frauen sich einrichteten, wenn sie kein Interesse mehr hatten, eine zu sein.

Onkel Miguel Veytia pflegte ein halbes Jahr in Barcelona zu leben und ein halbes in Puebla. In beiden Städten redete er die meiste Zeit über die Geschäfte und

Schwierigkeiten, die ihm am jeweils anderen Ort zu schaffen machten. Sein Leben verlief angenehm ruhig, als wäre alle Tage Sonntag. Montags befand er sich immer just auf der anderen Seite des Meeres.

An besagtem Abend hatten die Veytias schließlich erfahren, daß zwei Wochen vorher die spanische Republik ausgerufen worden war und der Onkel, ein passionierter Liberaler, beschlossen hatte, in Spanien zu bleiben, bis sich das Freudenfest legte.

»Wer weiß schon, was aus Spanien wird«, meinte Diego Sauri, als er wie ein alter Freund am Tisch aufgenommen worden war. Und dann erzählte er vom Republikfieber mancher Spanier und von der Monarchiebegeisterung anderer.

»Wetten, daß sie in einem Jahr wieder nach einem König rufen«, prophezeite er aufgekratzt wie immer, wenn er über Politik sprach, doch zugleich von einer ganz anderen Leidenschaft erfüllt, weitaus greifbarer als seine Prophezeiungen.

Fünfzehn Monate später, im Dezember 1874, riefen die Spanier König Alfons XII. zum König aus, und Diego Sauri heiratete Josefa Veytia in der romantischen Kirche von Santo Domingo, die noch heute steht, ganz verschlafen, nur zwei Häuserblocks entfernt von Pueblas Hauptplatz.

2

Zufrieden mit einem erfüllten und abwechslungsreichen Leben, erfreuten sich die Sauris zehn ruhiger Ehejahre gemeinsamen Glücks, ohne daß der Zufall oder das Schicksal ihnen Nachwuchs bescherte. Am Anfang waren sie so mit sich selbst beschäftigt, daß ihnen gar keine Zeit für Sorgen darüber blieb, daß die tagtäglich miteinander erlebten Wonnen ihnen nicht mehr schenkten als körperliche Befriedigung. Der Gedanke an ein Kind kam ihnen erst, als sie sich so vertraut waren, daß Diego mit geschlossenen Augen exakt die Umrisse jedes einzelnen der kleinen, schimmernden Fußnägel seiner Frau nachzeichnen konnte und sie haarscharf den Abstand zwischen Mund und Nasenspitze bei ihrem Mann traf, wenn sie mit dem Finger die Linie seines Profils in die Luft malte. Josefa wußte, daß jeder Zahn des gleichmäßig blitzenden Gebisses, das Diego beim Lachen zeigte, beim genauen Hinsehen eine andere Schattierung aufwies. Und er wußte nicht nur, daß seine Frau mit ihrer Gestalt göttinnengleich den Harmoniegesetzen gehorchte, sondern auch, daß sie einen hochgewölbten Gaumen und unsichtbare Mandeln hatte.

Gab es noch etwas, das sie beim anderen nicht erkundet hatten, dann kaum mehr, als jedermann bei sich selbst verborgen bleibt. So wünschten sie sich nun ein Kind, das ihnen das von ihren Sehnsüchten und ihren ererbten Anlagen erzählen würde, was ihnen nie einfiele. Um sicher zu sein, alles Nötige zur Erzeugung eines Menschenkindes getan zu haben, wollten sie fortan versuchen, was sie bisher als absurd abgetan hätten: einen Kräutersud trinken, den Josefa *damiana* nannte und Diego Sauri *turnera aphrodisiaca*; die Mondphasen beachten, um peinlich genau Josefas fruchtbare Tage festzustellen und sich dann nur um so begieriger der Sinnenglut hinzugeben.

In alledem befolgten sie die Vorschläge und Rezepte des zu Rate gezogenen Doktor Octavio Cuenca, Arzt und seit Diegos erstem in Puebla erlebten Abendrot sein Freund, zu dem er im Laufe der Jahre und der gemeinsamen Erkenntnisse eine brüderlich innige Zuneigung gefaßt hatte.

Seit Josefa Veytia in ihrer Jugend in einem stürmischen Mai vorzeitig von der Menstruation überrascht worden war, hatte diese sie stets bei abnehmendem Viertelmond ereilt. Daher schloß Diego Sauri die Apotheke hinfort am dreizehnten Tag nach dieser Mondphase und kam in den folgenden drei Tagen nicht einmal mehr zum Zeitunglesen. Ihre intensiven Bemühungen, für Nachwuchs zu sorgen, wurden nur hin und wieder unterbrochen, damit Josefa einen ordentlichen Schluck des Suds nehmen konnte, in dem zuvor zwei Stunden lang die Zwiebel der lilienartig blühenden Pflanze gebrüht worden war, die die Kräuterfrau vom Markt *Oceoloxóchiltl* nannte und Diego *Tigridia Pavonia*. Auf ihren wissenschaftlichen Namen und ihre Heilkraft war er im Buch eines Spaniers gestoßen, der im 16. Jahrhundert Neuspanien bereist hatte, um die Pflanzen zu erkunden, die bei den alten Mexikanern gebräuchlich waren. Mit klopfendem Herzen hatte er gelesen: »Man sagt aber, / wenn ein Weib von diesr Artzney trinkt, / so geschiechts, / daß sie dardurch empfangen koente.« In die Indios setzte er künftig seine letzte Hoffnung, die er bei den Ärzten und den Mitteln, die er selbst in seiner Apotheke mixte, allmählich verlor. Alles, was an Pillen aufzutreiben war, hatte er bereits selbst geschluckt und seiner Frau verabreicht, und allmählich hatte er es satt, erleben zu müssen, wie die Hoffnung erlahmte und sie die Friedlichkeit des Ortes immer weniger genießen konnten.

So lebten sie mehrere Jahre lang mit der Enttäuschung, daß ihre Körper zwar wunderbar harmonierten, aber es nicht schafften, über sich hinauszuwachsen. An einem Dreizehnten schließlich kleidete sich Josefa schon frühmorgens an, und als ihr Mann die Augen aufschlug und seine Pflicht tun und Josefa ein Kind machen wollte, fand er die sonst von ihr angewärmte Stelle zu seiner Linken verlassen vor.

»Ich mag nicht mehr«, sagte sie, als er auf der Suche nach ihr, immer noch mit baß erstaunter Miene, die Küche betrat. »Mach die Apotheke auf.«

Diego Saura gehörte zu den wenigen Männern, die ohne zu fragen den Willen Gottes, aus dem Mund ihrer Frau verkündet, befolgen. Seinen Agnostizismus hatte er sich mühsam genug erarbeitet und schließlich selbst Josefa überzeugt, daß Gott nur ein Wunschbild des Menschen sei. Und doch respektierte er den Heiligen Geist, den er hinter der Stirn seiner Frau erahnte. Folgsam kleidete er sich an und begab sich nach unten, um seinen Kummer zwischen Kolben, Waagen und den Düften in seiner Apotheke im Erdgeschoß des Hauses zu vergessen. Für ein paar Tage begehrte er sie nicht mehr. Eines Morgens, als der erste Lichtstrahl ins dunkle Schlafzimmer fiel, wagte er, sie wieder zu fragen, ob sie es tun sollten, einfach so. Josefa willigte ein, besänftigte sich und sprach nie mehr von einem Kind. Ganz allmählich begannen sie zu glauben, es sei besser so.

Im Jahr 1892 war Josefa Veytia eine Frau in den Dreißigern mit dem aufrecht stolzen Gang einer Flamencotänzerin. Sie erwachte stets mit neuen Plänen im Kopf und fiel abends erst in Schlaf, wenn diese in die Tat umgesetzt waren. Im Augenblick der Sinneslust verschmolz sie mit ihrem Mann und verdarb ihm nie die Freude des Gleichklangs in einem Spiel, das so viele Männer solo spielen. Zwischen den Brauen über ihren tiefen, runden Augen stand immer eine Frage, doch aus ihren Mundwinkeln sprach eine Gelassenheit, die nicht auf Antworten drängte. Das Haar trug sie über dem stolzen Nacken aufgesteckt, wo Diego sie am Nachmittag so gerne küßte, als Vorgeschmack auf das Leuchten ihrer Nacktheit in der Dämmerung. Josefa besaß noch dazu die Gabe, im richtigen Moment zu reden oder zu schweigen. Nie mangelte es ihnen an Gesprächsstoff. Mal redeten sie bis Mitternacht, als hätten sie sich eben erst kennengelernt, und mal erwachten sie frühmorgens mit dem Drang, sich ihren letzten Traum zu erzählen.

In der Nacht, als sie entdeckte, daß der Mond doppelt so rund war wie sonst, wenn der erste rote Fleck in ihren blütenweißen Höschen die Qualen ihrer Periode ankündigte, begann Josefa das Gespräch mit der Bemerkung, sie sei beunruhigt. Sie kannte nichts Pünktlicheres als ihre peinigende Menstruation: An einem Samstagmorgen um Viertel nach zehn hatte sie zum ersten Mal gespürt, wie ihr etwas die Schenkel hinabbrann. Es war der 5. Mai gewesen, die gesamte von Schießpulvergeruch und aufwallender Siegeseuphorie erfüllte Stadt Puebla war auf den Beinen gewesen in gespannter Erwartung eines Scheingefechts zur Feier des Triumphes über die französische Besatzungsarmee vor einigen Jahren. Als die große Glocke der Kathedrale mit dumpfem Klang die Stunde der Schlacht einläutete, hatten sie und ihre Schwester Milagros auf der Veranda gestanden und mit ihren Taschentüchern den vorbeimarschierenden Soldaten und bewaffneten Zivilisten zugewinkt. Krieg gehörte für die Menschen damals zum Alltag, und große Gefahren boten stets Anlaß zu rauschenden Festen. Folglich war Josefa nicht etwa erschrocken, als sie merkte, wie das Blut an ihren Schenkeln hinabbrann, sondern hatte sich umgedreht und ausgerufen: »Getroffen, aber ich ergebe mich nicht!«

In jener Nacht hatte der Mond als abnehmendes Viertel geschienen. Fortan war die Blutung zweihundertfünfzehn Monate lang immer bei abnehmendem Viertelmond aufgetreten. Daher nun Josefas Bemerkung »ich bin beunruhigt«, als sie den Vollmond aufkommen sah, ohne daß auch nur ein Blutstropfen ihren Kinderwunsch vereitelte.

Diego Sauri blickte auf und starrte seine Frau geistesabwesend an, während sie ihn ausschalt, wobei sie abrupt vom Mond zu Vorhaltungen über seine Abhängigkeit von Zeitungen wechselte. Die Zeitungen, hinter denen er sich pausenlos verkrieche, seien schuld, hörte er sie sagen, daß er ihr seit drei Tagen nicht zuhöre, immer in Gedanken bei der Kundgebung gegen die Wiederwahl des Präsidenten der Republik. Der Diktator war bereits seit sieben Jahren an der Macht, als Diego anfing zu beteuern, er werde sich nicht mehr lange dort halten; doch seither waren weitere neun Jahre verstrichen, in denen Josefa kein Anzeichen für seinen Sturz hatte entdecken können außer der hoffnungsfrohen Erwartung ihres Mannes.

Aus Furcht vor endlosen Vorhaltungen, wenn er das

Problem mit dem Mond nicht ernst nahm, erhob er sich schließlich und trat aus dem Eßzimmer in die laue Juninacht hinaus. Sie stand ganz im Bann eines riesigen Mondes.

»Zu Recht haben die Alten ihn angebetet«, sagte er, als er merkte, wie seine Frau sich warm und wohlig an ihn schmiegte. Und er flüsterte ihr zu: »Soll ich es dir gleich jetzt machen?«

»Ich glaube, du hast es mir schon gemacht.« Señora Sauris Mitteilung klang so melancholisch, daß er ihre Taille losließ und sie anstarrte mit der Frage, was um Himmels willen er ihr denn gemacht habe.

»Na, ein Kind«, hauchte sie mit dem noch verbleibenden Atem.

Verleitet durch die vollkommene Kugel, zu der der Bauch seiner Frau anschwoll, behauptete Diego Sauri immer, dahinter steckten die ehrgeizigen Träume eines Mädchens. Josefa bat ihn, keine Prophezeiungen aufgrund reiner Vermutungen zu machen. Doch er bestand darauf, seit dem fünften Monat sei er sicher und sie verschwende nur ihre Zeit, wenn sie alles in Hellblau strikke. Es würde nämlich ein Mädchen mit Namen Emilia, als Huldigung an Rousseau, damit sie zu einer gescheiten Frau heranwüchse.

»Warum sollte sie denn blöd werden, wenn sie zum Beispiel Deifilia heißt?« Josefa liebäugelte mit dem Namen ihrer Urgroßmutter.

»Weil sie sich irrtümlicherweise für Gottes statt für unsere Tochter halten würde. Dabei ist es doch unser Kind.«

»Erst wenn es den Kopf herausstreckt.« Josefa hatte während der gesamten Schwangerschaft schreckliche

Angst ausgestanden, ob sich das wunderbare Geschenk des Schicksals sich ihr nicht wieder entziehe.

Als Mann der Karibik tat Diego Sauri sich trotz seines Agnostizismus mit Wundern nicht schwer, und immer, wenn seine Frau Ängste äußerte und ihre Zweifel an ihrer Fähigkeit, zur rechten Zeit etwas so Kompliziertes wie die winzigen Windungen einer Ohrmuschel oder die passende Farbtönung beider Augen herauszubilden, lachte er nur. Wie konnte sie auch wissen, was da in ihr heranwuchs, wo sie nichts tun mußte, als es wie ein Gefäß in sich zu tragen?

»Ein reichlich übergeschnapptes Gefäß«, meinte Diego Sauri und stand auf, um ihr einen Kuß zu geben.

Seine Schultern waren breit, und die hellen Augen leuchteten strahlendblau aus den dunklen, frühzeitigen Augenschatten hervor. Wie sein Vater, zumindest in Josefas Erinnerung, war er von mittlerer Statur, hatte geschickte, feinsinnige Finger und ein Geflecht rätselhafter Linien auf den Handflächen. Seine Bewegungen verrieten noch den einstmaligen Schwimmer, und das Augenzwinkern seiner Frau trieb ihm immer noch das Wasser im Mund zusammen.

»Fang nicht damit an«, wehrte Josefa ab. »Du gehst dauernd ein und aus ohne Rücksicht auf das Baby. Wir könnten ihm etwas antun.«

»Glaub bloß nicht diesen Schwachsinn, Josefa, wie eine einfältige Provinzlerin.« Diego gab ihr noch einen Kuß.

»Puebla und Provinz? Was bist du dann, wo du aus einer Gegend von lauter Wilden kommst?«

»Wilde, die Mayas?« protestierte Diego. »Das Land hier hatte noch kein menschlicher Fuß betreten, da war Tulúm bereits ein Götterreich auf Erden.«

»Die Mayas sind dort schon seit Jahrhunderten ausgestorben. Jetzt gibt es nichts als Urwald und Ruinen«, flachste sie, ein wenig am Stolz ihres Mannes kratzend.

»Es ist ein endloses Paradies. Du wirst sehen.« Diego zog sie aus dem Korbsessel hoch, wo sie beim Stricken saß, und schleppte sie, an ihren Nachthemdknöpfen nestelnd, in Richtung Bett.

Als Josefa eine Stunde später die Augen wieder aufschlug, sagte sie:

»Du hast recht, ein Paradies.«

»Siehst du?« Diego streichelte die Wölbung ihres pulsierenden Bauches. Später kehrte er, ganz nach Art der Männer, auf die Erde zurück: »Hast du vielleicht was zu essen?«

Er lag geduldig wartend da, eingedenk der Worte seines Freundes Doktor Octavio Cuenca, hektische Aktivität bei Schwangeren sei ein untrügliches Zeichen für die bald anstehende Geburt, als Josefa aus der Küche angelaufen kam:

»Ich verliere Fruchtwasser!«

Diego sprang aus dem Bett, voller Furcht, sie würde auf der Stelle in Ohnmacht sinken. Doch Josefa wurde mit einem Mal die Ruhe selbst, als hätte sie schon zehn Kinder zur Welt gebracht. Sie nahm die Sache gleich in die Hand und untersagte Diego, einen Arzt zu rufen.

»Du hast mir geschworen, allein damit fertig zu werden«, erinnerte sie ihn.

»Wann denn?«

»In der Hochzeitsnacht.« Damit erklärte sie die Diskussion für beendet, um sich nur noch dem Aufruhr zu widmen, der ihren Leib erfaßte.

Lange hatte sie geglaubt, diese Art Schmerz sei ein

Luxus. In den folgenden Stunden zog sie das zwar keinen Augenblick lang in Zweifel, doch nun bekam ihr Körper bis in die verborgensten Winkel zu spüren, daß man für diesen Luxus seinen Preis zahlen muß und daß die einsame Orgie des Gebärens nicht nur schmerzvoll ist, sondern geradezu eine Schlacht, die man aber zum Glück im Frieden rasch wieder vergißt.

Neun Stunden später legte Diego ihr ein rosiges, warmes Etwas in die Arme.

»Siehst du, wie ich gesagt habe.« Diego kullerten ein paar dicke Tränen über die Wangen, die er sich mit der Zunge ableckte, bevor er sie anlächelte.

»Und es ist alles dran.« Josefa suchte das winzige Körperchen des Geschöpfs begierig ab, als faßte es das gesamte Firmament.

»Du bist tapferer als Ixchel.« Diego reichte ihr einen in Alkohol und einer Marihuanalösung getränkten Wattebausch. Dann küßte er sie auf die Nasenspitze und trug das nackte Persönchen wieder fort. Soeben ging die Sonne auf, hartnäckig wie sie im mexikanischen Winter scheint. Es war der zwölfte Februar, sieben Uhr morgens. Josefa schloß die Augen und fiel in einen tiefen, ruhigen Schlaf wie seit neun Monaten nicht mehr.

Gegen Mittag schreckte sie zum ersten Mal im Leben aus einem nicht beendeten Traum hoch:

»Diego, wer ist Ixchel?« fragte sie, noch ganz in ihrer Traumwelt gefangen.

Ihre Schwester Milagros trat ein, stolz, als wäre sie eben zur Oma geworden, mit der Nachricht, Diego schlafe und Ixchel sei bei den Mayas die Göttin des Mondes, der Gewässer und der Heilkundigen, folglich auch die Schutzpatronin der Schwangeren und Gebärenden.

»Hast du die Kleine schon gesehen?«

»Ja, allerliebst, zauberhaft süß.« Milagros' Stimme strahlte eine Festigkeit aus, die Josefa schon seit der Kindheit immer so an ihr mochte. Die vier Jahre ältere Milagros bot ihr den Halt, den sie bei der Mutter nicht gefunden hatte. Ihr schenkte Josefa mangels weiterer Geschwister ihre ganze Liebe. Milagros war etwas größer und um einiges widerspenstiger als sie, hatte ähnlich ausgeprägte Wangenknochen und dichtes, dunkles Haar. Sie konnte himmlisch lächeln, aber auch höllisch in Wut geraten. Josefa war stolz darauf, daß sie vom gleichen Stamm waren. Verschieden, wie sie wirkten, hätte man kaum für möglich gehalten, daß sie sich vertrugen. Und doch waren sie seit jeher einander so nah, daß sie sich nur mit Blicken zu verständigen brauchten. Milagros hatte die gleichen tiefliegenden, neugierigen Augen, nur daß sie nicht eher Ruhe gab, bis sie auf alles eine Antwort hatte; sie war begierig, die entlegensten Orte des Erdballs zu kennen, jeden Zweifel auszuräumen, der ihr auf der Seele lag. Deshalb hatte sie auch keinen ihrer zahlreichen Verehrer erhört. Sie kannten die Antworten nicht, wozu ihnen also ihr Leben widmen? Freiheit ging ihr über alles, und Vorwitz war ihr größtes Laster. Mit einem einzigen verächtlichen Blick brachte sie Argumente zu Fall, denn keiner war so belesen und gebildet wie sie. Mit Vorliebe provozierte sie die Männer mit ihren soliden naturwissenschaftlichen Kenntnissen und lernte nur so aus Spaß Gedichte auswendig, stets auf der Suche nach einer Herausforderung. Sticken war ihr verhaßt, doch im Entwerfen ihrer eigenen Kleider oder beim Neugestalten eines Raums durch minimale Veränderungen, etwa das Umhängen von Bildern an der Wand, wirkte sie Wunder. Sie war kategorisch in ihren Urteilen und kritisch mit anderen, sparsam in der Äußerung von Emotionen, doch maßlos in ihren Ansprüchen und obendrein eine mitreißende Geschichtenerzählerin. An ihrer Schwester Josefa hing sie über alles, woraus sie nie ein Hehl machte. Für sie war sie sogar bereit, alle Waffen zu strecken. Milagros mochte Diego Sauri wie einen Bruder, weil er sich auf den ersten Blick in ihre Schwester verliebt hatte. Mit ihrem Schwager verbanden sie überdies gemeinsame politische Ansichten und Wunschträume, und oft nahm sie ihn vor Josefas Spitzzüngigkeit in Schutz, wenn diese ihn unablässig kritisierte oder zur Vernunft rief. Anders als Josefa, die im gesellschaftlichen Umgang eher nach Harmonie strebte und sich problemlos mit den Zwängen und Vorurteilen der Welt, in der sie lebten, arrangierte, konnte Milagros Herablassung oder Engstirnigkeit auf den Tod nicht ausstehen. Bei heiklen weltanschaulichen Fragen ließ sie keine Gelegenheit zum Streiten aus, sei es über Gott, die Religionen, den Glauben oder das Absolute.

Vom Bett aus sah Josefa zu, wie Milagros an die Wiege mit ihrem schlafenden Töchterchen trat.

»Nach Stunde und Tag ihrer Geburt steht deine Tochter im Zeichen des Wassermanns mit der Jungfrau im Aszendenten«, sagte Milagros. »Eine Mischung aus Leidenschaft und Sanftheit, die ihr sowohl Glück als auch Kummer bescheren wird.«

»Sie soll nur glücklich sein«, verlangte Josefa.

»Das wird sie auch oft genug«, erwiderte Milagros. »Ihr Leben steht im Licht des zunehmenden Viertelmondes, der bei ihrer Geburt noch am Himmel zu sehen war. Der Monat wird beherrscht von dem Großen Bären, dem Haupthaar der Berenike, von Prokyon, Kanopus, Sirius, Aldebaran, Perseus, Algol und Kassiopeia.«

23

»Und wird das Leuchten all dieser Sterne ihr wohl helfen, eine selbstsichere Frau zu werden, mit gesundem Menschenverstand und Ehrfurcht vor dem Leben im Herzen?«

»Das und mehr«, versicherte Milagros unter dem Tüll der Wiege hervor.

Josefa bat Milagros, für sie den Segen zu sprechen, den alle Frauen ihrer Familie zur Geburt erhielten.

Milagros beugte sich dem Ritual, das sie zur Patentante machte, legte die Hand auf das Köpfchen ihrer kleinen Nichte und sprach:

»Mein Kind in deinem vom Herrgott behüteten Schlaf, möge Er dir nie abhanden kommen, und möge Geduld dich geleiten auf deinem Lebensweg; ich wünsche dir das Glück der Edelmütigen und den Frieden derer, die ohne übertriebene Erwartung sind; ich wünsche dir, daß du deinen Kummer zu fassen und den der anderen zu teilen vermagst. Ich wünsche dir einen ungetrübten Blick, ein gezügeltes Mundwerk, eine kluge Nase, nicht nachtragende Ohren, Tränen in Maßen und im rechten Augenblick. Ich wünsche dir den Glauben an ein ewiges Leben und die damit verbundene Gelassenheit.«

»Amen«, sagte Josefa vom Bett aus und begann zu weinen.

»So, und darf ich jetzt meinen eigenen Spruch sagen?« fragte Milagros.

Josefa mußte lächeln und nickte.

»Mein Kind«, Milagros sprach mit der Feierlichkeit einer Priesterin, »ich wünsche dir eine gehörige Portion Verrücktheit, Waghalsigkeit, Sehnsüchte und Unrast. Ich wünsche dir das Glück der Liebe und den Rausch des Alleinseins. Ich wünsche dir die Freude an Kometen, am Wasser und an den Menschen. Ich wünsche dir Intelligenz und Witz. Ich wünsche dir einen neugierigen Blick, eine Nase voller Erinnerungen, einen Mund, der mit gottgleicher Unfehlbarkeit lacht und verflucht, alterslose Beine und Tränen, die alles ins rechte Lot bringen. Ich wünsche dir das Zeitgefühl der Sterne, den Instinkt der Ameisen und Mißtrauen gegenüber Tempeln. Ich wünsche dir Vertrauen in Vorzeichen, in die Stimme der Toten, den Mund von Abenteurern und Zuversicht in den Frieden der Menschen, die ihr Los vergessen, in die Macht deiner Erinnerungen und in die Zukunft als Verheißung all dessen, was sie für dich bereithält. Amen.«

»Amen«, wiederholte Josefa tief zufrieden.

Behütet von den guten Wünschen ihrer Patentante, war Emilia in den ersten Lebensmonaten mit gesundem Schlaf und Appetit gesegnet. Wenn ihr der Vater jeden Morgen vom Weltgeschehen erzählte, seine Meinung über Dinge äußerte, die ihn beunruhigten oder bedrückten, oder wenn er ihr die Sensationen des Tages schilderte, in der Erwartung, sie würde ebenso überwältigt sein wie er, schien sie ihm aufmerksam zu lauschen.

Josefa beteuerte, ihr Töchterchen sei noch zu klein, um sich für die Entstehung der Labour Party in England, die Annexion Hawaiis durch die USA, die Vernichtung der Ernten und für das große Viehsterben im Land zu interessieren. Sie hielt ihrem Mann vor, die Nachricht vom Verbot der Stierkämpfe oder von der unheilvollen Wiederwahl der Gouverneure oder die Neuigkeit, daß monatlich hunderttausend Pesos für die unrealisierbare Entwässerung des Valle de México verschwendet würden, drücke der Kleinen aufs Gemüt.

Woraufhin Diego ihr vorhielt, schlimmer sei, wenn sie ihr Charlotte Brontës England ausmale, indem sie ihr laut aus »Shirley« vorlese.

»Das tue ich nur, damit sie einschläft«, sagte ihre Mutter.

»Was interessieren sie schon Shirleys Herzensangelegenheiten oder die Abenteuer von Julien Sorel oder die Leiden von Ana de Ozores? Ich führe ihr wenigstens die Realität vor.«

»Ja, aber dabei läßt du nichts aus. Selbst das mit der Tabaksteuer mußte das arme Geschöpf sich anhören. Als *El Demócrata* geschlossen wurde, hast du ihr eine Woche lang ständig mit den Namen der inhaftierten Redakteure in den Ohren gelegen.«

»Es hat also doch etwas gebracht«, sagte Diego Sauri. Und dann wandte er sich zu der Kleinen: »Endlich hat deine Mutter eine Repressalie der Regierung begriffen.«

»Ich bin über alles im Bilde. Aber wozu dich weiter in Rage bringen, bis du am Ende auch noch hinter Schloß und Riegel landest.«

»Ich, wieso?« fragte Diego.

»Soll ich es dir sagen?«

»Nein.« Señor Sauri strich sich mit dem Finger über den rotblonden Schnurrbart, den er sich zur Feier der Geburt seiner Tochter hatte wachsen lassen.

Beide wußten sie, obwohl sie kaum darüber redeten, daß Josefa recht hatte. Vor mehr als drei Jahren hatten in der Apotheke die Versammlungen all derer begonnen, die aus triftigen Gründen, sei es aus dem alten Wunsch nach Demokratie, sei es aus reiner Neigung zur Konspiration, gegen die Regierung aufbegehrten. Am Anfang hatten sie sich eher zufällig getroffen, später einte sie die gleiche Gesinnung und schließlich die Notwendigkeit. Der Tag war abzusehen, da einer der Eiferer den Gouverneur vor den Ohren etwelcher Kunden in der Apotheke beleidigen würde. So wie die Dinge standen, würde auch Diego sich über kurz oder lang nicht mehr mit der stillen Opposition begnügen und waghalsiger und schließlich tollkühn werden. Und von der Tollkühnheit zum Kerker war es nur ein Schritt.

»Wir werden die politische Runde zu Doktor Cuenca verlegen«, sagte Diego.

»Gott im Himmel sei Dank«, beruhigte sich Josefa bei dieser Neuigkeit.

»Welchem der vielen Götter?« wollte Señor Sauri wissen.

»Egal, wem du diese Idee verdankst«, erwiderte seine Frau.

3

1893, als Emilia geboren wurde, befand Doktor Cuenca sich in seinem vierundfünfzigsten Lebensjahr und hatte es verdientermaßen zu beträchtlichem Ansehen in seinem Metier gebracht. Seit dem Tod seiner Frau, von der er zwei Kinder hatte, war er völlig im Beruf aufgegangen, denn immer noch fehlte sie ihm jeden Morgen wie am ersten Tag.

Mit ihr hatte er ein Haus bewohnt, nicht weit von den Maisfeldern am Rande der Stadt, sieben Häuserblocks vom *zócalo*, dem Hauptplatz, und lebte nun dort mit der Erinnerung an sie und mit den beiden Kindern. Das Leben in diesem Haus kreiste um zwei Mittelpunkte: den unentbehrlichen, fast schon legendären Garten und den großen Salon, in dem sich allwöchentlich der Sonntagsklub traf. Während er der Arbeit mit strengstem, geradezu militärischem Pflichtbewußtsein nachkam, wirkte sein Flötenspiel wie von rätselhafter Zartheit. Musiker und Schriftsteller gehörten zum engsten Freundeskreis; sie fanden sich an den Sonntagen bei ihm ein, um ihre neuesten Texte vorzulesen oder gemeinsam zu musizieren. Dafür lebte der Mann während der Woche so ausschließlich seinem Beruf, daß seine Söhne noch mit über zwanzig seinen Hang zu Zucht und Ordnung fürchteten und seine Frau, als sie noch lebte, bei seiner Einsilbigkeit eine der beachtlichsten Interpretinnen von Schweigen wurde, die diese Kunst im Laufe seiner langen Geschichte unter den Frauen hervorgebracht hat. Und selbst nach ihrem Tod ließ sie sich manchmal wieder herbeirufen, um ihm mit den Wimpern über die Stirn zu streifen und seinem Schweigen zu lauschen, mit dem er ihr alles anvertraute, was ihm auf dem Herzen lag.

Doktor Cuenca war in der heißen Zone geboren, im feucht-schwülen Atzalan. Sein Vater hieß Juan Cuenca und seine Mutter Manuelita Gómez, von Kindesbeinen an als Tochter des Herrn Pfarrer bekannt. Soweit man wußte, hatte Manuelitas Vater irgendwann den Priesterrock genommen, um ein Gelübte einzulösen, das er der Heiligen Jungfrau des Ewigen Beistands an einem Abend während des Unabhängigkeitskriegs gegen die spanische Krone gemacht hatte. Als einer der kreolischen Rebellenführer in der Gegend von Veracruz hatte er im Bügelraum eines Hauses Zuflucht gefunden, wo die Damen die schöne Sitte pflegten, mehrere gestärkte weiße Unterröcke unter dem Kleid zu tragen. So konnten sie ihn leicht hinter einem Stapel von Bügelwäsche verstecken, zwischen Wäschekörben, in denen sich bauschige Krinolinen, Röcke aus Taft und Spitze, Bettzeug, Handtücher, Bezüge und Überdecken auftürmten.

Von diesem Versteck aus hatte er gehört, wie die Soldaten, seinen Namen brüllend, ins Haus stürmten, und sich, zum ersten Mal vor Angst schlotternd, hinter der Wäsche verkrochen, die sie blindwütig mit ihren Säbeln nach ihm durchbohrten. Damals war er noch ein junger, eben verwitweter Mann gewesen, der am Leben bleiben und möglichst alt werden wollte. Deshalb gelobte er an jenem unvergessenen Dienstagabend der Heiligen Jungfrau des Ewigen Beistands, daß er den Priesterrock nehmen wolle, wenn sie ihn aus dieser mißlichen Lage errette. Als die Soldaten den Bügelraum verließen und er wieder zu sich kam, fuhr ihm beim Gedanken an sein kopfloses Versprechen erneut der Schrecken in die Glieder. Nun mußte er also Priester werden, und seine Tochter Manuela würde die Tochter eines Priesters sein.

Vielleicht um gegen derlei Schwüre gefeit zu sein, heiratete Manuela Juan Cuenca, einen freisinnigen Großgrundbesitzer mit dunkler Haut und glühenden Augen, der beim Lachen kräftige Zähne entblößte, die er auch bei geschlossenem Mund nicht ganz verbergen konnte. Juan Cuenca war Herr über weite, fruchtbare Ländereien und Flüsse und Vieh in solchen Mengen, daß er sein Leben ohne Gottes Hilfe meistern konnte. Er leistete sich den Luxus, bekennender Atheist zu sein, und genoß es, daß er trotz seines ausgeprägten Gebisses und seines hartnäckigen Schweigens ein Mann war, der Vertrauen einflößte. Seine Ehe mit Manuela, die zehn Kinder hervorbrachte, verlief friedlich, ohne böse Worte. Octavio, das dritte Kind, wollte Arzt werden. Doch auch er entging nicht dem Krieg, der sein Land im 19. Jahrhundert fast pausenlos in Atem hielt, was dazu führte, daß er an der Universität von Jalapa studierte, um anschließend als Militärarzt in der Armee von Benito Juarez zu landen.

Sein Studienfreund Jacobo Esparza wurde auch sein Waffenkamerad. Schon als Octavio Cuenca ihn zum erstenmal heimbegleitet hatte, waren ihm die glänzenden Lippen und die freche Zunge seiner jüngeren Schwester aufgefallen. Damals war María Esparza zwei Jahre alt gewesen und hatte sich im Haus eine der zahllosen Schamlosigkeiten in ihrem Leben erlaubt: Sie saß mitten auf dem Gang zwischen Farnen und Geranien auf dem Töpfchen und lutschte an einem roten Lolli. Fast zwei Jahrzehnte später traf Octavio Cuenca sie zwischen den Pflanzen des noch immer unveränderten Hauses wieder.

»Heirate mich endlich, Doktor, du wirst allmählich alt«, forderte sie ihn auf.

»Ich habe ein Kind von einer anderen Frau und bin zwanzig Jahre älter als du«, gab Doktor Cuenca zur Antwort.

»Das weiß ich«, sagte sie, »deshalb dränge ich ja so.«

Doktor Cuencas Haus hatte ein großes, geschnitztes Holztor mit einem schweren schmiedeeisernen Türklopfer, der durch den gesamten Garten und den Gang bis in die Küche dröhnte, wo immer einer seine Arbeit liegenließ, um sogleich zu öffnen. Die Haustür war stets geschlossen, weil man die Türen in Puebla seit jeher schloß, vermutlich in einem Gefühl ständiger Angst vor Gesinde von der Straße. Praktisch aber stand Doktor Cuencas Haustür jedem offen, wie er es aus den Dörfern der heißen Zone kannte. Wer immer anklopfte, wurde eingelassen, um sich ein Plätzchen unter den Bäumen im Garten, einen Stuhl im Salon neben dem Klavier oder vor einem Teller Reissuppe am Eßtisch zu suchen.

Es war ein Haus voll umhertobender Kinder, wo sich die Erwachsenen bei ihren wöchentlichen Besuchen nicht allzusehr gestört fühlten durch die Balgereien oder den ausgelassenen Radau der Kinder. Folglich war es der ideale Ort für Paare mit kleinen Rabauken, vor denen kein Gegenstand sicher ist, und für Erwachsene mit einem Interesse an intelligenter Unterhaltung. Deshalb und weil man sich gern hatte, verbrachten die Sauris viele der herrlichsten Sonntage ihres Lebens dort.

Als die Sauris zum ersten Mal ihre Tochter Emilia mitbrachten, war die Kleine eben erst drei Monate alt und konnte, wenn sie ihre unbändige Lebenslust äußern wollte, wie ihr Vater meinte, nur durch ein entzücken-

des Lächeln und Strampeln betören. An diesem denk-
würdigen Tag platzte Josefa fast vor Stolz über das, was
sie ostentativ in ihrem Arm hielt. Ihr Mann bahnte ihr
mit einem prächtig ausgeschlagenen Korb den Weg, den
er den anderen Gästen bei der Begrüßung gegen die Beine stieß. Salvador, der ältere der Söhne der Verbindung
Cuenca-Esparza, geleitetete sie ins Haus. Er war elf
Jahre alt, wortgewandt und aufgeweckt und suchte die
fehlende Mutter durch die doppelte Liebe zum Vater zu
ersetzen. Ihnen folgte, begierig, zu erfahren, was Josefa
da so behutsam im Arm trug, Daniel, der jüngere Bruder, mit schelmischen Augen in einer undefinierbaren
Farbe zwischen Kaffeebraun und Grün, die Doktor
Cuenca an María Esparza erinnerten. Daniels Erziehung hatte er Milagros Veytia anvertraut, denn María
Esparza hatte Milagros geliebt, wie man Freundinnen
liebt, die im wesentlichen gleiche Neigungen haben, die
gleiche Sprache sprechen und vor denen man keine Geheimnisse hat. Und als sie den Tod nahen fühlte, legte
sie ihm dieses noch ans Herz: *Gib das Kind Milagros.*
Doktor Cuenca gelobte damals, ihr den Wunsch zu
erfüllen, und erlaubte Milagros, das Baby bei sich zu
behalten. Doch als er sah, daß sie nicht mehr benötigt
wurde, um dem Kleinen die Windeln zu wechseln oder
ihn mit dem Löffel zu füttern, verlangte er seinen Sohn
zurück, damit er nun mit der gleichen Strenge wie Salvador lernte, ein richtiger Mann zu werden.
In jenen Monaten vergoß Milagros insgeheim viele
Tränen, verfluchte Cuenca tagtäglich und zögerte die
Übergabe des Kindes unter allen erdenklichen Vorwän-
den immer weiter hinaus. Aus den Gesprächen mit ihrer
Freundin kannte sie Doktor Cuenca freilich gut genug,
um zu wissen, daß Wut ihr bei ihm wenig nutzen wür-

de. Achtung vor der Ruhe der Toten verbot es ihr auch, auf Marías letzten Willen zu pochen, um nicht noch einen verspäteten Disput zwischen den Eheleuten heraufzubeschwören. Nach seinem dritten Geburtstag brachte sie den Jungen schließlich zurück, ohne dem Doktor Gelegenheit für seine Dankesworte zu geben.

»Kann ich wenigstens seine Tante bleiben?« fragte sie schroff, indem sie sich seinem Händedruck entwand.

»Es wird uns eine Ehre sein.« Damit hatte Cuenca sie ermächtigt, weiterhin auf das Schicksal des Jungen Einfluß zu nehmen.

Bei der Ausübung dieses Rechts und als einzige Zuflucht für das Kind verhätschelte sie ihn zu sehr und war oft zu nachsichtig mit ihm. An diesem Sonntagnachmittag begann sie freilich die Gefahren seiner bohrenden Neugier zu ahnen und mahnte ihn, vorsichtig zu sein, denn das dort sei ein winziges Baby. Als Antwort zupfte Daniel an einem Zipfel des Bündels auf Josefas Arm und bedachte Milagros mit dem charmantesten Lächeln, das ihr ein Mann je schenken konnte.

Josefa stand immer noch in der Tür zum Salon und hielt nach ihrem Mann Ausschau, bis sie ihn mitten in einer Gesprächsrunde entdeckte, den Korb am Arm und einen Vortrag über Politik auf den Lippen. Von weitem rief sie nach ihm. Ohne sich zu rühren, forderte Diego sie auf hereinzukommen. Sie aber zögerte noch, ob sie sich in das Getümmel im verrauchten Salon vorwagen sollte, und verharrte in der Tür. Inzwischen zerrte der Cuenca-Junge erneut an der Decke, unter der die Kleine verborgen war, und stellte sie schließlich vor aller Augen zur Schau.

Der Poet Rivadeneira, ein melancholischer Mann mit edlen Zügen, den seine Leidenschaft für Milagros Veytia in ständiger Ungewißheit hielt, kam herbei, um das Kleinod der Sauris zu bestaunen, und stellte fest, die Kleine ähnele ihrer Tante. Milagros' Erklärungen, warum sie weder ihn noch überhaupt jemanden heiraten könne, hatten ihm irgendwann eingeleuchtet; doch auch anderenfalls hätte er sein Schicksal ergeben als unabänderlich hingenommen. Deshalb war er auch nie versucht, sich in eine andere zu verlieben.

Milagros nahm ihrer Schwester die Kleine aus den schützenden Armen und reichte sie im Salon herum. Der Raum war eine Domäne der Männer. Die wenigen Frauen, die sich an den Gesprächen beteiligten, hatten sich ein Herz gefaßt und den Männern ihre Diskussionsweise und die schütteren Argumente abgeschaut. Nicht daß sie ein solches Verhalten überzeugend gefunden hätten; ihnen war lediglich klargeworden, daß die Welt der Männer ihnen verwehrt bleiben würde, solange sie sich nicht gaben wie sie. Alles andere erregte bloß Mißtrauen.

Selbst Josefa Sauri, die so gut mit ihrem Mann reden konnte, wenn sie allein waren, fühlte sich hier aus der Männerwelt ausgeschlossen. Es störte sie nur nicht, weil sie sich glänzend durch ihre auftrumpfende Schwester vertreten wußte, die sich nie festnageln ließ und lieber der Ehe entsagte, als auf das vermeintliche Privileg zu verzichten, unabhängig zu leben wie ein Mann.

Was für ein Glück, sie zur Schwester zu haben, dachte Josefa an diesem Sonntag und blickte ihr nach, wie sie ihr Töchterchen wie eine Spielpuppe herumzeigte.

Auf ihren Armen machte die Kleine die Runde im Kreis der Herren, immer weniger eingepackt und immer lauter gefeiert, bis auf einmal der ganze Saal mitsamt Leuchter beängstigend zu vibrieren schien. Wütend an

Milagros' Rock zerrend, das Haar ganz verwuschelt, hatte Daniel Cuenca zeternd sein Recht gefordert, endlich auch einen Blick auf die winzige Kreatur zu werfen. Die Erwachsenen verstummten abrupt, und das Spielzeug der Sauris begann loszuweinen.

Beschämt kam Doktor Cuenca herbeigeeilt und befahl Daniel mit vorwurfsvollem Blick und gleichsam um Verzeihung bittend für einen derart mißratenen Sohn, er möge sich entschuldigen.

»Er ist doch noch nicht mal fünf, Doktor«, wehrte sich Milagros gegen die Zurechtweisung. Mit der freien Hand packte sie die des Jungen und schwebte durch die sich ihr öffnende Bresche zwischen all den mit Büchern, Zigarren, französischem Schnupftabak und wissenschaftlichen Vorurteilen beladenen Männern hinaus.

»Seht mal Milagros, auf jeder Seite ein Kind«, rief Rivadeneira aus. Und im Gedanken an eines ihrer Spiele, das darin bestand, eigene Gefühle in fremden Versen auszudrücken, fragte er sie im Vorübergehen:

»Was meinst du wohl, mein Lieb / wie schwer mein Unglück wiegt?«

»Wär' ich nicht selber stark, um Eure Stärke würd' ich Euch beneiden«, fiel Milagros in sein Spiel ein.

Mit drei Schritten gelangte sie zur Tür, wo Josefa sie kopfschüttelnd empfing. Sobald Milagros bei ihr war, reichte sie ihr das immer noch schreiende Kind. Dann stapfte sie mit Josefa im Gefolge, Daniel immer noch an der Hand, wortlos in eines der Schlafzimmer davon. Dort nahm Josefa auf einem Stuhl Platz und hielt dem Jungen Emilia direkt vor die Nase. Aus nächster Nähe beugte dieser sich über sie, bis er fast ihre Stirn berührte, und bat sie um Verzeihung für den Schreck, den er ihr eingejagt hatte.

»Das fehlte uns gerade noch, ein vierjähriger Charmeur«, war Milagros' Kommentar.

Als Daniel ihr Lachen hörte, richtete er sich auf, die Genugtuung über die gestillte Neugier wich schlagartig aus seinem Gesicht, er drehte sich um und rannte hinaus.

Josefa knöpfte ihre Bluse bis zur Taille auf, schickte ihre Schwester zu den anderen und stillte das immer noch jammernde kleine Wesen.

Dieses Ritual erfüllte sie mit einem neuen, ungeahnten Wohlgefühl. Josefa war noch ganz darin versunken, da spürte sie eine Hand, die sich auf ihre nackte Brust legte. Als sie aufschaute, sah sie, über den Säugling an ihrer Brust geneigt, Daniel Cuenca. Sobald er sich ertappt fühlte, stahl Daniel sich rückwärts, ohne den Blick von ihnen abzuwenden, in Richtung Tür davon. Josefa beobachtete, wie er verschwand und bald darauf im Garten vor dem Fenster wieder auftauchte. Inzwischen hatte sie ihre Bluse zugeknöpft und erhob sich vom Schaukelstuhl, als hätte sie ihn nicht bemerkt.

»So sind die Männer halt, schon von Geburt an«, erklärte sie ihrer Tochter Emilia und legte sie in ihr Körbchen. »Sie wollen alles haben, bringen es aber nicht fertig, darum zu bitten.«

Die Kleine ließ sich in die Decken wickeln, als wollte sie die Lösung dieses Rätsels erst einmal überschlafen. Doch weder jetzt noch später brach der Schlaf den Zauber, den die Gesellschaften im Hause Cuenca auf sie ausübten. Seit dem Nachmittag, an dem sie seine Bewohner mit ihrer Unrast kennengelernt hatte, war sie von den quirligen Sonntagen in jenem Haus aufgewühlt.

4

Die Sauris bewohnten einen Teil eines alten Anwesens, das noch aus der Kolonialzeit stammte und elf Belagerungen der Stadt Puebla in den ersten sechzig Jahren des 19. Jahrhunderts heroisch überstanden hatte. Es war inzwischen in mehrere Wohnungen mit jeweils einem der drei Patios als Mittelpunkt aufgeteilt worden. Dieses Haus war Josefa Veytias einzige Erbschaft gewesen, genug, um sie zur glücklichsten aller in jener Zeit mit einem Erbe bedachten Frauen zu machen. Aus seiner langen Vergangenheit erfuhr Josefa nur die unmittelbare Vorgeschichte. Don Miguel Veytia, der Bruder ihres Vaters, besaß einen Buchladen über den Iturbide-Arkaden und hatte eine Schwäche für Stier- und Hahnenkämpfe. So kam es, daß er sich eines herrlichen Aprilabends dazu hinreißen ließ, seinen Laden auf einen gescheckten Hahn zu verwetten. Sein Rauf-, Sauf- und Spielkumpan war ein Spanier ohne Familienwappen und damals, im Jahr achtzehnhunderteinundachtzig, der bedeutendste Geschäftsmann der Stadt. An besagtem Abend setzte der Spanier alles daran, dem gescheckten Kampfhahn die nötige Wildheit abzusprechen.

»Dieses Tier sieht verdammt wie ein Indio aus«, brummte er, auf einer Zigarre kauend.

»Deswegen ist er ja auch so tapfer«, gab Veytia zurück. Zu jener Zeit führten sie jeden Abend beim Würfelspiel einen nicht enden wollenden Disput um die Frage, wer mehr Mumm in den Knochen habe, die Indios oder die Spanier.

»Würdest du auch deinen Laden mitsamt den Büchern und allem Drum und Dran verwetten?« fragte der Spanier.

»Worum würdest du denn wetten?« wollte Josefas Onkel wissen.

»Ich verwette meinen Anteil am Sternenhaus.« Dabei zog der Spanier die alte Urkunde des unterteilten Hauses aus der Tasche.

Miguel Veytia ging auf die Wette ein, nicht ohne sich gebührend dafür zu entschuldigen, daß er die Besitzurkunde seines Ladens nicht ständig bei sich trage. Das Glück wollte es, daß der Indio-Hahn seinen Schnabel vier Sekunden später in den Sand steckte als sein Gegner und der Spanier voll war wie eine Haubitze. Selten hat jemand eine verlorene Wette derart penibel eingelöst. Don Miguel mochte sich noch so energisch wehren, beharrlich landete die Besitzurkunde des Sternenhauses immer wieder in seiner Rocktasche. Am Ende gab Veytia sich geschlagen mit dem festen Vorsatz, sie dem Geschäftsmann zurückzugeben, sobald der wieder nüchtern und bei Sinnen sei. Doch leider sollte der redliche Wettpartner den nächsten Tag nicht mehr erleben. Noch vor Sonnenaufgang nahm er es mit dem Messer eines anderen auf, der noch betrunkener und besser bewaffnet war als er, und zog dabei den Kürzeren.

»Sagt Veytia, er soll das Haus behalten«, waren seine letzten Worte.

Während er um seinen umtriebigen Zechkumpan trauerte, hatte Miguel Veytia die Urkunde in einer Truhe aufbewahrt und schließlich vergessen. Doch als seine Nichte Josefa auf die Idee kam, sich in den Fremdling Diego Sauri zu verlieben, glaubte er keine besseren Besitzer für das Sternenhaus finden zu können als diese beiden jungen Leute, die in einem Feuer entbrannt waren, von dem er in seiner ergrauten Erinnerung nur noch ein wenig Asche bewahrte. Dank dieses Geschenks konnten Josefa Veytia und der mittellose Apotheker Diego Sauri den ungewissen Weg der Ehe beschreiten, ohne wirtschaftliche Abgründe fürchten zu müssen. Noch war nicht klar, wovon das junge Paar leben würde, doch zumindest hatten sie schon ein Dach über dem Kopf.

Die Veytias stammten von einem Señor Veytia ab, einem der ersten spanischen Siedler und Mitbegründer der Stadt im Jahre 1531. Seit dieser erste Veytia damals das Wagnis der Fahrt über den Ozean mit allen ihren Strapazen eingegangen war, hatten seine Nachfahren, mit Ausnahme des kürzlich verstorbenen Onkels Miguel, mit dem Familiennamen auch den festen Glauben geerbt, es könne keinen besseren Ort zum Leben und zum Sterben geben als Puebla. In den dreihundertzweiundfünfzig seither verstrichenen Jahren gehörten Reisen nicht zu ihren sehnlichsten Wünschen, und niemand wäre je auf die Idee verfallen, eine Hochzeitreise zu planen, bei der man womöglich die heimischen Vulkane aus den Augen verlieren könnte. In diesem Wissen hielt Josefa die Reiseabsichten, mit denen Diego Sauri sich trug, vor ihrer Familie lieber geheim, bis sie ihrem Ehemann vor dem Traualtar bedingungslosen Gehorsam geschworen hätte. Ihre Hochzeitsnacht und die erste Woche ihrer jungen Liebesverbindung verbrachten Josefa und Diego im noch halbleeren, sonnenhellen Sternenhaus.

Die gesamte Stadt bekam mit, daß das jungvermählte Paar acht Tage lang das Bett nicht verließ und Josefa es nicht einmal für nötig hielt zu öffnen, als ihre Mutter, sonst ein Muster an Diskretion, sich ein Herz faßte und anklopfte, um nachzufragen, ob sie noch am Leben seien. Die junge Braut hatte mit offenem Haar und dem rasch übergeworfenen Hemd ihres Mannes, dem gleichen wie am Hochzeitstag, vom Balkon herabgeschaut und in den Äther hinausposaunt, sie könne unmöglich hinunterkommen.

Nach diesem Schauspiel war niemand mehr durch die Kunde von ihrer mehrmonatigen Hochzeitsreise zu erschüttern, die mit unbestimmtem Ziel auf der Suche nach seltenen Kräutern und Heiltees kreuz und quer durchs Land führte. Die Familie war sogar erleichtert, als ihr dieses überkandidelte Paar eine kleine Atempause gönnte.

Als Diego und Josefa von ihrer Erkundungsreise über alle passierbaren Berge und Täler im Umkreis von fünfhundert Kilometern zurückkehrten, brachten sie ein ganzes Sortiment von Kisten heim, so sorgfältig bewacht, als beförderten sie darin die englischen Kronjuwelen. Die Verwandten bereiteten ihren lieben, so sehr vermißten Kindern einen der herzlichsten Empfänge seit der legendären Rückkehr des verlorenen Sohnes.

Im Erdgeschoß des Sternenhauses richtete Diego Sauri eine Apotheke voller schimmerndem Porzellan ein, in der es frisch nach Holz roch. Von den Regalen, auf denen die irdenen Töpfchen und Tiegel standen, bis hin zu der Verkaufstheke und dem Arbeitstisch im Labor hinter dem Ladenraum war alles aus Zedernholz. Für jegliches Leiden und Zipperlein hielt Diego ein Mittel in einem der weißen Fläschchen oder in den unzähligen duftenden, mit Nummern versehenen Schubfächern bereit, vom Anhalter Wasser gegen Altersschwäche bis hin zum Kokainpulver.

Während seines Europaaufenthalts hatte er einen Vorrat der typischsten Arzneien aus jeder Gegend in Dosen angelegt und die Formeln zu ihrer Herstellung gelernt. Er wußte genau, wofür welches Pülverchen in welchem Döschen gut war, obwohl jeder andere sie allesamt für nichts als Talkumpuder gehalten hätte.

Gegen Ende des Jahrhunderts war der Gang im zweiten Stock des Hauses ein dichtes Gestrüpp von Grünpflanzen und Blumen, in das gleißend die Sonne einfiel. Emilia entdeckte den Reiz dieses leuchtenden Tunnels, sobald sie krabbeln lernte, und einige Monate lang klebte der sonst auf den Mosaikfliesen unsichtbare Staub an ihren kleinen Knien und Händchen.

Als Josefa Veytia vom Patio aus sah, wie Emilia sich zum erstenmal auf die Füße stellte und sich am Rand eines Blumentopfs festhielt, den Kopf aufrecht wie eine Tänzerin, pries sie die Stunde, in der sie diese Pflanzen gesät hatte, die jetzt bei den ersten Abenteuern ihrer Tochter Spalier standen wie Bäume im Wald. Emilia sah den Blick ihrer Mutter, hörte sie von unten ängstlich rufen und ließ den Blumentopf los, um die zwei Schrittchen bis zum nächsten vorzutapsen, indes Josefa sich zwei große, salzige Tränen abwischte.

Nichts von dem bewegenden Ereignis ahnend, hielt Diego sich im Labor im rückwärtigen Ladenraum auf, um das legendäre Zahnpulver von General Quiroga herzustellen: eine Mischung aus roter Koralle, Weinstein, gebranntem Hirschhorn, venezianischem Puder, Karmesin und Gewürznelkenessenz. In jenem Jahr war es der Renner, und er verkaufte es immer mit dem eher geschäftsschädigenden Hinweis, das beste Zahnpulver sei viel simpler, nämlich eine Mischung aus zwei Teilen verkohlter Brotrinde und einem Teil Chinabaumrinde, alles zu feinstem Pulver zermahlen.

Bei der Herstellung seiner Mittelchen sang Diego gerne einige Takte aus berühmten Arien. Der Jubelschrei, mit dem seine Frau das Labor betrat, überraschte ihn mitten bei *Se quel guerrier io fossi*.

»Sie kann laufen!« verkündete Josefa und stellte Emilia, die sie auf den Armen trug, behutsam auf den Boden. Das Mädchen an der Taille festhaltend, forderte sie ihren Mann auf, sich hinzuknien, damit sein Töchterchen ihm in die Arme laufen konnte. Entsetzt verweigerte er sich einem derartigen Experiment.

Josefa lachte nur über seine Bangigkeit und ließ Emilia los, woraufhin Diego nichts anderes übrigblieb, als sich hinzuhocken. Gebannt beobachtete er, wie Emilia in himmelblauem Kleid und ihren neuen Stiefelchen an den wackeligen Füßen mitten im Labor stand und ihre Händchen auf der vergeblichen Suche nach Halt in der Luft herumfuchtelten.

Der Apotheker hielt die Arme ausgebreitet und in jeder Hand einen farbigen Glaskolben. Den Blick auf das dunkle Violett des einen geheftet, tapste Emilia ihrem Vater entgegen.

Mit Bravorufen legte Diego der Kleinen schließlich den Kolben mit der Essenz florentinischer Lilien in die fuchtelnden Händchen und ließ sich gegenüber seiner Frau zu allerhand Prognosen über die glänzende Zukunft ihrer Tochter hinreißen.

Sein Freudenausbruch endete erst, als Josefa, die in mütterlicher Fürsorge die Augen überall hatte, entdeckte, daß Emilia von den Stirnlocken bis hin zu den erst am Morgen vom Schuster geholten Stiefelchen ganz mit lila Farbe beschmiert war.

Als es dunkel wurde, waren sie im Bad immer noch dabei, Emilia abzuschrubben, und hatten ihren ersten handfesten Streit in all den Ehejahren zu beklagen. Inmitten von zwölf Waschschüsseln und dem betäubenden Geruch nach der Seife, die die Apotheke Sauri von einer Importfirma für englische Produkte bezog, warf Josefa Diego Verantwortungslosigkeit vor und Diego ihr notorische Nörgelei. Um neun Uhr mußte Emilia, immer noch mit lila Farbe bekleckst, endlich ins Bettchen gebracht werden. Anschließend ging Josefa noch einmal ins Badezimmer, um die Stiefelchen zu holen, wo sie auf den Boden niedersank und hemmungslos in Tränen ausbrach. Die Sauris hatten kein gewöhnliches Bad. Außer der Badewanne mit den Löwenfüßen, den drei Porzellanschüsseln mit drei identischen Waschkrügen gab es eine Vorrichtung, die den ungewöhnlichen Genuß ermöglichte, sich frisches Wasser über den Kopf laufen zu lassen, ohne mit den Händen die Waschschüssel zu halten.

»Warum sollten die Pflanzen bequemer baden als wir?« hatte Diego zu Josefa gesagt, als er ihr beim Gießen der üppigen Vegetation im Gang zusah.

Drei Tage später hatte er einen Schmied überreden können, seine Zeit zu opfern und eine Gießkanne in Großformat nachzubauen. Der Mann hatte zugestimmt, weil Sauri ihm eingeredet hatte, bei Gelingen würde er Dutzende dieser nützlichen Vorrichtungen in seiner Apotheke verkaufen und ihren Gebrauch als fortschrittlichstes Mittel der Gesundheitsvorsorge anpreisen.

Bei der Kundschaft hatten sie freilich nicht den erhofften Erfolg, was Sauri nicht weiter störte. Hauptsache, er war mit seiner Dusche glücklich, dem Prunkstück in seinem Bad unter dem Bleiglas, durch das ein Licht hereinflutete, so blau wie die Luft in seiner Kindheit. Wenn Josefa morgens unter dem Wasserguß Walzer sang und ihren glänzenden Körper betrachtete, der ihn so verzückte, hatte auch sie daran ihren Spaß.

An jenem Abend kam Diego schließlich ins Bad, um sich zu entschuldigen; ja, es sei ein Fehler gewesen, seiner Tochter den Kolben zu geben. Der Boden, auf dem Josefa weinend hockte, war noch naß von der Überschwemmung, die beim Baden der Kleinen entstanden war.

»Du mußt dich nicht bei mir entschuldigen.« Josefa lächelte ihn an. Diego beugte sich zu ihr herab und antwortete mit einem Kuß. Dann gingen sie schlafen.

Josefa schmiegte sich wohlig und zufrieden an ihn, und es wurde ihr ganz warm ums Herz vor lauter Glück, einen solchen Schatz zu besitzen: einen Mann, der um Verzeihung bitten kann.

Zum Glück stritten sie hinfort nicht mehr bis zu der Nacht, als Emilia weinend in ihr Schlafzimmer gelaufen kam, wie sie es nur als Zweijährige getan hatte, wenn sie von Albträumen geplagt wurde.

Kurz vorher waren sie beide mit den gleichen Gelüsten aufgewacht und befreiten sich durch den Zauberritus ihrer im Dunkeln aneinander geschmiegten Leiber von ihren Obsessionen.

Josefa küßte ihren Mann rasch auf die Schulter, froh, daß sie in der Hast nicht einmal ganz aus dem Nachthemd hatte schlüpfen können, und wand ihren Leib dann ebenso behende wieder hinein, wie sie das Gerangel mit ihrem Mann zum Ende gebracht hätte. Sie fragte Emilia nach ihrem Traum und ließ sie ins Bett klettern, nahm sie in den Arm und tröstete sie. Emilia aber sagte, sie könne sich an keinen Traum erinnern.

»Bemüh dich mal, dich zu erinnern«, verlangte Diego schroff.

Als Antwort fing Emilia wieder an zu weinen, und Josefa hielt es für angebracht, ihren Mann darüber aufzuklären, das Mädchen habe Angst, am nächsten Sonntag bei den Cuencas zu singen und zu tanzen. Verärgert über die abrupte Rückkehr in die Realität, empfahl Diego seiner Frau, nicht über die Gefühle ihrer Tochter zu spekulieren, und forderte das Mädchen auf, es solle endlich sagen, wovon es geträumt habe, und dann gefälligst wieder ins Bett gehen. Da wagte Emilia zu gestehen, sie habe vom Teufel geträumt. Auch wenn Papa ihr tausendmal erklärt habe, daß es den Teufel nicht gebe, habe sie das spöttische Gesicht von Daniel Cuenca gesehen und gehört, wie er sagte: »Mich gibt es doch.« Als Diego das vernahm, machte er Josefa Vorwürfe, daß sie dem Mädchen den Umgang mit Leuten erlaube, die vom Teufel sprachen. Josefa verteidigte sich, es sei das Gesicht des kleinen Cuenca und nicht der Teufel, der ihrer Tochter einen solchen Schrecken einjage. Diego schalt sie eine dumme Ziege, und sie sagte, er sei es, der herumblöke.

Das frühe Morgenlicht überraschte sie am nächsten Tag zum ersten Mal in siebzehn gemeinsamen Ehejahren in verschiedenen Betten. Josefa war neben Emilia eingeschlafen. Das Letzte, woran sie sich erinnerte, war, daß sie ihr eine Weile lang den Rücken gestreichelt und den Teufel und Daniel Cuenca ausgelacht hatte. Wer weiß, was sie geträumt haben mochte, als sie aufwachte, lag ihr das Herz jedenfalls schwer wie ein Plätteisen in der Brust. Lautlos verließ sie das Bett und ging in ihr Arbeitszimmer am anderen Ende des Hauses. Dort standen ein Lehnsessel, in dem sie es sich gern zum Lesen oder zum Handarbeiten bequem machte, und ein runder Tisch aus hellem Kiefernholz, auf dem stets ein heilloser Wust von Papieren herrschte. Hier hatte sie Emilia in letzter Zeit das Alphabet beigebracht. Dann gab es noch ein kleines Bücherregal und einen Sekretär mit lauter winzigen Schubfächern, in denen sie alles, von der Urkunde, die sie zur Hausbesitzerin machte, bis zu den Rechnungen von der Kurzwarenhandlung und vom Kolonialwarenladen hortete. Sie nahm einen hellen Briefbogen aus einem seidengefütterten Kästchen und schrieb darauf: *Liebster: Du hast recht, den Teufel gibt es nicht, die Kleine ist kein Angsthase. Waffenruhe! Josefa.*

Als sie vom Markt heimkehrte, stand auf dem Eßtisch ein zartfarbener Blumenstrauß, an dem eines von Diegos Rezeptformularen mit einer Nachricht hing. Sie besagte: *Das Kind ist ein Angsthase. Sein Papa hofft, bei passender Gelegenheit die Waffen vor Dir zu strecken. Diego.*

Noch vor dem Essen wurde der Frieden dort geschlossen, wo der Krieg ausgebrochen war. Diego kam pfeifend aus der Apotheke hoch und begab sich schnurstracks ins Schlafzimmer. Josefa folgte ihm, wobei sie sich fragte, ob er wohl die Schuhe abgestreift hatte. Wenn Diego sich am Tag die Schuhe auszog, war das das Zeichen für den heiligen Krieg, wenn nicht, konnte er auch nur ins Schlafzimmer gegangen sein, um sich kurz mitsamt Schuhen aufs Ohr zu legen, wie es in Yucatán

46

Brauch war. Zumindest glaubte Josefa das, für die ihr Mann alles war, was sie von Yucatán wußte. Deshalb erklärte sie jede Gewohnheit, die Diego von den Leuten aus Puebla unterschied, mit seiner Abstammung. Wenn er sie in den Momenten äußerster Verliebtheit »Herzblatt« nannte, war das ein untrügliches Zeichen für seine Herkunft aus Yucatán. So nannte er sie auch an jenem Nachmittag, bevor er die Waffen streckte. Am nächsten Tag ging Emilia zur ersten Probe bei den Cuencas.

5

Es wurde ein denkwürdiger Sonntag.

Josefa Veytia war mit der Erkenntnis aufgewachsen, daß Sonntagskleidung elegant zu sein hatte und von den Jüngsten bis hin zu den Ältesten alle verpflichtet waren, an diesem Tag ihre beste Garderobe vorzuführen. Nur im formlosen Kreis der Freunde, die ihr Mann und Doktor Cuenca ausgewählt hatten, pflegte man sich sonntags legerer zu kleiden als werktags.

»So soll es von jetzt an sein«, sagte Diego und nahm sein ältestes Jackett aus dem Schrank. »Es ist unsere Aufgabe, diese Zwanglosigkeit durchzusetzen.«

»Auch dafür bist du zuständig?« wollte Josefa wissen. »Diego, bitte, mach nicht alles zu deiner Aufgabe. Eine Runde von dreißig Wirrköpfen kann sich doch nicht anmaßen, die ganze Welt zu verbessern.«

»Die ganze Welt nicht. Zum Beispiel gibt es keinen Grund, die reizende Art zu ändern, wie manche Frauen beim Diskutieren die Stirn runzeln.« Diego schlüpfte in die Jacke, die an einem Ärmel gestopft und am Futter eingerissen war.

»Ich glaube nicht, daß es in hundert Jahren irgend jemand fertigbringt, in so einem Aufzug auf die Straße zu gehen«, erklärte Josefa, das Kompliment überhörend.

»Schade, daß ich nicht solange leben werde, um es dir zu beweisen.«

»Darin sind wir uns einig. Menschen wie du dürften nicht sterben. Aber vorerst sollte die Kleine sich heute anziehen, wie es sich gehört«, bat Josefa.

»Warum weinst du denn, wo du doch zurechtgemacht bist wie eine Porzellanpuppe?« fragte Diego seine Tochter, als sie herausgeputzt in einem Rüschenkleid mit rosa Schärpe vor ihm stand.

»Das ist es ja.« Emilia lief fort, um ihr Gesicht in den Stores des Salons zu vergraben, damit niemand sie weinen sah.

Als man sie rief, um aufzubrechen, hatte sie sich wieder gefaßt und stellte sich lächelnd neben Diego. Sie ließ sich von ihrer Mutter begutachten wie ein Meisterwerk und machte sich dann mit beiden auf den Weg zu den Cuencas.

Milagros Veytia wartete in der Tür, als sie die Sauris kommen sah, als hätten sie alle Zeit der Welt. Neben ihr stand Daniel Cuenca, der mit seinen zehn Jahren zum ersten Mal im Leben ein von seinem Bruder geerbtes blaues Leinenhemd und lange Hosen trug.

»Sie haben die Kleine als Puppe verkleidet, deshalb kommen sie zu spät«, meinte Daniel.

»Ärgere sie nicht«, befahl Milagros, als die Sauris nur noch zwanzig Schritte entfernt waren. Dann aber sah sie, wie Emilia in Rüschen gezwängt war, und es verschlug ihr die Sprache. Warum bestand Josefa darauf, sie so anzuziehen? Milagros konnte ihr Patenkind nur bedauern. Sobald das Mädchen näher kam, erlag Milagros jedoch dem eindringlichen Blick aus den dunklen, mandelförmigen Augen. Sie hatte damals, am Morgen der Geburt der Kleinen, recht gehabt. Diese Augen waren der schlagende Beweis dafür, daß ihr Patenkind nie das Glück der Unschuld genießen würde.

»Laßt euch nur Zeit«, stichelte sie, »immerhin erwarten wir euch erst seit zwei Stunden.«

Diego gab ihr einen Kuß, doch sie empfing ihn nur mit der Frage, ob er bitte den Vorhang aufhängen könne, um den Salon zur Bühne zu machen. Von Josefa wollte sie wissen, ob sie sich noch an die Musikbegleitung für das Lied der Kinder erinnere, und von Emilia, ob sie überhaupt ihren Text gelernt habe.

Emilia, die Daniels spöttischen Blick spürte, gab vor, sie habe ihn vergessen. Doch Milagros überhörte es und verlangte, Emilia solle den Text Daniel beibringen, der nicht ein Wort davon könne. Dann hakte sie sich bei Josefa ein und ging mit ihr fort.

»Nicht mal Don Porfirio dürfte so streng sein wie du als Theaterleiterin«, urteilte Josefa.

»Nenn ihn nicht ›Don Porfirio‹. Er ist ein herrischer, niederträchtiger, mürrischer und gemeiner Greis.«

»Ist er denn so schlimm?«

»Frag deinen Mann.«

»Den brauche ich nicht zu fragen. Der wiederholt jeden Tag ähnliche Dinge.«

»Und du stellst dich taub?«

»Natürlich. Ich will doch nicht, daß sie ihn umbringen, weil er zuviel redet.«

»Hier werden selbst die sterben, die stumm bleiben. Josefa, es nützt nichts, den Mund zu halten.«

»Sag nicht solche Dinge«, bat Josefa.

»Als ob du sie nicht wüßtest«, erwiderte Milagros.

Die Kinder waren am Brunnen geblieben. Daniel hielt einen Zweig in der Hand, mit dem er auf der Erde herumstocherte, und hörte nicht auf, Emilia abschätzig zu mustern.

»Sieh mich nicht so an«, sagte sie.

»Ich seh dich gar nicht an.« Daniel lachte, mit einem

anderen Ausdruck in den Augen als dem, der sie in ihrem Albtraum so erschreckt hatte.

»Ich weiß ja, daß ich schrecklich aussehe.«

»Du siehst nicht schrecklich aus, nur, so kannst du nicht rennen«, sagte Daniel.

»Wetten, ich schlage dich«, erwiderte Emilia.

»Dann schlag mich.« Daniel lief los.

Emilia rannte hinter ihm her, als störte sie die steife Krinoline überhaupt nicht. Sie folgte ihm bis zum anderen Ende des Gartens und sah, wie er dort über ein paar Sprossen im Stamm auf eine riesige Esche kletterte. Als sie merkte, daß sie mit diesem Kleid über die zweite Sprosse nicht hinauskommen würde, zog sie es kurzerhand aus. Darunter trug sie einen gestärkten Unterrock, den sie ebenfalls abstreifte. Von der Kleidung befreit erklomm sie die Sprossen.

Daniel sagte kein Wort, aber er konnte auch den Blick nicht von ihr lassen, während sie sich, immer noch keuchend, auf einem Ast niederließ und mit dem Rücken an den Baumstamm lehnte. Er musterte ihr gerötetes, strahlendes Gesicht, sah, wie ihre herabbaumelnden Beine in den weißen Kniestrümpfen und den Schleifenschuhen hin- und herschaukelten wie der Klöppel, der eine Glocke zum Klingen bringt.

»Wie geht das Lied?« wollte er wissen.

»*Ist die Zitrone grün, / treibt sie die Röte ins Gesicht / Soll die Liebe ewig blühn / zeigt man sie lieber nicht*«, sang Emilia und wippte dabei mit den Füßen, als tanze sie in der Luft.

Daniel sah die baumelnden Beine und hatte dabei ein ähnlich wohliges Gefühl, wie wenn sein Drachen die Luft durchschnitt. Er ließ ihn hoch in die Lüfte steigen, und wenn er weit entfernt und doch immer noch an der

Schnur in seiner Hand hing, mit der er den Drachen be-
zähmte, stieß er einen Triumphschrei aus, als schwebte
er selbst dort oben in höchster Höhe.

Emilia, die etwas von diesem Höhenflug ahnte, hörte
auf zu singen, um ihm ein Lächeln äußerster Zufriedenheit zu schenken. Da war Daniel mit einem Satz bei den
Sprossen und jagte wie eine mit dem Besen aufge-
scheuchte Katze vom Baum herab.

»Sieh zu, wo du bleibst«, rief er vom Boden aus nach
oben und packte das Kleid, auf das er mit den Füßen
aufgekommen war.

Am Ende des Gartens hatte Doktor Cuenca kurz vor
dem Tod seiner Frau einen Teich angelegt, in dem sie
Forellen aussetzte. Dorthin rannte Daniel nun mit Emilias Kleid. Salvador, sein älterer Bruder, der sich mit
einem Freund gerade in der Nähe aufhielt, eine Zigarette paffend, die sie einem Gast stibitzt hatten, sah ihn
wild wie üblich herbeistürmen.

Daniel aber nahm die beiden gar nicht wahr. Er hielt
kurz am Rand des Teiches inne, bevor er all die Spitzen-
volants dem Wasser überantwortete. Das war nicht gerade der sicherste Weg, um zu verhindern, daß sein Vater ihn schnellstens in ein Internat steckte. Doch zu
groß war seine Lust, dieses Kleid wie ein Schiff mit
zahllosen Segeln mitten im Teich treiben zu sehen, und
schon warf er es in die Luft und schaute ihm nach, wie
es herabflatterte und die ganze, mühevoll von Josefa ge-
nähte Pracht mit den Flügeln auf dem Wasser aufsetzte.
Eine sanfte Brise ließ es dort kreisen, ohne unterzu-
gehen, als wäre es tatsächlich zum Segeln gedacht wie
ein Schiff.

»Mann, du Schuft, wem gehört das?« meinte Salvador anerkennend.

»Mir«, schrie Emilia und gab Daniel von hinten einen Schubs, woraufhin dieser neben dem Kleid im Wasser landete.

Weder Salvador noch sein Freund hatten sie kommen sehen. Doch nichts erheiterte sie mehr als dieses kreischende Mädchen, das da plötzlich, nur spärlich bekleidet, wie ein halb gehäutetes Kaninchen, auftauchte, um sich zu rächen. Denn obwohl Daniel den Kopf schon wieder aus dem Wasser streckte und beteuerte, wie pudelwohl er sich darin fühle, konnte Salvador nicht übersehen, daß sein Bruder in seinem Stolz gekränkt war.

Als er und sein Freund, immer noch Rauch ausstoßend, weiterlachten, hörte Emilia auf, ihren Sieg zu feiern, und besann sich, daß sie kein Kleid trug. Unter dem Gelächter der Jungen begann sie so zu glühen, daß ihr nichts Besseres einfiel, als ebenfalls in den Teich zu springen.

So nahm die Probe an jenem Nachmittag ein jähes Ende.

Kurze Zeit später faßte Doktor Cuenca den Entschluß, Daniel dürfe nicht weiter am lächelnden Rockzipfel von Milagros Veytia hängen, sondern müsse endlich die Lebensregeln befolgen, die sein Vater für wichtig erachtete.

Milagros konnte den Doktor noch zu einem kurzen Aufschub bewegen, indem sie geschickt vorbrachte, die letzten Worte, die ihm María Esperanza ins Ohr geflüstert habe, berechtigten sie dazu, für das Kind zu sorgen. So gab er ihrer Bitte nach, Daniel wenigstens noch bis zum Jahrhundertende bei ihr zu lassen; und wer weiß, was sie damit in seinem Herzen berührte. Tatsache war, daß Daniel noch ein Jahr länger in der Stadt blieb, bei der freiwilligen Ersatzmutter, deren Fürsprache ihm unentbehrlich geworden war, um bei all den Streichen ungestraft davonzukommen, die er aussheckte.

Erst zu Beginn des Jahres 1901 wurde der Querkopf Daniel Cuenca auf ein Jungengymnasium unter der Leitung von Don Camilo Aberamen geschickt, einem strengen Italiener, der sich auf die Charakterformung schwererziehbarer Jungen spezialisiert hatte.

Zu dem Zeitpunkt waren die Sticheleien zwischen Emilia und Daniel der Kameradschaft gewichen. Die Sonntagnachmittage verbrachten sie damit, auf Bäume zu klettern, Steine, die sie die Woche über gesammelt hatten, auszutauschen und mit den Füßen im Teich zu planschen, während sie sich abwechselnd den Rücken kratzten. Letzteres in Erfüllung einer Abmachung, die Emilia eingeführt hatte, um Zwistigkeiten mit ihrem Freund zu vermeiden.

Als sie sich eines Nachmittags wieder die Füße naß machten, fest entschlossen, niemals den Husten loszuwerden, der sie beide plagte, hatte Daniel sie gebeten, ihm den Nacken zu kraulen.

»Wie lange?«

»Bis ich es dir sage.«

»Nein«, protestierte Emilia. »Ich kraule dir den ganzen Rücken, aber dabei zähle ich bis sechzig, und dann kraulst du mich.«

Daniel hatte diesen Vorschlag gerecht gefunden, und hieraus ergab sich dann die Abmachung.

An diesem letzten Sonntag im Februar wurde jedes einzelne Spiel zelebriert wie ein Ritual. Der Steinetausch dauerte weniger lange als sonst. Emilia brauchte ihre Neuerwerbungen in ihrer Sammlung nicht einzeln vorzuführen, um zu sehen, ob einer Daniel dazu bewegen könnte, ihn gegen einen glatten, schwarz wie Seide glänzenden Stein einzutauschen, den er als seinen Talisman bezeichnete und immer bei sich trug. Vor dem Schlafengehen legte er ihn unter sein Kopfkissen, und beim Aufwachen griff er als erstes nach ihm. Sie hatten ihn beide an einem trocken-kalten Wintermorgen gefunden, als Milagros sie auf einem Spaziergang zum Ufer des Rio Atoyac mitgenommen hatte. Emilia hatte ihn unter den anderen glitzern sehen und kostbare Zeit vertan, als sie darauf zeigte, während Daniel mit dem Blick der Richtung des Fingers folgte und sich flugs darauf stürzte, um ihn zu ergattern.

»Er gehört mir!« hatten beide gleichzeitig geschrien. Aber Daniel hatte ihn in der Hand gehalten, und dort war er während der monatelangen Tauschverhandlungen geblieben, bei denen Emilia alles, von gutem Zureden bis zur Erpressung, versucht hatte, doch ohne Erfolg.

»Mach die Hand auf«, sagte Daniel an diesem Sonntag beim Tauschen gleich zu Beginn.

Emilia streckte die Hand aus und spürte, wie der Kieselstein ihr in die Hand glitt. Daniels Amulett blitzte sekundenlang in der verblassenden Sonne auf.

»Bist du auch sicher?« fragte Emilia, als hielte sie einen Brillanten umklammert.

»Laß uns zum Teich gehen«, erwiderte Daniel, den es von klein auf geniert hatte, als edelmütig dazustehen.

Sie tauchten die Füße ins eiskalte Wasser. Dann planschten sie und verjagten die Fische vom Rand.

»Soll ich dir den Rücken kraulen?« fragte Emilia.

»Bis sechzig«, sagte Daniel.

Emilia begann mit ihren schlanken Fingern über seinen Rücken zu streichen, während sie langsam wie nie zählte. Sie war erst bei zwanzig, als Daniel die Arme mit ihren kreuzte und ihr, ohne zu zählen, am Rücken entlangwanderte. Emilia verstummte bei dreiundzwanzig und sagte nichts mehr. So verharrten sie eine Weile, ohne mit den Füßen zu planschen, bis Emilia die Hand fallenließ und herausplatzte:

»Ich will nicht, daß du fortgehst.«

»Warum das denn?«

»Ich verspreche dir, daß ich auf deinen Stein aufpasse.«

»Jetzt gehört er dir.«

»Wirst du dir dort einen anderen suchen?«

»Nein. Dort gibt es keine Steine«, meinte Daniel und zog die Füße aus dem Wasser.

»Und Mädchen?«

»Auch nicht«.

Sie liefen zum Haus mit den Schuhen in der Hand und dem Februarhusten in der Kehle. Milagros Veytia war herausgekommen, um sie zu holen, und tat verärgert.

»Ihr Narren, was habt ihr mit den Füßen im Wasser gemacht?«

»Abschied genommen«, erklärte Emilia, die von ihrer Mutter gelernt hatte, dem Kummer in ihrem Herzen unumwunden Luft zu machen.

Milagros brachte sie in ein Schlafzimmer, rieb ihnen die Füße mit Alkohol ein, goß einen duftenden Kräutertee auf und erzählte ihnen eine ihrer abenteuerlichen Heldengeschichten. Als Josefa ins Zimmer kam, um ihre Tochter zu holen, fand sie Milagros mit einem seltsamen Lächeln am Rand des Bettes sitzen, in dem beide Kinder vor Erschöpfung eingeschlafen waren.

»Ich helf dir, sie hochzuheben«, sagte Milagros, als sie sah, wie Josefa Emilia sanft schüttelte.

»Sie soll ruhig aufwachen und laufen.«

»Heute nicht«, widersprach Milagros, als genügte die Autorität ihrer Stimme. Und tatsächlich gehorchte Josefa ihr ohne Widerrede.

Als sie auf den Flur hinaustraten, sah Diego Sauri die beiden mit dem schlaffen Körper seiner Tochter als Band zwischen sich, was ihn einmal mehr in seiner Überzeugung bestärkte, daß die Frauen das Beste waren, was es auf der Welt gab.

Montagmorgen machten Doktor Cuenca und sein jüngster Sohn sich auf die Reise zum Internat in Chalchicomula. Nur so, sagte sich Doktor Cuenca, wenn er mit seinem Bruder in einer Welt lebte, die dafür gedacht war, richtige Männer heranzuziehen, würde Daniel sich von der übertriebenen, wenn auch gut gemeinten Verzärtelung durch die Freundin seiner Frau erholen.

Milagros Veytia hütete eine Woche lang das Bett, angeblich mit der heftigsten Grippe ihres Lebens. Josefa besuchte sie am Dienstag, um ihr eine Suppe zu kochen und ihr Sonnentau-Pillen und Tolu-Saft einzugeben, Mitbringsel ihres Mannes.

»Es ist absurd«, sagte Milagros, »die Kinder werden naß, und ich werde krank.« Dann hustete sie und weinte sich auf den Knien ihrer Schwester über ihre Verwaisung aus.

6

Emilia wurde krank. Es begann mit einer ähnlich schlimmen Erkältung wie bei Milagros und endete mit heftigen Windpocken. Zwei Wochen lang wußte Josefa sich nicht anders zu helfen, als sie mehrmals täglich in Maulbeerblättern zu baden und die Kritik über sich ergehen lassen, die alle Welt an diesem von Diego erfundenen Heilverfahren übte.

»Tun wir auch das Richtige?« fragte sie Diego eines Morgens, während er in der Tageszeitung *Regeneración* las, so ausgiebig und konzentriert, als studierte er eine neue Rezeptur.

»Nein. Ich glaube nicht, daß es klappt.«

»Meinst du, es werden viele Narben bleiben?«

»Er ist schon durch seine üblen Machenschaften gezeichnet.«

»Diego, ich spreche von Emilia. Im Augenblick interessiert mich die Zukunft des Gouverneurs von Sonora herzlich wenig.«

»Er ist Gouverneur von Nuevo León.«

»Du hörst mir überhaupt nicht zu. Ich muß wohl auch erst in der Zeitung schreiben, damit du mich endlich ernst nimmst. Ich werde mich beim *Imparcial* bewerben.«

»Sprich bloß nicht von diesem Mistblatt.«

»Emilia sieht zum Gotterbarmen aus, aber dich kümmert das einen Dreck.« Josefa wollten schon beim bloßen Anblick ihrer Tochter die Tränen kommen. Ihr ganzer Körper war mit Eiterbeulen übersät, sie hatte

Halsschmerzen, ihr Rücken juckte, und ihr Gesicht war von unzähligen Pusteln entstellt.

»Gräm dich nicht«, beruhigte Diego seine Frau. »In zwölf Tagen wird ihre Haut wieder sein wie eh und je.«

Josefa blieb skeptisch.

»Niemand badet seine Kinder«, sagte sie.

»Weil die Medizin eine unvollkommene Wissenschaft ist«, erklärte Diego Sauri, ohne von der Zeitung aufzublicken. »Die Ärzte glauben solange an ein Rezept, bis einer kommt und das Rezept verbessert. Und die medizinischen Methoden erneuern sich nur langsam. Tatsächlich gibt es immer noch berühmte Ärzte, die zur Ader lassen.«

»In den Augen der anderen sind wir Barbaren.«

»Macht nichts«, beschwichtigte Diego sie. »Wer experimentiert, tut mehr für die Medizin, als wer alles Neue ablehnt.«

»Bist du auch ganz sicher, daß du dich nicht irrst?«

»Wer nicht zweifelt, irrt doppelt«, erklärte Diego.

»Laß sie nur keine Narben zurückbehalten!«

»Narben behält sie bei keiner Methode. Meine ist nur sauberer.«

Josefa fügte sich, spöttisch wie immer, wenn ihr Mann etwas scheinbar Unwiderlegbares folgerte, was sie arg bezweifelte.

»Alles, außer das Kind zu den Nonnen geben«, hatte Señor Sauri seinerzeit gesagt, als es darum ging, auf welche Schule sie ihr Kind schicken sollten. »Dort lernt sie nichts als Beten, statt ihr beizubringen, wie sie sich in der modernen Welt mit all ihren Widersprüchen zurechtfindet.«

»Mit sieben Jahren?« fragte Josefa. Dann entspann

sich sich zwischen ihnen ein Streit, der damit endete, daß Emilia in der Privatschule einer strengen, übellaunigen alten Jungfer angemeldet wurde, der man manch heimliche Liebesaffäre in verflossenen Jahren nachsagte.

In ihrer Schule wurde vor allem der Katechismus gelehrt, was die Sauris bei Emilia mit der Erklärung kompensierten, er sei eine Lehre unter vielen, ebenso wichtig wie die Vielgötterei, die Milagros predigte, wenn vielleicht auch weniger plausibel. Emilia bekam also in ihrer Kindheit zu hören, die Jesusmutter sei eine Jungfrau, ein Vorbild für viele heilige Frauenfiguren, und Eva, die Urfrau, sei aus der Rippe eines Mannes entstanden und schuld an allen Übeln der Menschheit. Gleichzeitig erfuhr sie von der langmütigen Göttin Ixchel, der grausamen Coatlicue, der schönen Venus, der unerschrockenen Diana und von Lilith, der anderen rebellischen, doch ungestraften Urfrau.

Nachmittags brachte ihr Milagros bei, Klavier zu spielen und mit Begeisterung Romane zu lesen, und Diego erzählte ihr pausenlos von Politik, Reisen und Medizin. Mit elf Jahren gab Doktor Cuenca ihr Cellounterricht. Er war ein strenger, nicht sehr gesprächiger Lehrmeister. Dennoch wuchs er ihr mit der Zeit ans Herz, schon weil er sie liebte wie die Tochter, die er nie gehabt hatte.

Als Edinsons Kinematoskop nach Puebla kam, kostete eine halbminütige Vorstellung dreißig Centavos. Dort verspürte Emilia zum ersten Mal die Sehnsucht, die Welt kennenzulernen, mit der ihr Vater sie ununterbrochen lockte. Der Norden Afrikas, Sankt Petersburg, Pompeji, Neapel und Venedig waren unter den ersten Orten, mit denen ihr Auge von ferne in Berührung kam, während sie Diego Sauris jugendlich begeisterter Stimme in der Stille lauschte.

»Eines Tages mußt du dorthin fahren.«

Bei der Rückkehr von dem Holzschuppen, den sie Kinosaal nannten, schalt Josefa ihren Mann:

»So frustrierst du Emilia nur. Wenn du sie weiterhin mit dem Wunsch nach Unerfüllbarem köderst, wird sie aufwachsen wie eine Urwaldpflanze in einem Hinterhof. Ich will nicht, daß du ihr noch einmal sagst, Reisen sei eine Art Lebensziel.«

»Das sage ich ihr?«

»Du wiegelst sie zu sehr auf. Ich bin vierzig und habe noch nie das Land verlassen. Wie soll sie es schaffen, auch nur an ein Drittel der Orte zu kommen, von denen du ihr weismachst, daß sie sie kennenlernen wird?«

»Sie wird ihr gesamtes Leben in einem neuen Jahrhundert verbringen«, entgegnete Diego versöhnlich.

Während Emilia in der freien Luft eines toleranten und liberalen Heims wuchs und gedieh, lernte Daniel Cuenca die Welt unter der Anleitung von Don Camilo Aberamen kennen. Er war ein Mann, der dem Anarchismus nahestand und seine ganze Überzeugungskraft der Erziehung einer Gruppe von Jungen widmete, die er selbst aus den Anwärtern für seine weitab gelegene Schule auszuwählen pflegte. Je temperamentvoller sie waren, desto besser, denn er vertrat den Standpunkt, ungebärdige Kinder hätten eine besonders stimulierbare Intelligenz. Voller Freude und Stolz brachte er ihnen bei, der Vernunft zu folgen und die Gefühle zu beherrschen, ohne dabei den Schneid einzubüßen. Bei ihm lernten sie sowohl Musik als auch Latein und paukten so lange Stunden Mathematik, wie sie Berge bestiegen oder über

Hindernisse sprangen und ihre Körper für den Lebenskampf stählten.

In diesem Internat in einem staubigen, abgelegenen Dorf am Fuß des Vulkans Citlaltpetl hatten die Schüler in den Monaten Dezember und Januar frei. Dann kehrte Daniel heim zu seinem Vater und den Spielen mit Emilia.

Einmal zu Beginn der Ferien unternahmen sie gemeinsam eine Reise, um das Meer zu sehen.

Diego Sauri, Manuel Rivadeneira, die beiden Schwestern Veytia und Emilia bestiegen den Zug in Puebla. Dieses eine Mal in ihrem Leben war Milagros bereit gewesen zu zeigen, daß sie bisweilen dem Poeten Rivadeneira einen Teil ihrer Freiheit opferte: Sie lud ihn auf die Zugreise zum Strand ein, nachdem sie lange mit Josefa diskutiert hatte.

»Wenn ich ihn einlade, wirst du wünschen, daß ich ihn heirate. Dieses Risiko will ich nicht eingehen«, sagte sie.

Am Morgen der Zugfahrt erschien sie bei den Sauris dann doch in Begleitung Rivadeneiras mit seiner schier grenzenlosen Bildung.

Manuel Rivadeneira war ein reicher Mann, der sich an einfachen Dingen erfreute. Er genoß stets, was das Leben ihm zu bieten hatte, ohne je mehr zu verlangen, als ihm zufiel. In dieser Ergebenheit hatte er es auch hingenommen, als Milagros einen Heiratsantrag ausschlug, das Klügste, was er tun konnte, denn so konnte er wenigstens weiter mit ihr zusammenbleiben.

Er lebte allein, aber kannte Momente des Glücks, von denen sich kein Ehemann hätte träumen lassen. Mit Milagros traf er sich, wann immer sie wollte. So sah er nie ein übelgelauntes Gesicht oder den Schatten des Über drusses im Lächeln der Frau, die sein Leben ausfüllte. Er las ohne Zeitplan und lebte ohne Eile. In seinem Haus herrschte Kirchenstille.

Der Zug fuhr mit einem lauten Ruck an, was Emilia vor Freude erröten ließ. Zum ersten Mal unternahmen sie eine der tausend Reisen, die ihr Vater täglich für sie entwarf.

Drei Stationen und fast zwei Stunden später erreichten sie San Andrés Chalchicomula. Als ihr Waggon langsam im Bahnhof einfuhr, sah Emilia durchs Fenster die hoch aufgeschossene Gestalt und den zerzausten Kopf ihres Freundes auf dem Bahnsteig; eine lange, rötliche Haarsträhne fiel ihm widerspenstig ins Gesicht. Neben seinen Füßen stand der Lederkoffer, mit dem er immer zum Jahresende ankam und acht Wochen später wieder abreiste. Als er die Sauris kommen sah, zog Daniel eine Flöte aus seiner Tasche und spielte spontan drauflos, was ihm eben einfiel.

»Diesem Jungen ist seine Freiheit anzumerken, sobald man ihn nur läßt«, sagte Milagros, als sie ihn durch das Fenster sah, mit dem ganzen Stolz der Mutter, die sie nicht war.

»Was man sieht, ist, daß du ihn vergötterst«, meinte Rivadeneira.

Kaum waren die Türen geöffnet, stürmte Daniel in den Waggon und machte mehr Lärm als ein ganzer Jahrmarkt. Emilia hieß ihn mit Freudengeheul willkommen. Sie umarmten sich und lachten, bis sie sich auf dem Boden kugelten. Erst als der Zug ruckartig wieder anfuhr, gelang es Josefa, sie auf zwei Plätze nebeneinander zu bannen, wo sie ihnen ein spanisches Kartenspiel und eine Tüte Kekse in die Hand drückte, damit sie endlich Frieden gaben.

Sie spielten und redeten, bis sie über eine lange Steigung die wolkenverhangenen Gipfel von Maltrata erreichten. Oben fiel feiner Nieselregen. Links und rechts folgten jetzt Steilhänge, an denen vereinzelte Hütten klebten oder sich Bächlein schlängelten. Alles rundum bestand aus Grün oder Wasser.

Die Fahrt durch diese Landschaft dauerte so lange, daß Emilia und Daniel schließlich aneinandergelehnt einschliefen. Als ihnen allmählich kalt wurde, verkündete die Lok mit einem gedehnten Pfeifen, daß sie Boca del Monte erreicht hatten. Die Waggontüren öffneten sich, und der Zug hielt vor einer Herberge mit gedecktem Tisch und einem großen, bunt flackernden Holzfeuer. Seither sehnte Emilia sich, immer wenn ihr kalt war, nach der Nacht am Feuer in jenem Quartier zurück.

Als sie am nächsten Tag Veracruz erreichten, wo sie im Hotel Mexiko direkt am Hafendamm logierten und Emilia zum ersten Mal das Meer zu Gesicht bekam, lernte sie die tropische Hitze und das Café kennen, in dem ihre Eltern sich auf den ersten Blick unsterblich ineinander verliebt hatten.

In anderen Ferien ließ Milagros sie das gesamte Gebiet des Staates Puebla erkunden. Sie zeigte ihnen das Tal, das ihres Wissens einst die Erwählten des Gottes Xólotl regiert hatten, und erzählte stundenlang von ihren Kenntnissen in Astronomie, Teil des Kults um einen Gott, dessen Name soviel wie Himmelswanderer bedeutete. Sie führte sie auch nach Cholula, dem wichtigsten religiösen Zentrum im Tal Anáhuac, wo sie die Pyramide erklommen, die zu Ehren von Quetzalcóatl, dem Gott der Lüfte, errichtet war.

»Er war ein kluger, ein weiser Gott; er hat den Menschen die Kunst gezeigt, Metall zu bearbeiten, und vor allem, was noch schwieriger ist, über Völker zu regieren. Wenn man ihm vom Krieg sprach, hielt er sich die Ohren zu«, erklärte ihnen Milagros, als sie sich dem Tempel in einer von Mauleseln gezogenen Bahn näherten.

Am Ziel angekommen, rannten sie die steile Schräge hinauf, die zur Spitze der Pyramide führte, bis zur kleinen, triumphierenden Kirche, die von den Spaniern dort oben errichtet worden war, ohne den geringsten Respekt vor dem Gott, für den die Ureinwohner Mexikos die Eindringlinge gehalten hatten.

»Überhebliche Spanier«, sagte Daniel und ließ den Blick über die Landschaft schweifen, die vom Hof der zu Ehren der *Virgen de los Remedios* erbauten Kirche ganz zu überschauen war.

»Ihre Zeit war dünkelhaft wie ihre Religion. Außerdem, mein Sohn, ist es unziemlich, seine Vorfahren zu kritisieren«, ermahnte ihn Milagros.

»Meine Vorfahren waren Azteken, nicht Spanier«, widersprach Daniel.

»Du mit deinen Pobacken wie ein Stierkämpfer? Es ist nicht so, wie man möchte, sondern wie es ist«, sagte die Tante.

»Die Azteken waren auch dünkelhaft.« Emilias Wangen glühten, und ihr Haar kräuselte sich feucht in die Stirn:

»Wann mußt du zur Schule zurück?«

»Am Dienstag.« Daniel legte ihr seinen Arm um die Schultern, während sie sich einer Frau näherten, die Orangen verkaufte.

An diesem Sonntag hielt Emilia es zum ersten Mal für nötig, an zwei Götter gleichzeitig eine Bitte zu richten.

Doch weder Quetzalcóatl noch die *Virgen de los Remedios*, obwohl Mutter der immerwährenden Hilfe, konnten verhindern, daß Doktor Cuenca seinen Sohn wieder nach Chalchicomula brachte.

»Jetzt verstehe ich, warum ihr zu keinem Gott betet«, verkündete sie ihren Eltern bald darauf.

»Ach ja?« Josefa schaute von dem Gewirr von Fäden auf, mit denen sie eine Serviette bestickte.

»Die gewähren einem sowieso nichts«, sagte Emilia.

»Allein das Leben gewährt einem Dinge«, meldete Diego sich hinter den aufgeschlagenen Seiten seiner vierten Tageszeitung zu Wort. »Und es ist großzügig. Oft gewährt es, was man gar nicht erbeten hat. Aber uns ist es nie genug.«

»Mir genügt es«, gestand Josefa.

»Dir, weil du bei Vollmond geboren bist.«

»Und wobei bin ich geboren?« fragte Emilia.

»Du bist bei elektrischem Licht geboren«, erklärte ihr Vater. »Wer weiß, was du später noch alles vom Leben erwarten wirst.«

Sonntags fehlte Daniel ihr mehr als an den anderen Tagen. Der Garten der Cuencas schien ihr so endlos, wie die Zeit ihr lang wurde.

Ihre Freundin Sol García durfte sie nie zu den Treffen begleiten, die bei ihr zu Hause nur die Anarchistenrunde genannt wurde. Während die Erwachsenen also die Demokratie heraufdämmern sahen, strich Emilia durchs Haus wie eine gelangweilte Katze oder saß reglos in einem Korbsessel und hörte zu. Es war immerhin unterhaltsam, von weitem zuzusehen, wie sie über ihre Vorstellungen von der Zukunft diskutierten, als könnten sie darüber bestimmen. Milagros bewegte beim

Sprechen die Hände auf eine Weise, die Emilia für höchst beredt hielt. Wenn sie sie so beobachtete, war das wie eine Tanzaufführung ganz für sie allein, und sie nahm das Bild tief in ihrem Inneren auf, dort, wo man seine liebsten Erinnerungen aufbewahrt.

Mehrere Male kamen die Sauris zu spät zu den Sonntagsgesellschafen bei Doktor Cuenca, denn ebenso ausgiebig, wie er seiner republikanischen Leidenschaft frönte, lebte Diego seiner Begeisterung für den Stierkampf und wollte sie auch noch seiner Tochter vermachen. Das war einer der wenigen Punkte, in denen er sich von seiner Schwägerin Milagros unterschied, die als blutige Schlächterei verabscheute, was er als Kunst pries.

Während ihrer sogenannten Hochzeitsreise, die der Kräutersuche gedient hatte, waren sie auf der beschwerlichen Strecke zwischen Querétaro und Guadalajara Ponciano Díaz, dem ersten mexikanischen Torero jener Zeit, begegnet. Als er dann zu einem Kampf auf der Plaza in Puebla geladen worden war, hatte der Torero einige Tage im Haus seiner dortigen Freunde gelebt – und getrunken. Bald darauf war er berühmt geworden.

Emilia lernte ihn kennen, als ihr Vater sie, in ländlicher Tracht mit einem Nelkenstrauß, der größer war als sie selbst, eines Nachmittags zum Stierkampf mitnahm.

Nach der Hälfte des Kampfes stieg er mit seiner Tochter zur Arena hinab, wo sie dem verschwitzten und erschöpften Mann in andalusischer Tracht, vom Ehrenpräsidenten des Platzes mit dem grün-weiß-roten Band der Präsidenten der Republik ausgezeichnet, den Blumenstrauß überreichen sollte.

Sie tat es mit einem schüchternen Lächeln, und Ponciano, der hinter dem Mädchen seinen Freund Diego Sauri erblickte, nahm die kleine Person in den Arm und deutete einen Tanz an.

Man hatte ihm einen Lorbeerkranz aufgesetzt, seine Tracht war fleckig und roch nach Blut, als wäre er selbst der verwundete Stier.

Mir gefällt nicht Mazzantini
und auch nicht Cuatro Dedos,
Ponciano ist's, den ich liebe,
den König der Toreros.

begleitete die Menge singend den Tanz ihres Lieblingstoreros.

Als Ponciano sie mit einem Kuß wieder auf den Boden stellte und Diego zu seinem »hübschen Kälbchen« gratulierte, sah Emilia die Flecken von Blut und Erde auf ihrem Paillettenrock. Sie blickte zu den Rängen auf, wo die Menge immer noch lauthals in patriotischem Taumel den König der Toreros bejubelte, und biß sich fest auf die Unterlippe, um nicht loszuweinen. Seither weckten Stierkämpfe in ihr gemischte Gefühle, teils Abscheu, teils Begeisterung.

Dreizehn Monate und zwei Tage später starb der erste mexikanische Torero an einem sogenannten Leberleiden. Diego wußte nur zu gut, wieviel er geschluckt hatte, bis es so weit kam.

Emilia betrat das Eßzimmer, als ihr Vater gerade den Bericht über die große Beerdigung in einer der auf dem Tisch ausgebreiteten Zeitungen las.

»Warum stirbt nicht lieber der andere Díaz«, hörte sie ihn sagen, wobei eine dicke Träne in seine Kaffeetasse fiel.

Porfirio Díaz regierte Mexiko damals bereits seit zwanzig Jahren – zwanzig Jahre, in denen er sich vom Helden der Republik zum Diktator wandelte, weshalb Diego ihn auch zu seinem persönlichen Feind erklärt hatte.

Es wurde gerade erst hell. Emilia fröstelte. Sie war barfuß und noch nicht angezogen.

»Irgend etwas hat mich gestochen«, sagte sie mit ausgestrecktem Finger, damit Diego das Blut an der Kuppe des Zeigefingers sehen konnte.

Ihr Vater sah sich die kleine Wunde an, lutschte daran und gab ihr dann einen Kuß.

»Warum hast du daran geleckt?«

»Der Speichel desinfiziert. Du hast dich an irgend etwas gestochen.«

»Woran denn? Ich habe doch geschlafen.«

»Deine Mama wird es vielleicht wissen«, erwiderte Diego, als seine Frau ins Eßzimmer trat. Nach dem Gutenmorgenkuß für jeden bestätigte sie, daß Emilia sich an irgend etwas gestochen haben müsse.

»An was denn?« Emilia hatte den Schrecken noch nicht überwunden, den sie bekommen hatte, als sie den Stich beim Aufwachen entdeckt hatte.

»An einem Draht«, sagte ihre Mutter und nahm sie mit zum Anziehen.

»Papa, es war doch nicht dein Freund Ponciano, oder? Ich habe gehört, die Toten kehren zurück.«

»Sie kehren zurück, aber nicht so.« Diego Sauri vertiefte sich wieder in seine Zeitungen.

Am späten Vormittag holte Josefa Emilia von der Schule ab. Der Stich stammte vom Zahn einer Ratte, die sie unter ihrem Bett gefunden hatten.

Zu Hause waren Doktor Cuenca, Milagros Veytia und sogar Rivadeneira um das Tier versammelt, das Diego in einen Käfig hatte sperren können. Alle starrten darauf, als stünde hinter dem Gitter die Beulenpest oder die Tollwut persönlich. Vor Emilia verbargen sie jedoch ihre Sorge, und sie begrüßte alle Anwesenden damit, daß sie den Biß herumzeigte.

Doktor Cuenca meinte, vorläufig könne man noch nichts sagen, und die Sauris beschlossen, die Ratte im Haus zu behalten, um sie acht Tage lang zu beobachten. Diego stellte den Käfig im ersten Stock auf den hinteren Patio. Als sie nach zehn Tagen Beobachtung immer noch quicklebendig und gesund war, wußte man, daß für Emilia keine Gefahr mehr bestand. Inzwischen hatten Diego und seine Tochter sich bereits mit der Ratte angefreundet und verschoben jeden Tag ihre Hinrichtung auf den nächsten. Ungefähr einen Monat später war nicht mehr die Rede davon, sie umzubringen, und die Ratte wurde zum Dauergast, dem Diego allmorgendlich eine Mohrrübe brachte und Emilia nach der Schule regelmäßig einen Besuch abstattete.

»Dieses Tier ist eine Freude«, meinte Diego Sauri eines Donnerstags beim Essen. »Fast glaube ich, es hat etwas von Ponciano.«

»Die Menschen werden nicht als Tier wiedergeboren. Sie sterben, das war's«, entschied Josefa.

»Wie, das war's?« fragte Emilia.

»Das war's, wer weiß, Kind«, sagte Josefa so traurig, daß es Emilia fröstelte.

»Tante Milagros sagt, daß man sich in einen Baum verwandelt, Sol García sagt, daß man in den Himmel kommt, Señorita Lagos sagt, man kommt in die Hölle, bei Doktor Cuenca glauben sie, der Geist bleibt in der Luft, und ihr sagt nur, wer weiß.«

»Das sagen wir«, bestätigte Josefa. »Ich versichere dir also, daß die Ratte nicht Ponciano ist. Armer Kerl. All die Plackerei, und jetzt wollen sie ihn in so einem gräßlichen Tier wiedererkennen. Laß es endlich sterben, Diego, gib ihm was.«

»Ich werde ihm ein Glas Portwein runterbringen«, sagte Diego und goß sich einen Brandy ein. »Möchtest du ein Glas, Emilia?«

»Meine Freundinnen haben recht«, sagte Josefa. »Wir machen ein etwas sonderliches Mädchen aus ihr.«

»Die Arme, wenn wir sie werden ließen wie die anderen«, bemerkte Diego.

»Ich bin wie die anderen. Nur daß ihr seltsamer seid als andere Eltern.« Emilia erhob sich mit dem Glas für die Ratte in der Hand. »Wenn sie es trinkt, war sie der Torero, wenn nicht, vergiften wir sie.«

Die Ratte verschmähte den Portwein, aber Diego hatte sie so sehr ins Herz geschlossen, daß er erst fünfzehn Monate später einwilligte, sie aus dem Haus zu schaffen und in die Freiheit zu entlassen.

Die Sauris bestiegen eines der ersten Automobile, die es in der Stadt gab, und fuhren aufs Land. Die feierliche Freilassung war ihnen ein so wichtiger Anlaß, daß Milagros Veytia und Sol García dazu gebeten wurden. Das Auto hatte Diego sich von ihrem Freund Rivadeneira, dem Poeten, geliehen, der außer seiner Leidenschaft für die schöne, undankbare Milagros Veytia noch andere, mehr konkrete Besitztümer hatte.

Sie bildeten einen Geleitzug, in dem Trauerstimmung vorherrschte, zielstrebig angeführt von Josefa Veytia y

Rugarcía, wie Diego seine Frau nannte, wenn sie es für nötig hielt, als einziges vernünftiges Familienmitglied einen klaren Kopf zu bewahren.

Sie liefen über lila Blumen, mit denen im Herbst die Felder übersät sind. In der einen Hand trug Diego den Käfig, und an der anderen hing Emilia, ein Lied trällernd, das ihr Vater frühmorgens zu pfeifen pflegte: *Das Wasser möcht' ich sein, in dem du baden gehst.*

»Hier ist es gut«, entschied Josefa, als sie sich ungefähr in der Mitte des Feldes befanden.

Diego Sauri blieb stehen und setzte den Käfig auf dem Boden ab.

»Ich öffne ihr.« Emilia bückte sich, um das Riegelchen hochzuschieben und das Türchen zu öffnen.

Die Ratte zögerte nicht eine Sekunde, kroch heraus und wieselte davon, um das Feld zu erkunden.

»Adieu, Ponciano.« Diego sah ihr nach, wie sie im Unterholz verschwand.

»Ponciano war besser erzogen. Sie hat uns nicht einmal gedankt«, sagte Milagros.

»Du hast recht«, stimmte Diego traurig zu. »Ihr Veytia-Frauen habt doch immer recht.«

»Außer wenn wir den Leuten aus Yucatán glauben.« Josefa hatte eine Decke aus dem Korb genommen und warf sie so gegen den Wind aus, daß sie sich akurat auf der Wiese ausbreitete. Fünfmal ließ sie die Decke durch die Luft niedergehen, und fünfmal hob sie sie wieder auf, noch nicht zufrieden mit dem Ergebnis. Doch einen weiteren Versuch unterließ sie, um nicht von ihrer Schwester wegen ihres Perfektionismus aufgezogen zu werden.

Milagros hockte am Boden und schaute zu, wie

Josefa geschäftig herumhantierte, bis Teller, Gläser, Wein, Käse, Salat, Brot, Butter und sogar eine Vase mit Blumen, die Emilia und Sol gepflückt hatten, fein säuberlich auf der Decke arrangiert waren. Milagros verabscheute jede Form von Tätigkeit, die üblicherweise als Frauenarbeit galt. Das war für sie eine mindere Beschäftigung, bei der Millionen von Talenten ihre Kraft vergeudeten, die sie für Sinnvolleres gebrauchen sollten.

Immer wenn sie auf dieses Thema kam, hatte sie in Diego ihren glühendsten Fürsprecher. So verbrachten beide den fraglichen Nachmittag damit, eine brillante Zukunft für Emilia und die übrigen Frauen auf dem Erdball zu entwerfen, während Josefa lachte und die Mädchen herumtobten, sich als zwei winzige Punkte in der Landschaft verloren und zurückkehrten, um Dame zu spielen oder sich einen Spaß daraus zu machen, die Unterhaltung der Erwachsenen zu stören.

»So ist die Arbeit nun mal verteilt. Dafür verbringt er den ganzen Tag in der Apotheke«, hörte Emilia ihre Mutter sagen, während sie ein Brot mit Käse belegte.

»Einverstanden, Schwester. Nur soll Emilia deine Einstellung nicht als unabänderlich und naturgegeben betrachten. Denn sosehr sie auch deine Tochter sein mag, sie ist auch mein Patenkind und kann auf eine andere Zukunft hoffen.«

»Ich werde in der Apotheke arbeiten«, sagte Emilia im Vorübergehen.

»Sie wird in einem anderen Jahrhundert leben«, verkündete Diego.

»Wir leben doch schon in einem anderen Jahrhundert.« Das Stichwort ließ Milagros sich nicht entgehen.

»Gott sei Dank, Schwägerin, endlich merkt es mal einer.« Diego nahm einen kräftigen Schluck Rotwein.

»Wir merken es schon seit fünf Jahren. Und wozu war es gut?« meldete sich Josefa zu Wort.

»Unter anderem hat es dazu geführt, daß der Gouverneur sich zum dritten Mal uns zum Hohn hat wiederwählen lassen«, sagte Milagros.

»Und was ändert das?« fragte Josefa.

»Das, was man nicht sieht, bis man es sieht«, erklärte Diego.

»Dein Mann gibt sich als Philosoph«, lachte Milagros.

»Du hast damit begonnen. Fangt jetzt bloß nicht an, für die Aufständischen zu schwärmen, die ihr in Kanada besuchen wollt,« warnte Josefa.

»Dazu reicht die Zeit nicht. Vorher sind sie wieder zurück.«

»Man wird sie einsperren, sobald sie auftauchen«, prophezeite Josefa.

»Sie werden ihre Rückkehr mit Schüssen verkünden, nicht mit Reden«, entgegnete Diego.

»Jag Josefa bloß keinen Schrecken ein«, bat Milagros ironisch.

»Nicht mal du gibst mir recht, Schwester. Das mit dem Aufstand ist eine Idiotie. Er ist zum Scheitern verurteilt. Ich verstehe nicht, warum ihr das nicht einseht.« Damit war Josefa wieder bei ihrer Lieblingspredigt: Ein Verein von Oppositionellen gegen die Wiederwahl sei notwendig und richtig. Reinster Wahnsinn wäre jedoch, wenn sie sich als eine Gruppe von Berufenen verstünden, die im Kampf um Gerechtigkeit auch bereit wären zu schießen.

Es wurde dunkel. Die Mädchen kehrten von ihrem letzten Ausflug zurück, und alle verstauten das Geschirr in den Körben.

»Bist du hingefallen?« wollte Diego von Emilia wissen.

»Nein«, erwiderte das Mädchen.

»Du hast Blut am Rock. Was hat dich denn diesmal gebissen?«

»Nichts. Wo hab ich denn Blut?«

»Wo wird es wohl sein?« sagte Milagros. »Auch in dieser Hinsicht verstreichen die Jahre.«

»Sag nichts, sag nichts.« Josefa starrte auf das Zeichen der Zeit am Rock ihrer Tochter, in der Blässe ihres kindlichen Gesichts, dem erstaunten Ausdruck ihrer Augen, der Hast, mit der sie sich zwischen die Beine faßte.

»Was habe ich denn?« Emilia konnte die Antwort am Gesicht der übrigen ablesen.

»Das Blut der Frauen«, erklärte ihre Freundin Sol, die ein Jahr älter war und sich seit einiger Zeit mit diesem rätselhaften Satz und ein paar weißen Lappen als Antwort auf ihre allmonatliche Frage abgefunden hatte.

Diego Sauri fühlte sich fehl am Platz und machte sich schon mal auf den Weg zu diesem anderen Rätsel, dem Automobil seines Freundes, und ließ sie mit ihrer Unterhaltung allein unter einem Himmel, an dem die drei Abendsterne leuchteten.

Nach einer Weile erklärten die Frauen ihre Beratungsrunde für beendet. Als es anfing zu regnen, kehrten sie singend heim. Milagros übernahm die erste Stimme:

»Santa Barbara, beschütz / die du einst Stern warst / uns vor Donner und Blitz.«

In der Nacht schrak Josefa mehrmals hoch und weinte um den ersten Wandel ihres ureigenen 20. Jahrhunderts.

»Magst du die Änderungen nicht, die das Jahrhundert bringt?« fragte ihr Mann.

»Nein«, erwiderte sie, den Kopf in den Armen vergraben.

»Diese Änderung gefällt mir auch nicht.« Diego streichelte ihr den Rücken.

7

Mit dem Jahrhundert änderten sich viele Dinge, nicht nur an Schauplätzen, von denen Emilia glaubte, daß sie allein in der Vorstellung ihres Vaters existierten, wie Panama, wo ein Vertrag mit den Vereinigten Staaten unterzeichnet wurde für den Bau eines Kanals, der Amerikas Taille durchtrennen sollte, oder England, wo eine Königin die Güte hatte zu sterben, deren Leben eine Ewigkeit gedauert hatte, oder Japan und Rußland, die sich vier Jahre lang bekriegten. Auch in Mexiko, dem Land, das mit seinen Neuigkeiten jeden Morgen beim Frühstück für Aufregung sorgte, und in Puebla, der Stadt, die sie am Rockzipfel ihrer Mutter und durch die spöttische Zunge ihrer Tante kennen- und liebengelernt hatte.

Die langen Jahre des Friedens hatten das Land stärker verändert, als Diego Sauri sich je hätte träumen lassen. Zwanzigtausend Kilometer Eisenbahnschienen liefen jetzt durch das Land, vorbei an Feldern, wo Agaven, Gemüse und Getreide für den Export angebaut wurden. Vorkommen von Gold, Silber, Kupfer und Zink ließen über Nacht Siedlungen aus dem Boden schießen. Englische und nordamerikanische Unternehmen stritten um die höllisch reichen Ölquellen. Fabriken für Textilwaren, Papier, Jute, Glyzerin, Dynamit, Bier, Zement und Seife schossen aus dem Boden, all das in einem atemberaubenden Tempo, und vieles brach ebensorasch wieder zusammen.

Um das Jahr 1904 waren die Sonntagsveranstaltungen bei Doktor Cuenca nicht mehr wie einst der Musik und Literatur gewidmet, sondern dem unversöhnlichen Disput über die negativen Seiten, die die von der autoritären Regierung nachdrücklich geförderte Modernisierung mit sich brachte: Die Gehälter verloren an Kaufkraft, das Land geriet in Abhängigkeit von den Schwankungen der US-Wirtschaft, die Eisenbahn bescherte nur den Reichen noch mehr Reichtum, im Bergbau wurden die mexikanischen Arbeitskräfte ausgebeutet, in der Politik herrschte Willkür und in der Wirtschaft Chaos.

Sonntagabends widmete Rivadeneira sich wieder seinen persönlichen Tagebüchern und notierte dank seines fabelhaften Gedächtnisses jede einzelne Meinungsäußerung, die ihm zu Ohren gekommen war. So wußte er immer genau, wer der scharfsichtigste, wer der redegewandteste, wer der prahlerischste und wer der verwegenste Diskussionsteilnehmer war.

Mitte 1907 hielt er die zornigen und verzweifelten Reaktionen auf die Nachricht von dem Blutbad unter den Arbeitern von Cananea, einer Kupfermine im Norden des Landes, fest. Ein schmächtiger, fast kahlköpfiger Mann mit glühenden Augen und fester Stimme, Aquiles Serdán, Sohn einer verarmten Schusterfamilie, hatte davon berichtet, und die Runde hatte je nach Temperament mit lauter Empörung oder eisigem Schweigen geantwortet.

Wieder daheim, rekapitulierte Rivadeneira den Vorfall, während er darauf wartete, daß Milagros Veytia endlich in das Bett ging, das sie bisweilen teilten, wenn die Nacht sich schon ihrem Ende zuneigte. An jenem Nachmittag hatte Doktor Cuenca die denkbar passendste Analyse abgegeben:

»Diese Gesellschaft«, hatte er traurig gesagt, »von der

wir vor fünfzig Jahren träumten, sie bringe die Republik, die Demokratie, Gleichheit und Vernunft, entpuppt sich unter der Regierung einer mächtigen Minderheit als autoritär, schwerfällig, weltfremd und von den schlimmsten Traditionen der Kolonialzeit geprägt.«

Gegen Ende des gleichen Jahres kam eine Abordnung von besonders beflissenen Pueblanern auf die Idee, dem Gouverneur ein Geschenk zu machen, der seit vielen Jahren willkürlich über die Menschen und die Ländereien des Bundesstaats herrschte.

Auf der Suche nach einem Geschenk für jemanden, der alles zu besitzen schien, verfielen diese Herren auf den Gedanken, ein großes Album zusammenzustellen, das die Danksagungen und Unterschriften der wichtigsten Männer der Stadt enthalten sollte.

Es fehlte nicht an Eifrigen, die sogleich bereit waren, Prominente zu gewinnen, und ebensowenig an geneigten Prominenten. Wer unter denen, die etwas besaßen, und sei es auch nur ihr Ansehen, würde nicht alles demjenigen zu Füßen legen, der ihnen ihr Recht auf diesen Besitz garantierte?

Auch Doktor Cuenca wurde das von guten Wünschen und prominenten Unterschriften überquellende Album gebracht.

Als er gerade lächelnd die verbalen Kniefälle seiner Mitbürger durchsah, schaute Diego Sauri mit Emilia herein.

»Was halten Sie davon, mein Freund?« fragte ihn Doktor Cuenca.

»Die reinste Arschkriecherei«, meinte Diego und steckte seine Nase in das Buch. »Wie wollen Sie reagieren?«

»Ich habe schon reagiert.«

Diego nahm das Buch und blätterte, bis er die Eintragung seines Freundes fand: *Nur eins möchte ich meinen Kindern vermachen: einen ungebeugten Rücken vor dem Tyrannen.*

Diego fuhr sich lächelnd mit der Hand übers Gesicht.

»Mit Ihrer Erlaubnis werde ich es herausreißen. Sie wollen sich doch sicher keine Schererereien einbrocken? Ich brauche Sie wohl kaum daran zu erinnern, wer der Gouverneur ist?«

»Nein«, erwiderte Doktor Cuenca. »Aber wir werden die Botschaft stehenlassen. Es gibt Freuden, die man sich nicht nehmen lassen soll. Stimmt's, meine Kleine?« meinte er an Emilia gerichtet.

Drei Tage später kam der Haftbefehl: eine Woche Gefängnis für öffentliche Ruhestörung in betrunkenem Zustand um drei Uhr morgens.

»Sie haben sich doch noch nie betrunken«, ereiferte sich Diego Sauri.

»Aber es ist keine schlechte Begründung«, entgegnete Doktor Cuenca. »Die Anklage ist von drei Nachbarn unterzeichnet. Machen Sie sich keine Sorgen, es wird mir nichts geschehen. Sie sehen doch, wie oft José Olmos y Contreras in Haft genommen und wieder freigelassen wird.«

Olmos war der Direktor der Tageszeitung *La Voz de la Verdad*, und Diego hatte ihn tatsächlich völlig ungerührt ständig im Gefängnis ein- und ausgehen sehen.

Wie er wurde Doktor Cuenca nach acht Tagen wieder entlassen. An der Gefängnispforte erwarteten ihn gegen Mitternacht seine allsonntäglichen Freunde, allen voran der Apotheker Sauri, die Schwestern Veytia und eine todmüde Emilia.

Seither waren der Doktor und seine Freunde als gefährlich registriert. Plötzlich wollten zwei oder drei Freunde von Freunden von Freunden an den Sonntagen dabeisein, und da man Leuten, die derart Interesse zeigten an der Kunst, der Medizin und den Geistern, von denen dort soviel geredet wurde, unmöglich den Zutritt verweigern konnte, verloren die sonntäglichen Versammlungen innerhalb einer Woche völlig ihre politische Brisanz und zeigten ein betontes Interesse an Theater, Musik und anderen Künsten. Die erste und wichtigste darunter: die Verstellung.

Alles schien sich um Gesang und Dichtung zu drehen, doch alle, die über etwas informiert sein sollten, waren es, und was geheim bleiben sollte in dieser Welt von Verschwörern, es wurde gehütet wie ein Schatz.

Daniel Cuenca, der nach dem Abitur Rechtswissenschaften studieren wollte, besuchte eine Universität in den Vereinigten Staaten. Er war noch nicht zwanzig, als er begann, Reisen durch Chihuahua und Sonora zu unternehmen, um die liberalen Gruppen ausfindig zu machen, die bereit waren, sich gegen Porfirio Díaz zu erheben. An den Sonntagen wurde darüber allerdings nie ein Wort laut gesprochen, sondern alles so geregelt, daß man sich beim Doktor nach der Gesundheit seiner Jungen und ihrem Erfolg im Studium erkundigte.

Unter der Woche riefen dann die sonntags gedämpften Trommeln als Mundpropaganda oder per Post zum Krieg auf.

Emilia vernahm sie bisweilen hinter ihrem Rücken und manchmal auch direkt. Das Fest zu ihrem fünfzehnten Geburtstag bot den Anlaß, zum erstenmal einen Club von Gegnern der Wiederwahl des Alleinherrschers im

Haus der Sauris zu versammeln. Solche Zusammen-
künfte waren nicht nur nicht verboten, sondern üblich,
quasi als ungefährlicher Beweis für den Demokratisie-
rungswillen der Regierung. Emilias Geburtstag endete
in Hochrufen auf das Vaterland und Protesten gegen
den autoritären Stil der Regierung.

Gegen drei Uhr morgens drängte sich Emilia, leicht
beschwipst vom Portwein, den ihr Vater zur Feier der
fröhlichen Demokratenrunde spendiert hatte, an Milagros und flüsterte ihr zu: »Wird dieser Idiot eines Tages wiederkehren?«

Sonntags darauf kam Emilia mit ihren Eltern und dem
Cello zu den Cuencas, um wie versprochen zum erstenmal
mal vor Publikum zu spielen.

Im Laufe der Jahre war Milagros Veytia fast perfekt
darin geworden, Bühnen aufzubauen und Vorführun-
gen zu leiten. Am fraglichen Nachmittag erlaubte sie
nicht, daß ihre Nichte den Salon auf dem gleichen Weg
wie die anderen betrat, sondern schickte sie durch den
Garten und ließ sie durch ein Fenster hinter dem Vorhang ein.

»So sieht dich niemand vor der Aufführung.«

»Aber sie kennen mich doch schon in- und auswendig«, argumentierte Emilia.

»Nicht so wie heute«, beharrte ihre Tante.

Milagros hatte ihre Nichte immer für ein außergewöhnliches Geschöpf gehalten. Doch an diesem Nachmittag
erschien sie ihr von einer seltsamen, fast rätselhaften
Anmut. Sie hatte eine hübsche Figur. Von ihrer Mutter
hatte sie die vollkommene Nase geerbt, obwohl die
Windpocken dort ein kleines Mal hinterlassen hatten.

Milagros versicherte, dieser kleine Makel hebe nur ihre Schönheit.

»Sie ist so perfekt, daß man sie für ein Trugbild halten möchte«, sagte sie zu Josefa, als diese sich besorgt zeigte.

Sie hatte die Augen von der heißblütigen Familie ihres Vaters geerbt, groß und dunkel wie ein Geheimnis. Milagros pries immer die ausgeprägten Wangenknochen ihrer Nichte, die sie, wie die breite Stirn, die hohen, scharf gezogenen Augenbrauen, von ihr hatte.

Als sie klein war, hieß es, Emilia würde nicht sehr groß werden. Für diese Vorhersage hatte Milagros ein unwiderlegbares Argument gehabt:

»Parfüm wurde noch nie in Karaffen abgefüllt, und Diamanten werden niemals so groß wie Ziegelsteine.«

Als müsse sie diese Begründung Lügen strafen, tat Emilia im Alter von elf bis fünfzehn einen solchen Schub, daß sie ihre Tante sogar leicht überragte.

»Hör endlich auf zu wachsen«, sagte Milagros am Nachmittag des Konzerts zu ihr, »du siehst ja aus wie ein Schlinggewächs.«

»Ach, Tantchen«, erwiderte Emilia achselzuckend.

»Ach Tantchen. Was ist das für eine Antwort? Gib nie solche Antworten. Besser man schweigt, wenn man nichts zu sagen weiß.«

Emilia packte den Bogen ihres Cellos und strich ihn über die Saiten. Ein kurzer, schriller Laut war die Antwort für Milagros, die am Vorhang stand und ihr Zeichen machte, sie solle zu ihrem Stuhl in der Mitte der Bühne gehen.

»Klingt schon besser«, flüsterte Milagros ihr noch zu, bevor sie das Licht löschte und Emilia im Dunkeln nach ihrem Stuhl suchen ließ.

Zum ersten Mal trug Emilia einen langen Rock. Ihre Mutter hatte ihr ein Seidenkostüm genau nach dem Umschlagbild der vorletzten Nummer von *La Moda elegante* genäht.

Sie hat immer noch einen kindlichen Gang, meinte Milagros Veytia bei sich, als sie den Vorhang öffnete und das Licht einschaltete.

Emilia blickte nicht ins Publikum, das sie mit Applaus begrüßte, gerade so, als befände sie sich mitten auf einer Opernbühne. Sie schloß die Augen und begann den strengen Bach zu spielen, wie Doktor Cuenca es ihr an jeweils zwei Nachmittagen pro Woche in den letzten drei Jahren beigebracht hatte.

Obwohl Emilia die Herzlichkeit ihres Publikums kannte, vernahm sie seinen Applaus nicht ohne Scham. Sobald sie ihr Spiel beendet hatte, verneigte sie sich und flüchtete hastig hinter die schwarze Gardine, die für Milagros einen perfekten Bühnenvorhang abgab. In dem schmalen Raum zwischen dem Stoff und der Tür zum Garten waren die Interpreten der folgenden Nummern verborgen und applaudierten, ohne die Hände zusammenzuschlagen, um keinen Laut von sich zu geben: Rivadeneira in seiner Funktion als Zeremonienmeister, ein Komponist mit seiner Gitarre und drei Frauen in der Tracht aus Tehuantepec, die zu seinem neuen Lied tanzen sollten, eine Opernsängerin, die sich beruflich in der Stadt aufhielt und sich für drei italienische Arien zu Mole mit Sesamkörnern einladen ließ, ein Paar, das für den *Schirmtanz* kostümiert war, und ein achtjähriges Mädchen, das in Náhuatl sang.

Dazwischen das komplizenhafte Zwinkern eines großgewordenen Jungen, der der Daniel aus ihrer Erinnerung war und auch wieder nicht. Auf seinen Lippen lag das gleiche Lächeln, und die Augen verrieten den gleichen Dickschädel, aber als er sie an sich zog und umarmte und ihr einige Worte ins Ohr raunte, empfand Emilia Sauri Furcht vor dem Eindringling. Noch nie hatte ihr Herz so weit unten geschlagen.

»Begrüßen kannst du ihn später, Kindchen«, flüsterte Milagros so laut, daß es weithin zu hören war. »Jetzt geh erst einmal raus und bedank dich.«

Emilia kehrte zurück auf die Bühne und bedankte sich wortlos lächelnd mit ausgiebigen Verneigungen.

»Du hast Festaugen«, sagte Daniel, als er sie wieder bei sich hatte.

»Wann bist du angekommen?«

»Ich war gar nicht fort«, antwortete Daniel und fuhr sich mit den Fingern einer Hand über Stirn und Kopf.

Seit drei Jahren hatten sie sich nicht mehr gesehen, und beide waren verändert. Doch etwas Unerklärliches und zugleich Altvertrautes knüpfte wieder das alte Band zwischen ihnen.

»Emilia, geh noch einmal hinaus«, bat Milagros.

»Ich will nicht mehr.« Emilia zeigte ein breites Lächeln, kauerte sich nieder und winkte mit den Händen ab, falls sie nicht gehört wurde.

»Kleine, verliebte Närrin«, meinte Milagros leise und schloß den Vorhang, bevor sie sich einem Sänger zuwandte, um ihm zu bedeuten, er solle sich auf der Bühne aufstellen.

Die Gitarre erklang in den perlenden Tönen einer traurigen Melodie, so schnell, daß es sich bisweilen anhörte wie Harfenklang. Emilia und Daniel hatten die Stirnen aneinandergelehnt, um sich besser zu verstehen, und tuschelten im Hintergrund der schrill klagenden Stimme, die die Luft des Salons durchschnitt.

Später würden sie ihre Worte vergessen, da sie einander kaum zuhörten, sondern ganz selbstverloren im anderen aufgingen. Daniel schien bei Emilias Anblick zu entdecken, daß sich sein Spielzeug in eine Göttin verwandelt hatte. Ihre Augen waren immer noch lebendig wie bei dem Mädchen, das er einst gekannt hatte, doch mit dem wachen Blick einer Frau, und ihr Mund hatte sich in ein Wunderwerk verwandelt, das er für sich begehrte. Emilia konnte ihrerseits kaum glauben, daß die Augen ihres Freundes aus Kindertagen mit dem lauernden Raubtierblick nun diesen hellen Glanz bekommen hatten. Seine Hände waren groß mit langen Fingern, auf denen man die Adern unter der Haut pulsieren sah. Er war schlanker geworden, mit einem Körper, der fast unterernährt aussah, und mit seiner sonnengebräunten Haut wirkte er wie frisch vom Land. Allein das Gefühl, ihm nahe zu sein, trieb Emilia Tränen in die Augen, ein typischer Zug der Saurilinie, der der Veytialinie in ihr verhaßt war.

»Heulsuse in Himmelblau«, nannte sie Daniel mit Verweis auf das Lied, das ihre Unterhaltung begleitete.

»Idiot«, erwiderte Emilia und sprang auf.

»Heulsuse und dummes Ding«, trällerte Daniel und rannte hinter ihr her.

Emilia sprang durchs Fenster in den Garten. Er folgte ihr nach wie früher.

»Fürchtest du dich nicht mehr vor Gespenstern?« fragte er sie, als er im dunklen Garten mit ihr zusammenstieß.

»Weniger als jetzt vor dir«, erwiderte Emilia, die ihm den Rücken zukehrte, doch ohne sich von ihm zu lösen.

»Du hast Angst vor mir?« Daniel legte ihr die Arme auf die Schultern.

»Ja«, sagte Emilia, ins Dunkle starrend, ohne ihn anzusehen, doch fest im Griff der Arme, die auf ihr lagen.

»Ich bin zurückgekehrt, um dich zu sehen«, gestand Daniel.

Emilia war immer noch von ihm abgewandt. Sie wollte ihn nicht anblicken, aber sie konnte nichts dagegen tun, daß ihre Hände ihn drückten, und sie wollte auch nicht vor seinen Worten fliehen. Sie hörte ihm still zu, als lauschte sie dem beruhigenden Rauschen eines Wasserfalls.

Was er zu ihr sagte, war weniger wichtig. Man erinnert sich selten an einzelne Worte, wenn sie einen im ganzen überzeugen. Einzeln hätte man ihnen womöglich niemals Glauben geschenkt.

Emilia nahm seine flache Hand, um sich damit den Mund zuzuhalten, beknabberte sie mit den Lippen und biß dann kräftig zu, quasi um alles hinunterzuschlukken, was sie diesem Aufschneider, der so lange Zeit fern gewesen war, nicht entgegenhalten konnte.

»Habe ich vielleicht den Verstand verloren?« fragte sie und ließ sich in die Arme nehmen.

Milagros Veytia war in den dunklen Garten hinausgestürzt, sobald sie den Vorhang für die vorletzte Nummer ihres Programms aufgezogen hatte, um wie ein wilder Tiger der Nichte und ihrem Herzensbrecher nachzuspüren.

Sie liebte den Schatten und die Feuchtigkeit im Garten, doch selbst das konnte sie jetzt nicht besänftigen. Den letzten Auftritt sollte Daniel bestreiten, doch wie würde sie dastehen, wenn er nicht aufzutreiben war.

Sie entdeckte die beiden von weitem, an einen Baum gelehnt, und dachte, wenn sie nicht so wütend wäre, könnte sie bei diesem Anblick fast neidisch werden.

»Wollt ihr mir mal erklären, warum ihr eure Pflichten vernachlässigt?« fragte sie schon von ferne, damit man sie kommen hörte. »Und du, Daniel, wie schnell hast du die Revolution vergessen! Gestern noch wolltest du das Land in Flammen setzen, und jetzt sieh nur, wo du dein ganzes Feuer verpulverst. Und Emilia, wirst du deiner Mutter erklären, woher all die Erde stammt, die du am Kleid mit herumschleppst? Los, kommt wieder zu euch, wir schaffen es kaum noch bis zum Auftritt dieses Teufels.« Sie gab Daniel einen Klaps.

»Was soll er denn machen?« fragte Emilia, die sich schlecht vorstellen konnte, daß ihr Freund in der Zeit, die sie ihn aus den Augen verloren hatte, zum Sänger oder Poeten geworden wäre.

»Er wird ein paar Worte sagen«, sagte die Tante.

»Noch mehr Worte?« meinte Emilia leise.

Daniel und sein Bruder Salvador hielten sich in Puebla auf, um an einer geheimen Versammlung mehrerer Clubs von Oppositionellen teilzunehmen. Sie waren mit einer Fülle von Informationen und mit einer nie gekannten Wut aus dem Norden zurückgekehrt. Zwei Wochen zuvor hatten sie Ricardo Flores Magón und andere in Kalifornien verhaftete Mexikaner besucht. Sie waren im Zug heimgereist. Immer wieder hatten sie Halt gemacht, um mit anderen Anführern von Unzufriedenen zu reden. Ein Jahr zuvor war der Versuch eines bewaffneten Aufstands gegen die Regierung gescheitert, doch trotz der Gefängnisstrafen und der Toten hatte man nicht davon abgelassen, einen weiteren vorzubereiten. Letzteres konnte man vor einem bunt gemischten Publikum an einem Abend wie diesem nicht sagen, doch in der Absicht, die Verräter zu täuschen und die Unentschlossenen zu überzeugen, indem man vage von der Demokratie und ihren Nöten sprach, hielt man eine kurze Einführungsrede für angebracht, eine Aufgabe, die Daniel übertragen wurde.

Emilia fand nur noch auf dem Boden neben Milagros Platz.

Daniel begann sehr gesetzt mit einigen knappen Worten über die Notwendigkeit einer Änderung der sozialen Ordnung, um all die Reste der ehrwürdigen Vergangenheit mit frischem Blut zu erneuern. Doch ganz allmählich brachten ihn Emilias Lächeln und der gebannte Blick, mit dem sie ihn ansah, dazu, ein Land zu beschreiben, das angeschlagen war durch die Niedertracht und die Machenschaften der alten Schwachköpfe, unter deren Regierung es stand. Daniel war mit dem Anarchosyndikalismus und den sozialistischen Strömungen, die einige Hörsäle und zahlreiche Gewerkschaften in den Vereinigten Staaten prägten, groß geworden. Er war voller Hoffnung und Elan. Er sprach mit der Leidenschaft eines Kriegers, der zum Kampf aufruft. Emilia fühlte sich beim Zuhören von diesem Bereich ausgeschlossen und empfand nun wirklich die Angst, die sie zuerst nur vorgegeben hatte.

Erst vor wenigen Jahren waren sie gemeinsam im Zug nach Veracruz gereist, mit ihren Eltern und der Tante, die schimpfte, wenn sie den Kopf aus dem Fenster streckten, um das flammende Grün der Zuckerrohrfelder zu schnuppern; noch vor kurzem waren sie am Meer herumgetollt, das sie zum erstenmal zu Gesicht bekommen hatten. Und wie deutlich hatte sie noch seine knochigen Knie und seine Hände, die sie ins Wasser stießen, vor Augen. Und doch lag eine Ewigkeit dazwischen.

Warum wuchsen die Männer heran, um einem fremd zu werden, ließen sich von dieser Begeisterung für die Politik mitreißen, die ihr genauso ein Greuel war wie ihrer Mutter? Warum mußte sie mit anhören, wie er eine Tragödie nach der anderen ausmalte, und blieb ruhig, statt sich die Ohren zuzuhalten und wegzulaufen, um sich zu verstecken, als lauschte sie ihm immer noch am Teich, wenn er von den Abenteuern erzählte, die er während der Woche erlebt hatte?

Er war zurückgekehrt, und nur das allein schien sein Mund verheißungsvoll zu verkünden und die Euphorie zu schüren, mit der er eine gerechtere Zukunft propagierte, ein Land, das schlagartig und unwiderruflich den Rausch der Demokratie kennenlernen würde.

Noch hatte er nichts preisgegeben, was nicht schon in der Presse stand, nichts, was Emilia nicht bereits von ihrem Vater gehört hätte, doch von allen Seiten ertönten Hochrufe, Bravos und Kampfrufe wie »sie sollen sterben«, und erst als Aquiles Serdán, der radikalste Oppositionsführer, das Wort ergriff, um die Cuenca-Jungen als unverzichtbare Kampfgenossen für die Sache der Freiheit zu preisen, wurde es still.

Nur Emilia mißfiel soviel Lob.

»Die Sache wird anders ausgghen«, bemerkte sie zu Milagros.

Um sie herum herrschte ein einziger Jubel. Die Sonntagsgäste waren noch aufgekratzter als sonst. Viele kamen, um sie zu umarmen und ihr Cellospiel zu loben oder ihre Eltern wegen ihrer Tochter zu beglückwünschen, die auf einmal schon so groß und so hübsch sei und sie alle so sehr begeistert habe.

Emilia hatte das Cello und den Spaß, den es bereitete, ganz vergessen und wollte nur wissen, wie lange der verlogene Daniel noch in der Stadt bleiben würde.

»Er hat nämlich gesagt, er sei zurückgekehrt, um mich zu sehen«, gestand sie ihrer Mutter und ihrer Tante.

»Hat dich das nicht gefreut?« wollte Josefa wissen.

»Ich dachte, er sei gekommen, um hierzubleiben.«

»Unmöglich, Kind. Sei ihm deshalb nicht gram, er wird noch Zeit genug haben, um hierzubleiben, wenn die Dinge sich erst einmal geändert haben«, beschwichtigte Milagros sie.

»Und wann werden die Dinge sich ändern?« fragte Emilia.

»Verlange nur keine Weissagungen von mir. Für solche Spielchen ist eher dein Vater zuständig«, erwiderte Milagros.

»Wann reist er ab?«

»Es muß wohl bald sein, aber ich weiß nicht, wann genau. Frag ihn doch selbst.«

»Ich will ihn nicht sehen. Gehen wir«, drängte sie Josefa in einem Ton, der ganz und gar nicht zum allgemeinen Jubel paßte.

Mitten aus der lebhaften Unterhaltung in der Runde neben den drei Frauen ertönte die Stimme von Diego Sauri, der immer zwei Dingen gleichzeitig lauschte und nun von Emilia wissen wollte, wohin sie gehe. Er erhielt keine Antwort. Seine Tochter hatte die Lippen zusammengepreßt und funkelte ihn wütend an.

Diego war in Zigarrenrauch eingehüllt und beendete, bevor er seine Hörerschar verließ, noch seine Kritik an dem allzu betagten Alleinherrscher: »Jeder andere würde seine Schandtaten verbergen, dieser brüstet sich noch damit. *Die Ordnung wiederherstellen* nennt er die Verbrechen seiner Bundespolizei. Und als wäre nichts dabei, macht er sich mit vier Eisenbahnzügen voller Abschaum auf, um noch mehr Bahnstrecken zu eröffnen. Und du, Emilia, verdrück dich nicht klammheimlich sonstwohin, komm lieber her und laß dich umarmen. Ich bin stolz auf dich. Frauen wie du werden dieses Land verändern.«

»Wovon redest du, Papa?« Emilia war ganz und gar nicht in der Stimmung für Ansprachen.

»Von dir.« Er kam näher, um ihr einen Kuß zu geben. »Was hast du denn? Bist du nicht froh? Du hast phantastisch gespielt, und dein Freund Daniel ist gekommen. Was machst du also ein Gesicht, als hättest du Zahnschmerzen?«

»Daniel ist nur gekommen, um wieder fortzugehen.«

»Das ist der Grund?« In seinem Eifer vergaß Diego ganz die Diskussionsrunde, um Emilia zu erklären, wie wichtig Daniels Arbeit an der Nordgrenze sei. »Möchtest du nicht einen Freund haben, der seine Pflicht tut?«

»Ich möchte einen Freund haben, der nicht fortgeht.«

Diego bemerkte die Glut und Wut in der Stimme seiner Tochter. Nie hatte er wahrnehmen wollen, daß sie heranwuchs, doch in diesem Moment mußte er angesichts dessen, was er in ihrer Stimme und ihrem Blick entdeckte, hinnehmen, daß sie anders, distanzierter geworden war, fast wie eine Fremde. Ein ungeahnter Schmerz durchfuhr ihn: Es war nicht mehr wie bisher. Um sie so festzuhalten, wie sie gewesen war, und sei es nur noch für einen Moment, legte er ihr den Arm um die Schultern und ging mit ihr fort.

Sie liefen gemeinsam bis zum Teich. Emilia konnte längere Gespräche an keiner anderen Stelle im Haus führen. Als ihr Vater, nachdem er sie in die Arme geschlossen hatte, versuchte, mit ihr zu reden, nahm sie ihn mit in die Stille dieses Ortes.

Als sie am Teich waren, machte sie ihrem angestauten Unmut über all jene Luft, die sich einen Umsturz wünschten, den sie für verzichtbar hielt. Ihre protestierende Stimme durchschnitt den Garten. Diego hatte sich auf einen Baumstamm am Teich niedergelassen und hörte ihr zu, den Kopf in die Hände gestützt.

»Du und ihr alle dort wollt euch auf einen Krieg einlassen. Warum bist du dafür, daß Daniel geht, damit ihn womöglich irgend jemand umbringt? Um noch jemanden zu haben, den du beweinen kannst? Noch jemanden, den ihr als Vorwand nehmen könnt, um auf die Regierung zu schimpfen? Ich hasse das alles, und Daniel, den Schwachkopf, haben sie soweit gebracht, daß er sich dabei noch wichtig vorkommt. Wozu wollt ihr ihn in die Vereinigten Staaten schicken? Damit sie ihn einsperren wie Flores Magón? Ich hasse das alles. Ich hasse euch.«

Josefa, die den Garten nach ihnen absuchte, hörte die Stimme ihrer Tochter vom anderen Ende her. Sie lief unter den Bäumen entlang, und als sie nahe genug war, konnte sie sich nicht zurückhalten:

»Emilia, was ist denn mit dir los?« sagte sie aus dem Nichts auftauchend in nie gekanntem Zorn. »Woher hast du nur den Unsinn, den du da sagst?«

»Aus dem Herzen«, erwiderte Diego niedergeschlagen. »Hast du sie nicht gehört?«

»Sehr schlimm, mein Kind«, schalt sie Josefa. »Man

möchte meinen, dein Vater habe all die Jahre über umsonst geredet. Du mußt an diejenigen denken, die in diesem Land leiden.«

»Und wer denkt an mich? Nicht mal euch interessiert es, was aus mir wird«, klagte Emilia.

»Du redest dummes Zeug«, sagte Josefa einlenkend. »Das ist wohl die Erschöpfung. Morgen wirst du anders denken, doch heute entschuldige dich erst mal bei deinen Vater, oder du darfst nicht ins Bett.«

»Schilt sie nicht aus, Josefa, sie ist traurig, und es mag sein, daß sie sogar ein wenig recht hat. Wie gerne würde ich ihren Daniel im Kleiderschrank einsperren.« Diego erhob sich von seinem Baumstumpf. Er strich sich mit der Hand übers Gesicht, um seine plötzliche Mutlosigkeit fortzuwischen, und ging zu seiner eben der Kindheit entwachsenen Tochter.

»Hasse mich nicht, Dummerchen. Siehst du nicht, daß ich der einzige Mann auf der Welt bin, der dich immer anbeten wird, ohne dafür etwas von dir zu verlangen?« Er kramte ein Taschentuch, auf das Emilia im Handarbeitsunterricht der fünften Grundschulklasse seinen Namen gestickt hatte, aus der Tasche seines uralten Jacketts.

Emilia dankte es ihm, indem sie den Aufruhr, der aus ihren Augen sprach, mit dem Anflug eines Lächelns überspielte. Sie umarmte ihren Vater, der anfing, leise das Piratenlied zu singen, mit dem ihre Großmutter ihn immer eingelullt hatte. Während sie ihm lauschte, kam sie allmählich wieder zur Vernunft, gewann ihre geistige und seelische Fassung zurück und begann sich in das zu schicken, was sie eigentlich schon wußte, seit Doktor Cuenca in Haft gewesen war: Der Freundeskreis, zu dem ihre Familie gehörte, war eine als staatsfeindlich registrierte Gruppe von Abtrünnigen, und ihr blieb gar nichts anderes übrig, als sich an der Verschwörung zum Sturz der Regierung zu beteiligen.

Vom Haus her hörte man Daniels Stimme nach ihr rufen.

»Wo bist du. Ich muß gehen.«

»Am Teich.« Emilia war ruhig wie das Meer, nachdem der Wirbelwind es aufgepeitscht hat. »Komm.«

»Zum Teich besser nicht, sonst gibst du mir einen Stoß«, rief Daniel auf dem Weg zu ihnen.

Er hatte schon seinen Mantel an, und Diego merkte, daß er unruhig war.

»Mußt du jetzt sofort gehen?« fragte er.

»Morgen wird schon jemand ausgeplaudert haben, daß wir da sind und woher wir kommen. Ich habe zu viel geredet.«

»Nimm dich in acht«, sagte Diego.

Bevor sie ihrem Mann folgte, bat Josefa Daniel um einen Abschiedskuß.

Daniel hatte einen dicken Mantel an, wie ihn die Soldaten von Porfirios Heer trugen.

»Tante Milagros hat ihn mir beschafft.« Daniel spürte Emilias dichtes, dunkles Haar am Kinn.

»Setz dich für niemanden ein, der es nicht wert ist.« Emilia vergrub ihren Kopf in seinem Revers.

»Hast du meinen Stein verloren?« fragte Daniel.

»Er liegt unter meinem Kopfkissen.« Emilia strich ihm mit den Fingern die Strähne aus dem Gesicht, die ihm immer in die Stirn fiel.

8

»Einmal jeden Tag denk an mich, und ansonsten vergiß mich«. Daniel fuhr mit dem Finger die Konturen ihres Gesichts entlang, als wollte er es als Zeichnung mitnehmen. Dann drehte er sich auf dem Absatz um und eilte davon.

Auf dem Weg zurück ins Haus begegnete er Milagros Veytia. Er nahm sie in den Arm.

»Du zerquetschst mich ja, ich bin doch keine fünfzehn mehr«, protestierte Milagros.

»Überzeuge Emilia von unserer Mission«, bat er mit einem verschwörerischen Augenzwinkern. Dann machte er sich auf den Weg zu seinem Bruder.

Salvador Cuenca war vier Jahre älter als Daniel. Als Daniel seinem Bruder an die Universität von Chicago nachfolgte, studierte Salvador dort bereits im dritten Jahr Jura. Seither hegten sie die gleiche Begeisterung für diesen Traum von einer neuen Regierung, die für die einen durch eine Revolution und für die anderen wie durch ein Wunder einfach über Nacht entstehen und ihnen das Recht gewähren würde, Machthaber zu wählen wie in jedem Land, das vorgab, modern zu sein.

Auch sonst waren sie sich ähnlich. Salvador konnte genauso gelassen oder aufbrausend, einsilbig oder euphorisch, barsch oder charmant sein wie Daniel, und auch er war seiner strengen Erziehung zum Trotz ein Phantast.

An dem Abend, als Daniel auf der Suche nach Ruhe und Geborgenheit Emilia und seine Vergangenheit wiederfand, stieß Salvador auf Sol García. Er entdeckte sie unter all den Schattengestalten, die sich nach ihrem Konzert erhoben und ihr zujubelten. Als dann die Bühnenbeleuchtung heller wurde, konnte er sie ein paar Sekunden lang im Halbdunkel betrachten, mit einem Gefühl, noch nie im Leben eine so strahlende Erscheinung gesehen zu haben.

Im Salon war sie nach Daniels Rede im Licht des Kronleuchters schließlich besser zu erkennen, und es zog ihn magnetisch zu ihr hin:

»Ich heiße Salvador Cuenca.« Salvador streckte ihr die Hand entgegen. »Und Sie?«

»Soledad García y García.« Sol schenkte ihm ein strahlendes Lächeln. »Du bist Daniels Bruder?«

»Ja, Daniel ist mein Bruder.«

»Und ich bin so was wie Emilias Schwester.«

»Wieso das?«

»Einfach so aus Lust und Laune.«

»Nun ja, das ist wohl ein triftiger Grund. Und wo lebst du? Vielleicht im Himmel?«

»Nein, hier in Puebla.«

»Warum bin ich dir dann noch nie über den Weg gelaufen?«

»Ich lebe in einem anderen Puebla als du.«

»Und in welchem?« Salvador bedeutete ihr, auf dem Sessel neben sich Platz zu nehmen.

Mit ihrem sicheren Spürsinn für brenzlige Situationen eilte Milagros Veytia just in diesem Augenblick Sol zu Hilfe und bedeutete ihr, sie solle doch lieber selbst die Fragen stellen.

»Wo lebst du?« Sol war heilfroh, daß ihr die Schilderung der Welt, in der sie lebte, erspart blieb.

»In Chicago. Diego, der nichts für sich behalten kann,

hat es ja schon verraten.« Salvador kam richtig in Fahrt. Er erzählte Sol von ihren Schwierigkeiten während der Heimreise, daß sie nicht lange bleiben könnten, wie er die Lage im Lande einschätze, für wie dringend er eine Koordination der Oppositionsarbeit halte, und er teilte ihr in allen Einzelheiten mit, was ihm im Laufe eines Tages so durch den Kopf ging.

Sol lauschte ihm derart gebannt, daß Salvador sich nicht damit begnügte, ihr alles von seinem Studium zu erzählen, sondern auch sein ganzes übriges Leben schilderte. Schließlich kamen ihm gar Dinge über die Lippen, die er sonst vor anderen lieber für sich behielt, bis hin zu seinen Zukunftsplänen für die Zeit nach dem Fall der Diktatur, wenn jemand wie er ruhigen Gewissens leben und einer sicheren Zukunft entgegensehen könne.

Als Doktor Cuenca hinzukam und ihn an die Versammlung bei den Serdáns erinnerte, wo sie erwartet wurden, fiel es Salvador sichtlich schwer, sich von seiner Zuhörerin zu trennen. Er verabschiedete sich von ihr mit einem kräftigen Händedruck, den Sol sanft und mit hellem Blick erwiderte. Sie war immer schon schüchtern gewesen, aber noch nie hatte es ihr so die Sprache verschlagen.

»Man nennt mich Sol«, brachte sie schließlich hervor, »Sol, nur mit einem García.«

»Ich danke Ihnen, Doña Sol. Und bitte begnügen Sie sich auch nur mit einem Ehemann«, meinte Salvador zum Abschied mit dem verlegenen Lächeln der Cuencas.

Als Sol geboren wurde, hatten ihre Eltern schon so häufig und mit den unterschiedlichsten Leuten über den künftigen Namen beratschlagt, daß sie sich bis zur Taufe immer noch nicht einigen konnten. Um nur ja nichts falsch zu machen und auch niemanden aus der Familie zu kränken, reichten sie dem Priester schließlich die gesamte Namensliste. So geschah es, daß dieser völlig verantwortungslos in routinierter Feierlichkeit das Weihwasser mitsamt einer Flut von Namen über dem Köpfchen des Täuflings ausgoß.

Nun hieß die Ärmste plötzlich María de la Soledad Casilda de la Virgen de Guadalupe de los Sagrados Corazones de Jesús y de María.

Diese Litanei gefiel ihrem Vater, der Soledad für einen wohlklingenden Namen hielt, einen Namen, der etwas hermachte, würdig, seine Tochter zu begleiten; gefiel ihrer Großmutter mütterlicherseits, die darauf gedrängt hatte, dem Kind den gleichen umständlichen Namen zu geben, mit dem sie sich ein Leben lang hatte herumschlagen müssen; gefiel der Kindsmutter, die als typische Mexikanerin mit Alltagsproblemen und der Neigung zur Schwarzmalerei für alles die sanftmütige, stumme Jungfrau von Guadalupe um Rat anging; und gefiel ihrer Großmutter väterlicherseits, die es töricht fand, sich mit Heiligen einzulassen, die bei allen Verdiensten nicht annähernd soviel Einfluß hatten wie die Heiligen Herzen von Maria und Jesus, die – wie allseits bekannt – zu den Mächtigsten im Himmelsgewölbe gehörten. Nicht umsonst war Jesus ein Teil der Heiligen Dreifaltigkeit und Maria seine Mutter.

Kurzum, all diese Verwirrungen führten dazu, daß das Mädchen mit zwei Namen aufwuchs. Mit dem, den ihr Vater ihr gegeben hatte, und mit dem, der ihrer Mutter eingefallen war, kaum daß sie die Kleine nach der Zeremonie wieder im Arm hielt. Sie, die es immer allen recht machen wollte und sich schier zerriß, um nur keine endgültige Entscheidung treffen zu müssen, nannte sie María José. Erst als das Mädchen mit sieben Jahren in die Schule kam, erfuhr es schließlich seinen vollen Taufnamen und fühlte sich dem ebenso allein und wehrlos ausgeliefert wie der Strenge der Nonnen, bei denen sie nur Soledad hieß.

Zu jener Zeit begann die Mutter Evelia García de García, der Josefa mehr aus Anhänglichkeit seit den Kindertagen denn aus Neigung die Freundschaft hielt, ihre Tochter zu den Sauris mitzubringen. Emilia war die erste, die sie Sol nannte.

Diesen Augenblick sollte Sol niemals vergessen. Sie saß neben ihrer Mutter in einem der Klubsessel, die gegen alle Regeln der Eleganz nur zur Bequemlichkeit der Gäste in Josefas Salon standen, als ein etwa ein Jahr jüngeres, rotbackiges kleines Mädchen vom Garten hereingelaufen kam. Vom ersten Tag an war die Kleine mit ihr umgegangen, als sei sie die Ältere.

»Nimmst du Soledad zum Spielen mit?« hatte Josefa sie gleich gebeten.

»Komm, Sol. Ich zeige dir meine Schätze«, hatte Emilia sie ohne Zögern eingeladen.

Noch am gleichen Nachmittag hatten sie Freundschaft geschlossen und dann die gesamte Kindheit und Jugend über wie Pech und Schwefel zusammengehalten.

Als Sol nach dem Gespräch mit Salvador völlig verwirrt zurückblieb und sah, wie Daniel ihm folgte, ging sie auf die Suche nach ihrer Freundin in den Garten im sicheren Gefühl, sie dort zu finden, obwohl sie nie dort gewesen war.

Emilia saß immer noch am Teich. Eben kam ein feiner Nieselregen auf.

»Du weinst?« Sol hockte sich hin, um Emilia ins Gesicht zu sehen.

»Ich höre gleich wieder auf.« Emilia kramte eines der Brüsseler Spitzentaschentücher aus ihrer Handtasche hervor. Dann schlang sie die Arme um ihre Freundin. Sol nahm sie wortlos in den Arm. So blieben sie eine Weile und wiegten sich sanft.

Als Emilia sich ausgeweint hatte, begann sie eine Melodie vor sich hinzupfeifen, zu der sie schließlich stampfend wie zwei Bären tanzten.

»Ich hab Salvador kennengelernt«, sagte Sol.

»Und hat er dir gefallen?« unterbrach Emilia ihr Pfeifen.

»Ja.«

»Du Ärmste«, meinte Emilia und fuhr mit der Melodie fort.

Als Josefa Sauri sie endlich aufstöberte, summten sie immer noch eng umschlungen vor sich hin. Josefa war vorher ihrer Schwester zur Hand gegangen, um rasch noch das Chaos im Hause Cuenca zu beseitigen.

»Ihr seid ja völlig durchnäßt.«

»Außen ist nicht das Schlimmste, Tante Josefa«, versuchte Sol sie zu beschwichtigen, denn sie wußte von den Meinungsverschiedenheiten zwischen Mutter und Tochter.

»Ihr Ärmsten. Kommt, laßt uns versuchen schlafen zu gehen.«

»Keiner schläft, wenn er sich mit Revolutionsträumen trägt«, war Milagros' Kommentar, als sie sich zu ihnen gesellte.

»Weißt du schon von Sol, was für einen Eindruck sie auf Salvador gemacht hat?« wollte sie von Emilia wissen.

»Dazu ist sie nicht imstande.«

»Aber ich habe es selbst gesehen.«

»Nicht imstande zu erzählen«, stellte Emilia richtig.

»Und du, wie fandest du ihn?« wandte sich Josefa an Sol. »Deine Mutter würde sagen, er ist eine miserable Partie.«

»Nun, wie soll ich ihn gefunden haben?«

»Der Traummann«, mischte sich Emilia ein.

»Beinahe«, bestätigte Sol. »Zum Glück bleibt er so lange fort, daß ich bis dahin längst unter der Haube bin.«

»Und mit wem?« fragte Emilia verblüfft.

»Mit wem auch immer.« Sol sagte es in dem Ton, in dem sie von den unerforschlichen Ratschlüssen ihrer Mutter zu sprechen pflegte.

»Nur, wenn du es auch willst«, beharrte Milagros.

»Das werd ich schon.« Es klang, als ahnte Sol bereits, was sie erwartete.

»Laß uns endlich gehen, sonst darfst du nie mehr mit uns ausgehen«, drängte Josefa mit einem Blick auf die englische Pendeluhr im Salon der Cuencas.

Evelia García, nach Milagros Veytias Meinung zwar herzensgut, aber keine geistige Leuchte, und ihr, wie Evelia selbst sagte, mustergültiger, wenn auch leicht cholerischer Gatte erwarteten ihre Tochter bereits in der Haustür an der Plazuela del Carmen.

Es war Schlag Viertel nach zehn, als die vier Frauen mit dem von Rivadeneira ausgeliehenen Wagen dort eintrafen.

Sobald sie vorfuhren, und ehe noch der Motor ausgestellt war, begann Señor García loszubrüllen. Ohne Vorwarnung beschimpfte er die Veytias und die Leute, mit denen sie sich sonntags trafen, und hielt seiner Tochter ihr unziemliches Verhalten vor, das seinen guten Namen in den Schmutz ziehe und sie in Verruf bringe.

»Aber wir übergeben Ihnen Ihren Schatz doch völlig unversehrt«, brummte Milagros, als sie fertig eingeparkt hatte.

»Besser, du sagst nichts, Milagros«, riet Josefa mit Blick auf die Mienen der Garcías. Dann sprang sie unerwartet behende aus dem Auto, um sich wegen der Verspätung zu entschuldigen.

»Ihnen mache ich ja gar keinen Vorwurf, Sie kennen wir gut genug«, sagte Señor García, dessen Frau vor lauter Peinlichkeit erstarrt war. »Wann gedenkst du endlich auszusteigen, Soledad?«

»Erst wenn Sie einen ruhigeren Ton anschlagen«, gab Milagros Veytia zur Antwort.

»Es gibt nicht den geringsten Grund, leiser zu werden, Señora«, fuhr Señor García sie an. »Soledad ist meine Tochter, und ich bin's, der über sie bestimmt. Zum Glück ist mir eine Tochter wie Sie erspart geblieben.«

»Da geb ich Ihnen recht, das Leben hat uns beide vor diesem Unheil bewahrt.«

»Lassen Sie meine Tochter auf der Stelle raus! Oder wollen Sie, daß ich der Regierung melde, was Sie da für Versammlungen abhalten?« drohte Señor García.

Sol, die hinter Milagros saß, bat sie flüsternd, sie hinauszulassen.

»Wie Sie sehen, will das Mädchen ja aussteigen«, sagte Milagros zu Señor García. »Ebenso war es bei der Versammlung, von der wir gerade kommen. Sie wäre gerne schon früher gegangen, aber wir haben sie nicht gehen lassen. Uns lag daran, Sie zu überzeugen, daß sie jederzeit sicher ist, wenn wir sie beschützen«, fügte sie hinzu.

»Sie geben also zu, daß Gefahr bestand?« frohlockte Señor García.

»Ja«, erwiderte Milagros. »Sogar mit der Polizei war zu rechnen. Mit allen Gefahren, die Sie sich nur denken können.«

»Ich denk mir gar nichts, Señora.«

»Ach, Pardon. Ich hätte wissen müssen, daß ein Mann wie Sie nicht an diesem Übel krankt.« Mit diesen Worten öffnete Milagros die Wagentür und stieg aus, um Sol vorbeizulassen.

Zur Feier des Tages trug sie einen ihrer prächtigsten Huipiles und sah so umwerfend aus, daß sich die dicke Luft sofort legte. Ihre elegante Erscheinung in dem Gewand mit all den bunten Stickereien schien sogar Señor García zu besänftigen.

»Schon gut, ist ja nichts passiert«, lenkte der Mann ein, indem er seine Tochter einer eingehenden Prüfung unterzog und sich, vielleicht zum ersten Mal, Gedanken darüber machte, aus welchem Holz zum Teufel diese Milagros bloß geschnitzt war. Abrupt änderte sich sein Ton.

»Irgendwo wird sich ein Mann Sorgen um Sie machen. Wie geht's übrigens deinem Mann, Josefa?« versuchte er, seine Ungehörigkeit vergessen zu machen.

»Ihr Mann ist ein Mann mit Verstand«, bemerkte Milagros im Umdrehen, bevor sie wieder in den Wagen stieg und mit einem Höllenlärm den Motor anließ.

Anselmo García hatte den Vormittag auf seiner kleinen Ranch verbracht und beobachtet, wie man seinem Vieh das große G seines Familiennamens einbrannte. Für ihn war es bereits spät, und sein Zorn hatte ihm die letzte Kraft geraubt. Zum Glück für die Frauen in seiner Familie war er nun erschöpft und ging müde ins Haus, ohne noch ein Wort zu sagen.

»Deine arme Freundin«, begann Milagros Veytia auf dem Weg zum Haus ihrer Schwester, »es muß ganz schön strapaziös sein, mit einem solchen Kerl zusammenzuleben. Und dann nennt sie ihn auch noch ›mein Engel‹. Was glaubst du wohl, wie die sich erst die Hölle vorstellt. Kein Wunder, daß sie sich so vor der ewigen Verdammnis fürchtet.«

»Sie fürchtet sich vor allem und jedem. Das habe ich dir doch schon tausendmal gesagt«, sagte Josefa. »Und Angst lähmt. Ich glaube, daß mehr Menschen vor Angst sterben als aus Waghalsigkeit.«

»Aber was kann man denn tun, wenn man sie nun mal hat?« fragte Emilia.

»Sich nicht unterkriegen lassen. Wer sich nie fürchtet, ist ein Selbstmörder, doch wer sich immer nur fürchtet, genauso.«

»Aber ich habe jetzt nichts als Angst«, gestand Emilia.

»Du bist nur müde. Morgen wirst du dich wieder stark fühlen«, tröstete ihre Mutter sie. »Du bleibst doch zum Schlafen, oder, Milagros?«

»Falls ich gebraucht werde«, erwiderte Milagros.

»Du wirst immer gebraucht«, versicherte Josefa.

Diego war noch nicht von seiner Geheimversammlung zurück, und sie nahm sich fest vor, sich ihre eigenen Bemerkungen über die Angst zu Herzen zu nehmen, damit sie einschlafen konnte.

Zwei Stunden später verkündete heftiges Gepolter seine Rückkehr, als er beim Hereinkommen ins Schlafzimmer über die lange, sandgefüllte Stoffrolle stolperte, die sie immer vor die Tür zum Gang legte, um die Zugluft abzuhalten.

»Ich bin in dem Alter, wo man allmählich empfindlich wird gegen Zugluft.« Damit hatte Josefa vor drei

Monaten die Vorrichtung eingeführt, und die ganzen drei Monate über hatte Diego sich über das beklagt, was er eine lächerliche Erfindung der Hochländer nannte.

Als Josefa ihn hinfallen hörte, lief sie ihm ohne Morgenmantel und ohne Gedanken an die Zugluft zu Hilfe.

»Lebst du noch?« fragte sie, als sie ihn, die Hände vors Gesicht geschlagen, am Boden liegen sah.

»Was ist denn los?« Milagros trat auf den Gang hinaus und sah ihre Schwester auf Diego liegen und ihm etwas ins Ohr flüstern.

Sie erschauderte. In Sekundenschnelle schoß ihr eine Flut von Fragen durch den Kopf: Haben sie ihn verfolgt oder gar auf ihn geschossen? War er vielleicht tot? Verflucht sei dieser Wahnsinn einer Revolution. Warum hatten sie sich nur ungebeten darauf eingelassen?

»Er ist über die Abdichtung gestolpert, die ich vor die Tür gelegt habe«, erklärte Josefa auf die knappe Frage ihrer Schwester, die sich ihren Schreck nicht anmerken ließ.

Das wird einen handfesten Ehestreit geben, den ich nicht miterleben möchte, sagte sich Milagros und winkte ihrer Schwester komplizenhaft zu, bevor sie sich zurückzog.

»Warum habt ihr gestritten?« fragte Emilia schlaftrunken, als Milagros das Schlafzimmer betrat, das sie teilten, wenn Milagros im Haus übernachtete.

»Nichts Schlimmes, dein Vater ist nur gestürzt«, erwiderte Milagros. Doch die Angst vor einer drohenden Katastrophe, wie sie vor ihrem geistigen Auge abgelaufen war, blieb.

»Was sagst du?«

»Er ist beim Hereinkommen gestolpert, aber er lebt

noch. Weißt du, Kleines, auch ich habe Angst vor der Revolution.«

Emilia war es gewohnt, daß Milagros im Schlaf redete, aber nicht, daß sie wirres Zeug faselnd in ihrem langen, leuchtenden Morgenmantel wie ein Gespenst durchs Schlafzimmer geisterte. Alarmiert stand sie auf, sobald sie sich halbwegs wach fühlte, und ging hinaus auf den Gang, um nachzusehen, was eigentlich los war.

Inzwischen saß Diego Sauri auf dem Boden, und Josefa redete hastig auf ihn ein, um sich bei ihm zu entschuldigen.

»Was ist bloß passiert, liebster Papa, mein Herzblut, mein Augenstern, mein Torero, mein Ein und Alles?« fragte Emilia und lief zu ihrem Vater.

»Als ich heimkam, waren meine Gedanken bei dir, und da habe ich vergessen, welche Fallen deine Mutter mir zu stellen pflegt«, erwiderte Diego, der es sichtlich genoß, sich von seiner Tochter hätscheln zu lassen.

»Warst du nicht vielleicht zu sehr in Sorge wegen dieser Versammlung?« Josefa war plötzlich wild entschlossen, sich nicht mehr schuldig zu fühlen, sondern alles auf das Treffen bei den Serdáns zu schieben. »Warum müßt ihr auch unbedingt mitten in der Nacht zusammenkommen? Die ziehen sich aus der Affäre. Da die Versammlung bei ihnen stattfindet, müssen sie sich nicht um diese Zeit noch auf der Straße herumtreiben, als wäre das normal.«

»In Madrid streifen die Leute um diese Uhrzeit noch grölend durch die Gassen. Unsere Stadt ist einfach nur brav und langweilig wie eine Kirche.« Diego machte Anstalten, sich zu erheben.

»Fang bloß nicht damit wieder an, Diego, du lebst hier, weil du es so willst. Wo du herkommst, in diesem

Yucatán, hätten dich längst schon die Piraten, die Mayas oder die Federales verspeist.« Josefa nahm seine Kritik an der Stadt wie immer persönlich.

»Die Federales werden uns allesamt verspeisen, egal wo.« Milagros war wieder erschienen, um sich in den Disput einzumischen.

»Warum?« fragte Emilia.

»Gib bloß nichts auf das Gerede deiner Tante, du weißt doch, wie gerne sie übertreibt«, sagte Josefa.

»Warum belügst du sie?« beharrte Milagros. »Wenn wir uns schon da einmischen, soll die Kleine wenigstens informiert sein, denn so klein ist sie auch nicht mehr.«

»Was meinst du mit ›da‹, Milagros?« fragte Josefa.

»Gegen die Diktatur sein, Freunde haben, die alles für einen Aufstand vorbereiten, das Versteck von Oppositionellen und die Menge verfügbarer Waffen für ihre Anhänger kennen«, erklärte Milagros.

Emilia hörte ihr verblüfft, mit weit aufgerissenen Augen zu. Zwar hatte Daniel bereits einiges angedeutet, so daß sie die Gefahr ahnte, in der er schwebte, doch daß auch ihr friedliches Heim betroffen sein könnte, war ihr nie in den Sinn gekommen.

»Ja, Milagros hat recht«, sagte Diego. »Bist du sehr müde, Emilia? Du wirkst munter wie ein Fisch im Wasser. Komm, gehen wir endlich aus der Zugluft, bevor sie deine Mama noch umbringt, und laß uns ein wenig reden.«

»Na siehst du, wie zugig es hier ist.« Mit dieser Bemerkung half seine Frau ihm auf und geleitete ihn ins Wohnzimmer in der Mitte des Hauses.

Dann ging sie in die Küche, um zur Beruhigung der Mägen ihrer Lieben Orangenblütentee aufzusetzen und sie so für das anstehende Gespräch zu wappnen.

Es war schon nach zwei Uhr, als Emilia endlich wieder ins Bett kam.

»Man darf die Angst einfach nicht zulassen«, sagte sie zu Milagros, die wieder ihre Runden im Zimmer drehte.

»Deinem Daniel wird schon nichts geschehen.« Milagros setzte sich an ihr Bett.

»Hoffentlich erhört dich die Göttin Ixchel.«

»Sie hat mich schon erhört«, sagte Milagros und schlüpfte endlich auch unter die Bettdecke.

Am nächsten Morgen erwachte Josefa, die sonst den Wecker ersetzte, ungewöhnlich spät. Es war fast acht Uhr, als aufgeregtes Vogelgezwitscher vom Gang sie aus dem Schlaf riß, waren die Vögel doch gewöhnt, daß Josefa morgens immer um die gleiche Zeit die Käfige aufdeckte. Emilia und Diego zeterten bald genauso wie die Vögel, weil sie so spät geweckt wurden.

Emilia eilte mit nur halb geflochtenem Zopf und noch völlig verschlafen in die Schule. Diego öffnete die Apotheke, ohne den Rhabarbersirup und den Peptona-Wein, Bestellungen noch vom letzten Samstag, angerührt zu haben. Nur Milagros war schon am frühen Morgen fortgegangen. Sobald sie nämlich Morgenluft schnupperte, schlug sie strotzend vor Tatendrang die Augen auf.

Trotz des Chaos am Morgen, dachte Josefa, als sie ihr Bett aufschüttelte, schien jetzt nach dem Gespräch der letzten Nacht alles etwas klarer, und wenn nichts Unvorhergesehenes geschah, gab es keinen Grund zur Beunruhigung.

»Dummerweise ist es gerade das Unvorhersehbare, was man hätte vorhersehen müssen«, lautete Milagros' Kommentar, als sie sich auf dem Rückweg vom Markt trafen.

»Das ist der Grund, warum ich dich so liebe, Schwesterchen«, lachte Josefa. »Die Art, wie du einem mit deinem Feingefühl das Leben schwermachst.«

»Ich will dir nur die Augen öffnen, Josefa, aber du wirst doch nie aufwachen aus der Welt deiner Romane. Wozu gebe ich mir überhaupt die Mühe, du willst immer alles rosig sehen.«

»Die Romane sind voll mit Katastrophen«, protestierte Josefa.

»Dann klage nicht über das wirkliche Leben.«

9

In den folgenden Jahren wurde Josefa mindestens genauso eifrig zur Zeitungsleserin wie ihr Mann. Die Nachrichten von allem, was sich in ihrem Land ereignete, hielten sie Tag für Tag in Atem wie die Lektüre eines der Fortsetzungsromane, wo sie auch manchmal nachts hochschrak beim Gedanken an die weitere Entwicklung des Geschehens.

Ihre Bewunderung schriftstellerischer Phantasie schrumpfte angesichts der Geschichten, die ihr das wirkliche Leben jeden Morgen neu präsentierte. Sie las soviel wie Diego, nur länger und aufmerksamer. Bald konnte sie herunterbeten, wer welche Ziele verfolgte, wer die achte Wiederwahl des Diktators unterstützte und wer sie bekämpfte. In Gedanken hatte sie ihn vor allem als den Helden vieler entscheidender Schlachten gesehen, den Mann, dem es als einzigem gelungen war, eine lange Friedenszeit zu sichern, schon seit der Zeit vor ihrer Geburt, ja, solange ihre Eltern lebten, und das im krisengeschüttelten Mexiko des 19. Jahrhunderts.

Seit sie freilich die täglichen Lobhudeleien in der regierungsfreundlichen Presse las, hatte sie begonnen, sie mit den Dutzenden von illegalen Pamphleten zu vergleichen, die die schamlose Willkürherrschaft des Diktators im Land und die Korruptheit des seit Jahrzehnten von der Regierung protegierten Gouverneurs von Puebla anprangerten. Fortan hatte sie ihn nie mehr *Don Porfirio* genannt und sich den Oppositionellen angeschlossen.

Jetzt erst merkte Diego, wie sehr ihm die geruhsamen Gespräche mit Josefa von einst fehlten, jetzt wo sie wie eine Genossin diskutierte und mit den Genossen für die Sache stritt. Nun redete sie über nichts anderes mehr als über Señor Madero von der führenden Oppositionsgruppe, seine Wahlchancen und die laufend erscheinenden Pamphlete und Bücher.

»Ich weiß nicht mehr, was schlimmer ist«, klagte Diego Sauri eines Tages nach dem Essen, »das frühere Stillschweigen oder das ständige Gerede. Seitdem der Alte erklärt hat, er stehe bereit für die Demokratie, wird jedes Gefasel gleich als Pamphlet und jedes Hirngespinst als Buch herausgebracht.«

»Wer soll dich noch verstehen, Diego? Hast du nicht immer über das ängstliche Schweigen im Land geklagt?« ereiferte sich Josefa.

»Ja schon, aber soviel Dummheit macht einen verdrossen. Wer wird denn schon glauben, daß Maderos Kandidatur und seine spiritistischen Träume zu etwas taugen?«

»Ich«, beharrte Josefa. »Ich, die ich keinen Krieg will, aber diese Art Frieden genauso leid bin wie du.«

»Früher war dir der Frieden lieb.«

»Er ist mir immer noch lieb. Deshalb bin ich ja auch für Madero, weil er ein friedliches Gesicht und eine ebensolche Einstellung hat.«

»Aber damit werdet ihr nichts erreichen, weder du noch er.«

»Jetzt siehst du wieder schwarz, Papa«, meldete sich Emilia zu Wort, die neuerdings mit Interesse an den Diskussionen teilnahm.

»Töchterchen, ich schaue nur genau hin, so wie ich's immer getan hab, und mache mir keine Illusionen.«

»Ich werd böse, wenn du noch mal etwas gegen Madero sagst«, schmollte Josefa, von ihren Zeitungen aufblickend, die sie nachmittags las.

»Ganz schön eingebildet.« Diego biß die Spitze seiner riesigen Zigarre ab.

»Du bist eingebildet, wenn du überall mit deiner Wahrheit und deinem Pessimismus hausieren gehst.«

»Josefa, ich habe schon immer dein Talent bewundert, Romanhandlungen vorauszusehen, aber das hier gehorcht anderen Gesetzmäßigkeiten als die Literatur, in der du Expertin bist: Madero wird verlieren.«

»Milagros ist da anderer Ansicht.«

»Milagros glaubt genau wie ich, daß der alte Díaz, der nicht mal das dumme Spiel von General Reyes und seinen Anhängern toleriert hat, schon gar nicht einer Wahl zustimmen wird, die Señor Madero auf friedliche Weise gewinnt.«

»Was war denn mit General Reyes?« fragte Emilia.

»General Reyes war Gouverneur von Nuevo León. Er wurde der Kandidat einiger Regierungsanhänger, die so naiv waren, an den Machtwechsel zu glauben, nur weil Díaz, um einen nordamerikanischen Journalisten zu beeindrucken, Dinge gesagt hatte wie, er würde es als ein Zeichen des Himmels begrüßen, gäbe es in seinem Land eine Oppositionspartei. Na phantastisch, laßt uns auf den Herrn Präsidenten hören und jemanden suchen, der den alten Tattergreis ein wenig entlastet.«

»Und?« unterbrach Emilia das Gelächter, mit dem ihr Vater seine Schilderung beendet hatte.

»Ihre Freude war nur von kurzer Dauer«, fuhr Diego fort. »Díaz rief Reyes zu sich, und Reyes sagte kurzerhand ab, zur Enttäuschung der Geheimlogen, der kleinen Bürokraten und der Militärs. Er zog seine Kandidatur zurück und bot Díaz seine bedingungslose Unterstützung zur Wiederwahl an. Zur Belohnung entließen sie ihn als Gouverneur von Nuevo León und schickten ihn nach Europa, auf daß er dort neue Kriegsstrategien studiere. Unser berüchtigter Präsident Díaz ist ein Fuchs«, erklärte Diego. »Und deine Mama glaubt, gegen ihn könne ein Großgrundbesitzer aus Coahuil antreten, der sich plötzlich zum Prediger berufen fühlt, der nichts ist als mutig und voller Wut und obendrein der Verfasser eines mit nutzlosen historischen Analysen gespickten Buches.«

»Aha.« Emilia hatte Mühe, all die Informationen nicht durcheinanderzubringen. »Daniel hat mir in einem Brief geschrieben, Madero sei ein guter Mann.«

»Das ist er wirklich, Diego, glaub mir.« Josefa hielt einen guten Charakter nun mal für die oberste Tugend.

»Ein solches Chaos fehlte uns bei dem ganzen Wirbel noch.«

»Welches Chaos?« wollte Josefa wissen.

»Findest du das wenig, wenn allein im Staate Puebla neunzig Oppositionsgruppierungen bestehen?«

»Das weiß ich doch längst«, gab Josefa zurück. »Und was ist daran so schlimm?«

»Daß sie alle untereinander zerstritten sind. Da erreicht man auch mit neunzig Gruppen gar nichts.«

»Das stimmt nicht, Liebster.«

»Josefa, sag nicht, es stimmt nicht, was ich Tag für Tag bestätigt sehe. Ich rede immerhin mit ihnen, du liest sie nur.«

»Du liest sie auch«, warf Emilia ein.

»Nur um zu sehen, wie wenig sie selbst ihre Ideale befolgen.« Diegos Ton klang nun nicht mehr spöttisch, sondern traurig. Er mochte es nicht, wenn sein Heim zum verbalen Schlachtfeld wurde. Mehr als den Disput selbst fürchtete er die Störung seines heimischen Paradieses und harmonischen Ehelebens.

»Diego«, beharrte Josefa, »Aquiles Serdán war zwei Monate lang in Haft, weil er zu seinen Idealen gestanden hat.«

»Er war in Haft wegen Blödheit. Wer kommt schon auf die Idee, mit seiner Gruppe von Oppositionellen beim jährlichen Aufmarsch zum Unabhängigkeitstag fröhlich mitzumarschieren? Und hinterher erlaubt er sich den Luxus, dem Präsidenten einen Brief zu schreiben und sich wegen der schlechten Behandlung durch den Gouverneur zu beklagen. Nicht zu fassen: ›Jeder kennt Ihren Satz: *Man soll der Justiz vertrauen*, und, glauben Sie mir, Señor Díaz, wenn all das wieder ungestraft bleibt, werden meine Gesinnungsbrüder und ich dieses Vertrauen verlieren.‹« Diego sprach mit der Stimme eines kleinen Kindes. »Das klingt zwar mutig, ist aber schiere Beschränktheit, Josefa. Als wäre Díaz ein Potentat, der Beschwerden entgegennimmt. In diesem Punkt sind sich Serdán und Madero ähnlich. Sie legen sich mit der Regierung an, und mit was für einer, und wollen dann von ihr noch gut behandelt werden.«

»Recht haben sie«, bekräftigte Josefa.

»Aber landesweit herrscht nichts als Unrecht und Unvernunft. Auch die Fabrikarbeiter in Orizaba hatten recht, und die Minenarbeiter in Sonora, und die Quittung, die sie dafür bekamen, haben wir ja gesehen.«

»Was schlägst du also vor, Diego. Daß alles bleibt, wie es ist?«

»Kränk mich nicht, Josefa, du bist halt ein Grünschnabel. Schon vor fünfundzwanzig Jahren habe ich dir erzählt, was jetzt in aller Munde ist.«

»Da hast du allerdings recht.« Josefa erhob sich von ihrem Schaukelstuhl und legte die Zeitung beiseite, die sie während des gesamten Disputs nicht losgelassen hatte. »Deshalb liebe ich dich ja so, du Dickschädel.«

»So ist's recht.« Diego straffte die Schultern und fragte dann, wieder besänftigt:

»Essen wir jetzt zu Abend?«

»Jetzt, wo es noch was gibt«, unterbrach Milagros Veytia. Sie stand schon seit geraumer Weile in der Tür und hatte das Gespräch verfolgt.

»Was redest du da, Milagros. Du bist ja noch pessimistischer als Diego.«

»Ich bin nur weniger optimistisch.« Bei dieser Bemerkung gab Milagros ihrer Nichte einen Kuß. Dann, um das Thema zu wechseln und das Essen nicht mit Spannungen und Sorgen zu belasten, fragte sie Emilia nach ihrer Freundin Sol.

Wie Sol einige Jahre zuvor richtig vorhergesehen hatte, war es ihrer Mutter als notorischer und äußerst erfolgreicher Heiratsvermittlerin gelungen, daß einer der Sprößlinge aus der reichsten Familie Pueblas, ja ganz Mexikos ein Auge auf die strahlende Erscheinung ihrer Tochter warf. Es war ein leichtes zu erreichen, daß besagter Sprößling wegen Sol selbst seinen unbändigen Appetit vergaß, bislang seine einzige Leidenschaft, und alles daran setzte, sie zu der Seinen zu machen. Der junge Mann, der gemeinsam mit seiner Familie über zahlreiche Ländereien, Zuckerrohrfabriken, Tabakplantagen, Häuser und Geld im In- und Ausland verfügte, eroberte Sol rascher, als Emilia erwartet hätte. Und um den ersten Anflug von Zweifeln bei dem Mädchen gleich im Keim zu ersticken, fiel ihrer Mutter die banale, aber wirkungsvolle Metapher ein, ihre Tochter sei ein Juwel, und Juwelen gehörten in Luxusschatullen. So kam es, daß bald eine Hochzeitsfeier vorbereitet wurde, die für alle Zeiten unvergessen bleiben sollte.

»Ist die Ausstattung für die Prinzessin fertig?« Sie waren bei der Suppe, als Milagros diese Frage stellte.

»Noch ist sie nicht mal angekommen«, wußte Emilia zu berichten. »Selbst die Unterwäsche haben sie in Paris bestellt, und die Koffer fehlen auch noch. Ein Teil befindet sich schon in Veracruz, der Rest aber ist noch nicht mal unterwegs. Wenn es in dem Tempo weitergeht, wird sie nur die Spitzenunterröcke zur Hochzeit tragen, die wenigstens sind gestern eingetroffen.«

»Dieses Mädchen hat deine Spitzzüngigkeit geerbt«, lautete Josefas Kommentar in Richtung ihrer Schwester.

»Um so besser für sie«, gab Milagros zurück. »Und warne deine Freundin, die Ehestifterin, daß ihre Tochter, wenn sie nicht schleunigst heiratet, einen völlig mittellosen Mann heiraten wird«, fügte sie hinzu.

»Ihnen gehört immerhin der halbe Staat Puebla und ein Teil von Veracruz. Was meinst du wohl, warum Evelia sie verheiratet«, fragte Josefa.

»Weil sie noch nie das Talent besaß, Dinge vorherzusehen, und weil sie sich vom Geschäftsfieber ihres Mannes hat anstecken lassen«, antwortete Milagros.

»Und ob das ansteckt«, stimmte Emilia ihr zu. »Sol ist auch schon infiziert. Gestern hat sie mir eine Stunde lang nur von den Dingen erzählt, die sie besitzen wird. Das Haus auf der Reforma, die englischen Möbel, das Geschirr aus Bayern und die schwedischen Kristallgläser. Sie ist kaum noch zu genießen, und manchmal hätte ich nicht übel Lust, sie einfach ihrem Schicksal zu überlassen. Sie vertraut darauf, daß alles traumhaft sein wird.«

»Was anderes sollte man ihr auch nicht wünschen«, verteidigte Josefa Sol.

»Wer soll dich noch verstehen, Josefa«, mischte sich Diego ein. »Du kannst nur einem recht geben, aber nicht allen gleichzeitig.«

»Warum sagst du das?« Bei dieser Frage schnupperte Josefa am Fisch. »Ich fürchte, ich hab zuviel Chili genommen.«

»Was Diego damit sagen will, ist: du kannst nicht erwarten, daß die Dinge sich ändern und die momentanen Herrscher dabei unbehelligt bleiben«, erklärte Milagros. »Tatsächlich, da ist zu viel Chili dran, aber es schmeckt ausgezeichnet.«

»Es schmeckt nicht ausgezeichnet«, widersprach Josefa.

»Es ist köstlicher denn je«, unterbrach Diego. »Schmeckt es dir nicht, Emilia? Warum ißt du nichts?«

»Sols Ring bedeckt den halben Finger«, sagte Emilia. »Beim Gehen ist es, als ob sein Gewicht sie runterzöge.«

»Und deshalb rührst du das Essen nicht an?« fragte Josefa.

»Ich habe keinen Hunger.«

»Iß trotzdem was«, drängte Milagros. »Quasi als Vorrat für schlechte Zeiten.«

»Warum bist du in letzter Zeit so besessen davon?« fragte ihre Schwester.

»Weil ich viel über Kriege gelesen habe.«

»Komm uns jetzt nicht damit«, bat Diego. »Und, du, Emilia, red nicht um den heißen Brei herum. Willst du auch so einen Ring?«

»Warum sollte sie denn so was haben wollen?« fragte Josefa. »Sie ist doch ein vernünftiges Mädchen.«

»Sie will halt auch mal unvernünftig sein«, meinte

Milagros. »Ist doch ganz normal, daß eine Siebzehnjährige manchmal unbesonnen ist.«

»Ich will gar keinen Ring wie Sol.« Nach dieser Beteuerung probierte Emilia einen Happen vom Fisch.

»Wenn du mal was Törichtes tun willst, laß uns doch in den Zirkus gehen. Oder fühlst du dich dafür schon zu alt?« fragte Milagros Veytia.

»Au ja, gehen wir in den Zirkus.« Emilia ließ ihren Fisch stehen. »Wann?«

»Eine Vorstellung findet morgen statt und noch eine am Sonntag.«

»Welchen Zirkus meinst du?« fragte Josefa.

Milagros meinte den Zirkus Metropolitano. Der Direktor wollte die Hälfte des Erlöses für Maderos Wahlkampagne in Puebla spenden.

»Wenn er das verkündet, wird er ein Drittel seiner Zuschauer verlieren«, bemerkte Diego.

»Das wird er nicht. Ich weiß es, denn ich war's, die ihn gestern abend dazu überredet hat.«

»Und wie hast du ihn rumgekriegt?« fragte Josefa.

»Mit ganz normalen Argumenten, Schwesterchen. Keine Sorge, ich habe nicht etwa den guten Ruf unseres Namens gefährdet.«

»Soweit noch was davon übrig ist«, bemerkte Diego.

»Tatsächlich haben wir uns von Josefas Eheschließung noch nicht wieder erholt. Stell dir vor, sie heiratet einen Fremden, frisch von der Karibik.«

»Ich kam zwar von der Karibik, war aber kein Fremdling. Daß mich hier keiner kannte, war reine Ignoranz. Die Pueblaner waren seit jeher der Ansicht, daß nicht existiert, was sie nicht kennen. Aber in meiner Gegend war ich allseits bekannt.« Laut protestierend knabberte Diego an Josefas Ohr.

»Los, Emilia, hier wird etwas ausgeheckt. Kommst du mit, deinen Schwiegervater besuchen?« Damit meinte Milagros Doktor Cuenca.

»Ja.« Emilia sprang vom Stuhl auf.

»Vorsichtig, Milagros! Wenn Daniel eines Tages hier mit einer nordamerikanischen Ehefrau auftaucht, wie willst du sie dann von ihrem Kummer heilen?« sagte Josefa.

»Kummer kann niemand heilen, man kann nur die Hoffnung dämpfen. Laßt uns kurz nachschauen, ob der Postbote einen Brief gebracht hat, wir sind gleich zurück.« Milagros klang so, als wäre sie der Backfisch. »Komm, Emilia, gib deiner Mutter einen Kuß, damit sie sich in der halben Stunde, die du fort bist, nicht vor Kummer verzehrt. Bis gleich, Schwager, mal sehen, ob es dir gelingt, die frisch bekehrte Aktivistin ein wenig zu besänftigen.«

»Mach dich nicht über mich lustig, Milagros«, schmollte Josefa.

»Ich sage das voller Begeisterung, Schwester. Adieu.« Milagros zog Emilia hinaus, die noch einmal zurückgelaufen war, um kurz den Finger in die Karamelsoße auf dem Pudding zu tunken.

Eine Stunde später waren sie zurück im behaglichen Heim der Sauris. Kein Laut war zu hören, doch das Licht brannte noch.

»Deine Eltern verschwenden elektrisches Licht, als wäre es gratis«, schimpfte Milagros. »Wie kann man nur alle Lampen brennen lassen. Was schreibt Daniel?«

»Du weißt schon, lauter Lügen.« Emilia faltete ihren Brief zu einem winzigen Rechteck zusammen und steckte sich ihn in die Bluse.

Milagros ließ sich in einen Sessel fallen, als hätte sie

eben getanzt und wäre völlig außer Atem. Emilia machte es sich ihr gegenüber bequem und verschränkte die Beine wie die Enden eines Hefezopfes.

»In dieser Pose siehst du aus wie eine Schlange«, befand Milagros.

»Ich bin eine Mayagöttin.«

»Die Göttinnen haben sich aber nicht so hingefläzt.«

»Mein Papa hat eine in genau dieser Pose.« Emilia entwirrte ihre Beine wieder und ging eine Figur holen, die Diego Sauri in einem Fach seines Schreibtischs aufbewahrte. Emilia hatte sie immer für eines der wertvollsten Stücke ihrer künftigen Erbschaft gehalten.

Mit der Skulptur kehrte sie zurück und reichte sie Milagros, die sie in ihren Händen drehte und von allen Seiten betrachtete.

»Setz dich noch einmal so hin wie sie.« Milagros stellte die Figur auf den Tisch und versuchte selbst, sie nachzumachen. »Zu irgendwas muß diese Pose wohl gut sein.«

»Frieden. Das behauptet zumindest mein Papa, aber du weißt ja, er hat eine blühende Phantasie.«

Als Josefa sie eine Weile hatte reden hören, kam sie im Dunkeln aus dem Schlafzimmer, um an der Unterhaltung teilzunehmen. Emilia begann ihr alles mögliche zu erzählen, bis sie sich nach einer Stunde so festgeredet hatten, daß auch Diego wach wurde.

»Wollt ihr Schwatztanten denn gar nicht schlafen?« rief er vom Bett aus. »Es ist schon Mitternacht.« Ohne sich aus dem Sessel zu erheben, forderte Josefa ihn auf, sich zu ihnen zu gesellen:

»Wir sind gerade dabei, die Welt zu verbessern, und könnten deinen Rat gut gebrauchen.«

»Wenn ich was rate, tut ihr doch immer nur genau das Gegenteil.« Diego weigerte sich, auch nur den Kopf aus den Kissen zu erheben.

»Aber deine Ratschläge sind immer eine gute Anregung, Liebster«, versicherte Josefa. »Komm schon.« Sein Erscheinen im Gang versprach schließlich die Aussicht auf mindestens noch zwei weitere Stunden lebhafter Unterhaltung.

Als er endlich bei ihnen saß, schlug Milagros einen ernsteren Ton an:

»Sie schleppen die politischen Gefangenen nach Quintana Roo in Yucatán. Viele sind zu Tode erschrokken und trauen sich zu Maderos Empfang nicht mehr auf die Straße.«

»Morgen gehe ich zu den Oppositionsvertretungen, um klarzustellen, wie es dort ist. Sie fürchten sich vor den Schlangen und der Hitze, aber man kann sich durchschlagen.«

»Es ist schön da, Papa, nicht wahr?« Von klein auf hatte Emilia ihn vom betörenden Duft nach Ananas und Blüten auf den den einsamen Karibikinseln schwärmen hören. Dieses Licht, dieser Geruch, diese Vögel und Langusten waren einzigartig auf der Welt.

»Irgendwann fahren wir hin, damit du selbst siehst, daß ich nicht übertreibe.« Bei der Erinnerung begannen Diegos Augen zu leuchten. Er sprach selten von seiner ersten Heimat, doch wenn er auf das Thema kam, dann konnte Emilia seinen Geschichten stundenlang gebannt lauschen, gläubig, wie es nur Töchter ihren Vätern gegenüber sind.

»Meinst du wirklich, Waffen sind die einzige Lösung?« unterbrach Josefa seine immer verzückteren Schilderungen.

»Allmählich verliere ich den Glauben und rechne mit allem.« Diego war in Gedanken noch ganz bei seinen grünen Inseln. »Jeder hat da eine andere Meinung. Mal sehen, was aus Maderos Besuch wird. Vorläufig wissen wir nicht mal, wo er unterkommen soll.«

»Er kann doch hier wohnen«, schlug Josefa vor.

»Damit sie dich drei Tage nach seiner Abfahrt einsperren?« wandte Milagros ein.

»So gefährlich ist das?« fragte Emilia.

»Warum glaubst du wohl, daß er nirgendwo unterkommen kann?« erklärte ihr Vater.

»Vor kurzem habe ich gehört, er könne eventuell in einem Hotel hier Quartier beziehen«, erzählte Milagros.

»Hoffentlich«, sagte Diego. »Jedenfalls gibt es keine Genehmigung für Versammlungen auf öffentlichen Plätzen oder in den Theatern. Vielleicht muß die Kundgebung auf dem Freigelände im Santiagoviertel stattfinden. Ob sich überhaupt jemand zu kommen traut?«

»Laß dir deshalb jetzt noch keine grauen Haare wachsen.« Seine Frau konnte es nicht ertragen, ihn bedrückt zu sehen. Dann tröstete sie ihn immer wie einen Sohn.

»Es wird Zeit, daß du uns Kamillentee mit Anis bringst.« Milagros kannte die Neigung ihrer Schwester, immer wenn ihr etwas über den Kopf wuchs, Kräutertee zu servieren.

»Ich gehe Lindenblütentee machen.« Josefa war der ironische Ton ihrer Schwester entgangen.

»Du gehst nirgendwo mehr hin«, protestierte Diego. »Komm endlich schlafen. Und du, Milagros, solltest um diese Zeit auch nicht mehr nach Hause gehen. Ich hol dir eine Decke.« Diego streichelte Emilia, die mit verwuscheltem Haar schlafend im Sessel hing.

»Schlecht zu sagen, wie dein Mann erträglicher ist, als Trauerkloß oder als Haustyrann«, sagte Milagros zu ihrer Schwester.

»Als Tyrann«, entschied Josefa. »Wenn er Trübsal bläst, weiß ich nicht, wie ich reagieren soll. Wenn er tyrannisch wird, laß ich ihn einfach links liegen und hör nicht hin.«

»Das werde ich jetzt auch tun und euch verlassen.« Mit diesen Worten legte Milagros sich den Rebozo um die Schultern.

»Paß auf dich auf«, bat Josefa. »Ich sterbe, wenn dir was zustößt.«

»Was soll mir schon zustoßen?« So verabschiedete sie sich, schon an der Tür, und verschwand dann über die dunkle Treppe. Eine Minute später hörte man die Haustür hinter ihr zufallen.

»Wer ist gekommen?« Emilia war aus dem Schlaf hochgeschreckt.

»Niemand, mein Schatz. Deine Tante ist nur gegangen, komm jetzt ins Bett.« Josefa half ihr auf. Als Emilia sich auf sie stützte, merkte sie, daß sie zitterte.

»Warum hast du sie denn gehen lassen?« Diego war mit der Decke zurückgekehrt und starrte die beiden an.

»Weil sie sich doch nicht reinreden läßt.«

»Die Tante ist fort?« Emilia war plötzlich hellwach. »Ich will mit ihr gehen.«

»Schlag dir das bloß aus dem Kopf.« Josefa schenkte sich kalten Lindenblütentee ein. »Komm jetzt ins Bett«, bat sie, Emilia übers Haar streichend, als wäre sie noch das kleine Mädchen von einst. »Komm schon, ich singe dir was vor und kraule dir den Rücken.«

Als Josefa am folgenden Morgen wie jeden Tag durch die Stadt lief, klebten überall gelbe Flugblätter mit der Ankündigung des Kandidaten Madero und dem Aufruf, ihn am Bahnhof willkommen zu heißen.

Von ihr zu ihrer Schwester waren es sieben Häuserblocks geradeaus und zwei nach links. Josefa lief so rasch, daß sie nur wenige Minuten brauchte. Zum Glück trug sie den großen Schlüssel zu Milagros' Wohnung immer in der Handtasche bei sich. Er war wie ein Talisman gegen jegliches Unheil. Hastig trat sie ein und rannte über den in goldenes Licht getauchten Gang. Auf der Treppe nahm sie jeweils zwei Stufen und eilte ins Wohnzimmer. Das Klavier war wie üblich aufgeklappt, weil Milagros glaubte, sonst bringe es ihr Unglück. Alles übrige war mit Sinn und Verstand arrangiert und strahlte Gelassenheit aus.

Anders als sonst blieb Josefa nicht stehen, um sich umzuschauen, welchen alten Kunstgegenstand Milagros wieder aufgestöbert hatte, sondern lief sofort zum Schlafzimmer, riß die Tür auf und stürmte hinein. Die hölzernen Fensterläden, die vor der langgestreckten Veranda das Licht und den Lärm von der Straße auf der Seite der Plazuela de las Pajaritas abhielten, waren geschlossen. Josefa kniff zur Gewöhnung an die Dunkelheit die Augen zusammen, doch als sie sie wieder öffnete, war immer noch nichts als die beängstigende Dunkelheit zu sehen. Kurz entschlossen ging sie zur Veranda, um herauszufinden, wie die verdammten Holzläden aufgingen.

Ein schmaler Lichtstrahl wagte sich vorwitzig in den Raum, bis er auf Milagros fiel, die dort reglos, noch in den Kleidern vom Vortag mitsamt Stiefeln schlief wie Iztaccíhuatl persönlich. Neben ihrem ausgestreckten

Arm lagen überall am Boden verstreut, wie eben erst aus ihrer Hand entglitten, die gelben Flugblätter, mit denen die ganze Stadt gepflastert war.

»Schwesterchen?« flüsterte Josefa, während sie ihr die Schuhe auszog.

»Was?« hörte sie Milagros' Stimme unter lauter Kissen hervor.

»Ich habe dich sehr lieb.«

»Das weiß ich.«

»Bist du sehr erschöpft?« Josefa glaubte, sie noch nie so müde gesehen zu haben.

»Ja.« Milagros verschanzte sich vor dem Tageslicht, das sie aus ihren Träumen riß, immer noch unter der Decke.

»Gott sei Dank.« Josefa schloß ganz sachte den Lichtspalt wieder.

»Welchem Gott?« hörte sie Milagros' schlaftrunkene Stimme.

»Dem Kriegsgott.«

10

Als Josefa pfeifend zum Sternenhaus heimschlenderte, war es bereits spät geworden. Sie mußte an ihren Mann denken und an Emilia, die ihn in den letzten Monaten immer schon früh nach unten begleitete und den ganzen Tag inmitten von lauter Fläschchen und unterschiedlichsten Gerüchen im Labor zubrachte. Auch jetzt würden sie in der Apotheke sein. Emilia hatte von Diego viele Rezepte und einige seiner Kunstgriffe gelernt, mindestens ein Drittel der unter den Tischen aufgestöberten Bücher über Medizin gelesen und Ordnung in den Regalen geschaffen, die sie von klein auf abzustauben pflegte, während ihr Vater die herzzerreißenden Arien sang, mit denen er sich seine Nachmittage versüßte.

Als alles fein säuberlich eingeordnet war, hatte Diego sich bitterlich beschwert, fortan würde er sich nicht mehr zurechtfinden.

»Du hast alles durcheinandergebracht.« Er schlug die Hände über dem Kopf zusammen und ließ sich auf einer der hohen Bänke nieder, um Emilia die Leviten zu lesen. »Deshalb habe ich niemals zugelassen, daß sich deine Mutter hier einmischt. Wie soll ich nun wissen, wo ich die Dinge finde?«

»Sie sind alphabetisch geordnet. Mein Leben lang habe ich mit angesehen, wie du verzweifelt auf der Suche nach etwas warst. So würde ich Jahre brauchen, um zu lernen, was du mit Intuition und aus dem Gedächtnis heraus beherrschst. Hast du dich schon mal gehört?

Mindestens zwanzig Mal am Tag fragst du: Wo habe ich das bloß verkramt? Jetzt ist alles kinderleicht.«

Wie er sie so dozieren hörte, wurde Diego klar, daß er es wohl noch nicht verwunden hatte, sie erwachsen zu sehen.

»Bilde dir bloß nichts ein«, sagte er. »Wetten, daß du zum Beispiel nicht weißt, wo du konserviertes Fistelrohr findest?«

Emilia drehte sich auf dem Absatz um und strebte auf das dritte Regal zu.

»Was willst du, Blüten oder Rohr?«

»Blüten«, murmelte Diego.

Emilia nahm ein honigbraunes Glasfläschchen heraus, das halb mit einem mit kleinen weißen Blüten versetzten Sirup gefüllt war. Sie entkorkte es, um daran zu riechen, bevor sie es Diego reichte, der gar nicht mehr nachzusehen brauchte, um zu wissen, daß es richtig war.

»Wozu ist es gut?« Er fühlte ihr auf den Zahn.

»Ich weiß nicht.« Emilia setzte sich auf die helle Holzbank, ihren angestammten Platz.

»Es wirkt als Abführmittel bei empfindlichen Personen.«

»Und warum wird es mit Honig hergestellt?« wollte Emilia wissen.

»Wie es schon bei Nicolás Monardes in seinem berühmten Buch aus dem Jahre 1565 heißt: ›Laß die Blüten mit Zucker kochen, auf daß sie zart und geschmeidig geraten.‹«

»Frag mich noch was«, bat Emilia.

»Nelkenzimtholz«, fiel Diego ein.

»Das findest du unter N für Nelken und unter Z für Zimt. Aber ich weiß nicht, wozu es gut ist. Ich weiß nur, daß Mama es nimmt, wenn sie wirr im Kopf ist«, erwiderte Emilia, während sie ihm eine riesige Büchse voller Rindenstücke und zimtähnlichen Stangen reichte.

»Es hilft bei tausenderlei Dingen«, erklärte Diego. »Sogar als Mittel, um verliebt zu machen, soll es wirken.«

»Das sollte man Sol verabreichen. Ich glaube, es gibt keine Braut, die so kurz vor der Hochzeit steht und weniger verliebt ist als sie«, schlug Emilia vor.

»Heute nachmittag bereiten wir ihr einen Heiltrank«, entschied Diego. »Wo sind die Bezoarsteine?« fuhr er mit dem Spiel fort.

»Fünftes Regal, gut greifbar. Es wirkt Wunder gegen jede Art von Vergiftung.«

»Woher weißt du das?« fragte Diego.

»Werden sie nicht in dem Brief des spanischen Soldaten erwähnt, den du wie eine Reliquie zusammen mit der Mayagöttin aufbewahrst?«

»Stimmt genau«, bestätigte Diego. »Habe ich ihn dir mal vorgelesen?«

»Nein, noch nie.« Emilia dachte, sie sei inzwischen groß genug, um ihrem Vater die Freude zu lassen, ihr die Geschichte, die sie inzwischen auswendig herbeten konnte, noch einmal zu erzählen.

Als er sah, daß seine Tochter sich auf die Lippen biß, um sich ein Lächeln zu verkneifen, fiel Diego ein, daß diese Lektüre sein Geschenk zu ihrem dreizehnten Geburtstag gewesen war. Doch Emilia beharrte darauf, keine Ahnung zu haben, und drängte ihn, die ganze Geschichte von den Bezoarsteinen zu erzählen, die in Don Pedro de Osma y Xara y Zejos Brief geschildert wird. Sie wußte nur zu gut, wie wichtig ihrem Vater das Vorbild des spanischen Soldaten aus dem 16. Jahrhundert war, der sich von den Eroberungskämpfen abgesetzt und ganz der Erforschung der Pflanzen in der neuen Welt und ihren Heilkräften gewidmet hatte. Sie hörte gern etwas aus dem Leben dieses Mannes, der sich gegen den Krieg und für die Wissenschaft entschieden hatte. Ihr Vater erzählte immer so begeistert von diesem Schicksal, so daß sie nun vor ihm gelobte, sich ein Beispiel daran zu nehmen.

Diego hätte sie bei ihrer Antwort am liebsten laut gepriesen. Da er das freilich, wie bei Eltern damals üblich, für pädagogisch falsch hielt, fragte er Emilia weiter nach dem Juan-Infante-Kraut.

»Es heilt Wunden und Pfeilverletzungen. So steht es in deinem Buch. Unter I wie Infante.«

»Sieh es dir mal genau an«, sagte Diego. »Es hat winzige, behaarte Blättchen. Man findet es überall auf den Feldern, wenn man es von einem ähnlichen zu unterscheiden weiß, das wirkungslos ist. Dieses hier schließt die schlimmsten Wunden. Und Karbolsäure?«

»Hier ist sie, Meister.« Emilia reichte sie ihm mit einer schwungvollen Verbeugung.

Vollauf begeistert von dem Spiel, fragte Diego sie weiter nach Arsenpulver, Belladonna und allem, was ihm gerade einfiel. Ohne sich geschlagen zu geben, stand Emilia ihm solange Rede und Antwort, bis ein Kunde kam und ihre Sitzung unterbrach.

Diese Unterhaltung war die Besiegelung eines Paktes, der sich schon lange angebahnt hatte, länger, als Emilia überhaupt zurückdenken konnte. Nun wurden sie ein fleißiges, ausgelassenes Paar, das selbst die Sonntagmorgen im Labor inmitten von betäubenden Geruchsschwaden zubrachte. Deshalb suchte Josefa ihre Tochter hinter dem Ladentisch bei Diego.

»Willst du sehen, wo deine Tochter ist?« fragte Diego und bedeutete ihr mit einer Handbewegung, leise näher zu kommen.

Er ging zu den Regalen hinter der Theke und suchte nach dem Tiegel mit *Cannabis indica* im dritten Regal links. Josefa kannte das Geheimnis: Wenn man ihn herausnahm, sah man durch eine Glasscheibe ins Labor. Sie befand sich genau auf Augenhöhe: Diego hatte sie dort eingebaut, als er die Apotheke aufmachte, um gleichzeitig im rückwärtigen Teil arbeiten zu können und im Blick zu haben, wenn jemand am Ladentisch nach ihm verlangte.

Vorsichtig entfernte er den Tiegel und reichte ihn seiner Frau, um nachzuschauen, ob Emilia noch dort war. Dann trat er beiseite. Josefa steckte den Kopf zwischen die Flaschen, spähte etwa drei Sekunden lang hindurch, um dann ihrem Mann rücklings geradewegs in die Arme zu sinken. Diego legte sie rasch auf den Boden und holte einen ammoniakgetränkten Wattebausch.

»Komm mir mit diesem gräßlichen Zeug ja nicht zu nahe.« Josefa sprang schneller wieder auf, als sie gebraucht hatte, um in Ohnmacht zu sinken. Sie fuhr sich mit den Händen übers Gesicht. Hatte sie wirklich ihre Tochter gesehen?

Hochgereckt auf Zehenspitzen hatte Emilia wie einer inneren Melodie gehorchend eine andere Frau innig auf den Mund geküßt und ihr abwechselnd lachend und weinend das Gesicht gestreichelt. Was Josefa nicht hatte sehen können, war, daß unter dem lang herabfallenden Rebozo Daniels Hände um Emilias Taille lagen und daß Emilia vor Glück nur so strahlte.

Mal tarnte Daniel sich als Frau, mal als vornehmer Señorito oder auch als einfacher Bauer, um die Grenze zu passieren und nach Puebla zu kommen, wenn er so lange fort gewesen war, daß ihm Emilias Lippen wie die erste Wasserstelle hinter der ausgedorrtesten Wüste erschienen.

»Sie küssen sich.« Josefa war völlig aufgelöst.

»Selbstverständlich.«

»Wird man das in diesem 20. Jahrhundert etwa normal finden?« fragte Josefa. »Dann passe ich nicht hinein und muß schleunigst abtreten.«

Noch beim Küssen tastete Emilia nach Daniels Kopf und nahm ihm das Tuch und die Perücke ab. Er streifte sich daraufhin die langärmelige, bis ans Kinn zugeknöpfte Bluse ab und schmiegte sich mit nackter Brust eng an ihr helles Kleid, unter dem ihre Brustwarzen bebten.

»Wo warst du?« Bei dieser Frage ließ Emilia ihre Finger über seinen Rücken wandern.

»Hier.« Daniel schob ihr den Finger zwischen die Zähne. Wie ein Brandeisen preßte sie ihn, ganz konzentriert, mit geschlossenen Augen an ihre Zunge.

Inzwischen hatte Diego den Marihuanatopf wieder an seinen Platz gestellt, halbtot, weniger aus Sorge um die Sexualmoral des 20. Jahrhunderts als vor schierer Eifersucht. Josefas Kümmernisse lenkten ihn ein wenig ab. Er schalt sie eine Puritanerin, nahm sie in den Arm, trocknete ihr die Tränen und führte sie schließlich in den zweiten Stock, um endlich zu frühstücken.

Als eine Kundin die Apotheke betrat und sah, daß niemand da war, klopfte sie dreimal auf den Ladentisch, wie Diego seine Stammkunden geheißen hatte. Das holte Emilia abrupt wieder von dem fernen, weiten Meer, auf dem sie sich hatte treiben lassen, auf den Boden der Tatsachen zurück. Mit einem Ruck riß sie sich von Daniel los, rief wie ihr Vater »*Ich komme*«, trat, sich rasch noch die Haare glättend, aus der Tür und erschien mit einem Lächeln, das weiß und makellos war wie die hinter ihr aufgereihten Porzellantiegel, an dem Ladentisch.

Die Frau wollte die Kreislauftropfen, die sie von dem ewigen Schwindel kuriert hatten, mit dem sie früher hatte leben müssen. Bei Emilias Anblick, strahlend wie ein Streifen Sonne am Ende eines verregneten Morgens, meinte sie, dem Apotheker Sauri sei es mit seinen segensreichen Gaben wahrhaftig gelungen, die Welt zu verbessern.

Kaum hatte Daniel sie hinausgehen sehen, kam er zu Emilia nach vorne, nun im Kaschmiranzug mit Seidenkrawatte. Sein widerspenstiges Haar war naß zurückgekämmt und so für kurze Zeit gebändigt. Ohne sein forsches Auftreten und den herausfordernden Raubtierblick hätte man ihn glatt für den Sohn des Gouverneurs halten können.

Zum erstenmal seit ihrem Bestehen wurde die Apotheke am späten Morgen geschlossen. Emilia und Daniel gingen nach oben, um mit den Sauris zu frühstücken. Die beiden waren immer noch in die Diskussion über die guten und die schlimmen Seiten des angehenden Jahrhunderts vertieft. Diego hatte Josefa beruhigt und ihr erklärt, daß die Frau, die sie so schockiert habe, nur Daniel in Frauenkleidung gewesen sei. Trotz allem wäre sie, sobald sie ihn, den Arm um Emilias Taille gelegt, hereinkommen sah, um ein Haar erneut in Ohnmacht gefallen.

»Du siehst blendend aus«, empfing Josefa ihn unverblümt, wie Frauen nur mit Männern umgehen, die ihre Söhne sein könnten. Ohne Emilia loszulassen, legte Daniel den Arm um Josefa. Nach all den Monaten voller Gefahren und schlechter Ernährung sehnte er sich nach Zuwendung und Geborgenheit, nach einem Rest Kindheit, nach Brot aus der heimischen Backstube.

Beim Frühstück schilderte Daniel ihnen die Situation des Maderismus in anderen Städten und ließ sich die schwierigen Rivalitäten der Oppositionssplittergruppen in Puebla erklären.

»Madero ist keineswegs das Beste, was uns blühen kann, er ist bloß unsere einzige Wahl«, lautete Daniels Urteil schließlich beim Kaffee.

Diego stimmte ihm zu. Er war froh, mal wieder einen vernünftigen Gesprächspartner zu haben. Beide bemängelten an Madero, daß er alles auf einmal erreichen wollte, ein zu hoch gegriffenes Ziel, das, wie sie wußten, in der Politik zum Scheitern verurteilt war.

»Madero ist ein guter Mann«, beharrte Josefa.

»Was heißt das schon?« erwiderte Daniel.

»Irgend etwas wird es schon bringen«, versicherte Josefa.

»Die Politik gehört den Bösen«, verkündete Emilia im Brustton jugendlicher Überzeugung.

Daniel mischte sich ein, um Emilia zu widersprechen, und Diego, um Josefas Argumente zu entkräften. Später kamen sie auf Puebla zu sprechen: Die wichtigsten Oppositionsgruppen waren in Moderados und Radicales zerstritten, und es gab keine Absprachen noch gar vernünftige Programme, nichts, nur Verwirrung. Sie diskutierten, ob so viele oppositionelle Splittergruppen nötig seien, ob die Moderados oder die Radicales im Recht seien, ob Madero die einen oder anderen unterstütze oder unterstützen solle, ob die Gefahr eines Krieges bestehe und ob unter dem Krieg nicht immer nur die Idealisten, die Träumer, die Jungen und die Armen litten. Allmählich erlosch der Diskussionseifer, und Diego blieb nur noch Josefa als Gesprächpartnerin.

Daniel und Emilia hatten die Balkontür zur Straße hin geöffnet und blickten, über die Brüstung gelehnt, gen Westen. Dunkelblau und wuchtig ragten die Vulkane in den Himmel, als seien sie durch nichts aus der Ruhe zu bringen.

»Hast du manchmal Heimweh?« fragte Emilia.

»Wenn ich kann«, erwiderte Daniel.

Ohne Vorwurf fragte Emilia ihn nach seinem Leben aus. Sie wußte nur zu gut, daß Daniel ohne sie und die Vulkanberge auskam, wie er schon von klein auf ohne sein Zuhause, seine Gegend, seine Spiele hatte leben können. Eine Weile lauschte sie seiner Meinung zu den Wahlen. Ihnen galt momentan seine einzige Sorge. Emilia hatte schon früh gelernt, daß man sich bei den Männern zunächst einen endlosen Sorgenkatalog anhören mußte, bevor sie zum Wesentlichen kamen. Also hörte sie sich geduldig an, warum die Wahlen nach seiner Meinung als Desaster enden würden und man gar nicht erst bis Juli zu warten brauchte, um das zu erfahren. In dieser Hinsicht gab er zwar den Radicales recht, wollte jedoch, solange es keinen vernünftigen Grund dagegen gab, zu Madero stehen. Vernunft ging ihm sogar noch über Demokratie, auch wenn sein eigenes Leben nicht immer von Vernunft bestimmt war. Schließlich legte er ihr wie in der Kindheit den Arm um die Schultern und lud sie ein, ihn in das Santiagoviertel am Stadtrand zu begleiten. Fröhlich im Takt eines alten Abzählreims polterten sie die Stufen der Treppe hinab.

»Ihr seid lauter als eine ganze Revolution«, bemerkte Josefa, die im Patio die Pflanzen goß. Daniel gab ihr im

Vorbeilaufen einen Kuß und kündigte sich zum Essen an. Josefa war einverstanden. Doch nicht im Traum würde sie ihre Tochter mit Daniel, der sich um niemanden kümmerte, nach Santiago gehen lassen, ein so unsicheres Pflaster, was meinte sie wohl, worauf sie sich da einließ!

Gerade als Emilia den Mund aufmachen wollte, erübrigte sich ihr Protest. Wie stets, wenn Not am Mann war, erschien Milagros zu ihrer Rettung. Stolz kam sie von einem Rundgang durch die Straßen, wo sie ihr nächtliches Werk bewundert hatte. Sogleich widersprach sie Josefa, Santiago sei überhaupt nicht gefährlich, im übrigen habe Diego Emilia frei gegeben, und sie würden im Handumdrehen wieder da sein. Beim Reden schob sie das Jungvolk zur Tür. Dort drang ihr eben noch die Stimme ihrer Schwester ans Ohr, der sie gar keine Gelegenheit gelassen hatte, auf ihren Redeschwall zu antworten:

»Milagros! Im Handumdrehen? Ich habe meine Hand bereits mehrmals umgedreht!«

Die Stadt, aber vor allem Santiago, wo Madero in zwei Tagen seine Ansprache halten sollte, war von einem Riesenaufgebot der gesamten Bundespolizei bewacht. Sie hatten Anweisung, unauffällig vorzugehen, bis Madero mitsamt Gefolge, inklusive der Journalistenschar, die Stadt wieder verlassen hätte, traten aber doch ständig in Aktion, sobald ihnen etwas verdächtig erschien. Natürlich erregten drei ordentlich Gekleidete wie Daniel, Emilia und Milagros ihre Aufmerksamkeit in Santiago, wo in Behausungen aus gebranntem Lehm die Ärmsten der Armen wohnten, in einer Welt voller Verzweiflung und Schmutz.

Noch auffälliger waren sie, als sie auf dem kleinen Kirchplatz auftauchten, wo ihnen eine Schar Kinder entgegenlief. Milagros war hier ein häufig gesehener Besucher, und so umringten die Kinder sie und nannten sie zu Daniels und Emilias Verblüffung »Tante«. Ein Kind zerrte an ihrem Rock und wollte wissen, was sie mitgebracht habe. Milagros zeigte auf ihre Nichte und ihren Neffen. Ein halbnacktes, völlig verschmutztes Kind fragte, was sie noch habe.

Emilia trug eine große Jutetasche mit Brot und Daniel eine zweite, bleischwere, aus der nach und nach alles mögliche zum Vorschein kam. Milagros ging vor den Kindern in die Hocke und verteilte neben Bonbons und Orangen auch Medikamente und gute Ratschläge. Halb bewundernd, halb entsetzt beobachtete ihr Patenkind sie. Emilia hätte sich einen so selbstverständlichen Umgang mit dem Elend niemals zugetraut. Als ein mit lauter Pusteln übersätes Kind sie berührte, hätte sie um ein Haar laut aufgekreischt, und es kostete sie einige Überwindung, nicht auf der Stelle davonzulaufen, so sehr war sie von Schmerz und einem nie gekannten Angstgefühl erfüllt. Natürlich gab es überall in der Stadt Arme, die an Straßenecken oder am Eingang der Kirchen bettelten. Wie alle in ihren Kreisen hatte Emilia auch gelernt, die Existenz des Elends ohne schlechtes Gewissen hinzunehmen. Doch jetzt, als sie diese Armen zum erstenmal unter sich sah und nicht in Straßen und vor Gebäuden, wo sie als Eindringlinge galten, fühlte Emilia tiefe Scham und Schuld, zwei ihr bisher völlig fremde Regungen.

Sie wollte wegrennen, heim, ins leuchtende Stadtzentrum, wollte die Augen schließen und sich die Nase zuhalten, sie wollte nur weg aus dieser Gegend voller

Staub und Gestrüpp, weg von diesen Stimmen, dem atemabschnürenden Gestank der bettelnden Kinder, doch Daniel und ihre Tante nahmen ihre Verstörung überhaupt nicht wahr. Sie hatten inzwischen damit begonnen, Sachen auszuteilen, und unterhielten sich, als säßen sie am heimischen Kamin.

Ohne recht zu merken wie, hatte Emilia plötzlich einen Brotsack in den Händen, in dem zuunterst ein ganzer Packen Flugblätter steckte, von der Art, wie Milagros sie nachts auf den Straßen im Zentrum angeklebt hatte.

»Schnell, verteilt sie gerecht«, trieb Daniel die Kinder an, die sich mit kleinen Brotlaiben im Arm davontrollten.

Die Polizei hatte alles vom Eingang der Schenke *Der Schwarze Kater* aus beobachtet und war bisher bei dieser Aktion, die sie für karitatives Getue hielt, nicht eingeschritten. Als jedoch das Brot ausging und nur noch der Sack übrigblieb, aus dem nun die Zettel mit dem Aufruf zur Kundgebung am Montag wie Tauben herausflatterten, vergaßen die Polizisten ihre Nachsicht, stürmten aus der Deckung und fielen über sie her.

»Laß alles fallen und *lauf*«, rief Daniel Emilia zu, die endlich entspannt gerade mit einem Jungen redete, der andächtig ihr wohlriechende Haar streichelte.

Er war um die zehn Jahre. Als er Daniel hörte, sprang er auf, flink wie ein Wiesel, und forderte Emilia auf, ihm zu folgen. Alle drei rannten hinter ihm her, bis zu einem der vielen, auf Emilia gleich wirkenden Häuser und Hütten. Schon bevor sie sich durch das Häusergewirr hindurchschlängelten, durch Fenster und abschirmende Palmschilfmatten, hatte sie gedacht, allein

würde sie niemals mehr aus diesem Labyrinth herausfinden.

Sie durchquerten eine Reihe von finsteren Hütten
mit kleinen Feuerstellen und spärlichem Mobiliar.
Der Boden war immer aus gestampftem Lehm, und von
der Decke hingen manchmal Wiegen oder Koppel-
riemen herab. Sie stolperten über Kinder oder Trut-
hähne, apathische Greise oder sich abrackernde Frauen.
Immer noch im Gefolge des Jungen, machten sie nicht
eher halt, bis Emilia Milagros hinter einem Holzstapel
verschwinden sah und merkte, wie Daniel sie am Ärmel
packte und zur Öffnung eines *Temazcals* zerrte.

Sie zwängten sich durch das enge Schlupfloch hinein,
das der Junge mit einer Matte hinter ihnen verschloß.
Die runde Kammer war derart winzig, daß sie nicht aufrecht darin stehen konnten. Noch nie hatte Emilia eine
solche Badekammer von innen gesehen, obwohl sie von
ihrem Vater wußte, daß die Mächtigen der vorkolum-
bianischen Zeit sich dort in die feuchtwarme Dunkelheit zurückzogen, um auszuspannen und zu meditieren.
Direkt gegenüber dem Eingangsloch befand sich eine
Feuerstelle. Dort glühten die Steine, die, mit Wasser
und aromatischen Kräutern begossen, einen Dampf er-
zeugten, der das gesamte, rundgebaute Kämmerchen
ausfüllte.

»Zieh dich aus.« Daniel war schon dabei, sich das
Hemd aufzuknöpfen, während er ihr noch zuflüsterte,
wenn die Kammer geöffnet würde und man sie in Kleidern vorfand, wäre das ihr sicheres Todesurteil.

In ihrer Panik vergaß Emilia alle falsche Scham. Flugs
befreite sie sich von dem ganzen Ballast an Röcken und
Unterröcken. Als sie nur noch in Leibchen und Spitzen-
unterhosen dasaß, drängte Daniel sie zur Eile, den be-

reitstehenden Wassereimer schon im Anschlag, um die rotglühenden Steine damit zu übergießen. Schließlich vernebelte ein heißer Dampf die Luft in der Kammer. Als Emilia noch etwas sagen wollte, legte Daniel ihr warnend den Finger auf die Lippen. Draußen hörte man bereits die näher kommenden Schritte der Polizisten, Stimmen, die den Jungen ausfragten, und seine ausweichenden Antworten.

Emilia löste sich den um den Kopf gewundenen Zopf, und eine schwarze Lockenpracht ergoß sich über ihren Rücken.

»Sieh hier nach«, befahl draußen eine Männerstimme.

»Meine Schwester nimmt gerade ein Bad«, wehrte der Junge ab. Doch der Polizist bestand darauf, drinnen nachzusehen.

Emilia machte Daniel Zeichen, er solle sich an die Wand pressen. Dann verwuschelte sie ihr Haar vor dem Gesicht und kroch zur Matte vor dem Eingangsloch. Mit einer Hand schob sie sie beiseite und streckte Kopf und Oberkörper hinaus.

Die Polizisten sahen Emilia splitternackt bis zur Taille, von Dampfschwaden eingehüllt, aus dem Loch schauen: das feuchte Haare fiel wirr, wie ein feines Netz, über ihre Brüste.

Just in dem Moment kläfften mehrere räudige Hunde gleichzeitig zu Füßen der Polizisten los und trieben sie, nach ihnen schnappend, in die Flucht. Der Junge deckte das feuerhelle Loch hinter Emilia wieder zu, und sie kroch zurück in den runden Hohlraum, wo Daniel sie staunend, mit offenem Mund erwartete. Ausgestreckt an ihrem Rücken liegend, ließ er hundert Worte wie Wassertropfen in ihr Ohr rieseln. Emilia spürte seinen Leib an ihrem, feucht und straff. Voller Neugier tastete sie ihn ab, zitternd, doch ohne Angst, da sie wußte, daß sie in diesem Augenblick nicht mal die mächtigste aller Göttinnen als Rivalin zu fürchten brauchte.

Draußen war Milagros aus ihrem Versteck wieder hervorgekrochen, als Bettlerin mit Blindenbrille verkleidet. Auf das Schwinden des Tageslichts wartend, hatte sie sich draußen auf dem Boden ausgestreckt und war eingeschlafen. Zwei Stunden später unterbrach sie jäh die Stille im wohlig warmen Temazcal.

Als sie aus dem Häusergewirr wieder hinaus ins Freie traten, war es schon fast dunkel. Es hatte geregnet, und vor dem heftig strömenden Mairegen hatten die Anwohner sich in ihre Behausungen und die Polizisten in die Schenke gflüchtet.

Die drei wateten durch den Morast, bis zum Rand des Vororts. Als sie an ein Feld mit jungem Mais gelangten, rannten sie mitten durch die Stauden, gellende Jubelschreie ausstoßend, die ihnen ein nie gekanntes Gefühl der Freiheit gaben. Auf einem Pfad längs der Eisenbahnschienen erreichten sie schließlich die Stadt. Emilia strahlte, als wäre sie in Paris auf einem Fest.

»Mußt du unbedingt ein so verdammt glückliches Gesicht aufsetzen?« fragte ihre Tante Milagros, als sie endlich auf einem Mauleselkarren heimwärts ruckelten.

Gegen sieben betraten sie schließlich das Sternenhaus, unter fröhlichem Gelächter über die Polizisten und das Leben überhaupt. Als Josefa von ihrem Abenteuer erfuhr, verzieh sie ihnen die Angst nicht, die sie wegen ihrer Verspätung ausgestanden hatte. Sie schimpfte über ihren Leichtsinn und ihre maßlose Selbstüberschätzung, vergoß Tränen vor Wut und drohte, sie alle drei einzusperren, bis das Wahlfieber endlich vorüber sei.

»Interessierst du dich denn gar nicht mehr für die Wahlen?« frohlockte Diego, der sich insgeheim nach den paradiesischen Zeiten zurücksehnte, als seine Frau sich nur für Romane begeistert hatte.

»Sie sind mir zuwider. Ich werde zu Zola und zu den Versen zurückkehren.«

»Zu Zola?«

»Wenn schon Gefahren, dann nur auf dem Papier.«

»Und die Liebe?« Daniel strahlte und zwinkerte Emilia komplizenhaft zu.

»Auch nur auf dem Papier«, lautete Josefas kategorische Antwort.

11

Daniel verabschiedete sich gemeinsam mit Milagros, kehrte aber nach Mitternacht zum Sternenhaus zurück. Mit einem von der Tante geborgten Schlüssel schloß er die Haustür auf. Lautlos stieg er die Treppe hinauf, ging durch das Wohnzimmer und stieß behutsam die Tür auf, hinter der Emilia schlief.

»Heirate mich«, sagte er, während er sich auszog und zu ihr ins Bett schlüpfte.

»Wie oft?« erwiderte Emilia und streifte sich das Nachthemd ab.

»Oft«, bat Daniel, als sie ihn im Dunkeln an sich heranzog.

Sie schliefen gar nicht und redeten kaum. Ganz ineinander vertieft, erkundeten sie sich in stundenlangem Spiel, voller Neugier und Tatendrang.

»Du trägst einen Stern auf der Stirn.« Daniel lag erschöpft an ihrer Brust.

Emilia strich ihm über den Kopf, ließ die Stirn auf seine Schulter sinken und begann zu weinen, als müsse sie ihre Seele erleichtern.

Im Morgengrauen schliefen sie endlich ein. Sie entwirrten ihre noch im Schlaf verknäulten Beine erst, als die Sonne schon sehr hoch stand und aufsteigender Kaffeeduft sie aus dem gemeinsamen Traum riß.

Als Emilia Josefa in der Küche singen hörte, schlug sie die Augen auf. Sie betrachtete Daniels neben ihr atmenden Körper. Von den Zehenspitzen bis hin zu seinem zerwühlten Haar meinte sie die schönste je erblickte Landschaft vor sich zu haben. Unwillkürlich kam ihr der Gedanke, nicht nur ihrem Kopf, sondern auch der Luft müßte sich dieser Anblick einprägen mit seiner Ausstrahlung unbändiger Kraft und dem Bann, in den er sie zog.

»Was träumst du?« fragte sie, als er plötzlich die Augen aufschlug.

»Lügen.« Daniels Stimme war sanft und sein Gesicht weich, das Gesicht eines glücklichen Liebenden. Mit der Bermerkung, einen anderen Unterschlupf habe er nicht auf der Welt, barg er sich wieder in ihr.

Das Frühstück ließen sie ausfallen. Kurz vor zehn schlichen sie die Treppe hinab und überquerten leise den Patio. Als Emilia die Tür öffnete, gab Daniel ihr einen Kuß und verschwand. Strahlend, wie im siebenten Himmel, erschien sie in der Apotheke. Diego fragte nicht, und Emilia schwieg. Bis zum Essen hatten sie noch viel zu tun.

Als sie um zwei Uhr in die Wohnung hochgingen, hatten sie vor lauter Geheimnistuerei Daniel nicht einmal erwähnt. Doch spätestens bei der Suppe mußte Emilia vor Josefa, die klare Worte liebte wie Diego seine Heilkräuter, mit der Wahrheit herausrücken.

»Hat Daniel hier geschlafen?« fragte Josefa rundheraus.

»Ja«, erwiderte Emilia.

»In Gottes Namen«, betete Josefa. »Und fragt mich nicht, welcher Gott.«

Nach dem Essen kam Milagros, um ihre Nichte zum Zirkus abzuholen.

»Ich finde es nicht gerade beruhigend, dir in deiner

Sorglosigkeit Emilia anzuvertrauen«, empfing Josefa sie, gleich als sie hereinkam.

»Wann ist ihr unterwegs mit mir schon mal was zugestoßen?«

»Irgendwann wird es passieren. Aber was hilft's, dich zu lieben ist immer riskant.«

»Man möchte glatt meinen, ich wäre mindestens Bergsteigerin. Komm, Emilia, ich höre schon von weitem Musik.« Milagros warf einen Blick auf die Uhr.

Das brodelnde Zelt war für Emilia ein idealer Ort, um dazusein und nicht dazusein. Kniff man die Augen ein wenig zusammen, so wirkte das Gewirr von kunterbunt gekleideten Menschen auf einmal wie eine Handvoll herabrieselnden Konfettis vor dem Gesicht. Sie hatten einen guten Platz und waren noch rechtzeitig da, um den Aufmarsch der Affen und Elefanten, der Seiltänzer und Dompteure, der Löwen und Trapezkünstler nicht zu verpassen. Emilia war so selig, daß sie sogar bei den Clowns, vor denen sie sich als Kind schrecklich gefürchtet hatte, lachen konnte.

»Warum macht einen der Zirkus bloß so traurig?« wollte sie von Milagros wissen.

»Nach der Vorstellung müssen wir ein paar Inhaftierte aus dem Kerker holen«, kam es von ihrer Tante, die es haßte, keine Antwort zu wissen, denn auch sie stimmte der Zirkus melancholisch.

Wie in einem Dialog unter Schwerhörigen sagte Emilia:

»Er wird abstürzen.« Den Blick auf einen Trapezkünstler geheftet, der gerade eine Schaukel losgelassen hatte und auf die andere zuflog, fragte sie dann:

»Wie viele Inhaftierte sind es?«

»Viele«, erwiderte Milagros. »Er ist nicht abgestürzt.«

»Diesmal nicht.«

»Du redest so, als wärst du schon mal dort oben gewesen«, spottete Milagros.

»Du denn nicht?« fragte Emilia. »Wer entscheidet eigentlich, wer herausgeholt werden soll?«

»Diesmal entscheide ich«, sagte Milagros.

»Und wen wirst du herausholen?« Emilia applaudierte bei der Frage dem Trapezkünstler, der mit erhobenen Armen seinen Triumph feierte.

»Heute abend Daniel.«

Emilia stockte im Beifallklatschen und hielt einen Moment lang die Luft an. Nur so gelang es ihr, die aufsteigende Panik zu bannen. Sie wußte, daß Milagros Ohnmachtsanfälle nicht ausstehen konnte und kein Mitleid mit Frauen hegte, die bleich wurden und durchdrehten.

»Wenn das hier zu Ende ist?« fragte sie schließlich.

»Am besten. Wenn wir ihn lebend haben wollen«, erwiderte Milagros.

»Was machen sie denn mit ihnen?« Emilia konnte kaum noch an sich halten.

»Besser gar nicht dran denken«, sagte Milagros nur.

Emilia schaute gedankenverloren einer lebenden Aufziehpuppe zu, die auf einem Pferd stehend voltigierte. Es sah aus wie ein Kinderspiel, doch mit jedem Sprung rang sie dem Leben das Recht ab weiterzuleben. So aufrecht, stets lächelnd, wirkte es, als stünde sie mit den Füßen auf dem Boden, ganz selbstverständlich. Ihre Mimik und die scheinbare Gelassenheit wichen auch nicht, als sich weitere sechs Pferde in einer Reihe hintereinander anschlossen und die Artistin begann, im Rhythmus der Orchestermusik von einem zum anderen zu springen.

Mit zusammengepreßten Zähnen und einem falschen Lächeln spürte Emilia, wie der Boden unter ihren Füßen zu wanken begann, als spränge auch sie von Pferd zu Pferd. Als die in Weiß und Gold gekleidete winzige Frau schließlich die in ihrer Hand tanzende Gerte in den Sand warf und sich auf die Mähne eines Pferdes fallen ließ, das sie mit erhobenem Kopf auffing, als sie es dann streichelte und ihm etwas ins Ohr flüsterte, da legte Milagros Veytia den Arm um Emilias Schultern und sagte:

»Sie werden ihn uns ohne einen Kratzer herausgeben.«

»Was tut Daniel bloß, daß sie so hinter ihm her sind?«

»Nichts, Kind, er lebt einfach und möchte frei sein.« Milagros erhob sich in ihrem weißen Huipil, zu dem sie drei Ketten aus Silber und Koralle trug.

»Ich will auch frei sein, aber hinter mir ist niemand her.«

»Das wird nicht mehr lange so bleiben«, prophezeite Milagros.

Rivadeneira erwartete sie in der Nähe des Eingangs in seinem Oldsmobile Baujahr 1904, einem dunkelgrünen Gefährt, das statt eines Steuerrads noch eine Lenkstange hatte, von Rivadeneira fachmännisch als *Tiller Steering* bezeichnet, eine abgerundete, bis zum Boden reichende Front und an den Seiten nach oben geschwungene Kotflügel wie die Kufen eines Schlittens. Solche Automobile waren um 1910 nicht mehr zeitgemäß, denn inzwischen gab es teurere und modernere Modelle. Doch dieser kleine *Curved Dash* machte Milagros Veytia den größten Spaß. Sie wurde eine zunehmend bessere Fahrerin, und das immerhin bei atemberaubenden Geschwindigkeiten bis zu 30 Stundenkilometern.

Rivadeneira wußte, wie tief Milagros in die Oppositionsbewegung verstrickt war. Am Anfang hatte er ihr nur geholfen, doch allmählich war er selbst mit hineingezogen worden. Als Großgrundbesitzer mit dem Ruf, besonnen zu sein, hatte man ihn nur für die Hintergrundarbeit eingeteilt. An diesem Abend hielt Milagros es jedoch für ratsam, daß er sie ins Gefängnis begleitete. Mit seinem Renommé und mit dem Automobil würde er bei den Aufsehern, die man während der Nachtschicht bestechen mußte, Eindruck schinden.

Milagros hatte erfahren, Daniel sei noch nicht als der forsche Junge identifiziert, der als linke Hand eines prominenten Mitarbeiters von Madero galt. Als er beim Austeilen von Propagandamaterial festgenommen wurde, hatte er mit den Beamten Englisch gesprochen und vorgegeben, kein Wort Spanisch zu verstehen, so als sei er ein Gringo und darüber hinaus ein wenig schwer von Begriff. Das hatte er mit Milagros und den Mitgliedern seiner Oppositionsgruppe so abgesprochen. Falls man ihn aus dem Gefängnis herausholen müßte, sollte man ihn John Aldredge nennen, denn von diesem Namen und dieser Person würde er nicht abweichen, selbst wenn sie ihm den Schädel einschlügen.

Die Strafanstalt erstreckte sich über ein riesiges Gelände, umgeben von hohen Mauern mit jeweils einem hohen Wachturm an jeder Ecke. Es tauchte vor ihnen aus dem Dunkel auf wie ein großes Ungeheuer. Emilia erschauderte.

»Dort halten sie ihn fest?«

»Das hoffe ich«, antwortete Milagros.

»Dort muß er sein«, bestätigte Rivadeneira mit seiner

beruhigenden Stimme. »Hast du seinen Vater informiert?«

»Natürlich nicht«, verneinte Milagros. »Armer Doktor, er hat schon genug Sorgen. Wenn er jetzt noch erfährt, daß sein Sohn im Gefängnis sitzt, kommt er glatt her, um ihn herauszuholen, und dann sperren sie ihn auch noch ein.«

»Und wie sollen wir ihn freibekommen?«

Milagros erklärte, einige Wärter nähmen Geld dafür, daß sie sich dumm stellten und schon mal einen unbedeutenden Gefangenen laufenließen.

»Sie sind selbst arme Schlucker. Das weiß ich von einem jungen Kerl, der dort als Arzt arbeitet. Es gibt vier, die uns helfen. Einer ist der Oberaufseher der heutigen Nachtschicht. Der wird uns den ›Gringo‹ herausgeben. Wie spät ist es, Rivadeneira?« fragte Milagros.

»Fünf nach elf, wir können schon anklopfen.« Der Poet Rivadaneira war im Stil eines vornehmen Franzosen gekleidet. Sein Anzug war maßgeschneidert von einem angesehenen Schneider in Mexico-Stadt. Seine Hemden stammten allesamt von Lévy y Martin und hatten auf der Brust ein eingesticktes Monogramm.

Milagros spottete über seinen Aufzug, sooft der Zufall es wollte, daß sie diesem Mann, der keine heftigere und verzweifeltere Leidenschaft kannte als seine Liebe zu ihr, mehr als nur ein paar Liebkosungen gewährte. An diesem Abend trug er einen im berühmten, seit 1860 bestehenden Portal de Mercaderes erworbenen Homburger. Emilia fand, er wirke mitleiderregend, in all seiner Eleganz so zwischen ihr und Milagros eingeklemmt, ein Mann, dem man niemals zugetraut hätte, den Wagen zu steuern. Als sie ausstiegen, war der Poet jedoch wieder straff und knitterfrei und wirkte ausgesprochen aristokratisch. Milagros musterte ihn lächelnd und dachte zu Recht, daß seine Manieriertheit erheblich bei der Überredungsarbeit, die ihnen bevorstand, helfen würde.

Zum Glück war auch Emilia wie aus dem Modejournal gekleidet, denn Milagros, in ihrem weißen Huipil wie ein heller Lichtstreif in der dunklen Nacht, war verdächtig genug.

In das Gefängnistor war eine kleine Pforte eingelassen, die sie hintereinander passierten. Sie fragten nach dem Aufseher, der, wie sie wußten, die Nachtschicht befehligte. Der Arzt hatte ihn bereits informiert, worum es ging; selbst der Preis für seine Dienste stand schon fest. Doch jetzt ließ er sie eine Weile zappeln, um sich in seiner Wichtigkeit zu gefallen, worauf er Anspruch zu haben glaubte.

Als er endlich auftauchte, nahm er mit einer übertriebenen Verbeugung den Umschlag in Empfang, den Rivadeneira ihm schamhaft und ungelenk übergab, wobei er rot anlief wie eine Chilischote. Emilia war diejenige, die dem Aufseher hinter das große Gitter in der Mitte der Halle, bis zu dem Verschlag folgen sollte, in dem sich die neuen Häftlinge vom Tage zusammendrängten.

Niemand hatte bisher die Zeit gefunden, ihre Namen aufzunehmen. Man hatte sie gleich hier eingesperrt und ließ sie bis zum nächsten Morgen schmoren. Oder bis zur nächsten Woche. Viele warteten Monate dort drinnen, bevor ihr Name in die Liste der Eingelieferten aufgenommen wurde. Sie verschwanden einfach. Es nützte nichts, daß ihre Frauen tagein, tagaus den Wachhabenden am Gefängnistor nach ihnen fragten. Sie waren noch nicht registriert. Vielleicht würden sie nie auf einer Liste auftauchen.

Milagros sah Emilia hinter dem Gitter verschwinden; dann suchte sie auf einer Bank ein wenig Halt und Ruhe für ihren müden Körper und ihre bange Seele. Könnte ihre Schwester sehen, was sie hier anzettelte, würde sie für immer aufhören, sie zu lieben. Doch ihr gespaltenes Herz schlug sowohl für Emilia als auch für Daniel, und wenn einer von beiden den anderen retten konnte, war sie die letzte, das zu vereiteln. Rivadeneira setzte sich zu ihr und tätschelte ihr tröstend die Hand. Nur sie konnte ermessen, was das bei diesem Mann bedeutete.

Emilia folgte dem Aufseher einige Minuten lang durch einen spärlich beleuchteten Gang. Endlich gelangten sie an ein Gitter, das den Weg in eine dunkle Zelle versperrte. Emilia preßte das Gesicht an die Gitterstäbe, um nach Daniel zu suchen.

»Der da ist es«, sie zeigte auf ihn. Sein hellerer, kastanienbrauner Schopf stach unter den mindestens zwanzig weiteren Gestalten mit schwarzen Augen und dunklem Teint hervor, die in die winzige Zelle eingepfercht waren.

»Wo habt ihr den da bloß aufgegabelt?« fragte der Oberaufseher die Wachhabenden, die gerade Schicht hatten.

»Keine Ahnung«, erwiderte einer von ihnen. »Er war schon da, als wir herkamen.«

»Der arme Gringo«, jammerte Emilia, sich auf ihre schauspielerischen Fähigkeiten besinnend, die sie noch von den Sonntagen bei den Cuencas her beherrschte. »Das konnte nur auf einem seiner touristischen Kneipenbummel passieren. Ich sollte gar nicht herkommen, um ihm da herauszuhelfen, aber er ist nicht immer so. Und wenn Sie wüßten, was für eine wichtige Position er in seinem Land innehat, würden Sie ihn unverzüglich freilassen. Morgen wird der amerikanische Konsul Beschwerde einlegen.«

»He, bringt den da mal her«, befahl der Oberaufseher den Wächtern.

Das war gar nicht mehr nötig. Daniel hatte Emilia entdeckt und kämpfte sich bereits zum Gitter durch. Schon aus ein paar Metern Entfernung konnte Emilia sein zorniges Gesicht sehen. Er biß sich auf die Lippen, und die Augen funkelten vor Wut wie selten.

»I am very sorry, you should not be here«, sagte er, als er unter Emilias ersehnten Augen näher kam.

»I am just fine.« Während dieser Worte verspürte sie ein flaues Gefühl in der Magengrube und die aufsteigenden Tränen. Die Farce begann ihr schwerzufallen.

»Das ist also Ihr Gringo.«

Emilia nickte nur, weil sie kein Wort mehr hervorbrachte. Dann schaute sie auf und fand die Sprache wieder, um im zuckersüßesten Ton zu fragen, ob es nicht vielleicht doch möglich sei, ihn herauszulassen.

»Los, du Scheißkerl, hol den Gringo raus«, befahl der Oberaufseher dem Mann, der das Gitter bewachte.

Völlig daran gewöhnt, nur mit Flüchen gespickte Befehle zu erhalten, drehte der Wächter nun den Schlüssel um, in der gleichen schleppenden Art, wie er alles tat. Wortlos, mit starrem, in die Dunkelheit der Zelle gerichtetem Blick, wartete Emilia, ohne zu blinzeln.

»Ist dir kalt?« Der Oberaufseher legte ihr den Arm um die Taille und zog sie an seinen prallen, harten Wanst.

»Ein wenig.«

Emilia mußte sich mächtig zusammenreißen, um nicht auf der Stelle durchzudrehen. Als der Mann ihr dann noch eine Hand auf die Brust legte, um sie zu betatschen wie ein Stück Obst auf dem Markt, verschlug es ihr vollends die Sprache.

»Da, du kannst ihn jetzt haben, kleine Nutte«, sagte er, »wer weiß, was morgen kommt.«

»Vielen Dank.« Emilia sagte das, ohne zurückzuweichen, ohne auch nur zu zittern oder das dankbare Lächeln zu verlieren, das sie sich abgerungen hatte.

Erst dann löste sie sich sanft, ohne Gezeter, stolz wie eine Königin aus der Umarmung. Als sie frei war, griff sie, sobald Daniel durch die Gittertür trat, nach seiner ausgestreckten Hand.

»Don't touch him or they'll kill us.« Emilia behielt ihr Lächeln auf dem gesamten Rückweg längs der Zellen. Nicht einmal, als sie in Milagros' Gesicht las, daß sie zum ersten Mal, seit sie sie kannte, Angst hatte, trennte sie sich von diesem törichten Ausdruck, der ihr auf den Lippen festgefroren war.

»Emilia ist eine Wucht«, sagte Daniel, als sie versuchten, alle in Rivadeneiras kleinem Oldsmobile Platz zu finden. Er nahm sie auf den Schoß und küßte sie, noch ganz verzückt davon, wie sie theaterreif Haltung bewahrt hatte.

»Ohne sie hätte der mich niemals laufen lassen, Tante.«

»Wir hatten ihn bereits geschmiert.« Emilia schmiegte sich an ihn, ohne sich an dem modrigen Zellengeruch zu stören, der noch an seinem Körper klebte.

»Wenn sie mich nicht zurückgehalten hätte, wäre ich glatt auf den Typen losgegangen, obwohl sie mich hinterher totgeschlagen hätten«, plapperte er aufgeregt. »Aber weißt du, was sie getan hat, Tante?«

»Sag es ihr nicht«, bat Emilia.

»Ich kann es mir denken«, bemerkte Milagros.

So übersprang Daniel einen Teil der Geschichte und und erzählte bloß:

»Sie hat mich mit einem Blick bezähmt. Mit einer zuckersüßen Stimme, wie eine Diplomatin zur Begrüßung des Botschafters hat sie mich auf englisch gebeten, ihm nichts zu tun, und mich dabei mit einem unmißverständlichen Blick zu militärischem Gehorsam gezwungen. Es ist schrecklich, Tante. Ich werde sie noch fürchten lernen, du glaubst gar nicht, wie kaltblütig sie war. Der Aufseher mußte die Farce, auf die er sich eingelassen hat, für bare Münze halten.«

»Ich kann es mir lebhaft vorstellen.« Bei diesen Worten wischte Milagros sich mit dem Zipfel eines Taschentuchs, das Rivadeneira ihr reichte, eine Träne fort.

»Nein, Tante, du kannst es dir nicht vorstellen. Sie ist ein wahres Ungeheuer.« Daniel drückte sie fest an sich.

»Doch, ich kann es mir vorstellen, aber ich will nicht. Hast du gehört, Daniel? Ich will nicht, und das meine ich ernst.«

»So schlimm war es nun auch wieder nicht, Tante. Die Apfelsinen auf dem Markt prüfen wir immer so, und niemand findet was dabei«, sagte Emilia.

»Du bist keine Orange, Emilia. Wenn dein Vater dich hören könnte, würde er sterben.«

»Ja, aber er wird nichts erfahren. Hör endlich auf, dir Sorgen zu machen. Wohin fahren wir?«

»Du zu dir nach Hause«, bestimmte Milagros, »und der verflixte Kerl hier zu mir. Von jetzt an bis Dienstag werde ich ihn bewachen wie sein Schatten.«

»Ich auch«, bekräftigte Emilia. »Damit wir das Geld nicht zum Fenster hinausgeworfen haben.«

»Und wer wird meine Arbeit erledigen?« protestierte Daniel.

»Keiner ist unersetzlich«, sagte die Tante. »Wird sich schon jemand finden. Möglichst jemand, der weniger bekannt ist.«

»Ich kann seine Arbeit erledigen«, bot Rivadeneira sich an.

»Ach, Rivadeneira, Rivadeneira. Du wirst es doch nie leid, ein Samariter zu sein und obendrein ein Phantast. Dieser Junge hier ist flink wie ein Wiesel, und doch haben sie ihn erwischt.«

»Na ja«, meinte Rivadeneira lakonisch wie immer, »man wird ja nicht nur rennen müssen.«

»Bei einigen Dingen könnte er tatsächlich einspringen und mich bei anderen zumindest begleiten«, überlegte Daniel.

»Siehst du, Milagros. Du traust mir nie etwas zu.«

»Ach nein? Habe ich nicht immer anerkannt, daß du ein wunderbarer Dichter bist und niemand soviel über Sor Juana weiß wie du, nicht einmal Amado Nervo, der sich für ihren Entdecker hält.«

»*Justitia, laß den Lorbeer los!*« deklamierte Rivadeneira. »Vielen Dank für die Blumen. Du hast immer geglaubt, mehr zu wissen.«

»*Alles sei geopfert auf Deinem göttlichen Altar!*« zitierte Milagros weiter auf gut Glück Sor Juana.

»*Doppelt närrisch ist der Narr, der vorgibt Narr zu sein!*«

»Wie soll ich letzteres verstehen?« fragte Rivadeneira.

»Als eine Bescheidenheitsgeste, was bei mir selten vorkommt, nutze also die Gelegenheit!«

»*Mein Lieb, wenn du ganz Argwohn bist, schenk*

meinem Argwohn deinen Schutz.« Rivadeneira konnte nicht mehr verhehlen, daß er dieses Spiel genoß.

Emilia und Daniel kannten keinen Argwohn und nutzten die Gelegenheit des selbstvergessenen Versespiels ihrer Begleiter, um auf der Fahrt durch die laue Dunkelheit des Maiabends ausgiebig miteinander zu schmusen.

Als Milagros den Wagen vor dem Sternenhaus parkte, hüpften beide rasch hinaus und winkten ihr zum Abschied zu.

»Versuche ja nicht, jetzt deine Autorität geltend zu machen, dazu ist es längst zu spät.« Rivadeneira befürchtete nämlich, Milagros könnte Daniel mit zu sich nehmen wollen.

»Du hast recht.«

Milagros lehnte sich mit ihrem müden Kopf, dem sie nie Frieden gönnte, an ihn.

»Lieb mich.«

Rivadeneira zählte die Male, die sie eine solche Bitte geäußert hatte, an den Fingern seiner rechten Hand ab.

Emilia schickte ihrer Tante noch eine Kußhand. Daniel zwinkerte ihr kurz zu und formte mit den Lippen die Worte »Ich liebe dich«. Dann zog die Nichte den großen Haustürschlüssel und reichte ihn Daniel, der im Nu das sperrige Türschloß der Sauris öffnete.

Diego und Josefa warteten halb schlafend auf einem Sessel im Salon, als sie das verliebte Turteln auf der Treppe hörten.

»Wie, war er denn nicht weg?« fragte Josefa.

»Er war im Gefängnis«, gestand Diego.

»Wer hat dir das erzählt und wann?« Josefa stieg die Röte ins Gesicht, und ihr Blick wurde ganz traurig. »Warum hast du mir denn nichts gesagt?«

»Ich wollte dir nicht unnötigen Kummer bereiten. Du siehst ja, daß er wieder zurück ist. Er hat Glück gehabt.«

»Bereite mir Kummer, nur verheimliche mir bitte nichts.«

»Gut, ab jetzt.«

Diego stand auf, um das junge Paar zu begrüßen und den Attacken seiner Frau zu entfliehen, die zusehends in Rage geriet.

»Wie konntest du mich noch beim Schach besiegen, wenn du schon von dem schrecklichen Vorfall wußtest?« Josefa machte keine Anstalten, sich vom Sessel zu erheben.

»Weil ich ein guter Taktiker bin und mich weniger von etwas verrückt machen lasse, was ich nicht ändern kann.« Und schon öffnete Diego die Tür zur Treppe, um die beiden Liebestrunkenen hereinzurufen.

Emilia kam herein mit hüpfendem Herzen und gelöster Zunge. Sie redete ohne Pause eine geschlagene Stunde lang und vermengte im Eifer des Gefechts alles miteinander: den Gefängniswärter mit der Trapezkünstlerin, ihre Tante mit der Hoffnung auf eine Revolution, Rivadeneira mit dem Löwendompteur und Sor Juana mit der Artistin, die von Pferd zu Pferd gesprungen war. Was sich noch abgespielt hatte, als sie dem Aufseher auf dem Weg zu Daniel gefolgt war, verschwieg sie wohlweislich.

Ab und zu unterbrach Daniel sie, um sie vor allen zu loben. Er hockte am Boden und drehte sich eine Zigarette. Papier und Tabak hatte ihm Diego angeboten, als er sah, wie er sich vor Erschöpfung auf den Teppich fallen ließ.

Ob er wollte oder nicht, der Mann, zu dem Daniel sich gemausert hatte, gefiel ihm; und daß Emilia ihn so sehr liebte, fand er bei weitem nicht so dramatisch wie seine Frau. Das war vielleicht noch besser als irgendein anderer Wahn. Und in dem Schlamassel der Oppositionsbewegung gegen Porfirio steckten sie selbst bis zum Hals. Vielleicht war das alles weniger gefährlich und verrückt, als es schien. Möglich sogar, daß Josefa recht hatte und Madero die Demokratie auf friedlichem Wege einführen würde.

Er nahm den Tabakbeutel und setzte sich wieder neben seine Frau.

»Wir wissen schon, daß du gestern hier übernachtet hast«, platzte Josefa heraus, sobald Diego neben ihr saß.

»Und ich weiß, daß ihr es wißt.« Daniel fragte sich, warum ihm vor dem Verhör, das ihm jetzt mit Josefa bevorstand, so mulmig war, wo er sich nicht einmal vor dem im Gefängnis so gefürchtet hatte.

»Ich habe ihn eingeladen, Mama.« Emilia schmiegte sich an sein schmutziges Hemd.

»Und für wie lange? Er ist gerade gekommen und wird bereits Dienstag abend mit eurem *Freiheitsführer* wieder gehen«, fuhr Josefa fort, die nichts mehr von Madero hören wollte.

»Josefa«, flüsterte Diego ihr ins Ohr, »jetzt herrschen andere Zeiten. Was können wir uns Besseres für unsere Tochter wünschen? Sie hat ihre Liebe gefunden, halt ohne Brief und Siegel und Zeremoniell, was macht das schon.«

»Mir ist es nicht egal. Warum soll ich für sie nicht wünschen, was wir auch hatten?«

»Weil du genau weißt, daß die Geschichte sich nicht wiederholt.«

»Schwing keine Reden, Mann. Es ist schon kompliziert genug und wird durch Herumgerede nur noch schlimmer.«

Diego fügte sich. Eine Weile zog er stumm an seinem Tabak. Schließlich neigte er sich zu seiner Frau und stieß sie sanft an, als sehne er sich wieder nach festem Boden.

»In irgendeinem Punkt wäre ich mir doch gern mal mit dir einig. In letzter Zeit liege ich immer daneben«, sagte Josefa trotzig.

Seit geraumer Weile schon führten sie ihre Diskussion ohne Zeugen. Emilia und Daniel war ihre Zeit zu kostbar. Sie hatten sich ins blaue Bad hinausgestohlen, und als Diegos und Josefas Gespräch sich immer nur im Kreis drehte und es wieder und wieder krachte und sie um ein Haar so laut geworden wären wie noch nie in ihrem Leben, wurden sie von schallendem Gelächter unterbrochen, das im Takt mit dem Rauschen der Dusche wie Festmusik klang.

»Was willst du mehr, Josefa? Denk nur mal daran, daß es Hunderte, Tausende, ja Millionen von menschlichen Wesen gibt, denen niemals das Wunder zuteil wird, das Emilia gerade erlebt.«

»Sie ist mal knapp siebzehn«, erinnerte ihn Josefa.

»Um so besser. Entsprechend länger wird sie es genießen können.«

»Aber nur sporadisch«, klagte Josefa.

»Weil nichts von Dauer ist außer der Überdruß. Der bleibt. Aber die Liebe.« Diego ließ die Brille kreisen, die er an einem Bügel hielt. »Die ist immer nur sporadisch. Das weißt du doch genau.«

»Ja, das weiß ich.« Josefa ließ traurig den Kopf hängen. »Heute zum Beispiel habe ich dich kein bißchen geliebt.«

»Tu nicht so, als hättest du nicht verstanden.«

»Ich habe dich verstanden, du bist deutlich genug, aber Form ist Form. Laß mir das Recht, traurig zu sein.«

»Nur, wenn du nicht eifersüchtig bist.« Diego wußte wohl, wo sie der Schuh drückte.

»Wirst du mich irgendwann wegen einer jungen Geliebten sitzenlassen?« bohrte Josefa.

»Vorläufig nicht.«

»Dann bin ich vorläufig auch nicht eifersüchtig.« Diego lächelte.

»Bilde dir ja nichts ein. Mir reicht schon, daß du ein Freigeist bist, noch eitler mußt du nicht werden.«

»Was ist denn eitel daran, ein Freigeist zu sein?« fragte Diego.

»Eitel ist, wenn man meint, alles zu wissen.«

»Schuld haben diejenigen, die angeblich Gottes Geheimnisse kennen.«

»Jetzt streike ich. Es fehlte mir gerade noch, daß wir bei Gott landen. Du bist zu allem fähig, nur um mich vom Thema abzubringen. Das Mädchen wird so sehr leiden, und wir sind daran schuld.«

»Wir sind nicht daran schuld, daß sie Glück will und es sich sucht.«

»Sie weiß doch gar nicht, was sie will«, wandte Josefa ein.

»Zweifle nicht an ihrem Verstand. Sie weiß, daß sie Daniel will.«

»Da irrt sie sich aber wie der Teufel«, beharrte Josefa.

»Wie irrt sich denn der Teufel?« wollte Diego wissen.

»Er irrt sich eben.« Josefa seufzte. »So wie Emilia sich irrt. Aber ich bin daran schuld, weil ich dir erlaubt habe, sie zur Probe bei den Cuencas mitzunehmen.«

»Zu welcher Probe?«

»Die, zu der sie nicht gehen wollte, weil sie in der Nacht davor etwas Häßliches geträumt hatte.«

»Josefa, ich dachte, diese Diskussion sei seit elf Jahren beendet.«

»Sie war nie beendet. Das jetzt ist immer noch die gleiche Diskussion wie vor elf Jahren, und ich sag' es noch einmal: der Cuenca-Junge ist gefährlich.«

»Welcher von beiden?« Daniel kam mit funkelnden Augen und seinem seinem altbekannten koboldhaften Grinsen aus dem Bad. Sein nasses, ungekämmtes Haar fiel ihm strähnig in die Stirn.

»Du«, sagte Josefa auf ihn weisend.

»Tante Josefa.« Daniel kam näher, ergriff ihre ausgestreckte Hand und tätschelte ihr die Wange. »Ich weiß ja, daß ich nicht der Beste bin, der Emilia über den Weg laufen konnte, aber auch nicht der Schlimmste. Überleg doch mal: Ich bin kein Trunkenbold, kein Glücksspieler, bin weder Frauenjäger oder Speichellecker der Macht, noch habe ich den Tripper. Ich spiele Klavier, Flöte, Geige und Schalmei. Ich kenn' mich in Geschichte aus, spreche Englisch, bin belesen, glaube nicht an das Märchen von der natürlichen Unterlegenheit der Frau und verehre diese hier über alles.«

»Gott selbst würde sagen, daß er ein guter Kerl ist, Mama.« Emilia erschien rosig und gutgelaunt mit einer Bürste in der Hand und einem Handtuch um den Kopf.

»Frag lieber nicht, welchen Gott sie meint.« Diego lachte.

»Ihr haltet es immer noch für ein Spiel, wie ihr euch schon als Kinder umarmt habt. Aber bist du denn der Richtige, um Kinder in die Welt zu setzen?« wandte Josefa sich an Daniel, der immer noch ihre Hand hielt, an der er seine Vorzüge mitgezählt hatte.

»Ich glaube kaum, daß sie mir schlecht geraten würden«, versicherte Daniel der unverbesserlichen Streiterin und zukünftigen Schwiegermutter mit einem Kuß.

»Wo hast du denn gelernt, auf der Schalmei zu blasen? Das berechtigt dich, soweit ich weiß, aber noch lange nicht, Kinder zu zeugen«, schimpfte Josefa.

»Mama, du hast zwölf Jahre gebraucht, bis deine Tochter kam.« Emilia hatte sich vor den Augen ihrer Mutter aufgepflanzt.

»Und wenn du meiner kinderreichen Mutter nacheiferst?«

»Das wäre allerdings schlecht.« Emilia flüchtete sich unter die Lampe neben ihren Vater. »Aber ich kann auch Tante Milagros nacheifern und niemals schwanger werden.«

»Hör auf, Unsinn zu reden.« Josefa empfand unwillkürlich Stolz beim Anblick ihrer Tochter. Der Liebestrank, den ihre Tochter in den letzten Tagen genossen hatte, verlieh dem Ausdruck ihrer Augen einen neuen sanften Schimmer von Reife. »Ich werde Zimttee aufgießen, und tut in Gottes Namen, was ihr nicht lassen könnt.« Josefa schwebte aufrechten Gangs wie eine Tänzerin hinaus. Emilia hatte, wie Daniel fand, ihre Taille unverkennbar von Josefa geerbt.

Ihr nachschauend, gab Diego ihr insgeheim ein bißchen recht, hütete sich aber, das zuzugeben, als sie sich umwandte und im Weitergehen mit erhobenem Zeigefinger drohte:

»Und frag mich ja nicht, welchen Gott ich meine.«

»Ich müßte ja verrückt sein.« Mit diesen Worten erhob Diego sich und folgte ihr in die Küche.

Daniel zog unverzüglich bei den Sauris ein und stellte in den nächsten Tagen alles auf den Kopf. Emilia arbeitete nicht mehr im Labor, Josefa hörte auf zu lesen und begann mit dem Eifer einer Frischvermählten Kochrezepte auszuprobieren; Flaubert, der Papagei, drehte schier durch, weil er sich nicht an die morgendliche Stille und den Lärm am Abend gewöhnen konnte, Kassiopeia, die Katze, die Josefa bei ihrer Lektüre sonst Gesellschaft leistete, wurde aus dem Raum verbannt, in dem Emilia und Daniel nach dem Frühstück noch lange herumalberten, und Futuro, der schwarze Hund, den Emilia sonst jeden Nachmittag spazieren führte, mußte ertragen, daß seine Herrin ihn einsperrte und völlig vernachlässigte.

Im Haus ging es drunter und drüber. Die abendlichen Unterhaltungen zogen sich bis zum Morgengrauen hin, Essenszeit war nie vor fünf Uhr, und das Frühstück wurde in bis zu vier Etappen eingenommen.

Die verschiedenen Splittergruppen, die sich in der Stadt die Führung der Oppositionsbewegung streitig machten, waren sich außer in ihrem Ja zu Madero nur in einer Hinsicht einig: Alle hegten sie Respekt vor der hartnäckigen Unabhängigkeit des Freundeskreises, der sich seit zwanzig Jahren bei Doktor Cuenca traf. Außer Daniels Mut und diplomatischem Geschick war das wohl auch einer der Gründe, warum Madero ihn dazu auserwählte, die unmittelbaren Vorbereitungen für seinen Besuch in Puebla zu treffen.

Da der Junge sich nicht ohne Gefahr auf die Straße wagen konnte, bot Diego Sauri sein Haus für die

Versammlungen und Verhandlungen der Oppositionsgruppen an. So tummelten sich tagelang alle möglichen Besucher im Haus, das von sieben Uhr morgens bis zum nächsten Morgengrauen, wenn die letzten am Eßzimmertisch eingenickt waren, im Glanz unzähliger Zukunftspläne und dem Glück ungetrübter Euphorie erstrahlte.

»Emilia, mußt du unbedingt vor Aquiles Serdáns Augen mit Daniel herumknutschen?«

Mit dieser Frage nahm Milagros Veytia eines Abends ihre Nichte beiseite. Sie wollte die anderen nicht mitten in der Diskussion damit stören, wie man genügend Anhänger auftreiben könnte, um eine Menschenkette längs des Bahnsteigs zu bilden.

»Unbedingt«, lautete Emilias entschiedene Antwort.

»Warum?«

»Weil der Mann so eine seltsame Stimmung verbreitet. Eine Art Traurigkeit«, erklärte Emilia. »Wenn ich mich davor bewahren will, muß ich Daniel berühren.«

»Mußt du dich denn andauernd davor bewahren?«

»Fast ständig, Tante.« Ein verschämtes Lächeln huschte über Emilias Gesicht.

12

Am Dienstag darauf traf nachmittags Madero ein. Eine Menge jubelnder Menschen, die sich in ihrer Demokratiebegeisterung gegenseitig ansteckten, erwartete ihn am Bahnhof.

Im Strudel der Menge entglitt Emilia Daniels Hand. Doch sie versuchte nicht, ihn zurückzuhalten. Mitten auf der Straße gab sie ihm einen langen, innigen Kuß, bis ihr der Geschmack seiner Zunge zwischen den Zähnen haften blieb. Dann ließ sie ihn ohne ein Wort des Vorwurfs Madero nachfolgen. Sie sah noch, wie die Menge sich hinter ihm wieder schloß, und machte dann kehrt, um in Diego Sauris Augen und Armen Trost zu suchen.

»Möchtest du einen Kaffee?« Diego hatte sie um die Taille gefaßt und kam sich nutzloser vor denn je.

»Laß uns zur Veranstaltung gehen.« Emilia rang sich ein Lächeln ab.

Wie von Anfang an erwartet, hatten die Behörden keine Erlaubnis für eine öffentliche Demonstration erteilt. So hatte die Verfolgungsjagd wegen der Arbeit in Santiago einige Tage zuvor doch noch einen Sinn gehabt, denn nun konnte dort die Veranstaltung illegal und mit riesigem Zulauf stattfinden. Es versammelten sich so viele Menschen, daß bald jeder hätte meinen können, *illegal* sei im Spanischen gleichbedeutend mit Rummel.

Es gab mehrere Reden, vielfache Begeisterung und Klagen und Beschimpfungen zuhauf. Sobald Madero sein letztes Wort gesprochen hatte, gingen Emilia und ihr Vater langsam und ohne viel zu sagen heim. Diego wollte seine Tochter in ihrer Trübsal nicht mit seinem politischen Lamento stören; und Emilia meinte, ihr Vater habe es nicht verdient, daß sie ihren Kummer noch mehr zur Schau trug, indem sie darüber redete. Erst als sie die Schwelle zum Salon überschritten hatten und Diego auf Josefas fragenden Blick stieß, der ihn zu einer Antwort nötigte, machte er seinen Sorgen ein wenig Luft.

»Was für eine Katastrophe!« sagte er und ließ sich in den Sessel fallen. »Dieser Mann reitet uns in einen Schlamassel, aus dem nicht mal er wieder heil herauskommen wird. Er weiß nicht, was er will. Es sind alles bloß beste Absichten, Vagheiten und gute Vorsätze. Während Leute eingesperrt werden, nur weil sie begeistert seinen Namen nennen, will dieser Señor es der Kirche rechtmachen, den Armen, den Reichen, den Huren und den Damen von San Vicente. Was für eine jämmerliche Rede! Am liebsten wäre ich im Erdboden versunken.«

»Du übertreibst bestimmt«, beschwichtigte Josefa, die lieber daheim geblieben war, um Daniel nicht die Augen auszukratzen, wenn er fortging. »Was meinst du dazu, Kind?«

»Das gleiche«, sagte Emilia müde und melancholisch.

»Sie sagt das doch nur aus Eifersucht«, warf Diego ein. »Ich aber sage es ganz objektiv.«

»Ich und eifersüchtig! Meinetwegen kann Daniel den *Mickerling* begleiten und so viele Kommissionen, Organisationen oder Sekten anhören, wie er will«, sagte Emilia und ließ sich in den Sessel neben ihrem Vater fallen.

»Sol war hier, um dich zu sehen«, versuchte Josefa sie abzulenken. »Sie strahlt aus allen Knopflöchern.«

»Kein Wunder, sie wird ihrer Mutter entkommen«, stichelte Diego.

»Und ihrem Vater«, ergänzte Emilia und tat, als wollte sie ihren eigenen in die Wange beißen.

»Willst du sie nicht sehen?« fragte Josefa. »Sie heiratet nächste Woche, und du bist nicht bei ihr.«

»Ich habe letzte Woche geheiratet, und sie war auch nicht bei mir. Heiraten betrifft nur zwei Menschen, Mama.«

»Nicht immer, Kind«, erwiderte Josefa.

»Wäre es dir lieber gewesen, ich hätte geheiratet wie Sol?« Emilia erhob sich aus dem Sessel neben ihrem Vater und ging zu Josefa.

»Ich weiß nicht«, sagte Josefa und biß das Garn durch, mit dem sie gerade stickte.

»Sicher hättest du es lieber gesehen. Warum nimmst du nicht die Schere?« Emilia reichte Josefa die Stickschere von ihrem Schoß.

»Weil ich ein Dummkopf bin«, erklärte Josefa.

»Ein Dummkopf ist dieser Señor Madero, der in den Wolken schwebt, während er am Boden ein verheerendes Feuer entfacht«, warf Diego ein.

»Willst du nicht mal das Thema wechseln? Ich habe keine Lust, wieder Maderos moderate Haltung zu verteidigen. Ich gehe lieber schlafen.« Josefa begann, das Garn zu verstauen.

»Wovon sollen wir denn reden?« fragte Diego Sauri. »Ist die Hochzeit das andere Thema? Willst du, daß ich dir recht gebe, daß wir Emilia nicht erlauben durften, Daniel so ohne Umschweife zu lieben, weil der Junge früher oder später fortgehen würde? Das wirst du nicht von mir hören, Josefa, mein Herz. Dieses Land wird in einem Krieg entflammen, und um die Jungfräulichkeit der Mädchen wird sich nicht mal mehr die Jungfrau von Guadalupe sorgen.«

»Ich geh ins Bett, bevor dein Vortrag über die Demokratie als zivilisierende Kraft kommt«.

Josefa erhob sich von ihrem Lehnstuhl und schritt verstimmt und nachdenklich mitten durch den Raum. Diego sah ihren Gang, ohne sich gegen den alten Zauber wehren zu können, den seine Frau immer wieder und völlig unvorhergesehen auf ihn ausübte.

»Bitte seid nicht böse, hohe Frau«, bat er. »Worüber wollt Ihr reden? Welchen Traum begehrt Ihr? Welchen Stern soll ich Euch vom Himmel holen?«

»Werd nicht lästig, Diego.« Señora Sauri wich vor den Armen zurück, die ihr Mann ihr entgegenstreckte.

Emilia lächelte, als sie sah, wie die beiden flirteten. Es war wie ein Trost, der den seltsamen Kummer ihrer jungen Liebe, die so schnell gegangen war, wie sie gekommen war, linderte.

»Morgen werde ich mich mit Sol treffen und ihr bei allem Nötigen helfen. Ich verspreche es dir.« Sie nahm ihre Mutter in den Arm, als wäre sie ihre Tocher.

Wie sie so in der Mitte des Raums standen, eine auf die andere gestützt, erschienen sie Diego wie der Mittelpunkt der Welt.

Sie sind erschöpft wie zwei Kriegerinnen, dachte er bei ihrem Anblick. Er fand sie schön und stark, gleich und gegensätzlich. Was bedeutete schon ein Krieg in ihrer Nähe?

Am folgenden Tag verließen Mutter und Tochter früh das Haus, um Sol zu besuchen. Schon von der Haustür aus vernahm man den Trubel im zweiten Stock. Emilia und Josefa betraten das Schlafzimmer, wo sich jegliche Art von Dessous stapelte, die eine Frau im Leben benutzen konnte, zusammen mit allen Handtüchern, Bettüchern und Kissen, die ein Haus in zwanzig Jahren verbrauchen konnte, während die Braut auf einem Stuhl stand, um das Kleid anzuprobieren, das gerade noch rechtzeitig aus Paris eingetroffen war, mit dem einzigen Nachteil, daß es seiner Trägerin zwei Nummern zu groß war.

Josefa dachte, man hätte es besser bei der elegantesten Schneiderin der Stadt in Auftrag gegeben, statt sich in letzter Minute mit einem solchen Ärgernis herumzuschlagen, doch da sie Impertinenz haßte, sparte sie sich die Bemerkung. Nicht genug damit, bot sie sich auch noch an, das Kleid so umzuändern, daß es Sol wie auf den Leib geschneidert sein würde. Sie verlangte nach Nadeln und steckte das Kleid mit dem Geschick einer Schneiderin ab. In einer halben Stunde hatte sie es der Figur des Mädchens angepaßt. Erst dann stieg Sol von ihrem Stuhl herab, damit Emilia ihr beim Öffnen der Reihe mit Organza bezogenen Knöpfchen helfen konnte, die ihr am Rücken herabliefen.

»Du wirst traumhaft aussehen«, sagte sie und gab ihr als Entschuldigung für ihr tagelanges Ausbleiben einen Kuß.

Sol war noch immer nur halb angezogen in ihrem Korsett und den Spitzenunterröcken.

»Was war mit dir los?« flüsterte sie Emilia ins Ohr.

»Ich bin in tiefes Wasser gefallen«, sagte Emilia in Erinnerung an ihr Liebesglück.

Sie schafften sich ein wenig Platz zwischen den auf dem Bett verstreuten Miederwaren, damit sie dort sitzen und miteinander tuscheln konnten, derweil Josefa und Sols Mutter in das Zimmer mit den Geschenken gingen.

Kreuz und quer hatte man den großen Raum mit Geschenken vollgestapelt, ohne daß eine Stelle frei blieb.

»Wo hast du meins hingeräumt?« fragte Milagros Veytia zur Begrüßung, als sie den Salon betrat, um alles mit kritischer Miene zu begutachten. Sie bewegte sich so ungezwungen zwischen dem Silber, dem Porzellan und dem geschliffenen Kristall, daß sie den ganzen Aufbau in Gefahr brachte. »Das Geschirr reicht ja für ein ganzes Heer«, bemerkte sie.

»Sie werden zwei Haciendas haben, ein Haus in der Hauptstadt, ein Studio in Paris und noch andere Wohnungen. Sie werden es brauchen, glaub mir«, erklärte Sols Mutter in gespielter Bescheidenheit, dabei platzte sie fast vor Stolz. Dann lief sie wieder an den Geschenken entlang. Hingerissen blieb sie vor einer Holzuhr mit Intarsien stehen. Eine Kostbarkeit, an der Milagros Veytias Karte hing. Als sie sie gelesen hatte, zerfloß die Frau in Lobeshymnen und Bekundungen ihrer Dankbarkeit.

Als Antwort beschränkte Milagros sich auf die höfliche Frage, wo sie sich im Moment nützlich machen könne. Josefa hatte sie zu Hilfe gerufen für die hundert Biesen, die an Sols Kleid aufgetrennt und neu genäht werden mußten.

Maderos Besuch hatte Milagros erschöpft, doch statt sich unter einem Vorwand vor der Arbeit zu drükken, meinte sie, ein wenig Zeit zum Nachdenken und eine Beschäftigung für die Hände würden ihr guttun. In den Tagen zuvor war sie kilometerweit durch die Stadt gelaufen, von einem Ende bis zum anderen, so daß ihr die Vorstellung, sich im Nähzimmer niederzulassen und mit ihrer Schwester zu plaudern, sehr behagte.

»Diese Frau ertrinkt in einer Pfütze«, sagte sie, als Sols Mutter gehen mußte, um eines der zwanzigtausend falschen Probleme, die sie erdrückten, zu lösen.

»Und du, schämst du dich nicht? Ich habe gesehen, wie du die Karte vertauscht hast.« Josefa ließ die Handarbeit ruhen, um Milagros, die gleichgültig tat, in die Augen zu sehen.

»Du wirst mich doch nicht verraten, oder?« fragte Milagros. »Ich finde es idiotisch, in ein Geschenk für jemanden zu investieren, der dicke Pakete von allen Reichen Mexikos erhalten hat. Mit dem, was mich diese Uhr gekostet hätte, kann ich zwanzig Mann aus dem Gefängnis holen«, erklärte sie mit dem schönsten Unschuldslächeln.

Josefa wußte von Milagros, daß in den Tagen nach Maderos Besuch Dutzende seiner begeistertsten Anhänger aus der Stadt verschwunden waren. Um ihren Kummer voll zu machen, erzählte Milagros ihr, eines Nachts sei ein Zug mit hundertdreißig Gefangenen abgefahren, die zur Strafe nach Quintana Roo gebracht werden sollten, in jene phantastische Region der Verheißung, nach der sich ihr Mann an so vielen Nachmittagen zurücksehnte.

Wie sie es auch drehte und wendete, Josefa konnte nicht glauben, daß ein solches Paradies als Ort der Strafe galt.

»Sie bringen sie dorthin zur Zwangsarbeit in mörderischer Hitze«, erklärte ihre Schwester. »Sie werden nicht fischen oder an dem Meer schlafen, das die Erinnerungen deines Mannes aufwühlt. Sie gehen in den Urwald, um bei Schlangen und Moskitos zu schlafen, um sich Straßen durch das Dickicht zu schlagen, um zu essen, was sie finden können, und um zu sterben.«

»All das nur, weil sie saubere Wahlen wollten?«

»All das …«, murmelte Milagros, bei der Josefa zum ersten Mal Mutlosigkeit spürte.

»Komm und leb bei uns«, bat Josefa, jetzt, da sie sie einmal in ihrem Leben so verletzlich sah.

»Ach, halb so schlimm. Die Einsamkeit hat auch ihre schönen Seiten.«

»Heirate Rivadeneira«, drängte Josefa beim Durchtrennen eines Fadens.

»Um ihm das Leben zu ruinieren?« fragte Milagros.

»Das hast du ihm bereits ruiniert«, erwiderte Josefa.

»Wie geht es Emilia?« Milagros witterte Gefahr, wenn sie bei diesem Thema blieben.

»Es geht«, sagte Josefa in der Gewißheit, daß Milagros verzweifelter war, als sie sich anmerken ließ.

Getrennt von Daniel und seinen Umarmungen, versuchte Emilia, sich zwischen den Fläschchen und Gerüchen der Apotheke zu verkriechen. Ihr Vater empfing sie *Ritorna Vincitore* singend, und sie kamen nicht mehr auf ihren Liebeskummer zu sprechen.

Diego war sicher, daß er seiner Tochter keinen besseren Zuspruch geben konnte, als sie zu beschäftigen, indem er sie mit einem der schwierigsten Probleme der Menschheit konfrontierte: Wie findet man die Ursachen ihrer Erkrankungen, um sie von ihnen zu befreien.

Mit einer Selbstverständlichkeit, als hätte sie nie ein anderes Thema im Kopf gehabt, kehrte sie zu den medizinischen Büchern zurück, die ihr Vater besaß.

»Sieh mal, was ich für dich habe«, sagte Diego eines Nachmittags, ein vergilbtes, zerfleddertes Buch schwenkend.

»Es heißt *Medizinische Geschichte von den Dingen, die aus Westindien kommen*, aus dem Jahre 1574, geschrieben von dem Sevillaner Arzt Nicolás Monardes.«

»Dein Held«, sagte Emilia.

»Einer von ihnen.« Diego legte das Buch auf dem großen Laboratoriumstisch ab.

Emilia suchte sich eine Sitzgelegenheit und begann darin zu blättern.

»Sie kannten schon den Gebrauch des Sandelholzöls«, Emilia blickte zu ihrem Vater auf. »Warum hast du mir erzählt, das sei ein original in der Apotheke Sauri hergestelltes Präparat?«

»Es ist original von uns, weil es niemand mehr benutzte. Die Zeit ist der beste Freund der Originalität.«

»Monardes sagt, es sei zum Aufwärmen, Kräftigen und zum Stillen, auch zum Lindern von Schmerzen. Vielleicht hilft es mir, wenn ich mich damit einreibe.«

»Alles hilft gegen Liebeskummer, mein Täubchen«, sagte Diego. »Solange der Kranke bei Verstand ist, heilt jedes Öl, und du bist eine hochintelligente Kranke. So sehr, daß du uns häufig hinters Licht führst. Man könnte fast meinen, daß du gar nicht mehr an deinen Kummer denkst.«

»Nicht im Traum werde ich vor Josefa Sauri eine Leidensmiene aufsetzen. Wenn sie uns jetzt schon lauter Predigten hält, stell dir mal vor, sie sieht, daß ich traurig bin. Dann würde ihr Haß auf Daniel ihr Leben lang nicht aufhören.«

»Deine Mutter hat eine Schwäche für Daniel«, behauptete Diego, der allein schon bei der Idee an ein mögliches Zerwürfnis zwischen Mutter und Tochter erschrak.

»Du hast zuviel Phantasie, Papa. Du erinnerst an Monardes«, scherzte Emilia mit einem Augenzwinkern. »Hast du schon gesehen, für was alles sie nach seiner Aussage Tabak benutzt haben? Zum Schließen von Wunden, gegen Kopfschmerzen, Rheuma, Brustbeschwerden, Magenschmerzen, Völlegefühl, Würmer, Schwellungen, Blähungen und Zahnschmerzen, Karfunkel, Schwären … Kein Wunder, daß es kaum etwas gibt, das meine Tante Milagros nicht mit dem Drehen einer Zigarette löst.«

Sie verbrachten den Nachmittag mit Lesen und notierten alles über den Tabak und seinen Nutzen. Als sie die Apotheke schlossen, um zum Abendessen hochzugehen, nahmen sie das Buch mit und setzten Josefa mit den wundersamsten Anekdoten über Opium und die Bilder und Halluzinationen, die es hervorruft, in Erstaunen.

»Weißt du, was Monardes schreibt?« fragte Emilia ihre Mutter und zitierte: »Während uns Spanier fünf Körner Opium umbringen, verhelfen sechzig Körner den Indios zu Gesundheit und Entspanntheit.«

»Steht da nicht zufällig, wieviel die Mestizen zur Betäubung brauchen? Denn manchmal würde ich gerne mal den Verstand ausschalten und Dinge sehen, Visionen haben, die mich erfreuen«, sagte Josefa lachend.

»Dich bringen die fünf Körner der Spanier um«, behauptete ihr Mann.

»Und du wirst dich jetzt zum Indio erklären und sagen, du verträgst fünfzig?« lachte Josefa ihn aus.

»Ich beweise es dir«, sagte Diego.

»Laß dir bloß nicht einfallen, das kostbare Zeug zu

vergeuden«, warnte Emilia. »Mit diesem bißchen helfen wir fünf Sterbenden, und dich könnte es glatt umbringen.«

»Mich umbringen? Du weißt nicht, woraus ich gemacht bin.« Diego streckte sich behaglich in seinem Lieblingssessel aus.

Rivadeneira störte diese Ruhe, als er atemlos und bleich wie eine Wachskerze den Salon betrat.

»Sie haben Milagros verhaftet«, brachte er heraus. Dann schien er nichts mehr sagen zu können.

»Wir gehen sie holen«, war Emilias Reaktion, im Glauben, man brauche nur die Tricks von vor einigen Tagen zu wiederholen.

»Diesmal wird es nicht leicht sein«, wandte Rivadeneira ein. »Sie ist in den Gefängnissen wohlbekannt, wir können also nicht vorgeben, sie sei Ausländerin. Außerdem haßt der Gouverneur sie seit dem Abend, als sie seine Frau fragte, wie sie nur ein so dickes Fell haben und mit einem Mörder zusammenleben könne. Auf seinen Befehl hin wurde sie verhaftet, nicht auf Anweisung irgendeines Polizeibeamten. Natürlich ist ihre Einlieferung in keinem Gefängnis registriert.« Noch nie hatte Rivadeneira sich so gut informiert und doch so unnütz gefühlt.

Diego Sauri erhob sich aus seinem Sessel, um sich neben Josefa zu setzen, die seit Rivadeneiras Eintreffen in stiller Verzweiflung vor sich hinweinte. Die Tausende von Malen, die sie ihrer Schwester die klaren Vorzüge eines ruhigen und ausgeglichenen Lebens erklärt hatte, schossen ihr durch den Kopf. Und sie erschauderte beim Gedanken daran, wie oft sie aus ihrem Mund wie ein unwiderrufliches Urteil die Worte vernommen hatte: »Du wirst mich erst ruhig sehen, wenn du mich unter die Erde gebracht hast.«

Einige Minuten lang schritt Rivadeneira schweigend im Zimmer auf und ab und sah zu, wie Josefa sich vergeblich bemühte, gegen die Tränen anzukämpfen, und wie Diego sich mit der Hand an den Kopf faßte und die Haare raufte, wie Emilia am linken Daumennagel knabberte und dabei die Lippen bewegte, stumm etwas vor sich hinbetend, was er als einen unaussprechlichen Fluch zu erkennen meinte. Dann begann er zusammenhanglose Dinge zu faseln, als würde er eine Antwort finden, wenn er sich reden hörte. Die Sauris verstanden sein wirres Selbstgespräch nicht, doch sie lauschten ihm geduldig und voller Beklommenheit.

Keiner der drei wagte es, seine sinnlose Wortespinnerei zu unterbrechen, schon deshalb, weil sie kaum zusammenhangloser war als das, was einem jeden von ihnen durch den Kopf ging. Gebannt warteten sie scheinbar eine Ewigkeit und wünschten sich, Milagros möge im Raum auftauchen, um mit ihrer bloßen Anwesenheit alles in Wohlgefallen aufzulösen.

Schließlich beendete Rivadeneira seine konfuse Rede, streifte sich das Jackett über, ging zum Spiegel an der Garderobe, ordnete sich das Haar und nahm seinen Hut.

»Was ich tun muß, ist, sie dort rausholen, wo sie ist, und sie ein für allemal in eine Welt mitnehmen, die sie weniger betäubt als diese.« Er setzte sich den Hut auf. »Ich werde sie gar nicht erst fragen. Ich bin es endgültig leid, mich zu fügen, ich bin es leid, daß sie mich wie Luft behandelt, daß sie mich nimmt und wieder geht, als wäre ich die Ehefrau eines Generals auf dem Feldzug.«

Während er immer noch im Salon der Sauris auf und ab lief, verschlug es ihnen angesichts dieses so ungewohnten Kampfgeistes endgültig die Sprache.

Josefa musterte ihn, als könne sie zum ersten Mal die Art dieser geheimen Beziehung zwischen ihrer Schwester und dem einzigen Mann, der ihren Freiheitsdrang bezwungen hatte, durchschauen.

»Mach das. Ich halte es für eine großartige Idee.« Sie sprang auf und fuhr sich mit den Händen über das Gesicht, als könnte sie die Landschaft ihrer Gedanken dadurch glätten. »Wie willst du sie denn herausholen?«

»Indem ich von diesem Schuft, der sie hat, verlange, daß er sie mir herausgibt«, erwiderte der Poet mit einer Entschiedenheit, die vielleicht insgeheim schon immer in ihm gesteckt hatte. »Ich werde hoffentlich nicht zu lange brauchen. Danke für die Klarstellung der Dinge.«

»Was haben wir denn klargestellt?« wollte Emilia wissen.

»Alles«, erwiderte Rivadeneira, während er zur Tür ging, gefolgt von Diego Sauri, der fest entschlossen war, ihn zu begleiten, wohin auch immer.

Es war zehn Uhr abends, als sie sich in Begleitung eines angstschlotternden, mit Rivadeneira befreundeten Notars im Haus des Gouverneurs präsentierten. Zwei Wachhabende verwehrten ihnen den Zutritt. Auf den Pfiff des einen auf einer Trillerpfeife stürmten in weniger als einer Minute über dreißig bewaffnete Männer herbei, als gälte es, eine Attacke abzuwehren. Rivadeneira rückte sein Jackett zurecht und bat in elegantestem Ton, beim Gouverneur vorsprechen zu dürfen.

Die Wachhabenden musterten ihn mißtrauisch von Kopf bis Fuß. Sie sagten, der Gouverneur sei nicht da und außerdem sei es wohl kaum üblich, den Gouverneur um diese Uhrzeit aufzusuchen. Als hätte er nicht zugehört, holte Rivadeneira eine Visitenkarte hervor und überreichte sie demjenigen, der der Vorgesetzte zu sein schien. Dabei sagte er so formvollendet, wie selbst Diego ihn noch nie gesehen hatte, die Angelegenheit sei dringend und er wolle gerne warten.

Fünf Minuten später stellte sich ein Mann im dunklen Anzug mit Weste als Privatsekretär des Gouverneurs vor und wollte nach einem feierlichen Blick auf seine Taschenuhr wissen, ob man sie gut behandelt habe. Er teilte Rivadeneira mit, es würde seinem Chef eine Ehre sein, ihn zu empfangen. In Begleitung von Diego Sauri und dem Notar, der nervös zwinkerte, als hätte er zwei Kolibris in den Augen, erklomm Rivadeneira die Stufen des Palasts, in dem der Herr über Glück und Unglück im Staate Puebla residierte.

Zunächst liefen sie endlose, erleuchtete menschenleere Flure entlang. Dann betraten sie einen Raum und von dort aus ein kleineres Zimmer und schließlich ein noch kleineres. In diesem letzten bat der Sekretär sie, sich einige Minuten zu gedulden, bevor er durch eine Glastür verschwand.

»Was wollen wir diesem Teufel denn sagen?« fragte Diego Sauri.

»Ich weiß, was ich ihm zu sagen habe«, antwortete Rivadeneira, als hätte er seit jeher dieses Zusammentreffen vorhergesehen.

Der Sekretär kehrte mit dem süßlichen Lächeln zurück, das er seit dem Tag seiner Geburt zu tragen schien, und winkte sie herein. Vor ihnen tat sich ein großer Saal auf, über dem ein alles beherrschendes Porträt von Benito Juárez hing. Am anderen Ende, hinter einem

Schreibtisch, an dem zwölf Personen hätten tafeln können, thronte der Gouverneur.

»Mein verehrter Señor Rivadeneira«, begrüßte er sie, sich von seinem Platz erhebend, sobald er sie hereinkommen sah. »Zu Ihren Diensten.«

»Lassen Sie meine Schwägerin frei«, forderte Diego Sauri ohne Umschweife.

»Ich bringe niemanden ins Gefängnis. Mit wem habe ich die Ehre?« Der Gouverneur sah Diego Sauri durchdringend an, als wollte er herausfinden, über welchen Stein er da gestolpert war.

»Diego Sauri«, stellte der Apotheker sich lapidar vor, ohne seinem mächtigen Gegenübers die Hand hinzustrecken.

»Mein Freund Diego Sauri«, sagte Rivadeneira »ist mit der Schwester von Milagros Veytia verheiratet. Und Milagros Veytia sollte mit mir verheiratet sein.«

»Sie suchen mich auf, um mir das zu erzählen?«

»Um Sie zu bitten, sie freizulassen, und um Ihnen zu versichern, daß ich mich ihrer annehmen werde, sobald Sie sie mir übergeben. Ich bin bereit, das unter notarieller Aufsicht zu unterzeichnen«, lautete Rivadeneiras feierliche Erklärung.

»Dann müßte ich gegen das Gesetz verstoßen. Milagros Veytia ist in Haft, weil sie eine wandelnde Gefahr für die Menschheit darstellt.«

»Das brauchen Sie mir nicht zu sagen. Mir ist das seit jeher bekannt. Aber sie ist auch ein Luxus, und Luxus ist, wie Sie und ich wissen, teuer«, sagte Rivadeneira.

»Aber wie teuer?«

»Alle Ländereien, die zur Hacienda San Miguel gehören. Dreitausend Hektar, mit einem eigenen Fluß.«

»So viel ist diese Querulantin wert?« fragte der Gouverneur in spöttischer Herablassung.

»Ich verbitte mir die Beleidigung«, sagte Rivadeneira kühl. »Hier sind die Besitzurkunden. Ich unterzeichne sie Ihnen, sobald Sie mir Señora Veytia herausgeben.«

Wortlos prüfte der Gouverneur die Papiere Blatt für Blatt, mit so gierigem Blick, als stelle er sich die dreitausend Hektar immergrünen Landes einzeln vor. Dann brach er, zur Klingel greifend, in schallendes Gelächter aus. Augenblicklich erschien der Sekretär mit Gefolge.

»Hat man Señora Veytia schon hergebracht?« fragte der Gouverneur. »Unser Freund Rivadeneira hat mir sehr triftige Gründe für ihre absolute Unschuld genannt.«

»Sie ist hier. Soll ich sie hereinlassen?«

»Warten Sie«, bat Rivadeneira. »Ich unterzeichne vorher.« Als Diego Sauri ihn unterschreiben sah, fragte er sich, welchem Gott er wohl das Glück verdankte, einen derartigen Freund zu haben.

»Sie müssen verrückt sein«, bemerkte der Gouverneur, nach den Papieren greifend, während er seinem Sekretär mit einem Blick bedeutete, er solle Milagros Veytia hereinbringen.

»Glauben Sie, es war mir ein Vergnügen«, sagte Rivadeneira.

»Wir sollten sie besser draußen treffen«, riet Diego Sauri, zu Rivadeneira geneigt. Doch da war Milagros bereits eingetreten und stand in altem Stolz vor ihnen, als käme sie nicht eben aus der Haft der Geheimpolizei.

»Was hat dieser Lump von dir verlangt?« wollte sie von Rivadeneira wissen.

»Eine Beschreibung deiner schönen Eigenschaften.« Rivadeneira packte sie beim Arm und führte sie zur Tür, bevor der Mann die Abmachung noch bereuen könnte. Milagros herausgeben? Er?

Eine Woche später, während Sols kirchlicher Trauung, gab Milagros Veytia, die solche Zeremonien immer besuchte, um ungeniert während der gesamten Dauer zu schwatzen, Rivadeneira das Versprechen, sie werde nach den Wahlen mit ihm verreisen und nichts tun, als ihn zu lieben.

»Und dann wirst du mir erklären, wie du es geschafft hast, mich freizubekommen«, flüsterte sie ihm beim Sanctus ins Ohr.

»Dann …«, murmelte Rivadeneira.

Der Poet mußte über sein gutgehütetes Geheimnis lächeln, während ein Kinderchor Händels *Halleluja* sang und Sol sich bei ihrem Bräutigam einhakte, um mit ihm hinauszuschreiten.

Zwischen ihrer Tante Milagros und ihrer Mutter stehend, sah Emilia, daß ihre Freundin wie eine nervöse Puppe wirkte, und versuchte, sich auf die Musik zu konzentrieren.

»Was für eine Katastrophe lassen wir da zu!« raunte Milagros ihr ins Ohr.

»Was konnten wir denn dagegen tun? Sie vor ihrem Glück bewahren?« fragte Emilia. »Wie überzeugt man den Himmel, daß er nicht blau, sondern durchsichtig ist?«

»Kind, du wirst zu früh weise.« Milagros gab ihr mitten in der Kirche einen Kuß.

»Weißt du, daß der rote Teppich von ihrem Haus durch den ganzen Park hindurch bis zur Kirche reicht und von dort über den Bürgersteig bis zum Garten, wo das Festmahl stattfinden soll?« fragte Emilia. Dann,

als Sol schmachtend und schneeweiß an ihnen vorbei-
schritt, sagte sie auch für andere hörbar, als habe es mit
dem vorherigen Thema zu tun: »Ich glaube, Daniel verschwendet seine Zeit mit seinem Kampf für Gleichheit
und Demokratie.«

»Mag sein, daß du recht hast«, stimmte Milagros zu,
nachdem sie dem Brautpaar leutselig zugelächelt hatte.

»Selbstverständlich habe ich recht. Siehst du denn
nicht? Wenn all das zur Ausbeutung der Armen zusam-
menkommt, wieso soll dann jemand zu deren Gunsten
etwas verändern wollen?«

»Weil ihnen keine andere Wahl bleiben wird.«

»Und warum bleibt ihnen keine andere Wahl? Tante
Milagros, sie sind die Herren über alles.«

»Ja, ich weiß, mein Herz. Bis sie es nicht mehr sind.«

»Mein Papa wird nicht müde zu predigen, daß dafür
ein Krieg nötig sei.«

»Hoffentlich nicht«, sagte Milagros. »Auf jeden Fall
werden wir das heute nicht lösen. Was hältst du davon,
dem roten Teppich zu folgen und uns dem Brautpaar
und dem Fest anzuschließen?«

»Behandele mich nicht wie ein Dummchen. Du
brauchst mich nicht über meinen Kummer hinwegzutrösten. Du bist die einzige, die sich nicht eifrig bemüht
hat, mich auf andere Gedanken zu bringen«, sagte Emilia, als die Musik verstummte, fest entschlossen ihren
Kummer endlich zu vergessen.

Diego und Josefa waren wie alle dem Brautpaar hinaus gefolgt. Als einzige in der Kirche geblieben waren
Emilia, Milagros, Rivadeneira, der betäubende Duft der
Narden und genau vor Emilia ein Mann, der, als er ihre
letzten Worte hörte, seinen schlanken, in einem makel-
losen Cut steckenden Körper geschmeidig umwandte

und mit klarer Stimme, als habe er eine Entdeckung gemacht, sagte:

»Ich bin Antonio Zavalza, und es wäre mir ein Vergnügen, Ihrer Unterhaltung weiter zu lauschen.«

13

Wer Antonio Zavalza war, außer daß er fremde Gespräche belauschte, erfuhr die Familie detailliert in weniger als einer Stunde, denn der Mann hatte keine Hemmungen zu reden und war einsam. Erst seit knapp vier Tagen hielt er sich, wie er sagte, unter den Dächern dieser Stadt auf, doch geträumt hatte er schon seit mehreren Jahren von ihr. Dort wollte er leben, sie nachts erkunden, sich die geheimen Winkel ihrer Straßen einprägen. Er wollte, daß man ihn dort liebte, und auf ihrem Terrain alles sein, bloß kein Fremder.

Er verließ die Kirche nur mit einem Gedanken: Emilia davon zu überzeugen, daß er kein Spion war, sondern ein Gefangener ihrer Stimme. Und als sie zu der Feier stießen, die nach der kirchlichen Trauung stattfand, hätte jeder geschworen, daß sie seit der Kindheit miteinander befreundet waren. Antonio Zavalza war der Neffe des Erzbischofs, wenn ihm auch mit diesem nichts als der Familienname und eine Erbschaft verband. Er hatte in Paris fünf Jahre Medizin studiert und war mit dem Wunsch nach Puebla gekommen, dort seine erste Praxis zu eröffnen.

Kaum hatte Sols Mutter ihn mit Emilia tanzen sehen, als hätten sie zwei Monate lang den Walzer miteinander geprobt, da stürzte sie auch schon an den Tisch der Sauris und sorgte dafür, daß sie alles, was sie über den Fremden noch nicht wußten, auch noch erfuhren. Antonio Zavalza war nicht nur gutaussehend, sondern auch einer der bedeutendsten Urenkel der Marquesa von Selva Nevada. Als sein Vater ein Jahr zuvor gestorben war, hatte er ihm ein kleines Vermögen hinterlassen, mit dem der Junge nichts Besseres zu tun hatte, als eine Stiftung für Altenhilfe einzurichten. Sein Stolz gebot ihm, von eigener Arbeit zu leben. Er war Arzt, hatte das Examen in Paris mit Auszeichnung bestanden, war kein Anhänger von Don Porfirio, sagte allen, die es hören wollten, die Kirche sei eine marode Institution, und er hatte die Verlobung gelöst, die der Erzbischof in seinem Namen mit einer Tochter der Familie De Hita geschlossen hatte.

»Für dich ist der doch ein schwarzes Schaf. Warum hast du ihn überhaupt eingeladen?« stichelte Diego Sauri gegenüber Sols Mutter.

»Weil sein Onkel mich darum gebeten hat, der sich bemüht, ihn mit Leuten aus gutem Hause zusammenzubringen.«

»Na, da ist er aber schon falsch gelandet«, bemerkte Milagros.

»Du liebst es, deine Familie zu verunglimpfen. Sieh nur, der Junge scheint von Emilia entzückt zu sein.«

»Sie haben sich eben erst kennengelernt«, sagte Josefa. »Fang nicht an mit deinen Hirngespinsten.«

»Du siehst doch, daß meine Hirngespinste Früchte tragen. Sol ist glücklich«, behauptete ihre Mutter.

»Sie ist ahnungslos«, meinte Milagros. »Warst du auch so nett, ihr mitzuteilen, was von ihr erwartet wird, oder steht ihr noch der Schock ihres Lebens bevor?«

»Selbstverständlich habe ich ihr erklärt, wie sie sich gegenüber der angeheirateten Familie zu verhalten hat. Sie versteht es, den Tisch zu arrangieren wie eine Königin, ist elegant und diskret, redet nicht zu viel und fragt nicht, wo es sich nicht gehört.«

»Es macht dir auch nichts aus, daß sie im Bett unglücklich sein wird«, platzte Milagros heraus, so daß ihre Schwester erbleichte.

»Das ist nicht ihre, sondern Gottes Angelegenheit, meine Liebe«, konterte Sols Mutter. »Je weniger sie daran denkt, desto besser.«

»Armes Ding.« Milagros griff nach dem Fächer, als könnte sie damit die dicke Luft durchschneiden.

In dem Moment näherten sich Emilia und Antonio Zavalza der Gruppe.

»Sol will noch mit dir reden, bevor sie geht«, sagte Sols Mutter. »Statt ihren Brautstrauß in die Luft zu werfen, will sie ihn dir überreichen.«

Emilia ließ ihren Vater im Gespräch mit dem frisch eingetroffenen Arzt zurück und machte sich auf die Suche nach Sol. Die stand erneut in ihrem Schlafzimmer inmitten von Unterröcken und Kleidern und mühte sich mit den Haken eines Korsetts ab, das ihr die Taille einschnürte und ihrer Figur die Form einer steifen, aufrechten Schneiderpuppe verlieh.

»Deine Tante Milagros hat recht, diese Unterwäsche ist höllisch«, sagte sie lachend, als Emilia eintrat. »Meine Mutter meint, die Ehe ist kein Unglück, aber es gibt Momente, wo man besser die Augen schließt und ein Ave María herunterbetet. Verstehst du das?« fragte sie Emilia, und ihre Stimme klang plötzlich unsicher.

»Dummerchen«, murmelte Emilia und nahm sie in die Arme. Dann strich sie ihr über den Rücken und redete, ohne sie loszulassen, lange Zeit leise auf sie ein.

Unten spielte das Orchester einen Walzer von Juventino Rosas, und der Nardendurft, der schwer in der Luft hing, kündete vom Einbruch der Nacht.

Emilia zog ein winziges Taschentuch zwischen ihren Brüsten hervor und reichte es ihrer Freundin. Dann holte sie etwas Rouge aus ihrer Handtasche, um die Blässe in Sols erschrockenem Gesicht wieder zu beheben. Danach half sie ihr wie einer Puppe in die umständliche Reisekleidung, die ihr die berühmte Madame Giron von der Calle Pensador Mexicano geschneidert hatte. Als sie ihr endlich den Hut befestigt hatte, musterte sie Sol von Kopf bis Fuß, als wäre sie ein Kunstwerk.

»Du hast die Schuhe nicht gewechselt«, bemerkte sie, während sie schon losging, um die Wildlederstiefeletten zu holen, die als einziges in dem trostlos leeren Kleiderschrank zurückgeblieben waren.

»Ich fühle mich so erbärmlich wie der Kleiderschrank hier«, jammerte Sol.

»Im schlimmsten Fall kannst du dich in deine Phantasie flüchten«, riet ihr Emilia, die am Boden hockte, um ihr die Stiefeletten zuzuknöpfen.

»Du brauchst mir nicht behilflich zu sein«, sagte Sol, ihr an einer Locke zupfend.

»Hast du gehört, was ich von der Phantasie gesagt habe?« beharrte Emilia, ganz auf die Stiefel konzentriert.

»Ja.«

»Der Vogel, der sie fliegen läßt, befindet sich hier unter deinem Hut«, sagte Emilia, während sie sich aufrichtete und die Hände auf die Schläfen ihrer Freundin legte.

Als sie eine Stunde später in den Panhard Levassor stiegen, dem ihr Mann ungeteilte Aufmerksamkeit schenkte, und in die erste Nacht ihrer Hochzeitreise starteten, suchte Sol unter all den Gästen den Blick ihrer Freundin und faßte sich augenzwinkernd an die Schläfen.

»Was möchte sie damit sagen?« fragte Antonio Zavalza.

»Daß sie versuchen will, glücklich zu werden.« Emilia winkte der Braut zum Abschied.

Am nächsten Tag fiel das Sonnenlicht früh durch Emilia
Sauris Fenster, da sie vergessen hatte, die Holzläden zu
schließen, und verscheuchte mit seiner Nüchternheit
das Glücksgefühl, dem sie sich am Vorabend hingegeben hatte. Sie fluchte, ohne die Augen aufzuschlagen.
Sie grübelte im Stillen, warum sie plötzlich den unwi-
derstehlichen Drang zu weinen verspürte. Dann fragte
sie sich laut nach dem Grund, während sie mit feuchten
Augen die Dachbalken zählte. Anschließend steckte sie
den Kopf unters Kopfkissen und weinte zwei Tage lang
ohne Unterlaß bei verschlossener Tür.

Ihre Eltern, die zeitweiliges Einschließen an ihr von
Kindheit auf kannten, ließen den ersten Morgen noch
ohne große Sorge verstreichen. Als es jedoch acht Uhr
abends schlug und Emilia sich immer noch nicht hatte
sehen lassen, nicht einmal um etwas Eßbares zu holen,
konnte Josefa Veytia ihr »Ich habe es dir doch gesagt«,
das ihr die Kehle zuschnürte, nicht mehr zurückhalten.

Es war noch nicht ganz hell, da zückte sie schon wieder
die Waffen. Gegen Mittag, als Diego zum vierten Mal
von der Apotheke hochkam, um sich nach dem Stand
der Dinge zu erkundigen, und um eine warme Suppe
bat, war der Zorn seiner Frau in nackte Verzweiflung
umgeschlagen. Seit eineinhalb Stunden pochte sie an die
verschlossene Tür, ohne von ihrer Tochter die geringste
Antwort zu erhalten, und sei es nur ein Schluchzen.

»Dieser Daniel ist ein Idiot!« schimpfte Diego zum Erstaunen seiner Frau. »Ich muß dir recht geben: Daniel ist ein ausgesprochener Idiot!«

»Ich habe nie gesagt, daß er ein Idiot ist«, berichtigte Josefa. »Ich halte ihn sogar für hochintelligent, aber auch für ungeheuer egoistisch. Daß alle, die vorgeben, andere retten zu wollen, nur daran denken, wie sie sich wichtigtun können! Der Ärmste wurde ja auch in ein Internat gesteckt, wo er nicht genug Zuwendung erfahren hat, und jetzt ist er eben ein armer Teufel, der sich bemerkbar machen will.«

»Deshalb ist er ein Idiot!« schimpfte Diego lauthals zwischen zwei Sätzen seiner Frau. Doch ohne Erfolg. Emilia machte trotz des Radaus keine Anstalten, ihr Kämmerchen zu verlassen.

Nach vielen weiteren Stunden brach ausgerechnet Diego in so herzzerreißendes Schluchzen aus, daß Josefa aufhörte, ihn zu beschimpfen, und ihn tröstete. Sie streichelte ihn und flüsterte ihm beruhigende Worte ins Ohr, als Milagros Veytia den Raum durchquerte und vor ihnen stehenblieb. Sie brauchte nur das Gesicht ihrer Schwester zu sehen, um zu wissen, daß etwas mit Emilia nicht stimmte.

»Hat sie sich eingeschlossen?« Das war mehr eine Feststellung als eine Frage.

»Und ich finde die Ersatzschlüssel nicht«, erklärte ihr Josefa, als gingen in ihrem Haus sonst nie Schlüssel verloren.

»Die Tür kriegt man auch mit einem einzigen Fußtritt auf«, behauptete Milagros.

»Geh aus dem Weg, Diego.« Josefa wußte, wie schnell Milagros eine Idee in die Tat umsetzen konnte.

Fünfmal mußte Milagros allerdings gegen die Tür

treten, bis das stabile deutsche Schloß, hinter dem sich ihre Nichte verschanzt hatte, nachgab.

Emilias Schlafzimmer wirkte hell und friedlich. Die Abendsonne schien auf die weiße Pikeedecke auf dem Eisenbett. Doch keine Emilia lag dort in Tränen aufgelöst, das Gesicht in die Kissen vergraben. Sie schien sich in Luft aufgelöst zu haben. Schließlich brach Milagros Veytia das lähmende Schweigen mit der Frage, ob das Mädchen vielleicht über den Balkon ausgerückt sei. Dann ging sie dorthin, wo hinter den geschlossenen Gardinen Licht hereinsickerte. Diego nahm ihr die Frage übel, denn schon allein die Vermutung, seine Tochter könnte etwas vor ihm verbergen, kränkte ihn.

Josefa Sauri, die auch in den Raum getreten war, blieb plötzlich wie angewurzelt stehen, als stünde sie vor einem Abgrund. Zu ihren Füßen lag Emilia, im rosa Nachthemd aus ihren späten Kindertagen, unempfänglich für die Rufe ihrer Eltern und Milagros' Tritte gegen die Tür, ein ruhender Engel. Sie schlief schon seit wer weiß wie vielen Stunden und wirkte völlig erschöpft.

Erschöpft vom Erwachsenwerden, dachte Josefa.

Diego Sauri kam herbei und küßte Emilia auf die Stirn, auch um zu fühlen, ob sie kein Fieber hatte. Dann blickte er seine Frau an. So hatte sie geschlafen, als sie jung war, völlig selbstvergessen, mit dem Unterschied, daß sie weder einen Vater noch eine Tante mit so wenig Verantwortungsgefühl gehabt hatte. Denn vielleicht hatte Josefa zu Recht gemeint, Milagros und Diego überforderten ihre Tochter, wenn sie ihr die Zügel zu locker ließen.

Josefa schien seinen Blick zu verstehen.

»Manche Reformer sind unfähig, das Wesentliche zu erkennen«, sagte sie.

»Und was ist das Wesentliche?« fragte Milagros provokativ.

»Die Männer haben Leidenschaften, und wir Frauen haben Männer«, erklärte Josefa. »Emilia ist kein Mann. Daher darf man sie nicht behandeln, als wären ihre Gefühle so unausgegoren wie die der Männer.«

Diego pflichtete ihr mit weiteren Argumenten bei und legte sich mitsamt Schuhen aufs Bett, um der Stimme seiner Frau näher zu sein. Doch nicht einmal der Geruch nach Holz und Tabak, der sie an ihrem Mann sonst so anzog, konnte sie diesmal erweichen.

»Ich habe mich mit meiner Warnung nur lächerlich gemacht, während ihr den Kindern noch das Bett bereitet habt. Als wäre das ganze ein Spaß, wenn Daniel Emilia den Frieden raubt.«

»Frieden haben nur die Alten und Verdrossenen«, widersprach Milagros. »Sie aber will das Glück, das ist zwar schwieriger und nur von kurzer Dauer, aber besser.«

»Schwing keine klugen Reden, Schwester.« Josefa erhob sich vom Bett und ging zur Tür. »Ich hab all das Gerede schon lange satt.«

»Es graust mich, wenn sie böse auf dich ist«, gestand Diego Milagros, als seine Frau fort war.

»Gräm dich nicht. Sie weiß, daß wir recht haben. Es fällt ihr nur sehr schwer, es zuzugeben.«

»Ich bin mir nicht mehr sicher, ob es richtig war, bei Emilia nicht auf einer normalen Heirat bestanden zu haben. Das Neue macht immer Angst.«

»Noch beängstigender ist das Allzualte. Und wo wir gerade beim Thema sind: mehr Sorge macht mir der alte Díaz. Ich weiß nicht, was wir tun sollen. Wenn er sich weiterhin so hartnäckig an die Macht klammert, bricht ein Heidenchaos aus. Diese ganzen Wahlen sind eine Farce. Wen er gewählt haben will, ist ausschließlich er. Und mit zunehmenden Repressalien werden die Leute immer radikaler. Einige fordern schon den bewaffneten Aufstand.«

»Gott bewahre uns vor den Weltverbesserern«, erwiderte Diego.

»Morgen kommen mehrere Abgesandte von Madero aus der Hauptstadt, um Serdán von seiner Idee des bewaffneten Aufstands abzubringen und ihn für den Kampf mit legalen Mitteln zu gewinnen.«

»Ich glaube kaum, daß sie etwas erreichen«, sagte Diego. »Wer soll diesen Hitzkopf zur Vernunft bringen? Er will ein Held sein. Und das ist brandgefährlich. Helden bringen nur Diktaturen mit sich. Das beste Beispiel ist, was aus General Díaz, diesem großen Helden der Republik, geworden ist. Glaubst du, wenn ich dir sage, daß ich Angst habe? Eine Sache ist, in einer Gesellschaft leben zu wollen, die diese Bezeichnung verdient, Rechte für andere zu fordern im Namen der Gerechtigkeit, und eine andere, einen Krieg anzuzetteln.«

»Sie versichern, er würde nicht lange dauern«, wandte Milagros ein.

»Kurze Kriege gibt es nicht. Ein begonnener Krieg ist wie ein aufgerissenes Daunenkissen«, widersprach Josefa, als sie mit dem Teetablett hereinkam. »Deshalb gefällt mir Madero, weil er ein Mann des Friedens ist.«

»Der ist schon mehr als naiv«, sagte Diego.

»Ein guter Mann ist er. Wie du«, sagte ihm seine Frau.

»Mit dem Unterschied, daß es mir nie einfallen würde, mich an die Spitze irgendeiner Bewegung zu stellen.«

»Na, wenn ihr euch mal wieder einig seid, kann ich eben sehen, wie es mit der Kundgebung steht. Ich bin schon spät dran«, entschuldigte sich Milagros.

»Geh nicht, Milagros. Was macht es schon, wenn du einen Tag mal fehlst«, bat Josefa.

»Ich habe schon gefehlt. Ich will mich nur kurz erkundigen, wie der Stand der Dinge ist.«

»Ich komme mit«, sagte Emilia, die plötzlich putzmunter vom Boden aufsprang.

»Woraus bist du denn erwacht?« Josefa lächelte.

Diego hatte ein Kissen vom Bett genommen und den Bezug abgezogen, um die Federn zu spüren. Sie fühlten sich so weich und sanft an. Den Krieg mit einem aufgerissenen Kissen zu vergleichen! Das konnte auch nur seiner Frau einfallen!

Milagros verabschiedete sich und verschwand eilig in Richtung Treppe. Zehn Sekunden später hörten sie, wie die Eingangstür hinter ihr ins Schloß fiel.

»Sie knallt die Türen, als wollte sie sie für immer verriegeln«, sagte ihre Schwester.

»Als wollte sie sie einreißen«, widersprach Diego.

Emilia verlangte nach einer Suppe und Brot mit Käse. Josefa setzte ihr Bohnensuppe vor. Etwas Besseres hätte sie sich nicht wünschen können. Beim Essen hellte sich allmählich ihr Gesicht auf. Als sie schließlich die zweite Portion vertilgt hatte, war sie wie ausgewechselt.

»Wie lange willst du Hunger noch mit Kummer verwechseln?« fragte Diego. »Seit zwei Tagen weinst du, und davon hast du eineinhalb vor Hunger geweint.«

»Schieb die Schuld nicht auf andere, Diego«, warnte Josefa.

»Ich habe doch keine Schuld. Emilia, meinst du, ich sei daran schuld, daß du Daniel vergötterst?«

»Wer kommt denn auf solche Ideen?«

»Deine Mama.«

»Was dir alles einfällt«, staunte Emilia. »Er ist nur zu einem Viertel schuld. Ein weiteres Viertel geht auf das Konto meiner Tante Milagros, weil sie ihn mir nach meiner Geburt vorstellte. Und von der restlichen Hälfte fällt ein Teil auf dich, weil es mir gefiel, daß es dir nicht gefiel, und zu einem auf mich, weil ich blöd bin.«

»Diese Aufteilung gefällt mir«, sagte Diego. »Ein Viertel bin ich bereit zu tragen.«

»Das fehlte gerade noch«, brummte Josefa, während sie ihrem Mann Kaffee einschenkte.

An diesem Abend wirkte der Lindenblütentee so stark wie indischer Tee. Emilia schüttete ein wenig Milch hinein und nippte daran. Plötzlich pochte jemand unten an die Haustür. Im Glauben, es könne nur Milagros sein, folgte Diego seiner Frau, die vom Balkon aus hinuntersehen wollte. Ein Wust von Köpfen drängte sich vor dem Eingang. Die Sauris wußten nicht, was geschehen war, doch was sie vermuteten, ließ sie erschaudern. Ohne zu überlegen, hastete Emilia nach unten, um die Tür zu öffnen. Zwei verwundete Männer, die sich noch auf eigenen Beinen halten konnten, torkelten herein, dann folgten ein junger Mann, der einen anderen mitschleppte, und ihre Tante Milagros, die diesen jammervollen Haufen anführte.

Die bewaffneten Truppen waren kurz vor dem Ende auf die Kundgebung losgegangen. Jeder war instinktiv in irgendeine Richtung gerannt. Diese Flüchtlinge mit ihrem Schießpulvergeruch und dem Entsetzen im Nakken hatten das Glück, daß Milagros sie zu ihrer Familie brachte.

Emilia zeigte sich nicht im mindesten überrascht, als

hätte sie etwas geahnt, und führte sie allesamt in die Bibliothek, die Diego neben der Apotheke im Erdgeschoß für seine unzähligen Bücher eingerichtet hatte. Während Milagros zum ersten Mal vor ihrer Nichte ungeniert die Hände vors Gesicht schlug, ging Emilia zu dem schwerverletzten Jungen.

Der Verwundete hielt sich den Bauch. Emilia schob seine Arme beiseite und befühlte seine Kleidung. Da sie sicher war, daß sie Morphium brauchen würde, bat sie ihren Vater darum, der soeben sein Arbeitszimmer betrat. Zunächst überhörte Diego ihre Bitte, doch als sie mit der Entschlossenheit einer Erwachsenen zum zweiten Mal verlangte, er möge das Betäubungsmittel fertigmachen, drehte er sich um und gehorchte widerspruchslos.

Emilia fühlte dem Jungen gerade den Puls, als Diego mit einer Spritze und dem Betäubungsmittel zurückkam, im festen Glauben, seine Tochter könnte die Spritze nicht setzen. Doch nachdem sie den Saum von ihrem Unterrock abgerissen und dem Jungen damit den Arm abgebunden hatte, streckte sie, ungeachtet seines zweifelnden Blicks, die Hand nach der Spritze aus. Tatsächlich fand sie die richtige Vene und injizierte gekonnt das Morphium. Anschließend blieb sie eine Weile neben dem Fremden sitzen, strich ihm über die Stirn und flüsterte ihm beruhigende Worte ins Ohr.

Als Josefa mit Tüchern und warmem Wasser hereinkam und Bescheid gab, daß Milagros Doktor Cuenca holte, erwiderte ihre Tochter trocken, sie bezweifele entschieden, daß man für diesen Jungen noch etwas tun könne.

Die jungen Männer, die ihn hereingetragen hatten, wußten selbst nicht, wer er war. Sie erzählten nur, sie hätten gesehen, wie er mit ihnen geflohen und dann gestürzt sei. Sie konnten nicht einmal sagen, wie es ihnen gelungen war, ihn aufzulesen. Sie hatten nur seine Schreie gehört, lauter als die Schüsse hinter ihnen, und Milagros' um Hilfe flehende Stimme. Den Jungen hatten sie mitgeschleppt, weil er schrie, doch all die anderen, die dort auf dem Boden lagen, mußten sie zurücklassen.

Auf Diegos Frage, ob es Tote gegeben habe, erwiderten sie lakonisch, es sei kaum der Augenblick gewesen, sich um das Schicksal anderer zu sorgen. Dann verstummten sie, noch ganz verstört.

Schließlich traf Milagros mit Doktor Cuenca ein. Obwohl die letzten Jahre ihn rasch hatten altern lassen, waren seine Hände noch immer geschickt. Er machte sich daran, die Kugel zu suchen, die dem Jungen im Leib steckte.

»Er wird so oder so sterben«, flüsterte ihm Emilia zu. »Warum quälst du ihn noch?«

»So darf man niemals sprechen«, wies Doktor Cuenca sie zurecht. »Hilf mir lieber.«

Emilia gehorchte. Sie wußte, wie ernst er seine ärztliche Pflicht nahm, bis zuletzt den Tod zu bekämpfen. Aber sie hatte auch den durchlöcherten Körper des Jungen gesehen und konnte sich keine Rettung mehr vorstellen.

Da die Schwestern Veytia beide kein Blut sehen konnten, ließen sie Diego und Emilia Doktor Cuenca assistieren. Dafür kümmerten sie sich um die leichten Verletzungen der anderen Jungen und redeten mit ihnen, bis sie sich halbwegs beruhigt hatten.

Als sich zwei Stunden später zeigte, daß Doktor Cuenca recht gehabt hatte, strich Emilia dem noch bewußtlosen Jungen sanft über die Lider und küßte sein Gesicht.

Die ganze Zeit über konnte Diego Sauri nicht eine Träne oder einen Ausdruck des Entsetzens bei seiner Tochter entdecken. Manchmal sah er, wie sie blinzelte, als könnte sie sich mit dem hastigen Lidschlag den Anblick der hervorquellenden Eingeweide aus den Augen wischen. Von Zeit zu Zeit biß sie sich auch die Lippen blutig. Doch sie zitterte nicht und zeigte keine Furcht, wie eine erfahrene, mit dem Leid vertraute Frau. Nur unter ihren Augen hatten sich tiefe Schatten eingegraben.

Da er nicht transportiert werden konnte, würde der Verletzte im Haus bleiben müssen. Das war Emilia klar, und weil sie sich als Krankenschwester Daniels Vater unterstellt fühlte, fragte sie ihn, ob sie sich kurz entfernen dürfe, und lief dann wie von Gespenstern gejagt hinaus.

Sie rannte die Treppe hoch und wortlos an den Schwestern Veytia vorbei ins Bad, ohne die Tür hinter sich zu schließen. Vom Magen her stieg ihr eine bittere Flüssigkeit auf, die sie nicht mehr zurückhalten konnte. Sie übergab sich zwischen lautstarken Flüchen und kleinlauten Stoßgebeten einige lange Minuten, die ihrer Mutter wie eine Ewigkeit vorkamen.

Doktor Cuenca war ihr nach oben gefolgt. Heldengetue lag ihm nicht, doch an diesem Nachmittag hatte er wahrlich eine Schlacht gewonnen, was ihn zu ungewöhnlicher Redseligkeit und Fröhlichkeit animierte.

»Das Mädchen muß sich also übergeben?« fragte er lachend, als er in der Tür des Salons erschien.

Josefa Veytia antwortete mit einem Kopfnicken und zwei Tränen, die ihr wider Willen über die Wangen rannen. Doktor Cuenca gesellte sich zu ihnen und zündete sich zeremoniös eine lange Havannazigarre an.

»Häufiges Übergeben gehört dazu, wenn man Arzt werden will«, bemerkte er, »aber das Mädchen hat das Talent und die nötige Begeisterung. Wenn man ihr ordentlich zu essen gibt, ist sie bald wieder wohlauf.«

Dann bestellte er bei Josefa einen der Kräutertees, mit denen sie fast alles kurierte.

Diego Sauri nutzte die Gelegenheit, um sich einen Brandy zu genehmigen und auch seiner erschöpften Schwägerin einen anzubieten, die gerade aus dem Bad zurückkam, wo sie nachgesehen hatte, wie es mit Emilia stand.

»Sie will um jeden Preis Ärztin werden«, sagte Milagros, nach ihrem Glas greifend.

Auf die Vorwürfe und Fragen der überraschten Sauris hin beharrte Doktor Cuenca unbeirrt darauf, Emilia habe den Cellounterricht durch das Medizinstudium ersetzt. Sie hatten sich versprochen, es geheimzuhalten, um von jeder Kontrolle und Erwartung frei zu sein, und Emilia hatte sich als gute Schülerin erwiesen. Mit ihren Kenntnissen in Pharmazie und dem, was sie bei ihm gelernt hatte, beherrschte sie mindestens ein Drittel dessen, was man sie an der Medizinischen Hochschule lehren konnte.

»Ich fühle mich wie ein Hornochse«, beklagte sich Diego über die Geheimnistuerei. »Vielleicht erfüllt sich noch des Doktors Traum, eine Doktorin zur Tochter zu haben.«

»Wäre sie nur meine Tochter. Mein Blut war leider nicht dazu geschaffen, Töchter zu zeugen«, beendete Cuenca die Diskussion über Emilia, um die Unterhaltung auf das zu lenken, was ihm in letzter Zeit am meisten Sorge bereitete: das drohende Unheil eines Krieges und seine Pflicht als alter Mann, nach einem Leben in dem Jahrhundert der mexikanischen Geschichte, das am schlimmsten unter Kriegen gelitten hatte, auf Vernunft zu bestehen.

Trotz seines Pessimismus versuchte er, diejenigen zu mäßigen, die einen raschen Aufstand in Puebla forderten, der das ganze Land gefährden würde. Ach, er mißtraute allen, die mal eben Streiks anzetteln, Läden überfallen oder Kasernen erobern wollten. Für ihn war Politik selbstlos und erforderte Geduld und Vernunft statt Wut. Er teilte auch nicht die Meinung vieler, in Mexiko habe sich in den letzten dreißig Jahren unter Díaz rein gar nichts geändert. In seiner Jugend hatte man zwar an die Demokratie und den Fortschritt geglaubt und dann erleben müssen, wie die Reichen und Mächtigen die Republik allein zu ihrem Vorteil regierten, kaum anders als einst, als sein Großvater noch gekämpft hatte, um das Land vom spanischen Joch zu befreien. In dieser Hinsicht herrschte in Mexiko tatsächlich immer noch die katholische Kirche und die Vetternwirtschaft unter wenigen führenden Familien.

Dennoch waren die Verhältnisse für ihn nicht mehr ganz so wie vor dreißig Jahren. Neben Elend und Stagnation gab es auch Reichtum und Modernisierungen. Nur hielten eben die Alten starr an der Regierung eines Landes fest, das eigentlich längst den Jungen mit ihren Zukunftsvisionen gehörte.

In dieser Nacht sprachen sie noch lange von ihren Sorgen. Josefa hatte die Eingangstür dreifach verriegelt, denn falls einer ihrer Lieben in den kommenden Stunden vorhatte, die Welt zu verbessern, wollte sie sichergehen, daß es in ihrem Haus geschah und nur mit den friedlichen Waffen der Phantasie und der Worte.

Gegen elf Uhr abends wollte Doktor Cuenca heimgehen, doch da Señora Sauri sich weigerte, vor dem sicheren Licht des nächsten Morgens aufzuriegeln, hängte er seinen Hut wieder an den Haken und ließ sich einen ersten Brandy einschenken.

Warum sollte er allein mit seinem Kummer heimkehren. Die dort an der Welt litten, waren alles, was er hatte; außer seinen Söhnen. Daheim hatten sie die Freiheit und Politik ihrer Sehnsucht nicht gefunden. Deshalb waren sie fortgegangen.

14

Emilia Sauri nahm an der Beratung nicht teil. Sie war aus dem Bad gekommen und hatte, als sie den Salon durchquerte, einen Duft nach Blumen und Kräutertee hinterlassen.

»Ich muß schnell nach meinem Kranken sehen«, sagte sie und verschwand.

Ihr Kranker schlief. Sie fühlte ihm den Puls, maß ihm die Temperatur und zog sich einen Stuhl heran, um sich zu ihm zu setzen und Wache zu halten. Voller Mitgefühl beobachtete sie ihn eine Weile, bis sie einnickte.

Sie wußte nicht, wie lange sie geschlafen hatte, als sie vom Quietschen des behutsam zurückgeschobenen Riegels an der Eingangstür geweckt wurde. Es schauderte sie bei der Vorstellung, die Polizei, von deren Übergriffen sie tagtäglich hörte, könnte hereinstürmen, doch dann fiel ihr ein, daß sie den Kranken beschützen mußte, der ihr anvertraut war, und ging zur Tür. Sie sah, wie sie sich einen Spalt öffnete, sah, wie die Dunkelheit von der Straße das warme Licht der Lampe im Patio einhüllte, und wartete erhobenen Hauptes, daß ein Uniformierter eintrete mit wer weiß was für einem Horrorbefehl. Da öffnete sich die Tür noch weiter, und Daniels Gestalt, ganz unter der Tracht einer Bäuerin mit Umschlagtuch verborgen, in der sie ihn schon einmal gesehen hatte, ließ sie erzittern, was vor keinem Polizisten zu tun sie sich geschworen hatte.

Sie sprachen nicht miteinander, denn sie lebten mit dem Echo ihrer Stimmen, und sie nur zu hören stillte nicht die Ungeduld ihrer Liebe auf Abruf, die sie am Leben hielt. Da Emilia sich die ganze Zeit über ausgemalt hatte, wie sie ihn entkleiden würde, bewiesen ihre Finger nun im Dunkeln eine geübte Flinkheit, und sie spürte die nie erloschene Glut, die ihren Mund umfing.

In aller Frühe ging Doktor Cuenca zum Arbeitszimmer hinunter. Als er das noch dunkle Zimmer betreten wollte, dachte er zunächst, er sehe Gespenster, als er seinen Sohn Daniel entdeckte und seine Stimme hörte. Er fand sie beide in wohliger Erschöpfung und strahlend schön. Emilias Wangen glühten sichtlich, und Daniel raste unter dem noch halb offenen Hemd erkennbar das Herz.

»Sich auf dem Boden zu lieben kann der Gesundheit schaden«, warnte sie Cuenca mit einem Lächeln, wie er es in seinem kargen Leben nur selten jemandem geschenkt hatte.

Zwei Tage zuvor war Madero nach einer Rede festgenommen worden, die die Regierung als »versuchte Unruhestiftung und Beleidigung der Staatsgewalt« wertete. Man hielt ihn in San Luis Potosí gefangen, und es gab Befehle, in allen Teilen der von Unruhen erschütterten Republik jeden einzusperren, der einer seiner gefährlichen Freunde zu sein schien – vor allem die Alten, frühere Freunde von General Díaz aus dessen republikanischen Jugendjahren. Ihnen, die nichts mehr verstanden, weil sie die Jugend hinter sich hatten, weil sie als Verräter galten, würde es am schlimmsten ergehen, und das sehr bald. Dazu gehörte Doktor Cuenca, und keiner wußte das besser als seine Söhne. Sie hatten sich in San Antonio getroffen, als es ihnen noch nicht in den Sinn kam, daß man Madero verhaften könnte, und sie hatten sich geeinigt, ihren Vater in Sicherheit zu bringen, denn ihn der Gruppe zu überlassen, mit der er jeden Sonntag zusammenkam, war nicht die sicherste Vorkehrung. Daniel war nach Puebla gekommen, um ihn in die Vereinigten Staaten zu bringen. Als er einmal dort war, dachte er, am besten sollte er auch gleich Milagros Veytia und mit ihr die Sauris mitsamt Emilia mitnehmen.

Zu seinem Leidwesen waren ihnen seine Wünsche nicht Befehl, und er mußte erfahren, daß keiner seinen Vorschlag annehmen wollte, er also die gefährliche Reise umsonst gemacht hatte. Keiner außer Emilia, die in zwei Stunden ihre ärztliche Berufung vergessen hatte und bereit war, ihm zu folgen, wohin sein Wirrkopf ihn auch immer führen würde.

»Sobald es hell wird, reden wir«, versprach ihnen Cuenca, um sich endlich dem Hagel von Argumenten zu entziehen, mit dem sein Sohn ihn überschüttete, und der Reihe von Ungereimtheiten aus dem Mund seiner Schülerin.

Er ging zu dem verletzten Jungen und rief Emilia, damit sie ihm bei der Behandlung assistierte. Daniel knipste die elektrische Glühbirne an, die Diego in seinem Arbeitszimmer installiert hatte. Dann sah er, wie sein Vater und Emilia mit gleicher Leidenschaft an die Arbeit gingen. Wenn er sich zuvor während der gemeinsam verbrachten Nacht als Mittelpunkt in Emilias Leben gefühlt hatte, sah er sich jetzt nur noch als lästiger Zeuge in dieser Welt von Zeichen und Begriffen, die ihm nicht nur fremd waren, sondern auch zum erstenmal ein dumpfes, törichtes Gefühl bescherten: Rasende

Eifersucht überkam ihn, während sein Vater und Emilia ohne Rücksicht auf ihn ein vollkommenes Team bildeten. Sein Vater und seine Frau wußten Dinge, die ihm unbekannt waren, sie teilten eine Sprache, die ihn nicht einbezog. Und zu sehen, wie sie sich gemeinsam bewegten und etwas beherrschten, was ihm völlig fremd war, wühlte ihn dermaßen auf, daß er nicht mehr wußte, wen von beiden er mehr liebte oder wen er weniger verabscheute.

Emilia verstand die Wünsche dieses spröden Mannes, der sein Vater gewesen war, und sein Vater sprach mit ihr in einer Sanftheit, mit der er seine Söhne nie verwöhnt hatte. Beide waren ganz von der Sorge um das Leben des Fremden erfüllt und hegten ihn, wie sie es mit ihm wohl nie täten. Emilia liebte neben ihm noch einen anderen Cuenca, und sein Vater liebte Emilia mehr, als er ihn je geliebt zu haben schien.

Erst als sie mit der Arbeit fertig waren, wandte sie ihm ihr Gesicht zu, strahlend im Lichtstreif, der durchs Fenster einfiel. Sie trug das Haar lässig zu einem Zopf geflochten, aus dem sich einzelne gelöst hatten und nun wie eine leuchtende Aureole ihren Kopf umrahmten. Sie sah ihn an, wie man ins Leere starrt, dann schloß sie rasch die Augen zu einem Zwinkern, mit dem sie ihn um Verzeihung bat für die Stunde der Untreue, die sie in seinem Beisein begangen hatte.

Daniel verzieh ihr ebensorasch. Und er liebte sie wieder mit dem gleichen Verlangen, das ihm in der Brust pochte, wenn er den Schlüssel umdrehte, mit dem er das Schloß zu ihrem Haus öffnete.

Nach dem Frühstück willigte Doktor Cuenca ein, seinem Sohn ins Ausland zu folgen. Er war schon zu alt, um Risiken einzugehen, mit denen er nur andere in Gefahr brachte. Das sagte er in der Gewißheit, daß Milagros, Rivadeneira und die Sauris nicht nur in seinem Kreis verkehrten, sondern so mit seinem Namen verbunden waren, daß sie sich selbst gefährdeten, wenn sie sich um ihn bemühten.

Jetzt, wo sie wieder sein Haus überwachen ließen, würde es während der nächsten Monate oder womöglich Jahre nicht leicht sein, seine Söhne zu sehen, und da seine Arbeit mit Emilia inzwischen kein Geheimnis mehr war, brauchte er sich um ihren weiteren Werdegang nicht mehr so sehr zu sorgen. Emilia war soweit, sich selbst die noch fehlenden medizinischen Kenntnisse zu verschaffen; vielleicht würden die Sauris, wenn er voranging, ihrer Tochter bald erlauben, sich an einer nordamerikanischen Universität einzuschreiben, und wenn der Himmel es wollte und das verstockte Herz des Diktators erleuchtete, würde Madero sogar die Wahlen gewinnen, und er könnte heimkehren, um auf die Geburt eines Enkels mit den Augen seiner Schülerin Sauri zu warten.

Emilia kam es hart an, Abschied von ihrem Lehrmeister zu nehmen. Ihr reichte schon der häufige Abschied von Daniel, so häufig, daß sie, selbst wenn er bei ihr war, sich nicht den Frieden gönnte, seiner sicher zu sein. Wenn sie ihn kurz nach seiner Wiederkehr umarmte, spürte sie, daß sie es gleichzeitig tat, weil er schon wieder fortging. Deshalb, weil sie ihn in allem suchte, war sie auf das gestoßen, was ihm am nächsten war: auf seinen Vater. Jetzt auch noch diesen Trost zu verlieren schien ihr doppelt hart. Vor ihrem Lehrer wollte sie jedoch weder jammern noch Tränen vergießen. Ihm verdankte sie so viel, durch seine Worte und sein

Schweigen hatte sie genau gelernt, daß ein guter Arzt sich nicht vom Leid überwältigen lassen darf, daß sie erst, als sie ihn in die Arme schloß, die letzte kindliche Träne ihres Lebens weinte.

Ihr größtes Geheimnis hatte sie nun offenbart, doch in den zwei Jahren, in denen er die Medizin als eine der beiden großen Leidenschaften dieses Mädchens erkannt hatte, das halb seine Tochter war, halb die Vertraute seines sonst so spröden Alters, hatten sie und er sich noch in anderer Hinsicht verschworen.

Er hatte sie gelehrt, auf die Atmung der Kranken zu horchen, die unterschiedlichen Geräusche der Blutzirkulation unter der Haut wahrzunehmen, ihnen die Ursache ihres Leidens aus den Augen abzulesen, sie unter und auf der Zunge zu untersuchen und darauf zu achten, was ihre Zunge sagte oder totschwieg. Er hatte sie gelehrt, daß niemand heilt, der nicht den festen Wunsch und Willen dazu hat, und daß kein Arzt sich ein Leben fern von diesem Wunsch leisten kann. Er hatte sie gelehrt, daß das Leben der anderen jeden Atemzug, jeden neuen Tag, den ganzen Mut und den Frieden eines jeden Arztes zu bestimmen hat. Er hatte ihr gesagt, daß die Eingeweide der Menschen mehr von ihnen wissen als ihr Herz und daß ihr Kopf die Luft atmet, die das Herz ihnen befiehlt. Er hatte sie überzeugt, daß niemand seinen Wunsch zu sterben überlebt und es so gut wie keiner Krankheit gelingt, den umzubringen, der leben will.

Außerdem hatte er ihr den einzigen Besitz vermacht, den sein selbstloser Beruf ihm eintrug: die hunderterlei Erkenntnisse, die er in seiner langjährigen Hingabe an die Medizin und ihre Geheimnisse gewonnen hatte. Emilia wußte, wo sich jede der Schrauben und Schräubchen befand, die den menschlichen Körper zusammenhalten. Sie kannte die Farben seiner inneren Organe, wußte, wie das Blut zirkuliert und durch welche Arterien, welche inneren Geräusche welches Leiden anzeigen. Sie konnte die Babys aus den blauen Höhlen holen, in denen ihre Mütter sie neun Monate lang hüten, konnte Wunden zunähen, Beulen abschwellen lassen, Durchfälle stoppen. Sie wußte auch bereits, daß die Schmerzen beim Menschen seltsame Wege nehmen und manchmal kein Ziel haben. Aber sie wußte ebensogut, daß man sie aufhalten konnte, daß die Menschheit seit jeher Mittel gefunden hatte, um sie zu lindern, daß es schließlich nie nur eine medizinische Wahrheit gab und man immer etwas Neues aus der Suche der anderen lernen konnte.

»Wir Ärzte wissen gar nichts, nur das, was wir ständig neu lernen«, sagte er ihr bei der Trennung ohne ein Wort des Abschieds.

Daniel nahm seinen Vater beim Arm und schenkte Emilia einen letzten, verlorenen Blick.

»Du weißt es ja«, sagte er.

»Ziehst du in den Krieg?«

»Es wird keinen Krieg geben«, erwiderte Daniel. Emilia wollte ihm jedes Wort glauben.

Die folgenden Wochen wurden für alle schwierig. Nach den Wahlen war Milagros Veytia so erschöpft und entmutigt, daß sie tagelang nicht einmal zum Kämmen kam. Sie zog ganz zu ihrer Schwester ins Haus, da die Einsamkeit, die sie so geliebt hatte, nun auf sie herabfiel wie eine eiserne Pfanne. In den Tagen zuvor hatte ihre Absage, mit ihm auf Reisen zu gehen, Rivadeneira so gekränkt, daß er es für besser hielt, trotzdem abzureisen, ein weiterer Versuch neben den tagtäglichen, ohne sie zu leben.

Schon vor den Wahlen stand fest, daß sie ein Betrug sein würden. Weder Diego noch Josefa oder Milagros erschienen auf den Listen, die acht Tage vor den ersten Wahlen per Gesetz in der Presse publik gemacht wurden. Wie sie erhielten auch viele andere niemals die Wahlberechtigungskarten.

Die »befreundeten« Aufseher waren aus den Gefängnissen verschwunden. Seit ihrer Verhaftung konnte Milagros nicht mehr ohne die Gefahr einer weiteren Festnahme alleine ausgehen. Die drei Sauris vertraten sie in ihrer Aufgabe, Freilassungen für Maderoanhänger zu erkaufen. Doch nicht einmal Emilia erreichte auf dem direkten Weg, auf dem sie Daniel gerettet hatte, mehr als eine Befreiung.

Eines Tages schleppten sie den einzigen Sohn der Frau fort, die jede Woche Diegos Hemden im Haus abholte und sie in der nächsten Woche gebügelt und gestärkt wie Zuckerwerk zurückbrachte. Es war, als hätte der Himmel ihr an diesem Abend all sein Wasser geliehen, als sie in Tränen aufgelöst ankam, weil ihr Sohn schon zum Bahnhof verschleppt war, was nur bedeuten konnte, daß sie ihn zum Sterben schickten.

Da ihre Eltern damit beschäftigt waren, einem der Vorträge von Milagros zu lauschen, nahm Emilia die Frau beim Arm und ging mit ihr zum Bahnhof, um wen auch immer zu suchen. Als sie den Bahnsteig betraten, dämmerte es bereits. Eine prächtige Lok begann zu fauchen und dicke Dampfwolken in die Luft zu speien. Emilia sog diese Luft ein, ließ sie ihre Lungen füllen und spürte das Echo einer in ihrem Inneren wie ein Schatz gehüteten Reise. Weder die Füße noch die Zunge oder die Kehle waren ihr schwer, als sie auf den Mann zueilte, dem der Waggon voller Gefangener unterstellt war. Sie erklomm das Trittbrett und klopfte an die Tür, mit dem durchdringenden Geschrei einer zornigen Herrin. Sie gab sich den klingenden Namen, mit dem Sol sich neuerdings schmückte, und berief sich ohne Zögern auf die einflußreiche Familie, die den halben Staat besaß. Sie behauptete, der Junge von Doña Silvina, der Wäscherin, sei Tagelöhner in ihrem Haus und sie sehe keinen Grund für seine Festnahme. Als man ihr antwortete, immerhin habe er sich daran beteiligt, einen Streik anzuzetteln, blickte sie baß erstaunt. Sie sah den Verantwortlichen mit der Herablassung an, die sie bei Sols neuer Verwandtschaft so verabscheute, und behauptete, das sei unmöglich: der Gefangene habe während der letzten fünf Monate Tag und Nacht unter ihrer Aufsicht gestanden. Mit Hilfe eines Beamten, der bestätigte, daß sie sich vor dem obersten Militärkommandanten am Bahnhof als Adlige ausgewiesen hatte, nahm sie den Jungen schließlich mit, nachdem sie einige Papiere mit ihrem geborgten Namen unterzeichnet hatte, in denen sie für sein Leben und seine Treue gegenüber dem Vaterland einstand.

Doña Silvina war so dankbar, daß sie am nächsten Tag mit einer ihrer neun Töchter bei Emilia erschien. Als Gegenleistung für die Rückkehr ihres einzigen Sohnes hielt sie es für angebracht, der Retterin eine ihrer neun Töchter zu überlassen. Es war ein Mädchen von dreizehn Jahren, unterernährt und blaß, das die Erklärungen zu diesem Geschenk mit einem halb schüchternen, halb gefälligen Lächeln begleitete. Emilia wußte nicht, was sie sagen sollte. Sie hatte gelernt, daß es eine schwere Kränkung war, das Geschenk eines Armen nicht anzunehmen. Doch zwischen einem Geschenk und dem Angebot dieser Frau, ihr die Tochter zu überlassen wie ein Suppenhuhn, klaffte denn doch ein abgrundtiefer Unterschied.

Für einen Moment kam Emilia die Wortgewandtheit, die ihr am Tag zuvor so hilfreich gewesen war, abhanden. Sie musterte Doña Silvina, wie um herauszufinden, woraus sie gemacht sei, dann blickte sie zur Tochter, um Töne und eine mögliche Antwort ringend, während sie sich die Fingernägel ihrer geballten Faust ins Fleisch grub. Die heiser geäußerte Frage des Kindes setzten ihrer vergeblichen Suche nach der weniger grausamen Lösung ein Ende.

»Wollen Sie mich nicht?«

Nachdem Emilia erklärt hatte, darum gehe es nicht, sah sie, wie das bange Lächeln der Kleinen sich wieder zur Gefälligkeit entspannte, während sie ihre Mutter bat, doch endlich zu gehen. Die Frau bedankte sich erneut und machte schon Anstalten, sich zu entfernen, als Emilia sie am Kittel zurückhielt und ihr erklärte, das könne sie ihr doch nicht zumuten. Sie zog alle Register, um ihr klarzumachen, warum sie ihre Tochter nicht behalten konnte. Die Frau verstand ihre Gründe zwar nicht, gab jedoch, mehr beeindruckt von Emilias feuchten Augen als von ihrem einschmeichelnden Wortschwall, am Ende nach.

Als sie endlich gingen, lief Emilia los, um Milagros zu suchen, die gerade einen Aufruf zur Protestkundgebung gegen die Wahlmanipulationen verfaßte. Schreiben war inzwischen ihr einziger Trost, weshalb sie jeden Tag und zu jeder Zeit Manifeste schrieb, ob sie nun veröffentlicht wurden oder nicht oder gar nicht erst ihren chaotischen Schreibtisch verließen.

»Du hättest etwas für sie getan, wenn du sie behalten hättest«, erklärte Milagros. »Sie ist sicherlich schon fast verhungert.«

Emilia rief sich das Mädchen ins Gedächtnis, den halb flehenden, halb koketten Blick, und dachte, Milagros könnte recht haben. Doch sie blieb dabei, daß sie mit der Absage wenigstens ihren Frieden hatte.

»Gerade Frieden findest du nirgendwo«, widersprach Milagros, während sie sich von der Bürste streicheln ließ, mit der Emilia vorhatte, sie zu frisieren.

Als erstes flocht sie ihr das volle Haar, das zunehmend ergraute, zum Zopf und steckte es dann in einem fast perfekten Kranz hoch. Die Zeit mit ihren Verwüstungen hatte Spuren auch bei Milagros hinterlassen, doch immer noch waren ihre Gesichtszüge von außergewöhnlicher Schönheit, stolz und hochgemut wie in ihrer ungestümen Jugend.

Josefa behauptete, bei ihrer Schwester sei die Intelligenz die Leinwand, auf die das Leben ihre Gesichtszüge gezeichnet habe. Als Emilia sich an diesem Morgen Milagros' Augen betrachtete, konnte sie diese Behauptung mehr als jede andere Aussage über ihre Tante bestätigen.

Entmutigte Intelligenz ist jedoch gefährlich, und es tat einem in der Seele weh zu hören, wie Milagros Katastrophen vorhersagte. In ihrer Stimme schwang etwas von Weltuntergang und einer abgrundtiefen Mutlosigkeit mit, die Emilia nicht bereit war als ihre einzige Zukunftsaussicht hinzunehmen. Deshalb setzte sie ihren ganzen Eifer darein, die Prophezeiungen, die Milagros zwingend aus ihrer ureigenen Glaskugel las, zu entkräften.

Den restlichen Vormittag über diskutierte Emilia eingehend mit ihr. Sie verwettete sogar die sechsundfünfzig Zentimeter ihrer dunklen, unbändigen Haarpracht, daß Madero Mexikos Präsident würde, obwohl weder sie noch ihr Vater noch, wie es schien, Gottvater es für möglich hielten.

»Ich verwette mein linkes Augenlicht dafür, daß es nicht dazu kommt«, widersprach Milagros, belustigt über dieses Angebot. Dann ging sie zu ihrem Schreibtisch, der ihrem Vater gehört hatte, um in einem Schubfach zu stöbern.

»Hier«, sagte sie und reichte ihr einen ungeöffneten an Emilia adressierten Umschlag mit Daniels Schriftzügen. »Wer kann dich noch vor dem Leben bewahren!«

In der Diskussion am Abend zuvor, als Emilia ihre Eltern mit Milagros allein gelassen hatte, war es um diesen Umschlag gegangen. Alle drei wußten, was in dem Brief stand, denn gleichzeitig hatten sie einen von Doktor Cuenca mit einer Stellungnahme dazu erhalten. Sobald sie den Inhalt ahnten, hatten die Sauris beschlossen, ihn so lange wie möglich vor Emilia geheimzuhalten. Im Gespräch am Vorabend hatte Milagros versucht, sie zu überzeugen, daß man die Sonne nicht mit einem Finger abschirmen konnte, noch dazu mit einem, der zitterte. Josefa hatte sie am Ende jedoch überredet, noch abzuwarten.

Das einzige Zugeständnis, das Milagros ihrer Schwester abringen konnte, war, daß sie allein den Brief aufbewahren durfte, womit man ihr das Recht erteilte, den Tag zu bestimmen, an dem man nicht mehr länger warten konnte.

In dem Brief erklärte Daniel Emilia mit der gleichen Selbstverständlichkeit, mit der er ihr in den letzten Monaten vom Wetter in Chicago, vom jüngsten Chaplin-

Film oder vom Inhalt der Romane, die er gerade las, erzählt hatte, in der gleichen ironischen Knappheit, in der er ihr einmal die Geschichte von der Gründung der Pfadfinderbewegung geschildert oder die Größe der Manhattan Bridge beschrieben hatte, die noch vor Jahresende fertig werden sollte, in seiner lustigen Chaotenschrift, daß sie eine Weile keine Nachricht mehr von ihm erhalten würde. Madero hatte seinen Zwangsaufenthalt in San Luis Potosí beendet und war nach Texas gelangt. Von dort aus hatten er und alle, die gegen die Wiederwahl von Díaz waren, ein Schriftstück in Umlauf gebracht, das die Wahlen für nichtig erklärte und zur Erhebung am zwanzigsten November um sechs Uhr abends aufrief. Daniel würde die Grenze überqueren, um sich in Chihuahua einer Gruppe von Fuhrleuten und Minenarbeitern anzuschließen, die am Aufstand teilnahmen, und das Land aus seiner Lethargie wachzurütteln.

Im Anschluß an seine Mitteilung nutzte er noch die Gelegenheit und empfahl ihr, die Partitur zur dritten Sinfonie eines österreichischen Juden zu lesen, der fähig sei, eine gewaltige Orchesterformation mit zwanzig Hörnern und siebzehn Posaunen zu instrumentieren. »Wäre er kein Wiener, käme er aus Guamúchil.« Er verabschiedete sich mit einem Kuß auf den Mund oben und auf das Lächeln unten.

Emilia beendete ihre eingehende Lektüre, faltete den Brief mit einer Ruhe zusammen, die ihre Tante erstaunte. Und dann wartete sie mit einer weiteren Überraschung auf:

»Rivadeneira kommt um drei Uhr zum Essen«, verriet sie mit einem eifrigen Jungmädchenlächeln. Dann suchte sie in ihrem Zimmer das Cello, das sie vergessen hatte, und streichelte es mit dem Bogen, bis sie ihm einen wunderschönen Klagelaut entlockte, um ihren Kummer zu ersticken, von dem sie sich geschworen hatte, daß sie ihn nie in Worte fassen wollte.

Es war schon Ende Oktober, und Sol war immer noch nicht von ihrer Hochzeitsreise heimgekehrt. Rivadeneira hatte sie in New York getroffen, freundlich, langweilig und sehr hübsch. Was er nicht verraten wollte, war, daß es der Anblick dieses Paares gewesen war, was ihn Hals über Kopf heimeilen ließ, um die launische Milagros Veytia für sich zu gewinnen. Er wollte gemeinsam mit ihr alt werden und machte ihr in aller Form mit einem Trinkspruch und einer Rede nach dem Essen einen förmlichen Antrag.

»Liebster Rivadeneira, es tut mir leid, dir sagen zu müssen, daß wir bereits alt geworden sind«, erwiderte Milagros.

Eine Woche später zog sie zu ihm in das große Haus an der Avenida Reforma, mit dem Geruch nach Papierstapeln und Junggeselle.

15

Die Revolution brach nicht am zwanzigsten November um sechs Uhr abends aus, aber sie brach aus, und zwar in Puebla. Am frühen Morgen des achtzehnten November befahl die Regierung, die Häuser einiger seit jeher unter Verdacht stehender Oppositioneller dem Erdboden gleichzumachen. Aquiles, Máximo und Carmen Serdán, als die radikalsten Anführer der Rebellen in Puebla bekannt, waren informiert worden und erwarteten die Ankunft der Polizei, fest entschlossen, den Aufstand zwei Tage früher als geplant zu beginnen.

Es war acht Uhr morgens, als es an die Tür pochte. Ohne zu zögern, öffneten die Serdáns, als freuten sie sich über den Besuch. Ein Mann mit den Augen eines Raben, den alle als den Polizeichef kannten, betrat den Patio des Hauses in der Calle Santa Clara mit einer Pistole in der Hand. Als er auf Aquiles stieß, der einen Karabiner auf ihn richtete, blieb er stehen und schoß ohne Warnung. Die Kugel traf niemanden, woraufhin Serdán keine Sekunde zauderte. Er drückte den Abzug und tötete den Polizisten. Einige Untergebene kamen herbeigelaufen, andere ergriffen die Flucht. Einer derer, die ins Haus eingedrungen waren, versuchte, Aquiles die Treppe hinauf zu folgen. Da versperrte seine Schwester, ganz in Weiß gekleidet, das Haar im Nacken aufgesteckt, ihm den Weg und zielte auf seine Brust. Der Mann bat sie, nicht zu schießen.

»Dann geben Sie mir Ihre Pistole.« Carmen zielte unverwandt auf ihn.

Gehorsam stieg der Soldat die wenigen Stufen, die er genommen hatte, wieder hinab und ließ die Waffe fallen. Sein Chef lag immer noch wie ein Gespenst mitten im Patio, mit ausgebreiteten Armen und hervorquellenden Augen.

Denen, die sich im Haus aufhielten, war klar, was sie zu erwarten hatten. Sechzehn Freunde der Serdáns verschanzten sich oben auf den Dächern hinter Wassertanks und Zinnen. Bald eröffnete eine beängstigende Schar von Polizisten das Feuer auf das Haus.

Milagros Veytia saß gerade bei ihrer Schwester in der Küche und trank Kaffee, als der ferne Schußwechsel in das bange Schweigen hereinbrach. Die Schüsse stammten eindeutig von der Kirche Santa Clara, gegenüber vom Haus der Serdáns. Milagros wollte sofort auf die Straße laufen und versuchen, zu den Freunden vorzudringen. Die Polizei hatte freilich die Umgebung abgeriegelt und sich auf den Kirchendächern postiert, um zu verhindern, daß jemand zu Hilfe kam. Als der Lärm des unablässig prasselnden, ungleichen Gefechts die Luft durchschnitt, verfluchte Milagros Rivadeneira, der sich am Vorabend geweigert hatte, die Serdáns zu besuchen, und war zutiefst deprimiert.

Diego Sauri schloß die Apotheke und ging nach oben, um sich seinem Kummer im Kreis der Familie hinzugeben. Es gab nichts zu sagen, was nicht schon gesagt worden wäre, und für das, was man zu erwarten hatte, sah man schwarz. Die Serdáns und alle, die sich bei ihnen im Haus aufhielten, waren nicht gerüstet, um sich lange zu verteidigen.

Ein paar Landespolizisten bezogen auf dem Dach der Kirche San Cristobal gegenüber des wütende Funken sprühenden Gebäudes Stellung. Nach halbstündigem Beschuß gelangen ihnen einige ernste Treffer. Fast gleichzeitig griff ein Armeebataillon von einem Hoteldach auf der anderen Seite des Hauses an, und ein weiteres hatte die Mauern des Waisenhauses erklommen, das hinter den Flachdächern lag, von denen aus die Rebellen feuerten.

Gebannt lauschte Milagros dem Schußwechsel, während sie Fingernägel kauend am Boden hockte und der Welt grollte. Neben ihr Emilia, die ihr in der sinnlosen Absicht, sie zu trösten, über den Kopf strich.

»Wir sollten dort sein, mit ihnen sterben«, klagte Milagros, an eine abgebrochene Unterhaltung mit ihrem Schwager anknüpfend.

Der Apotheker Sauri war nicht bereit, sich schuldig zu fühlen, weil er keine Waffe hatte und auch keine haben wollte.

»Das strikte Verbot, einen Menschen zu töten, sollte der Ansatz jeder schlüssigen Ethik sein. Niemand hat das Recht, irgend jemanden zu töten«, sagte er, wie er es immer getan hatte, wenn er ein Argument gegen den Krieg suchte.

»Du redest, als hätte man die Wahl«, warf Milagros ihm vor.

»Es muß sie geben. Ich will kein Held sein. Das Heldentum glorifiziert nur das Töten.«

Zwei quälende Stunden lang dauerte der Lärm des erbitterten Gefechts, bis die Schüsse allmählich verstummten und sich die Stille wie ein Fluch über die Stadt legte.

Máximo Serdán und nahezu alle Verteidiger der Dächer waren tot. Als Carmen ihren Bruder Aquiles davon in Kenntnis setzte, zog er eine Grimasse, die seiner Schwester den Rest ihres Lebens auf dem Gewissen lasten sollte, und stellte die Schießerei ein. Eine Gruppe von Landespolizisten stürmte auf den Eingang zu. Völlig verstört wegen des Todes ihres Bruders Máximo, forderte Carmen ihren Bruder auf:

»Los, wir legen sie alle um.«

Aquiles sah sie traurig an:

»Keiner der Verantwortlichen ist unter ihnen. Wenn ich wüßte, daß wir uns mit ihrem Tod den Sieg erkaufen könnten, würde ich sie alle töten, aber wir sind so oder so verloren. Ich werde mich lieber verstecken«, entschied er, den Mantel abstreifend.

Während Aquiles einen Schlupfwinkel suchte, schoß Carmen weiter aus dem Fenster, bis Filomena, Aquiles' Frau, sie am Rock zupfte und sie zwang, das Feuer einzustellen. Sanft auf sie einredend, ging sie mit ihr in das Zimmer, in das sie, die schwanger war, und die Mutter der Serdáns sich während des Gefechts zurückgezogen hatten.

Die Soldaten zerschossen die Eingangstür und stürmten ins Haus. Die Frauen wurden sogleich festgenommen.

Im kalten Keller, wo er sich nach dem Gefecht schweißgebadet versteckt hielt, zog Aquiles sich eine Erkältung zu, die sich nach wenigen Stunden zu einer Lungenentzündung auswuchs. Nach Mitternacht konnte er den Husten nicht mehr unterdrücken. Die Männer, die im Eßzimmer Wache hielten, hörten ihn aus dem darunterliegenden, nur durch einen Teppich abgedeckten Keller. Ein Polizeioffizier kam herbei, öffnete die Falltür und schoß aus nächster Nähe, als er ihn entdeckte. Die Bilanz der Revolte: zwanzig Tote, vier Verletzte, sieben Gefangene und eine Niederlage.

Zweihundert Soldaten rückten in den nächsten Tagen

aus der Hauptstadt an. Mehr als dreihundert Milizionäre wurden aus einzelnen Dörfern in den Bergen in die Stadt abkommandiert, und der Befehlshaber dieses Heeresabschnitts kaufte alle Waffenbestände auf, um zu verhindern, daß sie dem Feind in die Hände fielen. Der Sold für die einfachen Soldaten wurde beim Bataillon Zaragoza auf 37 Centavos pro Tag erhöht. Die Regierung ordnete an, die Polizeichefs hätten zweimal täglich einen ausführlichen Bericht über jede verdächtige Aktion in ihrem Distrikt abzuliefern.

Als wäre weitere Abschreckung noch nötig, stellten die Ordnungshüter den Kadaver von Aquiles Serdán öffentlich zur Schau. Milagros bestand darauf, ihn zu sehen. Rivadeneira folgte ihr wie ein Schatten. Auf dem Heimweg hielten sie, einander stützend, den Blick auf das Pflaster des Bürgersteigs gesenkt.

»Er hat die bessere Wahl getroffen«, sagte Milagros, als sie über die Schwelle in die Welt traten, die ihnen Halt gab.

Die Revolte in Puebla war gescheitert, aber die Kunde davon breitete sich wie ein Lauffeuer im Land aus. Bis zu Emilias 17. Geburtstag im Februar 1911 war es den Rebellen gelungen, die Armee der Federales aus ihrem Territorium zu vertreiben, und ihre Bewegung griff auf das Bergbaugebiet im Osten von Sonora über. Überall kam es zu Erhebungen. Viele scheiterten, dafür griffen andere die Sache auf, während viele Menschen insgeheim den Erfolg ihrer Siege feierten.

Daniels erster Brief seit Kriegsbeginn traf nach langer Reise gegen Ende April ganz verschmutzt mit der normalen Post ein. Er hatte ihn im Postamt eines kleinen Örtchens im Norden von Zacatecas aufgegeben. Er war in großen Schriftzügen mit *Ich* unterzeichnet und enthielt nur eine Reihe von Zeilen mit *Ich liebe Dich* und *Ich vermisse Dich*, ohne weiteren Zusatz, gerichtet an »das Herz der Frau Doktor Sauri«.

»Ich und Doktorin! Diese Lüge fehlte mir gerade noch auf seiner Liste«, protestierte Emilia. Seit Monaten schimpfte sie schon, daß die unsichere Lage sie hindere, das Studium an der Universität aufzunehmen, um wirklich Doktorin zu werden. Ihr Vater wurde nicht müde, ihr zu versichern, Arzt werde man nicht durch ein Diplom, und wenn sie Kranke zu heilen verstünde, würde sie auch Ärztin werden, ob sie nun von der Universität befugt sei oder nicht. Dafür könne er glaubhaft bezeugen, daß einige Inhaber des offiziellen Titels nicht in der Lage seien, auch nur einen Kratzer zu heilen.

Um sich weder mit ihrem Vater zu streiten noch über die Beschränkungen des Lebens in ihrem Land zu klagen, hatte Emilia wieder mit der allmorgendlichen Arbeit in der Apotheke begonnen. Nachmittags zog es sie magnetisch zu ihrem neuen Lehrer. Der kürzlich eingetroffene Doktor Zavalza legte ihr seine Person und sein Wissen zu Füßen und forderte sie auf, ihn bei seinen Sprechstunden zu begleiten.

Sie hätte keinen besseren Lehrer finden können. Zavalza wußte eine Menge Dinge und gab sie ganz ohne Eitelkeit preis. Ihm gefiel, was Emilia von Doktor Cuenca gelernt hatte, und er hörte gerne zu, wenn sie getreulich die ethischen Grundsätze ihres Meisters wiedergab. In den Pausen zwischen Patient und Patient versprühte sie dessen Maximen und Reflexionen, während Zavalza ihr zuhörte wie einer Bachsonate. Ihre Stimme hatte ihn von Anfang an entzückt, so sehr, daß er in den

Nächten, wenn die Stille seiner Junggesellenkammer ihm den Schlaf raubte, die Augen schloß, um ihr zu lauschen wie dem Echo einer Sehnsucht. Sie hatte eine perlende, melancholische Stimme, und ihre Worte verhallten in einer Art Singsang, wie es nur Menschen eigen ist, die ihr Leben unter lauter Glockengeläut verbracht haben. Noch dazu lebte sie im Bann des gleichen Wissensdrangs, der Zavalza dazu gebracht hatte, das Geld und das Geschäft, die Reisen und die Ländereien, die Macht und das ihm bestimmte Erbe zu vergessen. Sein Vater hatte seinem hartnäckigen Wunsch, Arzt zu werden, schließlich nachgegeben, in der Überzeugung, daß sein Sohn nach Beendigung des Studiums die bequeme Verwaltung eines Erbes der Hölle vorziehen würde, die das Arztleben voller Kummer und Elend bedeuten konnte. Für den Vater war es wahrhaftig ein Glück, daß er starb, bevor eine Auseinandersetzung mit seinem in beruflichen Dingen fest entschlossenen Sohn unvermeidlich gewesen wäre. Er überließ alles seinem Bruder, dem Bischof von Puebla, den Zavalza nicht nur kaum respektierte, auf den er vor allem nie gehört hätte. Er nutzte sein Talent und seine Zeit lieber, indem er sich ihm widersetzte und all das lernte, was er von seiner Passion, der Medizin, noch nicht wußte. Hinzu kam, daß er in den letzten Monaten an der Art Vergnügen fand, wie Emilia ihm altbekannte Dinge mit einer Begeisterung erzählte, als hätte sie eine unschätzbare Entdeckung gemacht.

Zavalza zuzusehen bestärkte Emilia in den Überzeugungen, die sie bei Cuenca gewonnen hatte. Jeden Nachmittag entdeckte sie von neuem, daß kein menschliches Wesen dem anderen gleicht, und sie überraschte ihren Freund, indem sie Heilmittel vorschlug, um zu behandeln, was sich seiner Kunst entzog. Sie war gleichermaßen einfühlsam und bestimmt, unaufdringlich und aufmerksam. Sie sprach über Maimonides, den mittelalterlichen Arzt und Verfasser der Bücher, die ihr Vater so verehrte, wie von einem alten Bekannten; sie erzählte ebenso enthusiastisch von den Heilkräutern, die Doña Natasia am Boden ausgebreitet auf dem Markt feilbot, wie sie Zavalza zuhörte, wenn er von den neuesten medizinischen Erkenntnissen österreichischer und nordamerikanischer Ärzte berichtete.

Sie pflichtete Zavalza bei, daß die Medizin immer, selbst wenn sie sich auf abstrakte Grundsätze und schlüssige Argumente berief, etwas Konkretes lehrte. Jeder Weg, von der Metaphysik bis zur einfachen Beobachtung, schien ihnen brauchbar. Emilia lernte, nichts geringzuschätzen. Am wenigsten die Sprache der Fakten, die jeden Fall zu etwas Einmaligem macht, auch wenn sie sich auf allgemeingültige Erkenntnisse beruft. Um zu heilen, so glaubte sie, war alles nützlich, von den Händen des Arztes auf dem Kopf des Kranken über die Tolú-Pastillen bis zu Kartoffelkompressen gegen Migräne. Alles, vom intensiven Gespräch bis zur Opiumkapsel. Alles, von Wasser und Seife bis zur Weinsteinsäure. Alles, vom Pulver der Eibischwurzel bis hin zu den Erkenntnissen von Doktor Liceaga, einem Freund, mit dem Zavalza in wöchentlichem Briefaustausch stand, egal ob von der Hauptstadt oder Saint-Nazaire aus, wohin er gereist war, um sich über alles zu informieren, was man von der Übertragung der Tollwut wußte. Vom Venusnabelkraut, auf das Doña Casilda schwor, die indianische Wehfrau, die außer Flüchen kein Wort Spanisch sprach, bis zur Osterblume als unverzichtbarem Blutdruckmittel der

Homöopathen. Vom *xtabentún*, das Diego Sauri sich von seinen Heimatinseln schicken ließ, als ihn einmal ein Kunde mit Nierensteinen um Rat fragte, bis hin zu minimal dosiertem Arsen oder chinesischer Fußmassage.

Anfang Mai 1911 erhielt Diego Sauri einen Brief von Doktor Cuenca, bei dessen Lektüre sich die Wände seiner Apotheke mit allen bunten Porzellantiegeln um ihn herum zu drehen begannen. In seiner schnörkeligen und zittrigen Schrift teilte Cuenca ihm mit, er fürchte, Daniel sei in Gefangenschaft geraten oder tot. Diego lief los, um es Josefa zu erzählen, und kam mit ihr überein, Emilia kein Wort davon zu sagen. Sie verbrachten mehrere schlaflose Nächte, bis Milagros und Rivadeneira von einer umständlichen Reise aus San Antonio in Kalifornien zurückkehrten mit Cuencas Entschuldigung im Gepäck, daß er falschen Alarm geschlagen habe. Daniel war wohlauf, und die Rebellen eroberten eine Stadt nach der anderen.

In dieser Nacht schliefen sie neun Stunden in einem durch, doch Diego wachte völlig erschöpft auf, als hätte er am Angriff auf Ciudad Juárez teilgenommen; denn die Eroberung dieser Stadt, von der Milagros erzählt hatte, war ihm nicht aus dem Sinn gegangen und hatte so viel Blut durch seine Träume fließen lassen, wie es unweigerlich und unaufhaltsam im Land fließen würde.

»Mord ist Mord, auch wenn man sich nur verteidigt«, flüsterte er Josefa am nächsten Morgen ins Ohr. »Das Ungeheuer liebt die Tarnung.«

Josefa drehte sich um und küßte ihn behutsam auf die schweißnasse Stirn und die ausgetrockneten Lippen. Auch sie entsetzte der Krieg, mit dem all ihre Träume

von Demokratie zerstoben wie die Federn eines aufge-
platzten Kissens.

Als Milagros und Rivadeneira von San Antonio
heimkehrten, hatten sie ihr während der November-
repressalien verlorenes Gleichgewicht wiedererlangt.
Tagsüber waren sie mit der Redaktion einer Unter-
grundzeitung beschäftigt. Josefa ahnte, daß sie auch als
Unterhändler zwischen den revolutionären Gruppie-
rungen und den besonders Mutigen tätig waren, die
ihnen Waffen und Reittiere verkauften.

Es gab Gerüchte über Aufstände in mehreren Textil-
fabriken und Streiks in Baumwollmühlen, über Haciendas und Ortschaften, wo es zu blutigen Auseinandersetzungen mit Toten gekommen war. Emiliano Zapata,
der Anführer der Aufständischen in Morelos, fand in
Puebla begeisterte Anhänger, die in Trupps von jeweils
mehreren hundert Mann um die Kontrolle der Dörfer
und der Eisenbahnlinie zwischen beiden Ozeanen
kämpften. Tag für Tag versuchte die Regierung, die Unruhen herunterzuspielen, mit der Erklärung, es handele
sich nicht um Aufständische, sondern um gemeine
Räuber und Mörder.

Die Kirche stellte sich voll hinter die Regierung, und
es gab keine Kanzel, von der die Revolte nicht verurteilt wurde. Zavalza und sein Onkel, der Erzbischof,
hatten eine Auseinandersetzung, was die Sauris feierten, indem sie den Doktor zum Essen einluden.
Um vier Uhr morgens leerten sie das letzte Glas Portwein, während Diego wieder seine pazifistischen Reden hielt, Josefa ein maderistisches Volkslied summte
und Emilia selbstvergessen und glücklich mit Zavalza
tanzte.

Eines Nachmittags platzte Milagros mit einer Neuigkeit herein, die ihr auf der Zunge brannte. Porfirio Díaz war von der Regierung zurückgetreten. Sie wurde nicht müde, es ständig zu wiederholen, als müsse sie sich noch selbst davon überzeugen.

Am folgenden Tag bestieg der alte Diktator in Veracruz ein Schiff nach Europa.

»Sie haben einen Tiger losgelassen«, lautete seine offizielle Stellungnahme, bevor er sich auf das Schiff begab, das ihn ins Exil bringen sollte.

Es fehlte nur noch, daß ich seiner Meinung bin, dachte Diego bei sich, während er hinten in seinem Laden mit Fläschchen und Pipetten hantierte.

Einige Wochen später fand Emilia ihren Vater bei der Frühstückslektüre mehr in seine Zeitungen vertieft als sonst. Es sollte zum Waffenstillstand kommen. Die Revolution hätte damit gesiegt, und man würde Friedensverträge unterzeichnen, in denen die provisorische Bildung einer Regierung vorgesehen wäre.

Emilia strich ihm mit der Hand über den Kopf, bevor sie sich neben ihn setzte, um Kaffee zu trinken und seinen Prognosen zu lauschen. In diesen Morgenstunden war ihr Vater einzigartig, so der Geruch seines frisch eingeseiften Halses, so das Leuchten seines Blicks in die Zukunft.

»Du wirst dich entscheiden müssen«, schloß Diego einen langen Vortrag über die Möglichkeiten unter einer Regierung mit Madero an der Spitze. Mehr hatte er nicht zu sagen.

Als sie eben beim letzten Schluck Kaffee saßen, kam Josefa mit der Nachricht, daß Madero am siebten Juni in der Hauptstadt Einzug halten würde. Milagros und Rivadeneira wollten hinfahren, um das Schauspiel bei seinem Empfang mitzuerleben, und baten um Erlaubnis, daß Emilia sie begleiten durfte.

»Das Mädchen trifft längst seine eigenen Entscheidungen«, erwiderte Diego, wohl wissend, daß seine Tochter so oder so mitfahren würde und es daher unklug wäre, es zu verbieten.

Am fünften nahmen sie den Zug, von zahlreichen Überfällen behelligt. Wenn sie nicht von einer Reiterschar gestoppt wurden, die samt ihren Pferden einsteigen wollte, dann waren es Haciendabesitzer, die mit ihrer ganzen Hacienda mitzufahren begehrten.

»Behalt dieses Schauspiel gut in Erinnerung, so etwas wirst du im Leben nicht noch mal sehen«, riet Milagros Emilia.

Rivadeneira probierte gerade einen Apparat aus, mit dem er photographische Aufnahmen machen konnte, während er Milagros ihre Ratschläge erteilen hörte, in seinen Ohren die beste Begleitmusik für die Bilder, die er durch die Linse seiner Kamera einzufangen suchte.

Sie logierten in einem kleinen Häuschen, das ein englischer Freund des Poeten im Stadtteil Roma eingerichtet hatte, bevor er im letzten November sah, wie es der Regierung, mit der er so gute Geschäfte machte, ergehen würde, und nach Europa abreiste. Beim Abschied hatte der Engländer Rivadeneria und Milagros versprochen zurückzukehren, sobald alles vorbei sei, und war von einem Tag auf den anderen abgefahren wie in den Urlaub.

Er hatte ihnen das Haus anvertraut, als gehörte es ihnen, und so kümmerten sie sich auch darum und bewohnten es von Zeit zu Zeit. Es war eine kleine Kostbarkeit in französischem Stil wie die meisten Häuser dieser Gegend. Dem dekorativen Luxus hatte Milagros noch die Krone aufgesetzt, als sie überall im Salon präkolumbische Götzen und kleine Kunstgegenstände verteilte.

Gegen Morgen weckte sie ein heftiges Beben, das die Erde in der Stadt erschütterte. Es war vier Uhr siebenundzwanzig am siebenten Juni.

Emilia schlief allein in einem Zimmer, als plötzlich die rosa getönte Glasöllampe wie ein winziger, wildgewordener Glockenturm losschepperte. Milagros kam herein, um ihr zu sagen, sie brauche sich nicht zu fürchten, und fand sie noch im Bett verkrochen, ganz gebannt von dem seltsamen Schauspiel, alles schwanken zu sehen, während ihr Eisenbett schaukelte wie eine Wiege. Von Kindheit auf hatten Erdstöße sie fasziniert. Sie jagten ihr keine Angst ein. Diese Unerschrockenheit hatte sie von Milagros geerbt, die in den drei Minuten, die das Beben andauerte, durchs Haus lief, um es auszukosten, laut über Rivadeneiras aufgeregte Schimpferei lachend, weil sie nicht so schnell wie möglich auf die Straße hinunterlief.

»Ist dir nicht klar, daß diese Stadt auf Wasser gebaut ist? Sie ist eine solche Fehlkonstruktion, daß sie jeder Zeit einstürzen und uns begraben kann«, wiederholte Rivadeneira zehnmal, als der Boden und er endlich aufgehört hatten zu zittern. Sie konnten nicht mehr einschlafen. Maderos Ankunft war für zehn Uhr angekündigt, doch sie verließen das Haus bereits um sieben Uhr. Sie kauften die Zeitungen und nahmen in einem chinesischen Café in der Nähe der Avenida Reforma Platz, um sie dort zu lesen. Bei ihren Milchbechern und einem Korb mit süßen Hörnchen lasen und plauderten sie eine Weile. Anschließend versuchten sie, zum Bahnhof vorzudringen, doch ein paar berittene

Männer versperrten ihnen den Weg. Also begaben sie sich zur Alameda, wo sie spazierengingen und sich dann auf einer Bank ausruhten. Dort erreichte sie endlich die Nachricht, daß der Zug des Señor Madero schon in den Bahnhof einlaufe. Schließlich gelang es ihnen gegen zwölf Uhr dreißig, sich auf der Reforma in der Nähe der Kolumbusstatue zu postieren.

Die Leute hatten die Monumente erklommen, so daß man nicht mehr wußte, welcher Held sich unter den Menschentrauben, die sich auf seinen Schultern oder Knien drängten, an seinen Armen hingen oder ihm auf die Füße traten, verbarg. Wie auf einem Volksfest wurde Madero bejubelt, und es herrschte ein einziges Tohuwabohu.

Nachdem sie zwei Stunden dort in der mörderischen Sonnenglut gestanden hatten, kam Rivadeneira auf die glorreiche Idee heimzukehren. Statt auf ihn zu hören, bestieg Emilia die Kolumbusstatue. Die flinke Hand eines Jungen hob sie vom Boden hoch, und so erklomm sie die Statue, den Rocksaum zwischen die Zähne geklemmt, damit er sie nicht behinderte, ungeniert ihre Beine zeigend.

Von oben winkte sie Milagros Veytia zu, die sich seltsam feierlich auf Rivadeneiras Arm stützte. Dann konzentrierte sie sich auf den Strom von Hüten und Pferden, der unter ihren Augen vorbeizog. So grau vor Staub wirkten sie, als trügen sie Uniformen, wie unterschiedlich sie auch gekleidet waren. Die spitzen, hohen Hüte mit breiter Krempe waren neben Soldatenkäppis und struppigen, verschwitzten Haaren der einzige Sonnenschutz. Plötzlich entdeckte Emilia zwischen einem stämmigen Mann mit gekreuzten Patronengurten über der Brust und einem hochgewachsenen, der denselben

Schneider zu haben schien wie Señor Madero, die einzige Erscheinung, die sie von allen dort unten interessierte. Aufrecht und adrett, strahlte seine stattliche Gestalt doch etwas Jungenhaftes aus.

»Daniel!« schrie sie, alle, die sich mit ihr auf dem Standbild drängten, übertönend. Dieser ketzerische Schrei inmitten all der Hochrufe auf Madero genügte, daß der unruhige Geist, der unter einem der vielen gleichförmigen Strohhüte hervorlächelte, sich nach der Stimme umwandte und sah, wie jemand mit dem Arm winkte und sich ihm entgegenstreckte.

Emilia klemmte sich wieder den Rocksaum zwischen die Zähne und stieg behende wie ein Eichhörnchen von der Statue herab. Dann boxte sie sich durch die Menge, halb erdrückt, halb wie im Flug, bis sie an den Rand gelangte, streckte die Hand nach Daniel aus, der ihr von jenseits der Mauer aus Schultern und Köpfen zwischen ihnen seine Hand reichte, um ihr aus der Menge herauszuhelfen. Mitten im Jubelgeschrei der Zuschauer fielen sie sich in die Arme. Wie sie sich dort küßten, boten sie den besten Teil des Schauspiels, das die ganze Stadt auf die Straßen getrieben hatte. Emilia versenkte ihre Zunge in Daniels Mund.

Um den Duft ihres Körpers einzusaugen, packte Daniel sie am Nacken und zog sie an sich. Er roch nach tagelangem Reiten ohne Rast und hatte die Ohren, die Emilia ihm behutsam küßte, voller Staub. Der Zug von Männern und Pferden teilte sich, wo er auf die beiden in ihrer Umarmung traf. Mit einer Hand streichelte Emilia Daniels Rücken, als wäre sie Herrin über die Zeit. Sie spürte sein kräftiges Kreuz und seine feste Haut. Dann tastete sie nach seiner Brust, und fuhr von dort weiter abwärts in Richtung Hose, die ihrem Besitzer am abgemagerten Leib schlotterte. Nur einen Atemzug lang verharrten sie so ineinander verschlungen. Dann, als sich entfernende Stimmen immer lauter nach ihm riefen, ließ Daniel ihren Nacken los, ließ von ihren Lippen ab und entwand sich der Hand, die unter seiner Kleidung wühlte.

»Ich muß fort«, murmelte er.

»Immer.« Emilia wandte sich ab.

Bevor er sein Pferd bestieg, versprach Daniel, daß er sie in der Nacht aufsuchen werde.

»Ich hasse dich«, sagte Emilia.

»Lügnerin«, gab er zurück.

Ohne den Weg freizumachen, auf dem immer noch Pferde und Männer vorbeizogen, Gefangene einer anderen Passion, sah Emilia ihm nach, wie er sich wieder in den Zug eingliederte.

Von weitem hatte Milagros die ganze Szene mitangesehen und versucht, sich einen Weg bis zum Rand des Bürgersteigs zu bahnen. Erst als Emilia hörte, wie Milagros über all die Beifallrufe hinweg ihren Namen schrie, erwachte sie aus ihrem Bann und kehrte in die Realität zurück. Mit einer Schimpfkanonade, die sie nicht über Daniel hatte ausschütten können, lief sie ihr in die Arme, und hörte bis zum Ende des Defilees nicht mehr damit auf zu fluchen.

Immer war es das gleiche, immer nur Spannung und Flucht, immer Überraschung und Verschwinden, immer nur Warten als unabänderliches Schicksal.

»Das Schicksal hält noch genug für dich bereit«, sagte Milagros und legte den Arm um sie. »Es ist nie gleich.«

Madero erschien für ein paar Minuten auf der Bildfläche. Anschließend wurden selbst Rivadeneira und seine Kamera von der Euphorie all der Menschen mitgerissen, die eine Hoffnung feierten. Alles war noch offen, außer daß es eine Zukunft geben würde. Vor ihnen lagen nur die Grenzen eines Traums, und kaum einer konnte sich in dem Moment vorstellen, daß nichts so begrenzt ist wie ein Traum, der wahr wird.

Erst nach fünf Uhr nachmittags kehrten sie heim, so erschöpft, als hätten sie den Krieg der Männer geführt, die sie hatten vorbeiziehen sehen. Emilia hatte noch Zeit gehabt, Daniel die Adresse ins Ohr zu flüstern, wo sie schlafen würde, doch als die Dunkelheit durch die Fenster einsickerte und sie den Schalter betätigen mußten, um Licht zu machen, sagte sie, sie wolle ihn nicht mehr sehen. Weder diese noch irgendeine andere Nacht. Die Abruptheit, mit der er am Morgen von ihrer Seite gerissen worden war, empfand sie jetzt in der Erinnerung als Kränkung. Sie hatte an seinem Leib gespürt, daß in ihm ein Feuer brannte, das nichts mit ihr zu tun hatte und mehr denn je ihre Eifersucht schürte.

Sie verzehrte sich in ihrer Eifersucht auf etwas so Ungreifbares und doch so Unerbittliches. Ein Teil von Daniel, den sie so in- und auswendig zu kennen geglaubt hatte, entglitt ihr, und es würde nie anders sein, weil dieser Teil ihr ein Rätsel war, weil er mit den Angelegenheiten und dem Krieg anderer in ihm gewachsen und wichtig war, ja immer mehr Raum einnahm und selbst in die verborgensten Winkel vordrang, die früher ausschließlich ihr gehört hatten.

In den ersten Abendstunden warteten sie gemeinsam auf Daniel, während Emilia von den Gefühlen sprach, die sie entdeckt hatte, und von den Gründen für ihre helle Wut, die sie mit wissenschaftlicher Genauigkeit einordnen und beschreiben konnte. Als Rivadeneira und Milagros hörten, mit welcher Heftigkeit ihre Nichte ihre Empfindungen zergliederte, wollten sie nicht glauben, daß sie all das, wovon sie nun sprach, während einer zweiminütigen Umarmung festgestellt habe. Die Worte, mit denen sie versuchten, sie zu besänftigen, bevor sie, noch im Sitzen, in die Welt des Schlafs eintauchten, klangen freilich nicht sonderlich überzeugend.

Emilia blieb allein wach, vor sich die lange Nacht, um auf Daniel zu warten. Von Zeit zu Zeit schreckten Milagros oder Rivadeneira hoch und bemühten sich, ihrer Nichte mit ein paar Worten die Zeit zu vertreiben. Schließlich erbarmte sich Emilia ihrer Müdigkeit, brachte sie wie zwei kleine Kinder in ihr Zimmer und steckte sie ins Bett. Dann löschte sie das Licht und kehrte in den Salon zurück. Sie war nicht schläfrig. Aufregung verscheucht den Schlaf, und Daniel war immer noch nicht da und kam auch nicht.

So allein unter dem finsteren Blick eines Heiligengemäldes aus der Kolonialzeit, bekam sie Heimweh nach der Ruhe ihrer Fläschchen und Bücher, der stillen Arbeitshingabe von Antonio Zavalza, nach seinem Mund als Balsam für ihre Sehnsucht, Daniel bei sich zu haben.

Als das Sonnenlicht sie am nächsten Morgen weckte, fanden Milagros und Rivadeneira sie immer noch angekleidet, mit tiefen Schatten unter den Augen und voller Zweifel vor. Um sie aufzumuntern, beschlossen sie, Emilia durch die Stadt zu führen und ihr alles zu gewähren und zu kaufen, was sie sich nur wünschen mochte. Das war die beste Art, ihr zu geben, was ein gequältes Herz braucht, um sich wieder aufzurichten. So konnte Emilia gegen Abend endlich ihre ganze angestaute Wut herausweinen.

Drei Tage später nahmen sie morgens den Zug zurück nach Puebla, ohne daß sie etwas von Daniel gesehen hätten. Emilia war bis zur Unterwäsche völlig neu eingekleidet und trug ein aufgesetztes, stolzes Lächeln, wie es nur von Enttäuschung herrühren kann und vom Einfluß der Stadt der Paläste. Als Josefa sie über den Bahnsteig auf sich zukommen sah, sagte sie zu Diego, ihrem verdutzten Mann:

»Möge Gott Zavalza vor ihrem neuen Lächeln bewahren.«

16

Nichts war damals so unberechenbar wie die tägliche Routine. Außerhalb der Apotheke mit ihren unveränderten Gerüchen war die Welt aus den Fugen geraten, und alles, was zwischen Meßgläsern und Tiegeln prophezeit worden war, ereilte das Land und erschütterte selbst die Luft zum Atmen.

Eine Übergangsregierung sah Neuwahlen im Oktober 1911 vor. Jeden Morgen zog die eben erst zu einer eigenen Meinung erwachte Presse irgend jemanden in den Schmutz, dessen Nase ihr nicht paßte. Und jeden Abend revoltierte ein anderer Verein von Unzufriedenen aus Enttäuschung über den Ausgang ihres ersten Krieges gegen die feige Entlassung der Revolutionstruppen ohne jegliche Entschädigung.

Im Haus der Sauris wurde so selbstverständlich über die Zukunft des Landes debattiert, wie in anderen Häusern über die Aufgabenverteilung für den nächsten Tag gestritten wird. Die Apotheke glich einer zwanglosen Kneipe, in der die Kunden ihre Wünsche und Ambitionen abladen konnten, bevor sie hinaufgingen und vor dem Bohneneintopf weiterdiskutierten, den Josefa für jeden bereithielt.

Jeder redete sich seine Sorgen und düsteren Prognosen von der Seele, jeder machte sich auf das, was man sah, und das was nicht zu sehen war, seinen eigenen Reim. Einig war man sich nur darin, daß Madero und die Interimsregierung sich bis zu den Neuwahlen vergeblich unter den Prankenhieben des gefräßigen Tigers duckten, der sich nicht bezähmen ließ, solange sie ihm nichts zum Fraß vorwarfen.

Die Stadt wurde wie das gesamte Land immer noch von beiden Parteien beherrscht, die jahrelang einander bekriegt hatten. Nur jetzt wußte man nicht mehr, wer auf welcher Seite stand und was man von den Worten eines zum fanatischen Maderisten bekehrten schwerreichen ehemaligen Porfiristen zu halten hatte oder von den Beteuerungen eines mißtrauischen Maderisten, der für alle Fälle seine gute Pistole behielt und als offiziellen Beweis für sein Vertrauen in die Regierung einen alten Karabiner ablieferte.

Die Konservativen nutzten das allgemeine Chaos, um in die Politik zurückzukehren und sich auch unter den neuen Verhältnissen einen Gouverneur zu sichern, der ihre Interessen wahrte. Im Gegenzug fiel den Revolutionären nichts Besseres ein, als sich untereinander zu bekämpfen. Statt einen Einheitskandidaten zu wählen, bestimmte jede Splittergruppe ihren eigenen, bis Madero schließlich seinen Kandidaten durchsetzen konnte.

Diego Sauri war völlig verzweifelt und fand keine Ruhe mehr. Die Neuigkeiten, die ihm im Laufe des Tages zu Ohren kamen, kommentierte er vor jedem, der ihm über den Weg lief. Nachts verfolgten ihn seine Sorgen bis in den Schlaf, als glaubte er, ununterbrochenes Problemewälzen könne helfen.

Josefa, die tagaus, tagein für eine unbestimmte Zahl von Gästen kochte, überließ Milagros das Zeitunglesen und Resümieren aller Schreckensmeldungen, um sich auf dem laufenden zu halten. Zu ihrem Leidwesen kam Milagros ihrer Bitte mit übertriebener Akribie nach. Da sie und Rivadeneira auch jeden Tag dort aßen, fühlte

Milagros sich Josefa gegenüber verpflichtet. Küchen-arbeit hatte Milagros nie beherrscht, und sie wäre sich jetzt lächerlich vorgekommen, würde sie in ihrem Alter noch Interesse für etwas derart Belangloses heucheln. Schon frühmorgens kam sie mit einem Stoß Zeitungen und einem Bleistift hereingeschneit, um sich eine Stun-de vor und zwei nach dem Frühstück systematisch, bis hin zu den Kleinanzeigen, in die Lektüre zu vertiefen. Sobald sie fertig war, faßte sie für Josefa die schlimm-sten Horrormeldungen zusammen, stellte ihr eine Liste der korruptesten Würdenträger auf und beschrieb ihr die bissigsten Karikaturen. Zu der Zeit hatte sie weniger politische Aufgaben und mehr Zweifel denn je. Sie wußte nicht, welcher Splitterpartei sie sich anschließen sollte, und weigerte sich, gegen Madero aufzubegehren, obwohl sie seinen Stil nicht billigte. Dahinter stand der Wunsch, seine guten Absichten könnten mehr ausrich-ten als die unheilvollen Auswirkungen seines naiven Umgangs mit der Macht.

»Etwas von Rivadeneiras leidiger Vernünftigkeit muß wohl auf mich abgefärbt haben«, gestand sie Josefa wenige Tage vor dem dreizehnten Juli, für den Madero in der Stadt erwartet wurde.

Man hatte sie bei den Vorbereitungen für den erneu-ten Besuch gebraucht, doch diesmal war sie nicht annä-hernd so engagiert, wie es sonst ihre Art war. Natürlich würden neben einigen wenigen fanatischen Anhängern viele Maderisten spontan am Bahnsteig erscheinen, ebenso eine erhebliche Anzahl von Unzufriedenen, Leuten, die sich über ihre unverändert schlimmen Le-bensverhältnisse beklagen wollten. Milagros und die Sauris hatten nicht vor, sich dort zu zeigen. Trotz des so beschworenen Friedens lag Krieg in der Luft, so daß sie skeptisch waren und es für unangebracht hielten, irgend jemanden öffentlich zu bejubeln.

Josefa zählte nur die Schüsse, die sporadisch von ferne zu hören waren. Sie wußte ganz genau, wann sie von Norden und wann von Süden kamen, wann von den Fabriken in der Nähe von Tlaxcala, wann von den Feldern auf dem Weg nach Cholula und wann, wie in der langen Nacht zum dreizehnten Juni, von der nahegelegenen Stierkampfarena.

Früh am Morgen des dreizehnten Juli – die Luft vibrierte von Emilias Cellospiel, und Josefa rührte geschäftig im Schmortopf – platzte Milagros mit der Nachricht von den Toten des Tages herein. Die Bundestruppen der provisorischen Regierung, die die Revolutionäre eingesetzt hatten in Erwartung von Neuwahlen, hatten ungeheuerlicherweise über hundert Maderisten ermordet.

Den ganzen Tag lang sprach niemand ein Wort. Während sich Schweigen über das Haus legte, besuchte Madero die Stadt.

Alle erwarteten von diesem Mann eine öffentliche Verurteilung der Ermordung seiner Anhänger durch die Truppen der Federales. Doch da hatten sie sich getäuscht.

»Keiner kann neutral bleiben, wenn die Leute sich in deinem Namen gegenseitig totschlagen!« klagte Diego schließlich am Abend mit einer tiefen Furche zwischen den Brauen.

Als die Sorgenfalte am nächsten Morgen immer noch nicht von Diegos Stirn verschwunden war, fiel Josefa ein, daß sie am Morgen zuvor noch nicht dagewesen war.

In diesen Monaten bekam Emilia wie nie zuvor die widersprüchlichsten Meinungen zu den unglaublichsten Vorfällen zu hören. Während alle im Eßzimmer saßen, war sie eifrig dabei, die Gespräche zu protokollieren; und jedes Mal, wenn jemand seine Meinung änderte und keiner es zu merken schien, schlug sie ihr Heft auf und vermerkte unverzüglich die neue Theorie, ohne den Widerspruch groß zu kritisieren. Manche Freunde ihres Vaters schwenkten zehnmal im Monat von bedingungsloser Madero-Treue um zu unversöhnlichem Haß und umgekehrt.

Die Aufgabe, Protokoll zu führen, hatte sie sich als Trost für ihre eigenen Zweifel auferlegt. Wenn diese Leute so häufig ihre politischen Ansichten änderten, durfte sie wohl auch am Morgen Daniel noch in Gedanken hassen und sich am Nachmittag wieder nach der Feuchte zwischen seinen Schenkeln sehnen.

Seit Wochen schon quälte Emilia sich mit den gleichen Fragen, ohne zu wagen, sie vor den anderen auszusprechen. Sie hatten bereits genug um die Ohren mit den großen Problemen. Wen interessierte es da, ob Daniel zurückkehren würde und, wenn ja, wie verändert.

Mitte August ging Emilia eines Morgens noch halb benommen vor lauter Kopfzerbrechen allein in die Apotheke hinunter. Ihre Mutter hatte in Diegos dunklen Augenringen die Erschöpfung der letzten Monate zu erkennen gemeint und darauf bestanden, daß er noch eine Weile ausspannte. Emilia ließ sie am späten Frühstückstisch zurück und vertrat ihren Vater für ein paar Stunden hinter dem Ladentisch.

Sie öffnete die Tür zur Straße, machte einige Rezepte fertig und stellte dann die Rolleiter an die Regale. Die Leiter, aus Eichenholz und stets glänzend wie frisch poliert, brauchte sie, um die Porzellantiegel abzustauben, die blitzblank an allen Wänden funkelten. Von der vorletzten Sprosse aus machte Emilia sich daran, sie einzeln mit einem frischen Lappen abzuwischen. Was würde nur aus ihr werden, wenn Daniel nie mehr zurückkam?

Er war ihr wie in die Fingerkuppen eingebrannt. Manchmal hatte sie morgens das Gefühl, die Haut an seinem Rücken herabzufahren. Oder aber sie malte sich aus, wie es wäre, ihn zu verlieren. Und wenn sie vor lauter Grübeln gar keinen Frieden mehr finden konnte, stellte sie sich ihren eigenen Tod vor. Hatte sich ihr Gemüt endlich ein wenig beruhigt, nur leicht überschattet von einem vagen Schuldgefühl, schoß ihr plötzlich durch den Kopf: Wenn ich nun auf einmal Nachricht von seinem Tod erhalte, wenn jemand an die Tür klopft, ein Telegramm bringt; wenn der nächste Brief, der kommt, ein Beileidsschreiben enthält, das irgendein Freund mit näheren Einzelheiten über die Schlacht schickt, in der er gefallen ist, mit der Schilderung seiner letzten Lebensstunden, vielleicht noch mit der Nachricht, daß er als letztes ihren Namen gesagt habe.

Dann stellte sie sich vor, er sei tot und ihr dabei so nahe wie nie, ohne je wieder fortzugehen; er würde ihren Leib wohlig erschaudern lassen, sooft sie nach ihm riefe, und sie wüßte, daß seine Phantomarme sie umfangen würden, sooft sie wollte.

Als sie noch ganz gedankenverloren in ihrer Phantasiewelt schwebte, kam plötzlich ein Junge, das dunkle Gesicht angstverzerrt, hereingestürmt, laut und verzweifelt ihren Namen rufend. Seine Mama habe ein dunkelviolett angelaufenes Gesicht, und statt zu pressen, damit er ein Brüderchen bekäme, verlange sie nur Ruhe und liege reglos da.

Jäh aus ihrer Traumwelt gerissen, wollte Emilia von ihm wissen, ob er nicht zu Doña Casilda gegangen sei, der Hebamme der halben Armenwelt von Puebla. Der Rest war so bettelarm, daß die Frauen ihre Kinder ganz allein zur Welt brachten, allein, wie sie auf die Welt gekommen waren und wie sie zurückblieben, sobald ein Mann ihnen sein Andenken zwischen die Schenkel gepflanzt hatte. Sie verstanden es, Kinder zu produzieren wie Emilia Hirngespinste, allein mit ihrem Blut. Die Hebamme wurde nur gerufen, wenn etwas schiefging.

Der Junge erklärte Emilia, Casilda sei gerade weg, in ihrem Dorf, mit einem Blick, als wolle er sie bitten, ihn bloß nicht den ganzen Weg unverrichteter Dinge zurückzuschicken. Emilia riet ihm daraufhin, Doktor Zavalza zu holen. Doch von dort kam der Junge gerade und hatte niemanden angetroffen. Nun endlich stieg sie von ihren Porzellantiegeln, wo sie den halben Vormittag über in den Wolken geschwebt hatte, wieder auf den Erdboden herab. Und während sie noch rätselte, wohin Zavalza wohl gegangen sein mochte, ohne ihr Bescheid zu sagen, folgte sie dem Jungen hinaus.

Er hieß Ernesto und war das älteste Kind einer jungen, zwanzigjährigen Frau, die ihn mit dreizehn bekommen hatte. Emilia kannte sie, seit sie ihr einmal die von Doktor Cuenca verschriebene Medizin geschenkt hatte. Da war die Frau mit ihrem schon halbtoten Kind in der Apotheke erschienen.

Wenige Monate später hatte Emilia sie wieder mit anschwellendem Bauch vor der Apotheke vorbeigehen sehen. Sie hatte sie hereingerufen, sich ein wenig mit ihr unterhalten und ihr ein paar Fragen gestellt.

Dabei hatte Emilia Dinge erfahren, die sie später in langen, schlaflosen Nächten wieder mühsam zu vergessen gesucht hatte. Fünfzigmal war sie mit einem tiefen Gefühl der Schuld aufgewacht, weil sie ein Bett, Frühstück, Mittag- und Abendessen hatte, weil sie lesen und einen Beruf wählen konnte, weil sie einen Vater, eine Mutter und eine Tante und Doktor Zavalza hatte und weil ihre Leidenschaft für Daniel sie nach den Sternen greifen ließ. Die Frau war nur zwei Jahre älter als sie und kannte nichts als Verwahrlosung und Hunger, Schmach und Mißhandlung.

Was Emilia wohl am meisten quälte, war die Erinnerung an ihre Lebensbilanz: Mit zwanzig Jahren fünf Geburten, davon drei tote Kinder und zwei lebende, ohne festen Mann, ohne Wohnung, nur mit Verwandten im Armenviertel Xonaca in einen Raum gepfercht! Das stimmte sie mindestens so traurig wie die Tatsache, daß sie körperlich zurückgeblieben war, nicht größer als ein elfjähriges Kind, und nun mit der sechsten Schwangerschaft geschlagen, von einem Kerl, der sie nicht ein einziges Mal in der Nacht erregt hatte. Sich verlieben? Was war das für eine seltsame Erfindung?

Auf den Ladentisch gestützt, hatte sie am Orangensaft genippt, den Emilia ihr angeboten hatte, und ganz hastig gesprochen, immer wieder schrill auflachend, wenn die Apothekerin sie etwas fragte. Woran waren ihre drei Kinder gestorben? Na, woran schon. Gott hat halt nicht gewollt, daß sie was wurden, sagte sie gleichgültig.

Das älteste der überlebenden Kinder rannte nun vor Emilia am anderen Ufer des San-Francisco-Flusses entlang, jenseits der wohlriechenden Schonwelt, in der Emilia die für sie lebenswichtigen Passionen und Überzeugungen entwickelt hatte. Sie kamen an einer Schar von Kindern vorbei, die auf einer Müllhalde spielten, an einer Frau, die mit gekrümmtem Rücken von der Wasserstelle heimkehrte, an einer Schenke, wo es nach Erbrochenem stank, und an einem Volltrunkenen, der seinen Kummer auf einem schwarzverdreckten und zerfetzten Krinolinenunterrock ausschlief, und an zwei Männern, die einen dritten aus einem Laden warfen und mit Fußtritten traktierten, bis er unter Tränen und mit vollen Hosen um Erbarmen flehte.

Emilia faßte den Jungen an der Hand und schloß beim Weiterlaufen die Augen, um sich das Grauen um sie herum zu ersparen. Am Ende der letzten Straße betraten sie ein finsteres Loch, nur spärlich durch den Lichtschimmer erhellt, der durch das mit Stofflappen verhangene Fensterloch einsickerte. Auf einer Matte, der einzigen Bequemlichkeit im Raum, lag die Schwangere. Um sie herum standen fünf Frauen undefinierbaren Alters, die ihr die widersprüchlichsten Ratschläge erteilten. Einig schienen sie sich nur darin, daß das Mädchen sich nicht ausreichend Mühe gebe. Statt ihr zu helfen, schimpften sie bloß, wischten ihr dabei aber unaufhörlich mit einem feuchten Lappen über Stirn, Beine, Hals und Bauch.

Der einzige Mann im Haus prügelte gleich zur Begrüßung auf den Jungen ein, weil er so lange fortgeblieben war. Emilia versuchte noch, ihn zurückzuhalten, und erklärte den Grund für die Verspätung. Der Kerl aber hörte gar nicht hin. Dann hielt er schließlich doch, von der Fremden eingeschüchtert, inne. Auf die Hiebe folgten Fragen. Als der Junge noch erzählte, er habe sonst niemanden finden können, trat Emilia in den Kreis der Ratgeberinnen am Krankenlager.

Vor Entsetzen starb sie fast, als sie sich über die Schwangere beugte und hörte, daß ihr Herz nur noch ganz schwach schlug. Da es nichts mehr genützt hätte, daß die Frauen sie mit der Kranken allein ließen, verlangte sie nur, daß man ihr am Fußende des Lagers der Gebärenden etwas Platz mache, damit sie zwischen ihren Schenkeln nach der Leibesöffnung tasten konnte. Wer weiß, wie lange sie schon Blut verlor. Und wer weiß, was für eine Art innere Verletzung sie hatte und woher sie rührte.

Die angehende Medizinerin hatte den ganzen Arm mit Blut verschmiert und fühlte sich, als müßte sie mit dem Mädchen sterben, aus lauter Mitleid und Entsetzen. Die innere Erschütterung versuchte sie mit übertriebener, doch völlig nutzloser Aktivität zu überspielen. So kramte sie die schmerzlindernden Tropfen hervor, die sie in ihrer Hektik als einziges Medikament in die Tasche gesteckt hatte, und schüttete dem Mädchen alles auf einmal in den blutleeren Mund. Am Boden hockend, prüfte sie anschließend mit einem lähmenden Gefühl der Ohnmacht die Durchblutung in den Augen, nur um nicht untätig zu bleiben. Die Frau war innerlich halb zerfetzt und mußte sich fühlen, als risse man ihr stückweise die Eingeweide heraus; und doch kam kein Klagelaut über ihre Lippen.

»Wie konnte das nur passieren?« fragte Emilia.

»Ich habe es selbst getan«, wisperte das Mädchen.

Emilia hauchte ihr einen Kuß auf, so litt sie mit ihr in ihrer ganzen jugendlichen Ergriffenheit, und wieder befiel sie schlagartig dieses Schuldgefühl. Nun konnte sie ihre Bestürzung nicht länger verhehlen und weinte lange bei der jungen Sterbenden, die sie ansah, als blickte sie in die Ferne. Sie weinte um die Freundschaft, die sie wegen der Unüberbrückbarkeit beider Welten nicht geschlossen hatten, und um die Spuren des Todesengels um ihre Mundwinkel. Sie verharrte so lange neben dem Mädchen, bis es ganz in seine wächserne Blässe hinübersank. Erst da stand Emilia Sauri vom Boden auf, um zu gestehen, daß sie machtlos war.

Der Mann beschimpfte den Jungen, der still ein paar Tränen verdrückte und dann fluchend wie ein Großer den Raum verließ. Er ging, ohne sich noch einmal umzublicken, wie es von den Männern heißt, die wissen, daß sie nie mehr zurückkehren.

Die Hauswirtin erzählte schließlich, sie habe das Mädchen jammern hören, als der Himmel noch schwarz gewesen sei, aber daraus gefolgert, daß der Mann auf ihr liege. Sie erzählte, sie habe sie nur aufgenommen, weil sie die Geliebte des Bruders ihres Mannes sei, dieses Tunichtguts und Trunkenbolds, der nicht mal einen Platz zum Schlafen besitze, und immer, wenn ihm eine Frau über den Weg laufe, bei ihnen Unterschlupf suche.

Dabei zeigte sie auf den einzigen Mann im Raum, ein Mistkerl nach einhelliger Meinung aller Frauen. Sie hatten dessen Geliebte aufgenommen, weil sie oft lachte, als hätte sie Grund, fröhlich zu sein, und weil der kleine Junge ein gutwilliges Kerlchen war, doch wenn das Mädchen starb, sollte dieser besoffene Lump, das schworen sie bei Gott, nie mehr seinen Fuß in diesen Raum setzen.

Unbemerkt kam ein Priester mit einem warmherzigen Lächeln auf den Lippen hinzu. Seine Soutane war abgewetzt, und der Knopf am Hals, der den Kragen sonst wie ein Joch schließt, stand offen. Emilia kannte ihn. Er war der einzige Priester unter den Freunden ihres Vaters. Der einzige Priester, der weder aus Pflicht betete noch von Gott redete, wenn es unangebracht war. Pater Castillo stammte wie Diego aus Yucatán. Er war klein und bescheiden, unermüdlich und ein guter Gesprächspartner. Alle drei Tage schaute er in der Apotheke vorbei, um dort einen Kaffee zu trinken. Bei ihm hatte Josefa den Ausspruch mit dem Krieg und dem Kissen, aus dem die Federn stieben, gehört.

Als Emilia ihn hereinkommen sah, fühlte sie sich wie umarmt von seinem Blick und hätte fast ein Lächeln zustande gebracht. Sie war so verloren, so unfähig. Dann ging sie ihm entgegen, um ihm mitzuteilen, was geschehen war. Er dankte es ihr mit einem Schulterklopfen und kramte dann unter dem hochgeschürzten Rock etwas aus seinen Hosentaschen hervor. Nach längerem Suchen fand er in der einen zuunterst seine ausgeblichene Stola und bat dann, ihn kurz mit der Kranken alleinzulassen. Die Frauen gingen hinaus und suchten Schatten unter dem einzigen Baum weit und breit.

Emilia unterhielt sich mit ihnen, ganz in eine Welt eingetaucht, die ihr Angst und Schrecken einflößte, als der Priester zu ihnen heraustrat. Das Mädchen war gestorben.

»Jetzt hat sie endlich ihre Ruhe«, sagte die Wirtin. Alle stürmten in den Raum, um die Tote zu sehen, als wäre sie eben erst eingetroffen. Sie umgaben sie mit Blumen und Kerzenstümpfen, die sie in den gestampften Lehmboden steckten, und baten den Priester, ein Gebet und den Segen zu sprechen.

Castillo tat willig und ohne viel Aufhebens seine Pflicht. Doch Emilia bemerkte den verschlossenen Zug um seinen Mund, ähnlich wie sie ihn ihren eigenen Lippen auferlegt hatte. Noch nie hatte sie jemanden sterben sehen, doch diese Frau hatte auch nicht gelebt, außer wenn sie lachte. Ernesto, der Junge, stand plötzlich wieder neben ihr und weinte nicht mehr.

»Wo ist sie hingegangen?« Der Junge stellte Emilia die Frage, die ihr selbst auf der Zunge lag. Am liebsten hätte sie »ins Nirgendwo« geantwortet, doch diese Worte, die sie mit dem Verstand immer für richtig gehalten hatte, brachte sie jetzt nicht über die Lippen.

»Dorthin, wo die Toten leben«, gab sie schließlich zur Antwort.

Am nächsten Tag reichte Emilia ihm, nachdem sie ihn zur Beerdigung seiner Mutter auf dem städtischen Friedhof begleitet hatte, zum Abschied die Hand, um diesem Albtraum endlich den Rücken zu kehren. Mit Castillo hatte sie vereinbart, gemeinsam zur Apotheke zurückzugehen, dort Diego abzuholen und oben an Josefas weiß gedecktem Tisch in Frieden zu essen. Sobald seine Hand in ihrer lag, klammerte der Junge sich an dieses so wohltuend sanfte Gefühl und flehte sie an, ihn mitzunehmen. Seine kleine Schwester hatten sie zu einer Señora weggegeben, und er wußte nicht, wo er sie suchen sollte. Auch wer sein Vater war, hatte man ihm nie gesagt, und für die nächste Nacht würde er nicht mal einen Platz zum Schlafen finden, wenn sie ihn jetzt auch noch im Stich ließ.

»Wo soll das bloß enden?« flüsterte Emilia Sauri Pater Castillo ins Ohr.

»Im Nichts«, sagte der Priester, nach der anderen Hand des Jungen greifend.

Als das merkwürdige Trio die Apotheke betrat, standen Antonio Savalza und Diego Sauri gerade in ein Gespräch vertieft hinter dem Ladentisch. Zavalza trug die Brille auf der Nase und hatte eben eines der alten Bücher gewälzt, die Diego zu lesen pflegte, um seine Reiselust zu stillen. Daß er nach seiner Reise um die halbe Welt schließlich die meiste Zeit seines Lebens am selben Ort verbrachte, gebannt von einem Augenpaar, besessen von ein und derselben Frau, erfüllte ihn manchmal mit einer seltsamen Unrast. Da er wußte, daß etwas anderes zu probieren lächerlich wäre, vergrub er sich dann in seine Bücher mit ihren Illustrationen und reiste so ganze Nachmittage lang durch Indien und Marokko, Pakistan und China. Nach tagelangem Ringen mit seinem Fernweh kehrte er schließlich wieder völlig ruhig und ausgeglichen in sein Heim und seine Apotheke zurück, mit frischem Unternehmungsgeist und wieder sicher, daß es die richtige Entscheidung gewesen war, in den unsichtbaren Mauern von Josefa Veytias Heimatstadt zu bleiben.

Vor Doktor Zavalza hatte er keiner Menschenseele je von diesen Ausbrüchen erzählt. Doch beide kannten die Welt und waren von der gleichen Leidenschaft für die Veytias besessen. Den einen hatte die Mutter, den anderen die Tochter süchtig gemacht nach ihrer trügerischen Welt, die auf den ersten Blick so einfach und friedlich, so voller Lächeln und Schüchternheit zu sein schien und doch gewaltige Ecken und Kanten hatte, atemberaubend, keck und dominierend war.

Zavalza war am Nachmittag mit zugeschnürter Kehle zu ihm gekommen, um dem Apotheker einmal gründlich sein Herz auszuschütten. Während der drei Stunden, die Emilia auf der Beerdigung verbrachte, nutzte er die Gelegenheit, sich alles von der Seele zu reden und sich von Diego noch in die Türkei und an den Persischen Golf entführen zu lassen.

Mit dem Verstand sagte sich der Apotheker, daß es

keinen besseren Mann für seine Tochter gab als diesen Arzt, aber er wußte auch, daß die Dinge nun mal nicht so waren, wie man sie am liebsten hätte, und daß seine Emilia unwiderruflich einem anderen gehörte. Doch von Josefa hatte er gelernt, sich auf das Nötigste zu beschränken, wenn man schwer die ganze Wahrheit sagen konnte. Folglich entmutigte er Zavalza nicht, sondern überließ das der Person, die dafür zuständig war. Emilia ist eine Frau des 20. Jahrhunderts, sagte er sich voller Stolz, sie wird schon wissen, was zu tun ist.

Als er die Frau seiner schlaflosen Nächte kommen sah, setzte Zavalza die Brille nicht ab. Sekundenlang dachte er, es liege am Schliff der Gläser, daß er sie neben dem Priester ankommen sah und zwischen beiden den Jungen.

Emilia zwinkerte ihrem Vater zu, ließ den Jungen los, und eilte, sich darauf verlassend, daß der Priester ihrem Vater alles erklären würde, direkt auf Zavalza zu. Sie nahm seine Hand und gestand ihm das schmerzliche Gefühl ihrer Machtlosigkeit und wie sehr sie ihn doch an ihrer Seite vermißt habe. All das in vertraulichem Flüsterton, was Zavalza zutiefst erregte. Ohne ihre Hand loszulassen, streichelte Zavalza Emilia Sauris Wange.

»Ärzte, die nicht mitfühlen, sind schlechte Ärzte.« Wenn er so ihre Traurigkeit pries, schien er sich auch auf alles übrige zu beziehen, was er an Schönem und Verheißungsvollem in der Tiefe ihrer Seele vermutete.

Sie brauchte ihn gar nicht erst zu bitten, das Kind bei sich aufzunehmen. Das schlug er ganz von allein vor, als er wieder zu sich kam, nachdem Emilia ihn aus Dank für seine tröstenden Worte und seinen Zuspruch umarmt hatte. Lange hatte sie die Arme um ihn geschlungen, als hielte sie einen Schatz. Noch nie hatte sie einen solchen Frieden empfunden und wünschte sich nichts mehr, als ihn ewig zu genießen.

»Wirst du bei mir bleiben?« fragte sie Zavalza.

»Habe ich denn eine andere Wahl?« antwortete Zavalza.

Einen Monat später sandte der Bischof den Sauris einen versiegelten Brief, in dem er seinen Besuch ankündigte und bat, ihm mitzuteilen, ob er willkommen sei. Diego antwortete postwendend, es würde ihnen eine Freude sein, ihn zu empfangen, vorausgesetzt, daß er sie in seiner Rolle als Doktor Antonio Zavalzas Onkel aufsuchen wolle und nicht als Bischof. Er ersparte ihm auch nicht die Warnung, in seiner Familie genössen kirchliche Würdenträger nicht allein kraft ihres Amtes Respekt.

Der Bischof faßte diese Antwort als weiteren Affront auf neben all dem, was der Apotheker ihm zumutete, nur weil er dieses Mädchen gezeugt hatte, dessen Stimme seinem ohnehin schon kopflosen Neffen vollends den Verstand geraubt hatte. Auf diese Weise endeten die diplomatischen Schritte, die Antonio Zavalzas formellem Heiratsantrag vorausgehen sollten, bevor sie noch begonnen hatten. Die inoffiziellen verliefen hingegen reibungslos. Nach Emilias Einwilligung sprach Zavalza mit Josefa über das Thema, stattete Milagros einen Besuch ab, die ihn so freundlich behandelte, wie ihre Solidarität mit Daniel es zuließ, schlug Diego im Schach und begann, die Sonntage gemeinsam mit der Familie zu verbringen. Zur Überraschung der Sauris und Milagros Veytias Entsetzen hatte Emilia der Heirat mit Doktor Zavalza mit der gleichen Lockerheit und Entschlossenheit zugestimmt, mit der sie sich in der Hauptstadt neu eingekleidet hatte. Ohne einen Moment des Zauderns, ohne Versagen der Stimme und ohne eine Träne löschte sie Daniel aus ihren Gesprächen und, wie es schien, aus ihren Hoffnungen.

Es war nicht einmal so, als wäre er gestorben, denn von den Toten redet man noch leidenschaftlicher und zärtlicher als von den Lebenden. Er schien einfach nie gelebt zu haben. Den unzähligen Versuchen, sie nach ihm zu fragen, überhörte sie hartnäckig. Sie war bestrebt, alles, was früher mit seinem strahlenden Namen verbunden gewesen war, durch Schweigen auszulöschen.

Trotz der Bedenken ihrer Familie, die es für übereilt hielt, und trotz Milagros, die zum ersten Mal in ihrem Leben einen ganzen Nachmittag und Abend lang geweint und sie angefleht hatte, es sich erst reiflich zu überlegen, trotz Josefa, die sie mit Tees und Umarmungen bestürmte, und trotz ihres Vaters, der die Angelegenheit überspielte, indem er so tat, als wäre er nicht beunruhigt, entschied sie sich für die Ehe mit Zavalza. Sie wollte Zavalza heiraten, weil sie unter seinen Augen Frieden und in seinen Händen Vertrauen fand, weil er sie mehr als alles andere liebte und sie von der endlosen Pein, Daniel zu lieben, erlöst hatte.

All diese Ereignisse, deren bloße Auflistung Josefas scharfsinnigen Verstand schon ermüdete und ihr das Gefühl gab, die gesamte Vogelschar nicht in den Käfigen im Gang, sondern zwischen den Schläfen zu beherbergen, hatten sich in nur fünf Monaten zugetragen. Es war Ende September, als Josefa einen Brief von Daniel im Briefkasten vorfand. Bei seinem Anblick klopfte ihr das Herz, und sie war aufgeregt wie ein Backfisch. Seit langem hatte sie dieses Gefühl wie von einem unruhigen Kaninchen in der Magengegend nicht mehr gespürt.

»Mal sehen, ob ihr Entschluß jetzt noch immer so unumstößlich feststeht, wie sie vorgibt«, lautete ihr Kommentar, als sie Diego den Brief wie einen Degen unter die Nase hielt.

Diego zuckte die Achseln und verkroch sich zwischen seinen Flaschen mit destilliertem Wasser, als wäre er dringend auf der Suche nach etwas. Nicht einmal Josefa wollte er zu erkennen geben, wie sehr ihm Liebesglück und Liebesleid seiner Tochter zu schaffen machten. Hinter den bernsteinfarbenen Fläschchen sicher vor den Blicken seiner Frau, wettete er, daß sich damit nichts ändern würde. Dann blickte er ihr hilflos nach, wie sie auf der Treppe verschwand und lauthals nach ihrer Tochter rief.

17

Emilia Sauri öffnete den Brief ohne Hast. Zum ersten Mal riß sie weder den Umschlag auf, noch zitterte sie, als sie die sechs Blätter in Händen hielt, auf denen Daniel ihr seine Erlebnisse während der letzten Monate erzählte. Es war ein langer Text in Tagebuchform, manchmal nur stichpunktartig festgehalten, wie ein Leitfaden für später, wenn Daniel seine Schilderungen persönlich ausschmücken würde, manchmal ausführlicher, voller Erzähldrang. Der Anfang war mit Scherzen und Schäkereien gespickt wie in Daniels Glanzzeiten, doch dann änderte sich der Ton allmählich, klang besorgt und traurig, wie Emilia es an ihm nicht kannte.

Daniel begann mit einer Entschuldigung und einer Rechtfertigung, warum er sie in Mexiko-Stadt versetzt hatte. Es hatte mit Politik und Revolution zu tun, was wieder an den alten wunden Punkt rührte, und Emilia hatte sich geschworen, nicht noch einmal derart in ihrem Stolz verletzt zu werden, sie wollte nie mehr das kränkende Gefühl haben, weniger wert zu sein als das geliebte Land. Rasch überflog sie die Zeilen, unbeteiligt wie bei einer Pflichtlektüre. Daniel schilderte ihr bis in alle Einzelheiten die Erfolge und Mißerfolge seiner letzten Kriegsmonate. In einem ganzen Abschnitt beschrieb er mit geradezu liebevoller Genauigkeit Gestik und Lebensart eines Textilarbeiters namens Fortino Ayaquica. In einem anderen ging es um die Sexualpraktiken von Francisco Mendoza, einem Kleinbauern in der Gegend von Chietla, und in einem noch längeren um die lyrische

Empfindsamkeit, die er bei Chui Morales, dem Schankwirt in Ayutla, entdeckt hatte. Morales, Mendoza und Ayaquica waren die Anführer der Zapatatruppen in Puebla. Jedem waren etwa dreihundert Rebellen unterstellt, die in einzelnen Verbänden nach undurchschaubaren Spielregeln um die Kontrolle über Dörfer und Rancherias kämpften. Daniel war als Maderos Abgesandter zu ihnen gestoßen. In Windeseile hatte er gelernt, zu trinken und zu palavern wie einer von ihnen, die Welt aus der Sicht dieser Männer zu erleben und zu deuten, die er bald für vorbildliche Krieger hielt und als außergewöhnliche Menschen beschrieb. Mit ihnen war er, wie er erklärte, am Tag von Maderos Einmarsch in die Hauptstadt gezogen, und da er dort unentbehrlich war, konnte er sie nicht verlassen.

Daniel schrieb auch, sein Vater sei wenig begeistert darüber, daß er sich auf den heißesten Kriegsschauplätzen tummele, wo Anwälte und Intellektuelle völlig fehl am Platze seien. Er aber meine, wie er Emilia versicherte, die mit diesen Leuten verbrachte Zeit habe ihn Dinge gelehrt, die er von außen nie verstanden hätte.

Es folgten Überlegungen zu den Gefahren zu großer Distanz, etwa bei den gebildeten Liberalen und Madero selbst. Denn das habe dazu geführt, daß sie Ziele propagierten wie, die Leute sollten den Kampf aufgeben und nach Hause gehen, ohne doch mehr erreicht zu haben, als daß sich außer den Gesichtern in der Regierung etwas geändert hatte. Zum Schluß bedauerte er noch, daß er wegen der Toten vom 13. Juli Madero nicht in Puebla habe treffen können. In der momentanen Lage müsse er zu denen halten, die ihn jetzt brauchten, und nicht zu den Verrätern der Armen, die die Regierenden immerhin – unverdientermaßen – erst an die Macht gebracht hätten.

Zwischen solchen politischen Erörterungen, die Emilia ebenso distanziert las, wie sie den Diskussionen zu Hause im Eßzimmer lauschte, kamen immer wieder Klagen, wie sehr er ihre Brüste vermisse, oder eine spontane Aufzählung all der Worte, die er ihr so gerne beim allerheiligsten Akt der Versöhnung ins Ohr raunte, der jeglichen Kummer vergessen machte.

Erst als sie auf einen Satz mit Ausrufungszeichen und die Frage »Willst du es hören?« stieß, konnte Emilia Sauri sekundenlang ihre Erregung nicht verhehlen. Am Schluß des Briefes erfuhr sie noch genaue Einzelheiten über die Toten vom 13. Juli und wie im Süden der stumme Zorn gewachsen sei an dem Abend, als Männer, Frauen und Kinder, die voller Euphorie und Zuversicht nach Puebla aufgebrochen waren, leblos, quer über den Rücken der Maultiere baumelnd in ihre Dörfer heimgekehrt seien.

Diese Schilderung war so niederschmetternd, daß Emilia sie am liebsten schon während der Lektüre wieder aus dem Gedächtnis gelöscht hätte. Die Briefseite mündete in die Frage, ob sie noch einen Maderisten in der Gegend kenne. Er sei keiner mehr. Dann, als breche er ab, weil er es nicht mehr ertrug, schickte er ihr in all seinem Schmerz einen Kuß.

Beim Zusammenfalten des Briefes kämpfte sie mit den aufsteigenden Tränen, doch sie vergoß nicht eine. Auf ihren fragenden Blick hin erklärte Emilia ihrer Mutter, Daniel schreibe das gleiche wie immer, er liebe und vermisse sie alle. Dann zerriß sie die zusammengefalteten Blätter in kleine Schnipsel und überreichte sie Josefa mit der Erlaubnis, sie ins Ofenfeuer zu werfen.

Josefa wollte die Hand ausstrecken, um ihr Gesicht zu streicheln, das kalt wie die Märzsonne auf sie herabsah. Da sie jedoch wußte, daß Emilia ihr Mitgefühl nicht ertragen würde, wagte sie es nicht, auch um Emilia nicht gänzlich aus der Fassung zu bringen. In diesem Punkt wie in so vielen anderen war ihre Tochter genau wie ihre Schwester. Keine kannte besser die dicken Mauern, hinter denen sie ihre Gefühle verschanzten, als Josefa.

»Sie mauern sich in Wasser ein. Man muß sie schwimmend erobern«, hatte sie Diego einmal erklärt.

Aus dem Zimmer, in dem sie ihre Tochter zurückgelassen hatte, war kein Mucks mehr zu hören. Josefa beschleunigte die zögernden Schritte, mit denen sie den Raum verlassen hatte. Auf Zehenspitzen hastete sie in ihr Schlafzimmer und schloß die Tür hinter sich ab. Am kleinen Sekretär setzte sie dann Stück für Stück das Puzzle, das Emilia ihr übergeben hatte, zusammen. Zu allem Unglück war der Brief beidseitig beschrieben, so daß sie den gesamten Vormittag brauchte, bis sie ihn ganz gelesen hatte. Dank ihres Geschicks gelang es ihr nicht nur nach drei Stunden, den Brief von vorne bis hinten zu lesen, sondern sie wiederholte ihre Puzzlearbeit auch noch für Diego und später für Milagros und Rivadeneira. Abends, als alle über den Inhalt des Briefes im Bilde waren, brachte Josefa die Schnipsel in Emilias Zimmer und legte sie auf den Frisiertisch neben die Bürste, mit der ihre Tochter jeden Abend dreihundertmal ihre volle Lockenpracht striegelte.

Da sich nicht nur Schwächen vererben, bewies Emilia das gleiche Geschick wie ihre Mutter beim Zusammenfügen des Puzzles und las den Brief bis zum nächsten Morgen unzählige Male durch. Dann legte sie die Schnipsel in das Zedernholzkästchen, das Diego ihr, nachdem die vierzig erlesenen Havannas aufgeraucht waren, geschenkt hatte. Es war ein denkwürdiges Kästchen, das Rivadeneira von einer Kubareise mitgebracht hatte; später hatte Diego vergeblich nach Zigarren mit ähnlichem Geschmacksaroma gesucht. Damals, als Emilia zehn Jahre alt war, hatte mit diesem Geschenk unbewußt ihre spätere Schwärmerei für Kästchen begonnen.

In die vier Wände mit ihrem würzigen Duft verbannt, stand diese Nachricht von Daniel Emilias Zukunft nicht mehr im Wege. Genausowenig wie neugierige Fragen ihrer Familie: Niemand erwähnte Daniel, selbst wenn Doktor Cuencas Name im Gespräch fiel. Daniel war in Emilias Beisein aus dem Repertoire gestrichen und, wie es fast scheinen mochte, auch aus ihrem Gedächtnis. So hatten es alle vier nach der Lektüre des Briefes abgesprochen. Wenn Emilia sich in Schweigen hüllen wollte, hatten sie nicht das Recht, das zu vereiteln.

Eine Woche vor den Oktoberwahlen wurde Doktor Zavalza und mit ihm die Weisheit und die Geduld, mit der er durchs Leben ging, offiziell im Sternenhaus aufgenommen. Josefa bereitete ein unvergeßliches Abendessen, unvergeßlich nicht nur infolge des besonderen Anlasses, sondern auch wegen des Huhns, das sie mit feinem Pfirsicharoma servierte. Wie alle Junggesellen liebte Zavalza einfaches Huhn nach Hausfrauenart, was man von Diego Sauri und seinem Gaumen nicht behaupten konnte. Wie alle verwöhnten Ehemänner wußte er das Gewohnte nicht zu schätzen und hatte vergessen, wie sehr es einem fehlt, wenn man es nicht hat. Auf die Idee mit den Pfirsichen war Josefa gekommen, um den Wunsch ihres möglichen Schwiegersohns nach Hausgemachtem zu erfüllen und dabei Diegos grenzenlose Probierfreude beim Essen nicht zu vernachlässigen.

Die Politik war immer ein wichtiges Ingredienz der im Hause Sauri aufgetischten Speisen gewesen. Josefa kannte sie als alte Verbündete, doch um sich ihres Beistands ganz sicher sein zu können, war sie einmal auf die Idee verfallen, als ihr Symbol neben Salz und Pfeffer ein Kieselfäßchen zu stellen, das beim Schütteln rasselte. Mit diesem Glücksbringer vor der Nase war Josefa auch bei heiklen Einladungen stets zuversichtlich, daß nichts schiefgehen würde. Das Fäßchen hatte die Familie schon zu manchem Schabernack verleitet, bevor sie sich im Laufe der Jahre so daran gewöhnt hatten, daß sie es am Ende kaum mehr wahrnahmen. Dennoch blieb es auf der Menage mit der Vinaigrette, dem Chili, dem Salz und den Gewürzen in der Mitte des Tisches stehen.

An dem Abend schienen sich alle abgesprochen zu haben, die Politik auf später zu verschieben. Reisen war das Thema beim Suppengang. Zavalza behauptete, Emilia müsse unbedingt Europa kennenlernen. Diego pflichtete ihm bei, denn ganz Paris zu Fuß erkundet zu haben, bis es einem mindestens so vertraut sei wie Puebla, mache einen zu einem besseren Menschen. Josefa erinnerte lieber nicht daran, daß sie es war, die noch nie im Leben den Atlantik überquert hatte, und bedeutete auch ihrer Schwester mit einen flehenden Blick über den Tisch, es ihr zuliebe nicht zu erwähnen. So verlief die Konversation bis zum Hähnchen froh und friedlich. Vielleicht wäre alles weiterhin gutgegangen, hätte Zavalza da nicht, in der Absicht, sich Pfeffer zu nehmen, irrtümlicherweise nach dem Kieselglücksbringer gegriffen und, als er ihn über seinem Hähnchen schüttelte, ein Geräusch erzeugt wie ein über Geröll rauschender Bach. Alle brachen in schallendes Gelächter aus und spotteten eine Weile über Josefas Aberglauben, ihr Glücksbringer habe die Macht, das Thema stets auf die Politik zu lenken. Sekunden später waren Flötentöne von der Straße zu hören, die Emilia als erste wahrnahm. Mit einem Lächeln auf den Lippen erhob sie sich vom Tisch, als hielte sie ein Zepter in der Hand. Ihr Gesicht wurde für einen Moment blaß und begann dann zu glühen. Niemand außer Daniel flötete so. Emilia öffnete die Balkontür und schaute über die Brüstung. Als Daniel sie entdeckte, sang er mit provozierend lauter Stimme die letzten Takte eines rauhen, melancholischen Liebeslieds:

> und bleibt mir nur zum Trost,
> daß du mich nicht vergißt. ·

Zavalza hatte diese Flöte noch nie gehört, doch bei Emilias Anblick wußten er und ihre Familie sofort, daß sie ihr nicht widerstehen konnte. Er machte keinen Versuch, sie zurückzuhalten. Niemand tat es. Alle blickten Zavalza betreten an. Seine Stimme brach plötzlich das Eis, als er ihnen, ohne aus der Fassung zu geraten, gestand, er habe die ganze Zeit gewußt, daß ihn über kurz oder lang dergleichen erwartete. Es liege ihm fern, jetzt den überaus Verständnisvollen zu mimen oder gar zu behaupten, es sei besser so. Allerdings habe er gehofft, es bleibe ihm mehr Zeit bis zur Trennung. Er brachte sogar einen Scherz über die so minutiös geplante und nun ins Wasser gefallene Europareise zustande. Dann wandte er sich in vollendeter Eleganz wieder Josefas Hähnchen mit Pfirsichen zu. Sein erlesenes Aroma erinnere ihn an die Gaumenfreuden, die er in Paris genossen habe, meinte er anerkennend. So sorgte er dafür, daß das Abendessen nicht ganz aus dem Gleis lief. Er unterhielt seine Gastgeber, als wäre er ihnen eine Erklärung schuldig, statt umgekehrt. Um Diego eine Freude zu machen, schilderte er seine Reiseroute durch Marokko und verstand es, alle mehr als eine Stunde lang mit der Beschreibung der Minzeduftschwaden in den den dortigen Straßen und Gäßchen, der geheimnisvollen Frauengestalten mit den wiegenden Hüften, der malerischen Sprache der Märchenerzähler und mit einer detaillierten Auflistung der geheimen Einflüsse der arabischen auf die spanische Kultur zu fesseln. Anschließend sprach er über Medizin und Dichtung. Als sie bei Josefas Kräutertee angelangt waren, erklärte er die Heilkräfte jedes einzelnen Krauts. Schließlich bat er Josefa noch, ihn auf dem Klavier zu begleiten, während er das traurige Liebeslied aus dem Repertoire der letzten in der Stadt aufgetretenen Zarzuela-Truppe sang. Als das erste Tageslicht in den Eßraum schien, verabschiedete sich Zavalza mit dem Trost, daß zumindest die beiden Veytia-Frauen und ihre Männer ihn in die Familie aufgenommen hatten. Sie ersetzten ihm genau die Familie, die er sich immer gewünscht hatte. An Emilia wollte er an diesem Morgen nicht denken, obwohl sein Körper die gewaltsame Trennung noch schmerzlich spürte. Mit dem Verstand hatte Emilia ihm ihre ganze Liebe schenken wollen. Doch der Wille allein ist machtlos, und da Zavalza das nur zu gut wußte, empfand er es nicht als Kränkung, sie zu verlieren.

Daniels Flöte, mit der er sie gelockt hatte, lag am Boden neben seinen Schuhen. Um zehn Uhr, als die Sonne bereits hell ins Schlafzimmer schien, schlug Emilia Sauri die Augen auf und betrachtete das geschnitzte Schilfrohr, dem sie am letzten Abend nachgefolgt war. Sie lächelte. Ein Lächeln, das sie nötig hatte, um sich selbst zu verzeihen. Was hätte sie tun sollen? Ihr blieb keine

Wahl. Nicht mal Zeit hatte sie gehabt, nach einer Entschuldigung zu suchen oder überhaupt etwas zu sagen. Wozu? Hätte sie etwas anderes vorbringen können als das, was längst alle dort wußten? Was war denn neu an ihrem Joch? Antonio Zavalza war genauer im Bilde als jeder andere. Nie hatte sie ihm etwas vorgemacht. Selbst als sie es geschafft hatte, Josefa trotz ihres Argwohns davon zu überzeugen, sie sei darüber hinweg, waren Zavalzas Augen von einem Rest des Zweifels getrübt geblieben, so daß sie noch dunkler wirkten. Er kannte den Grund für ihr sporadisches Schweigen oder warum sie manchmal so aufgewühlt war. Und sie? Was konnte sie schon sagen? Sie war einfach nur glücklich. So überglücklich, daß sie sich nicht länger als drei Minuten, solange wie ihr Blick auf der Rohrflöte weilte, mit Selbstvorwürfen wegen ihrer mangelnden Charakterstärke und der eigenen Unvernunft quälen wollte. Sie würde doch immer wieder dem Klang der Flöte folgen.

Sie hatten in Milagros' alter Wohnung übernachtet. Seit sie zu Rivadeneira gezogen war, hatte Milagros sie noch nicht aufgelöst. Während des gesamten Krieges, wo man alles verliert und nur ums nackte Überleben bangt, hatte Daniel den Wohnungsschlüssel um den Hals getragen und sich nicht eine Sekunde von ihm getrennt. Er war seine Garantie für ein Heim gewesen, wo immer jemand auf ihn wartete; dafür, daß trotz all des zu ertragenden Grauens und der Toten hinter der nächsten Biegung das Leben auf ihn wartete und er nur hinzulaufen brauchte, um danach zu greifen. Emilia war ihm bestimmt, daran hatte er nie gezweifelt. Er kannte jede noch so imtime Stelle ihres Körpers; immer war sie in Gedanken bei ihm, als wäre sie ein Teil von ihm selbst. In seinen Augen war Emilia mit im Krieg und wartete nur auf den Frieden, um den informellen Bund fürs Leben weiterzuführen.

Als Emilia ihn fragte, warum er zurückgekehrt sei, sagte Daniel, er habe die Leberflecken auf ihrer linken Schulter vermißt. Von Zavalza war kein einziges Mal die Rede. Daniel wußte, wenn er dieses Thema zuließe, würde er seine Zunge nicht mehr im Zaum halten können. Er wollte sie lieber von neuem berühren, sich vortasten, ob sie etwas vor ihm verbarg. Er wollte jede noch so versteckte Unebenheit an und in ihrem Körper glätten, sie völlig durchschauen und ihr im Zenit all ihrer Sehnsüchte die Wonnen bereiten, die sie nur mit ihm teilte.

Emilia Sauri schloß die Augen und sah vor sich das Meer, einen riesigen, unbändigen Mond, der am Himmel hing, sah den zwölfjährigen Daniel gegenüber vom Bahnhof des Internats auf sie warten, sah den Baum im Garten, den Teich, in dem sie sich die Beine naß machten, den schwarzen Stein in seiner Hand, die Dunkelheit im Temazcal. Sie stellte sich ihr Inneres vor: feucht, kampfbereit und siegreich. Und zum erstenmal pries sie ihr Schicksal lauthals, zum erstenmal wollte sie die tosenden Eruptionen ihres Körpers nicht unterdrücken. Niemand störte sie in ihrer Zweisamkeit. Und auch in Zukunft würde sie sich von niemandem mehr beirren lassen. Ihr Kampf und ihre Freundschaft mit Daniel waren allein ihre Sache, nur sie empfand Augenblicke wie Jahre … Und ihr gellender Klageschrei zerriß schrill die Luft über dem Platz.

Am gleichen Morgen besuchte Milagros ihre Schwester schon früh. Sie nahm Platz, trank einen Milchkaffee und startete den Versuch einer Unterhaltung:

»Manche Frauen sind immer wieder in Gefahr, die idealen Männer laufenzulassen.«

Josefa zuckte die Achseln, ratlos, da sie keine Antwort wußte, und bedauernd, obwohl sie nicht daran zweifelte, daß es so besser und ihre Schwester an dem letzten Verwirrspiel nicht ganz unschuldig war.

»Du willst wohl sagen, manche Frauen aus unserer Familie?« Josefa hielt einen Moment inne, um zu horchen, wie der Teekessel zu pfeifen begann, während gleichzeitig alle Vögel im Flur die ungehörig hoch am Himmel stehende Sonne mit einem ohrenbetäubenden Konzert bedachten.

18

Izúcar war ein unwirtliches, glutheißes Dorf. Niemand hätte es für ein geeignetes Ziel gehalten, um dort den Honigmond zu verbringen. Als Emilia Sauri und Daniel Cuenca sich neben dem Zuckerrohrfeld ins Gras legten, zugedeckt nur von der einsamen Dunkelheit, wirkte der Mond über ihren Köpfen tatsächlich wie aus Honig. Unter dem weiten, freien Himmel war kein Raum für Zweifel oder Sorgen. Sie fielen in wohligen Schlaf, wie er nur wenigen auf Erden vergönnt ist.

Am nächsten Tag liefen sie ins Dorf auf lehmigen Wegen, über denen der Geruch nach gärendem Zuckerrohr hing. Man sah nichts als winzige Hütten, Männer in weißen Hosen und Strohhut und sumpffieberkranke Frauen auf nackten Füßen, denen Kinder wie schwere Früchte in den Armen hingen. In der Tür einer etwas aus der Häuserreihe herausragenden Schankstube standen zwei Männer, die volle Pulquegläser in den ausgestreckten Händen schwenkten wie Waffen. Einer von ihnen hielt in der linken den riesigen, glänzenden Steingutkrug, aus dem er sich und seinem Freund eingeschenkt hatte. Ernst blickten sie einander an, als forderten sie mit diesem Schluck ihr Schicksal heraus.

In ihrer Nähe stand ein Dutzend Männer, die laut und lebhaft debattierten, und mitten unter ihnen auf dem Boden drei Mädchen mit dreckbespritzten Kleidchen, einer tagealten Lehmschicht im Gesicht und Gläsern in der Hand. Die Augen der Kleinsten funkelten zwischen den Beinen der Männer hervor, die sich über ihrem Köpfchen zuprosteten. Sie hielt eine Flickenpuppe im Arm und schaute so ernst, als wäre auch sie dort, um ihr Leben zu riskieren.

»Was machen drei Mädchen inmitten eines Haufens von Trunkenbolden?« wollte Emilia von Daniel wissen.

»Sie sind Zeugen.« Daniel legte ihr den Arm um die Schultern, um sie über die glutheiße Straße zu führen.

Als sie sich der Gruppe näherten, pflanzte sich der Hund, der auf den Knien eines alten Mannes gespielt hatte, vor ihnen auf und begann wie wild zu kläffen. Zu Emilias Erstaunen rief Daniel ihn beim Namen und kraulte ihn im Naken, bis er ruhig war. Der Mann mit dem Krug in der Hand kam freundlich auf Daniel zu. Es war Chui Morales, der Schankwirt und Revolutionsführer am Ort. Daniel stellte Emilia als seine Frau vor, was Emilia Seitenstechen verursachte. Morales ergriff ihre Hand und begrüßte sie knapp, aber höflich. Dann eröffnete er ihr, daß sie allen dort seit langem ein Begriff sei.

Das Mädchen mit der Puppe kam herbeigelaufen, um Emilia zu erklären, daß der Hund ihr gehöre. Emilia beugte sich zu dem Mädchen herab und fragte, wie sie und die anderen hießen.

Ein Mann blickte von seinem Glas auf und sagte, in Morelos, woher er komme, seien Frauen nicht erwünscht und wenn Chui Morales diese hier aufnehme, würde es weder eine Junta geben noch einen Friedensvertrag noch sonst einen Dreck.

»Frauen nicht, aber Kinder ja?« fragte Emilia.

»Solche Dreckspatzen schon«, erwiderte der Mann, mit dem Kopf auf die Mädchen deutend.

»Zu denen gehört sie auch«, erklärte Daniel. »Sie ist nur so adrett und sauber, weil wir ihre Patin besucht haben, doch sie wird schnell wieder schmutzig werden.«

»Bring sie weg«, verlangte ein anderer Mann.

»Ich lasse mich weder weg- noch herbringen.« Emilia richtete sich wieder auf.

»Mit Ihnen rede ich gar nicht«, sagte der Mann, mit der Hand an die Hutkrempe greifend.

»Aber ich rede mit Ihnen.«

»Geh nicht hinein, Emilia«, warnte Daniel. »Schankstuben sind nichts für Frauen. Da haben die Herren hier völlig recht.«

»Natürlich gehe ich da rein.« Emilia lief zur Tür der Schankstube und trat ein, ohne daß sie jemand hindern konnte.

Nach dem grellen Sonnenlicht draußen prallte sie nun gegen die Dunkelheit des schummrigen, überriechenden Raums. Auf dem mit Sägespänen bestreuten Boden schliefen zwei Männer ihren Rausch aus. Bevor Emilia nachsehen konnte, ob sie noch lebten, wankte zwischen den aufgetürmten Fässern ein dritter Mann hervor und stürzte sich sogleich auf sie, als wäre sie eine Erscheinung. Er nannte sie »allerliebste Jungfrau«, flehte sie tausendmal um Vergebung an für seine Trunksucht und versicherte ihr, die Arme um sie schlingend, wie sehr er sie verehre, er habe nie gedacht, daß er sie berühren und dabei den Schutz der Mutter Gottes spüren dürfe.

Emilia brauchte einige Sekunden, um sich von dem Schreck zu erholen, doch dann stieß sie den Mann mit der ganzen Kraft ihres Zorns von sich und rang mit ihm, bis sie sich von seinem Gestank und seinem Geifer an ihrem Gesicht losreißen konnte. Der Kerl war kräftig, aber so betrunken, daß er nach ihrem letzten Stoß gleich mitten auf den überschwemmten Sägespänen landete. Emilia machte auf dem Absatz kehrt und nahm es lieber wieder mit der grellen Sonne draußen auf.

»Sobald der Kerl zu sich kommt, wird er beim bloßen Gedanken daran, daß ihn eine Alte k.o. geschlagen hat, wieder zu Boden gehen«, feixte Chui Morales, immer noch den Krug in der Hand. Dann holte er Emilia zur Belohnung für ihren Mumm ein Glas und überredete die Männer lachend, sie ein Glas mittrinken zu lassen.

»Wenn's nach dir ginge, könnten die ruhig Kleinholz aus mir machen, nicht wahr, du Idiot?« schimpfte Emilia, auf den völlig verdatterten Daniel losgehend.

Um sie aufzuhalten, trat das älteste der kleinen Mädchen einfach dazwischen und reichte der jungen, wild auf Daniel einschlagenden Frau ein Glas. Chui Morales kam hinzu und schenkte ihr aus seinem Steingutkrug, der einen ganzen See zu fassen schien, Pulque ein. Dann griff er nach Daniels Glas und füllte es ebenfalls mit der Flüssigkeit, die Emilia immer für das ekelhafteste Getränk gehalten hatte, das ihre Landsleute hatten erfinden können. Alle, selbst die Mädchen, hielten ihm ihre Gläser hin. Morales machte halb tänzelnd mit hocherhobenem Krug die Runde und schenkte ein, als vollzöge er ein uraltes Ritual. Schließlich füllte er sein eigenes Glas und schlug vor, auf die Fremde anzustoßen.

Emilia hatte eine Weile auf das schmierige Gebräu in ihrem Glas gestarrt. Sie bedankte sich für den Toast, gab aber vor, keinen Durst zu haben.

»Pulque trinkt man nicht gegen den Durst«, belehrte sie ein kleiner Mann mit sympathischem Gesicht, den Daniel als Fortino Ayaquica vorstellte. Als Emilia ihm die Hand reichte, erhob er sein Glas, um mit ihr anzustoßen, wobei er alle möglichen Vorzüge des Pulque aus dem Krug anführte, den Morales schwenkte.

»Der hier stammt nicht von dort drinnen«, behauptete Chui Morales und kippte sein Glas, ohne den Krug loszulassen, in einem Zug hinunter.

Der von dort drinnen sei ein unvergorener Pulquefusel, erklärten sie, der stinke, weil sie ihn schlecht werden ließen und vor der Lagerung nie die Fässer reinigten. Den aus dem Krug habe Chui Morales aus Magueykakteen einer während der Revolution beschlagnahmten Hacienda selbst gebraut. Er sei rein wie Quellwasser.

»Weiß wie die Pobacken der Mädchen aus dem Herrenhaus«, bemerkte Fortino, sich halb totlachend.

»Na los, trinken Sie«, forderte Chui sie auf und brach in so schallendes Gelächter aus, daß sein Schnurrbart wackelte.

Emilia führte den Mund ans Glas. Sie verfluchte den Augenblick, als sie auf die Idee verfallen war, Daniel zu folgen. Beim ersten Schluck fragte sie sich, wofür sie Daniel nicht alles verfluchen müßte und weshalb sie bloß so an ihm hing, für welchen Zentimeter seines Mundes sie nicht zu sterben bereit wäre, und sei es aus Ekel.

»Was für ein Mordsweib.« Chui klopfte Daniel anerkennend auf die Schulter und spuckte einen ebenso mordsmäßigen, schäumenden Schleimklumpen aus.

Daniel dankte für das Lob, während Emilia, die sich hingehockt hatte, um mit den Mädchen zu reden, ihr Glas nachfüllen ließ und es hastiger leerte als das erste.

»Wir müssen jetzt gehen.« Daniel gab vor, es sei schon spät und er müsse sie noch zu einer Bekannten bringen, damit die Junta endlich beginnen könne.

»Das wäre ja noch schöner, wenn du mir vorschreiben könntest, wann wir gehen.« Emilia setzte sich trotzig auf den Boden, um sich erneut nachschenken zu lassen. In dem Moment stieß Francisco Mendoza zu ihnen, der dritte der Rebellenführer, mit denen Daniel sprechen mußte. Begleitet wurde er von einer üppigen Frau mit vollen Lippen, herausforderndem Blick und glattem, dunklem, zu Zöpfen geflochtenem Haar. Sie sah Emilia an, als wäre sie eine alte Bekannte, und ließ sich einfach neben ihr auf dem Boden nieder.

Von hoch oben füllte Chui Morales ihr erstes Glas mit meisterhafter Treffsicherheit und schenkte auch Emilia nach, die, leicht schwindelig am Boden hockend, auf einmal unbändige Lust verspürte, mit lautem Geschrei loszutanzen. Doch fürs erste umarmte sie nur die neuangekommene Frau und begann, mit ihr zu plaudern. Sie hieß Dolores Cienfuegos, und ihr Temperament machte ihrem feurigen Namen alle Ehre.

»Willst du dich betrunken machen?« fragte das Mädchen mit der Puppe, als sie Emilia den Hund streicheln sah, der sich neben ihr ausgestreckt hatte.

»Bin schon kräftig dabei.« Emilia starrte verloren auf die unzähligen Grünschattierungen der stacheligen, stark duftenden Vegetation, die sich durch das gesamte Tal, in dem das Dorf lag, bis zu den Bergen erstreckte.

Die Mädchen vom Wirtshaus waren die Töchter von Chui Morales und seiner Frau Carmela Milpa, die gelähmt war und zwar keine Kraft in den Beinen hatte, aber eine engelszarte Stimme, mit der sie traurige Liebeslieder und uralte Wiegenlieder sang. Sie lebte mit ihren Töchtern und der feurigen Dolores Cienfuegos in einem Haus mit warmem Ziegelboden, das ganz überwuchert war mit Schlingpflanzen. Deren blasses Blütennetz hüllte es ein wie ein Leichentuch und duftete abends nach Jasmin und morgens nach Nelken. Dort ließen Franciso Mendoza und Chui Morales die Frauen allein zurück, wenn sie in den Kampf zogen. Und dorthin kehrten sie nach verlorener oder siegreicher Schlacht wieder heim, um sie zu sehen.

Innerhalb dieser vier Lehmwände lernte Emilia Sauri von den Frauen mit dem dunklen Teint und den feurigen Augen, daß ihres kein Einzelschicksal war und auch andere mit dem Kommen und Gehen ihrer Männer leben mußten. Sie lernte, daß die Frauen ihr Leben aus Erinnerungen woben und an jedem Fortgang ihrer Männer reiften. Sie lernte, sich mit ihrem Körper zu begnügen, Unnützes für sich zu behalten, vor sich hin zu summen, über den Krieg zu spotten und mit ihrem Los fertig zu werden wie die Pflanzen mit der Hitze. Sie lernte Dinge wie schwarze Bohnen, einen Krug Wasser, einen Kreisel, eine Schraubenmutter, einen Nagel, einen Schuh, ein Stück Seil, ein Kaninchen, ein Ei, einen Knopf, den Schatten eines Baumes und Kerzenlicht zu schätzen. Ihrerseits brachte sie ihnen bei, Fieber zu senken, Wasser abzukochen, Kopfschmerzen zu lindern, Wunden zu vernähen, Röcke zu heften, Schmetterlinge zu malen, Papierschiffchen zu falten, sich die Zähne mit verkohlter Tortilla zu putzen, die Würmer, die die Bäuche der Kinder aufzehrten, mit einem Pirú- und Tabachin-Blütentee abzutöten, die fünf riskanten Tage im Monat zu berechnen, Teekraut und Süßkraut mit Kakaocreme zu vermischen und sie sich zur Schwangerschaftsverhütung in die Vagina zu schmieren und giftige von heilenden Pflanzen zu unterscheiden, wie sie es von Casilda, der Kräuterfrau, gelernt hatte. Innerhalb von zwei Wochen brachte sie Dolores' Menstruation in die Reihe, befreite die beiden älteren Mädchen von ihren Gelbsuchtflecken und die Kleinste von ihren wunden Stellen im Mund. Vor allem aber verhalf sie der schlafgestörten Carmela mit den Blättern des weißen Breiapfels und einer Marihuanatinktur, die sie selbst in einem Mörser zerstampfte und Carmela für die Nacht auf die Beine strich, wieder zu einem entspannten Schlaf, wie sie ihn seit drei Jahren nicht mehr gekannt hatte. Das halbe Dorf nutzte die Gelegenheit, um Emilia wegen unterschiedlichster Leiden zu konsultieren. Allmorgendlich richtete sie eine provisorische Praxis neben dem Eingang zum Wirtshaus ein und untersuchte jeden Kranken, der zu ihr kam, unzählige Kinder, die ihre Mütter anschleppten, ob mit Husten oder Durchfall, alle Arten von Wunden, Verletzungen, aufgetriebenen Bäuchen, Rükenschmerzen, Infektionen, Siechtum oder was auch immer. Nachmittags zog sie durchs Dorf und besuchte die Kranken, die sich nicht mehr rühren konnten. Von morgens bis abends verzweifelte sie immer wieder über ihr mangelndes Wissen und die fehlende Medizin, wenn sie nicht aus einer in der Gegend wachsenden Pflanze gewonnen werden konnte. Zum Glück war der Boden in der Region reich an solchen Pflanzen und nicht bewaldet, so daß sie jeden Morgen mit Dolores losziehen konnte, um auf den Bergen nach ihr bekannten Kräutern zu suchen. Doch es gab zu viele Leiden, und sie wußte nicht, was tun mit einem Kind, das sich vor ihren Augen krümmte, oder mit einer Gonorrhö oder Syphilis. In manchen Fällen kannte sie nicht einmal den Namen der Krankheit. Trotz der Heilungserfolge bei Parasiten im Magen und kleineren Infektionen, typischen Armenkrankheiten aufgrund der schlechten hygienischen Verhältnisse, mußte sie oft ihre Machtlosigkeit eingestehen. Dann fiel ihr jedesmal Zavalza ein und wie er sie bei ihrem ersten Scheitern getröstet hatte. Es gab tausenderlei Situationen, in denen er gewußt hätte, was zu tun war, aber sie sich nur fluchend an den Kopf faßte.

Die Männer gingen fort, und die Frauen schufteten von Sonnenaufgang bis Sonnenuntergang. Nie hatten ihre Hände Ruhe, und es gab kaum Gelegenheit, sich gegenseitig sein Leid zu klagen. Mit ihnen lernte Emilia auch, daß sie noch lange nicht aufgeben mußte, wenn sie erschöpft war. Nach vier Stunden ununterbrochenen Einsatzes holte sie einmal tief Luft und arbeitete die nächsten vier Stunden weiter durch. Sie entdeckte ihre Zähigkeit, überwand immer wieder ihre Zweifel und erfuhr, daß Zuwendung sich selbst dann nicht aufbraucht, wenn man sie jedem einzelnen voll und ganz schenkt.

Sie verbrachte weniger Zeit mit Daniel als mit Dolores beim Baden im Fluß, und sie tollte so lange mit den Morales-Mädchen herum, daß ihr wenig Gelegenheit blieb, nach den Sternen zu greifen oder Kometen zu zählen. Sie war zufrieden mit dem, was jeder ihr geben konnte. Als Daniel nach fünf Wochen von Abschiednehmen sprach, begann sie zu weinen, als bräche für sie eine Welt zusammen.

Die Wahlen wurden für Madero ein Triumph auf der ganzen Linie. Allerdings hatte seine Mitwirkung in der Regierung den Kleinbauern keinerlei Verbesserung gebracht. Nachdem man sie verfolgt und die Dörfer und Ernten zerstört hatte, beschlossen Daniels Freunde, sich an den Landbesetzungen und Aufständen der Rebellen gegen die Regierung, die sie um die versprochene Belohnung für ihre Hilfe betrogen hatte, zu beteiligen. Diesen verlogenen Frieden wollten sie nicht, wenn sie ihren Leuten damit zumuten mußten, daß sie nach all den Toten und den schweren Tumulten weiter Tagelöhner und die Haciendas bei den gleichen Herren bleiben sollten. Durch Worte, Versprechungen, Befehle waren die Campesinos schwerlich zu bewegen, sich mit ihrer unverändert erbärmlichen Lage abzufinden. Erfüllt von Scham und Ekel darüber, daß er für die maderistische Halbherzigkeit einstehen mußte, hatte auch Daniel beschlossen, sich den Aufständischen anzuschließen. Deshalb mußte er als erstes Emilia aus Izúcar fortschaffen, wo schon allein ihr Gesicht und ihr Gang sie im Falle eines Krieges in Gefahr bringen würden.

Nächtelang stritten sie über die Schwierigkeiten, in dieser Welt zu bleiben, doch Emilia wehrte sich mit Händen und Füßen heimzukehren. Sie wollte lieber dort sterben, als ihn wieder zu verlieren, sie protestierte mit solchem Gezeter, daß die Bäume unter dem schützenden Kristallhimmel ins Wanken gerieten; sie weinte, verweigerte die Nahrung, verfluchte Madero, die Revolution, die Ungerechtigkeit, die Nacht, in der sie ihren Liebsten wiedergetroffen und erneut Feuer gefangen hatte, und ihre zitternden Lippen, wenn er bei ihr war. Daniel hörte sich jede Art von Protest an, lehnte es aber hartnäckig ab, etwas anderes zu tun, als sie zu den Sauris heimzubringen.

»Nicht einmal die gesamte Armee der Aufständischen schafft mich hier weg«, beharrte Emilia. »Du hast nicht über mein Leben zu entscheiden.«

»Aber ich darf doch entscheiden, daß du nicht stirbst«, erwiderte Daniel.

Er wußte zu gut, wie viele Menschenleben am Leuchten ihrer Augen hingen, und sah sich nicht im Recht, das alles aufs Spiel zu setzen. Milagros und die Sauris liebte er wie seinen eigenen Vater, wie seine Ideale. Weder er noch seine Ideale noch irgend jemand sonst waren es wert, Emilia in Gefahr zu bringen. Selbst wenn er sie anbinden müßte, er war nicht bereit, sie in der Nähe des Krisenherdes zu lassen, zu dem dieser Ort in Kürze werden würde.

»Das hier ist nicht dein Krieg, Emilia.« Daniel schmiegte sich enger an sie in ihrer letzten gemeinsamen Nacht unter dem Dach der Morales.

»Was ist denn meines?«

»Das Sternenhaus, die Medizin, die Apotheke, meine Augen«, sagte Daniel.

»Paß auf, daß ich sie dir nicht auskratze und in Alkohol konserviere«, antwortete Emilia trocken. Sie war wütend, weil sie den wahren Grund erkannt hatte. »Ich störe dich also. Aber wenn du im Krieg bleibst, ist er auch meiner. Ich gehe nirgendwohin, wo du nicht für immer bleibst.«

Des sinnlosen Argumentierens müde, stand Daniel schließlich vom Bett auf und zog los ins Feld.

»Männer«, sagte Dolores Cienfuegos, als sie zu ihr kam. »Es läßt sich nicht mit ihnen und nicht ohne sie leben.«

Gemeinsam liefen sie zum Fluß und suchten sich ein schattiges Plätzchen unter einer Trauerweide am Ufer, wo nur das Rauschen des vorbeifließenden Wassers auf Geröll zu hören war. Dolores war schon fast dreißig und keineswegs schüchtern, aber es kostete sie jetzt Mühe, einen Einstieg für ihr Gespräch mit Emilia zu finden. Sie mochte Emilia, bewunderte ihre wohlerzogene Stimme, den sonoren Klang ihrer Worte und ihr Geschick, sie präzise zu wählen. Noch nie hatte sie derart ihre eigene Unfähigkeit gespürt, ihre Gedanken mit der Klarheit und der genauen Empfindung wiederzugeben, wie sie sie im Kopf hatte. Nicht etwa, weil es ihr an Intelligenz mangelte, sondern einfach, weil sie arm und daher geistig nicht gefördert worden war. Das sah sie erst so klar, seit Emilia da war. An ihr maß sie ihre Empfindungen, hörte, wie Emilia ausdrückte, was sie in der gleichen Deutlichkeit fühlte, aber nie hätte in Worte fassen können.

»Man kann es sich nicht aussuchen, ist einfach nicht drin«, sagte Dolores schließlich und blickte Emilia ohne Mitleid und ohne Neid an.

Und dann brach es aus ihr heraus, alles, was ihre Gedanken beschwerte: Eines Tages würde Emilia im Dorf nur noch zur Last fallen, man würde sie beschützen, sich um sie kümmern, sie ernähren müssen. Wenn sie aber nach Puebla zurückging, konnte sie ihnen nützlicher sein als ein ganzes Lager bewaffneter Männer. Sie verstand es, Krankheiten zu heilen, Medikamente zu bereiten, sprach Englisch und die verschlüsselte Sprache der Machthaber. Sie kannte die Gesetze, Verfahrensweisen und Bücher, von denen sie hier keine Ahnung hatten. Sie wäre fern und doch nah. Dort in Sicherheit, bedeutete sie auch für die Freunde hier Sicherheit. Und da sie sich in jener Welt auskannte, konnte sie diese hier besser vertreten. Man brauchte und liebte sie sehr, doch an anderer Stelle war ihr Einsatz wichtiger. Wer wußte das besser als Emilia selbst, trotz ihrer fünftägigen Uneinsichtigkeit. Warum verdarb sie ihnen mit ihrer ständigen Grübelei über die Zukunft noch ihre letzten gemeinsamen Stunden? Für solchen Luxus fehlte die Zeit, die auch zu kostbar war, um sie im Streit zu vergeuden. Sie mußte verständig sein, ihr Los akzeptieren, wie sie ihres akzeptierten.

Emilia hörte geduldig alles an, was Dolores ihr zu sagen hatte, den Kopf, ohne aufzublicken, im Schoß der Freundin gebettet, den sie ihr angeboten hatte, als sie sich unter der Weide niedergelassen hatten. Sie lauschte ihrer Stimme, die mit dem Wasserrauschen auf Geröll verschmolz. Emilia fand die Argumente überzeugend, die an ihr Ohr drangen, während sie gleichzeitig ihre Erinnerungen an sich vorbeiziehen ließ: Dolores, wortkarg und aufreizend, wie sie eilig irgendwohin lief, an einer seichten Stelle im Fluß Wäsche auf einem der Steine schrubbte, auf der Handfläche abschmeckte, ob der Bohneneintopf ausreichend gesalzen war, einen Karabiner mit einem Spitzentaschentuch reinigte, das Emilia ihr geschenkt hatte, behende wie eine Bildhauerin auf der flachen Hand Tortillas formte, im Kohleherd stocherte, mit den Mädchen Versteck spielte, oben in den Bergen, wo sie niemand hören konnte, weithin ihre Leidenschaft für Francisco Mendoza herausschrie und ihn zwei Stunden später in militärischem Kommandoton wütend zusammenstauchte.

»Hör mal, du Mistkerl, schaff mir die Läuse aus dem Pelz«, hatte sie Dolores am Morgen nach der ersten Nacht, in der sie ihre erbärmliche Hütte mit Emilia und Daniel teilten, keifen hören. Nie würde sie diese drollige Redeweise vergessen.

Schon bei den ersten Sätzen hatte sie Dolores insgeheim Recht geben müssen und, während sie weiter ihren Worten lauschte, bereits begonnen, sie zu vermissen. Am Morgen ihrer Abreise gingen sie zur Schankstube, um dort einen Pulque zu trinken.

»Glück und Gesundheit«, prostete Dolores ihr zu und kniff die Augen zusammen, bevor sie das Zeug hastig hinunterkippte.

Im Morgengrauen erreichten sie Puebla. Sie hatten vorgehabt, in Milagros' alter Wohnung unterzuschlüpfen und sich erst einmal richtig auszuschlafen, bevor sie im Sternenhaus erschienen. Doch ihr Zuhause lag auf dem Weg, und die verschlungenen Pfade des Herzens erkennt man erst, wenn man sie geht. Noch war es nicht hell, das verblassende Licht der Straßenlaterne fiel auf die Veranden ihres Hauses. Emilia Sauri dachte an ihre ruhig im Dunkeln hinter den Mauern schlafenden Eltern. In inniger Umarmung, wie sie es von Kindheit an gesehen hatte, wie sie heute noch schliefen, obwohl sie ganz verrenkt aufwachten. Sie dachte an die straffe Daunendecke auf ihrem Bett, den blitzenden Holzfußboden, den Frieden, der über den Sesseln im Wohnzimmer lag, den aufsteigenden Kaffeeduft und das Vogelgezwitscher in der Frühe, die unter all den Fläschchen in der Apotheke zugebrachten Stunden und an die Reiseträume ihres Vaters, an die Ruhe, wenn sie bei Einbruch der Dämmerung eine von Josefas Hörnchen in Milch tunkte. Unwillkürlich lief sie zur Tür, um anzuklopfen. Ohne Rücksicht auf ihren Schlaf, wie Daniel es wollte, oder was immer sonst dagegen sprach.

Beim ersten Geräusch, das ihr ans stets wachsame Ohr drang, sprang Josefa aus dem Bett und hörte Diego über Milagros und ihre unberechenbaren Gebaren und Besuchszeiten schimpfen, während sie im Dunkeln mühsam versuchte, in die Ärmel ihres Morgenmantels zu schlüpfen. Sie lief durch das klammfeuchte Dämmerlicht auf dem Gang und rannte dann, mehrere Stufen auf einmal nehmend, die Treppen hinab.

»Emilia?« fragte sie, bevor sie öffnete. Denn wer sonst hätte ihr derart das Herz im Leibe hüpfen lassen, wenn nicht Emilia?

19

In den turbulenten, bedrückenden Monaten, die auf die Nacht folgten, in der Emilia den Fuß ins Haus gesetzt hatte, schwebte sie stets im ungewissen, wann Daniel mit seinem braunen Teint und dem wirren Haar wieder fortgehen würde. Josefa gebrauchte gerne den Spruch, der die Zeit mit dem Wind und die Liebe mit dem Feuer verglich: »Ein kurzes Aufflackern der Liebe löscht die Zeit wie der Wind die Flamme einer Kerze. Mächtig aufflammende Liebe schürt sie hingegen noch wie der Wind ein großes Feuer.«

Emilia ließ Daniel ohne den geringsten Vorwurf ziehen und ohne zu fragen, wohin er ging. Und Zavalza nahm Emilia ebenso vorwurfslos wieder auf und ohne zu fragen, wo sie gewesen sei. Irgendwann begann schließlich die Zeit doch bei beiden die erwiesene Standfestigkeit zu belohnen und die erlittenen Wunden zu heilen.

Aus Tagen wurden Monate, und das Leben mit all seinen grausamen und glücklichen Momenten war ein ständiger Kampf. Zavalza und Emilia arbeiteten wieder zusammen. Während sie nur über andere sprachen, über eiternde Wunden und quälende Gebrechen, mögliche Heilungschancen oder unabwendbaren Tod, wurden sie allmählich ein Paar, das sich niemals Ruhe gönnte. Sie lernten, tagtäglich einander nahe zu sein wie Zahnräder eines Uhrwerks. Tag für Tag kamen mehr Leute zu Zavalza in die Praxis mit Hoffnung auf Heilung und fanden sie bei diesen beiden Narren, die es wagten, dem

Schicksal selbst in den aussichtslosesten Fällen physischer Leiden die Stirn zu bieten.

Im September 1912 erschien Zavalza eines Mittags in der Apotheke und bat Emilia und Diego, ihm zu folgen. Diego hatte so eine Idee, worum es ging, fand aber, Zavalza habe die Freude verdient, seine Überraschung Emilia allein vorzuführen. Daher schob er vor, er könne die Apotheke nicht verlassen, und schaute dann Emilia nach, wie sie so vollkommen ahnungslos und neugierig allein mit Antonio loszog.

Anfang des Jahres hatten die Besitzer eine Finca vor den Toren der Stadt für weit unter Wert zum Verkauf angeboten, bevor sie fluchtartig das Land verließen, als wäre die Pest ausgebrochen. Zavalza hatte Josefa darüber reden hören und war auf der Stelle losgestürmt, um sie dann tatsächlich zu einem Spottpreis zu erstehen. Monatelang hatte er geheimgehalten, was er damit vorhatte. Emilia hatte nur bemerkt, daß er ständig mitten am Vormittag verschwand und zur Sprechstunde um fünf ein wenig verspätet wieder eintraf. Aber sie hatte nie ein Wort darüber verloren.

»Er hat eine Freundin, will es aber geheimhalten«, vermutete Emilia gegenüber ihrer Mutter.

»Unmöglich«, sagte Josefa, »diese Art von Geheimnissen erfährt man immer sofort.«

Mit dem Geld, das er nicht für die Europareise und die Hochzeit hatte ausgeben können, hatte Zavalza die Finca zu einem kleinen Krankenhaus ausgebaut. Nun endlich war er fertig geworden und konnte es Emilia vorführen.

»Es ist beinahe alles, was ich habe, und doch mehr, als ich erhoffen konnte«, sagte er, als sie in der Tür standen.

Emilia Sauri inspizierte den Ort staunender und entzückter, als sie die täglichen Attraktionen in Europa hätte bewundern können. Sie lief von Raum zu Raum und hatte noch eine Idee oder entschied, wie man das Mobiliar arrangieren sollte. Sie öffnete und schloß Fenster, lobte das satte Grün des Rasens im Garten, und als sie schon meinte, sie hätte alles gesehen, führte Zavalza sie strahlend in den kleinen Operationssaal, wo alle Instrumente und Apparate hypermodern waren wie im Kino.

Zavalza hatte diese Ausstattung dank der hilfreichen Dienste des nordamerikanischen Konsuls in der Stadt auftreiben können. Den Konsul, einen rotgesichtigen, ewig lächelnden alten Herrn, hatte Zavalza von einer vermeintlich chronischen Verdauungsstörung geheilt, weshalb dieser sich ihm gegenüber mindestens ebenso verpflichtet fühlte wie seinem Heimatland. Der Botschafter der Vereinigten Staaten in Mexiko hegte ein persönliches Interesse, Maderos Regierung zu stürzen, und in seinem Eifer, dies zu erreichen, trug er seiner Regierung in Washington alle möglichen Geschichten über die Bedrohung von Leib und Leben und Hab und Gut der Nordamerikaner zu. Um seine Version zu untermauern, mußte er stets den Bericht über einen kürzlich erlittenen Schaden, über das Schicksal verfolgter oder bankrotter Landsleute, über irgendeinen Unglücksfall parat haben. Die funkelnagelneuen Apparate im Operationssaal hatte er selbst bestellt, um die Schauergeschichte von einem ebenso unglücklichen wie inexistenten Arzt zu stricken und glaubhaft zu machen, er habe sich eine sündhaft teure Ausrüstung nach Mexiko schicken lassen und dann aus Panik vor den Verfolgungen und den Greueltaten des Madero-Regimes gegenüber Ausländern fluchtartig ohne sie das Land verlassen. Als der Botschafter seine Regierung mit seinem Märchen überzeugt hatte, bot er die Ausstattung zum Verkauf an. Mit Hilfe des fröhlichen Konsuls in Puebla hatte Zavalza sie dann zu einem Fünftel ihres Wertes erstanden.

Während Emilia sich die Schilderung all der Intrigen anhörte, die ihm zu seinem Glück verholfen hatten, lief sie im Saal hin und her, um alles zu berühren. Dann auf einmal machte sie vor Zavalza halt und schlang die Arme um ihn.

»Und ich habe geglaubt, du hast eine Freundin«, sagte sie.

»Hätte dich das denn beunruhigt?« Zavalza streichelte die Lockenpracht, die ihn sanft wie Balsam in der Nasengegend berührte.

»Dazu habe ich kein Recht.« Emilia genoß die Geborgenheit und besänftigende Ruhe in Zavalzas Armen. Er roch nach Tabak und Kölnisch Wasser. Sie war eng an seinen Körper geschmiegt und von einer wohligen Zufriedenheit erfüllt. Das geschah so aus heiterem Himmel, daß ihr unverhofft ein Liebesliedchen über die Lippen kam, zu dem sie im Takt zu tanzen begann.

Während des Jahres seiner Abwesenheit erreichten Daniels Briefe sie aus den unglaublichsten Ecken des Landes. Manche waren witzig und in aller Hast verfaßt, andere ausführlich und melancholisch. Entsprechend schwankte Emilias Gemütszustand. Bergauf, bergab begleitete sie die Aufständischen, denen Daniel folgte, seit er in Madero nicht wie erhofft den gerechten Staatsmann gefunden hatte.

Daniel war nach Morelos und in die Region im Süden von Puebla zurückgekehrt. Dort hatte man ihn zum Kurier und Kontaktmann zwischen den Bauern im Süden

und den Madero-feindlichen Rebellen im Norden ernannt, er war gereist, hatte Aufrufe verfaßt, beim Planen
geholfen und mehr gehungert denn je. Eine Zeitlang
versetzten die Rebellen im Norden das Land in Angst
und Schrecken, nahmen Chihuahua und einen Teil von
Sonora ein, bevor die Regierung auch nur merkte, was
geschehen war. Daniel hatte sie als Reporter begleitet
und Berichte für ein Blatt in Chicago und ein anderes in
Texas geschrieben. Er war auch bei ihnen geblieben, als
sie gegen eine starke Miliz – neu organisiert von einem
noch aus Porfirio Díaz' Zeit übriggebliebenen General,
einem gewissen Victoriano Huerta, den Madero mit der
Kampagne im Norden betraut hatte – Rückschläge erlit-
ten. Daniel wirkte nur als Intellektueller und Fürsprecher mit, bis die Rebellen in Relleno auf das neue Heer
stießen. An dem Tag schossen selbst die Jungen auf die
Federales. Anschließend hagelte es Niederlagen, und sie
waren nur noch vom Pech verfolgt, bis sie sich schließlich nach Texas flüchten konnten.

Als ihm Doktor Cuenca, aufrecht und stolz wie in
seinen besten Zeiten, aber fast erblindet und mit so vielen Beschwerden, wie eine müde Seele nur tragen kann,
die Tür seines Hauses in San Antonio öffnete, wollte er
nicht glauben, daß all seine Erziehungsbemühungen dazu gut gewesen sein sollten, daß sein Sohn sich ihm nun
in diesen erbarmungswürdigen Zustand präsentierte.

»In was für einen Schlamassel bist du da nur geraten?« fragte er.

Ein in der Wildnis Gestrandeter hätte besser ausgesehen als Daniel, der nach alldem, was er durchgemacht
hatte, nur noch Haut und Knochen war; er stank nach
einem Gemisch aus Staub und Hölle, hatte ein verkru-
stetes Gesicht, ein an der linken Schulter zerfetztes

Hemd, ein schlotterndes Hosenbein war völlig durchlöchert, und an den Schuhen lösten sich die Sohlen. Aber am meisten rührte sein gramerfüllter, zu einem krampfhaften Lächeln verzerrter Gesichtsausdruck.

Nach einer ordentlichen Mahlzeit und einem ausgiebigen Bad schlief er ganze drei Nächte und Tage durch. An einem Dienstag um sechs Uhr abends schlug er die Augen auf und traf auf Doktor Cuencas wachsamen Blick. Seine greisen Gesichtszüge hatten sich den besonnen Ausdruck, mit dem er durchs Leben gegangen war, bewahrt. Daniel rieb sich die Augen, als wollte er das Bild ungestörter Harmonie unauslöschlich einfangen.

»Schade, daß ich nicht auf dich rauskomme«, sagte er.

In der folgenden Woche debattierten sie rund um die Uhr, aßen unregelmäßig und zu unmöglichen Zeiten, schliefen sich irgendwann zwischendurch aus und kamen endlich zu einer Bilanz: Daniels vergeblicher Kampf um den Sturz eines Machthabers, der gar keine Macht besaß, hatte ihn körperlich und seelisch zerrüttet. Er hatte sich ausgerechnet seinen schwächsten Gegnern angeschlossen. Sie hatten sich mit denen geschlagen, die sich noch seine Anhänger nannten, sich aber über kurz oder lang auch von ihm abkehren würden. Die Freiheit der Presse, des Parlaments und der Rede, die in den vergangenen Jahren niemand hochgehalten hatte, würde erneut unter den Leichen Unschuldiger begraben werden. Der Rest, der nichts zu verlieren hatte, würde sich zwangsläufig für die verstiegensten Ziele und Namen untereinander die Köpfe einschlagen und die Revolution noch wer weiß wie lange richtungs- und gnadenlos über das Land hinwegtoben.

Daniel fiel es nicht leicht, die Argumente seines Vaters zu akzeptieren, doch nachdem er sie so oft zu hören bekommen, durchgekaut und in seinem fiebrigen Kopf gewälzt hatte, blieb ihm keine andere Wahl, als mit der Hellsicht eines illusionslosen Greises zu sehen, was er mit dem ungestümen Verstand seiner vierundzwanzig Jahre nicht erkannt hatte. Sein Bruder Salvador, anfänglich ein eifriger Mitstreiter, vergeudete seine Zeit auf todsichere und nicht weniger ärgerliche Weise. Er war in die Hauptstadt zurückgekehrt und nun auf Maderos Seite in der Politik aktiv. Doktor Cuenca bereute zutiefst, seinen Söhnen die Leidenschaft für die Politik mitgegeben zu haben, die sie nun zugrunde richtete. Aber es war wohl längst zu spät, sie ihnen noch austreiben zu wollen.

Zwar hatte er Daniel von der Notwendigkeit überzeugen können, dem sinnlosen Krieg, der ihm mit seinem blindwütigen Haß immer absurder erscheinen würde, den Rücken zu kehren. Doch bei seiner Suche nach einer seinem Sohn genehmen gesicherten Arbeit und Zukunft war er weniger erfolgreich. Bei einem seiner Freunde in San Antonio fand er schließlich einen Posten in einem Anwaltsbüro, aber Daniel wollte nicht auf Englisch streiten oder Erbschaften und Scheidungen für Menschen regeln, die ihr Unglück selbst verschuldet hatten. Die Anwaltslaufbahn interessierte ihn nicht, noch dazu in einem Land, das nicht seins war. Vorläufig wäre ihm nichts lieber gewesen, als eine Zeitlang die Ruhe bei seinem Vater zu genießen. Er wußte, daß sein Vater seine Gebrechlichkeit verbergen und seinen schlechten Gesundheitszustand nicht eingestehen wollte. Ihn jetzt allein zu lassen wäre das Dümmste gewesen, was er tun konnte. Da er nun nicht mehr in den Krieg ziehen mußte, fand Daniel es vorerst am wichtigsten, seinem Vater Gesellschaft zu leisten. Morgens arbeitete er, und nachmittags kümmerte er sich nur um ihn. San Antonio war eine friedliche Stadt, die mit ihrem schleppenden Rhythmus seinen Tatendrang ein wenig dämpfte und ihm mehr innere Ruhe schenkte, die manchmal fast an Glück grenzte. Und doch wußte Doktor Cuenca, daß diese Ruhe trügerisch war, und wenn er Daniel nicht half, bald etwas zu finden, was ihn begeistern konnte, würde er demnächst auf eigene Faust suchen und garantiert wieder in der Politik landen.

»Erzähl von deinem Land, bekämpfe es nicht«, empfahl er ihm eines Tages in der Hoffnung auf Rettung für seinen Sprößling.

Er wußte vom Schreibtalent seines Sohnes, in Englisch wie in Spanisch, er hatte das eloquente Spanisch seiner Briefe und die Erfolge seiner zahlreichen Beiträge für die Zeitung von San Antonio nicht vergessen und schlug ihm daher vor, ganz als Reporter zu arbeiten, durch die Welt zu reisen, sich bei mehreren nordamerikanischen Zeitungen als Korrespondent zu bewerben und Mappen mit Reportagen anzulegen, um das schwindende und das neu entstehende Mexiko festzuhalten.

Dieser Vorschlag erschien Daniel nach einiger Überlegung akzeptabel. Abgesehen von seiner Skepsis, ob man sich überhaupt auf so erquickliche Weise sein Brot verdienen könne, witterte er hier eine Chance, weiter nach den Sternen zu greifen. Tags darauf präsentierte er sich im Büro der Zeitung, der er ein Jahr lang Berichte aus Chihuahua und Sonora zugesandt hatte. Empfangen wurde er von Howard Gardner, einem jungen, zerstreut wirkenden Mann. Er redete hastig, und seine Ansichten erwiesen sich als eine vernünftige Mischung aus Überzeugungen und Skepsis. Er war der Redaktionschef und praktisch auch der Direktor, denn der Besitzer und eigentliche Direktor kam nur noch sporadisch und immer kürzer vorbei. Dann gab er zehn Anweisungen, von denen höchstens vier befolgt wurden, bevor das Leben wieder in den alten Trott verfiel, gemächlich wie der Fluß, der vom Fenster aus zu sehen war. Wie sich herausstellte, war Howard ein großer Verehrer von Daniels Artikeln. Lachend erzählte er, wie sehnlich er stets seine nächste Sendung erwartet hatte, wenn ihm die Nachmittage unerträglich lang geworden waren. Mindestens siebenmal fragte er nach, wie die Dinge *down there* stünden, bedauerte den Krieg, umarmte seinen Korrespondenten, als habe er ihn lange vermißt, und ließ ihm von der Verwaltung das Geld bringen, das dort auf ihn wartete.

»Ich war immer sicher, daß du nicht umgekommen bist.« Der Redakteur sagte das mit einem so herzlichen Ausdruck im Gesicht, daß Daniel errötete.

Auf einen solchen Menschen zu treffen, hatte er wahrlich nicht erwartet, sondern mit einem völlig desinteressierten Gringo gerechnet. Wieder mal bestätigte sich Milagros' Devise, daß das Leben immer für Überraschungen gut ist.

Bedingungslos akzeptierte er die Freundschaft, die er jetzt mehr denn je brauchte, und als sie gemeinsam aus der Redaktion fortgingen, redeten sie miteinander wie uralte Freunde. Nach vier Stunden und zahlreichen Bieren kannte jeder des anderen Leben mit allen Höhen und Tiefen. Arm in Arm verließen sie schließlich die schummrige, lärmende Kneipe, Ort und Hort ihrer ausgetauschten Geheimnisse, und aus dem schleppenden Rhythmus ihrer torkelnden Schritte sprach die Gewißheit, einen Kumpel gefunden zu haben. Eine Million Sterne durchlöcherten den Nachthimmel.

»Eine Nacht, um ein Mädchen zu küssen«, meinte Howard beim Abschied mit einem Blick nach oben.

Pfeifend betrat Daniel die Wohnung seines Vaters, nahm neben seinem Sessel Platz, wo er ausruhte, und erzählte ihm von dem Glück und den guten Aussichten, die sich ihm boten. Während Doktor Cuenca ihm lauschte, mußte er an früher denken, ganz der zufriedene Vater, der bei seinem Sohn den Funken aufflackern sieht, der einst in ihm selbst glühte.

»Anscheinend hast du deinen Diego Sauri gefunden«, spielte er auf seine Freundschaft mit dem Apotheker an. Und als habe es ihm schon die ganze Zeit, seit der Ankunft seines Sohnes, auf der Seele gelegen, wagte er nun endlich, ihn nach Emilia zu fragen.

»Emilia ist ein Schatz.« Daniel betonte jedes Wort. Anschließend brach er, betrunken wie er war, hemmungslos in Tränen aus, in ausweglose Verzweiflung, was er sich bisher nie erlaubt hatte.

Von seinem Entschluß, nach San Antonio zu fliehen, hatte er Emilia damals direkt geschrieben und ihr detailliert seine innere und äußere Lage auseinandergesetzt. Mit dem Brief hatte er eine Haarsträhne und ein Foto mit einer Widmung am Rande, in der er sie *Sinn meines Lebens* nannte, in den Umschlag gesteckt. Danach hatte er es nicht mehr fertiggebracht, ihr zu schreiben. Er schämte sich, ihr so fern zu sein, und wollte nicht zugeben, daß er auch ohne sie Frieden gefunden hatte und nicht unglücklich war. All das gestand er unter Tränen, seinen betrunkenen, hilflos kindlichen Kopf in den Schoß des Vaters gebettet, eines Vaters, wie er ihn als kleiner Junge stets vermißt hatte. Die Alten erlauben sich manchmal Freiheiten, die undenkbar gewesen wären, solange die Welt sie noch als kühn und unerschrocken bewunderte.

Während Daniel sich seinen Kummer von der Seele

redete, strich ihm Doktor Cuenca wortlos mit zitternden, arthritisverkrümmten Fingern durchs Haar, bis sein Sohn mit all seinem Herzeleid in Schlaf sank. Es war Dezember, und in zwei Tagen stand Weihnachten bevor. Das war Daniels einziger Gedanke, als er morgens auf den steifgewordenen Knien seines Vaters die Augen aufschlug. Er hätte nicht zu sagen vermocht, wie lange er in dieser Stellung zugebracht hatte. Er konnte sich an keinen Traum erinnern, und die Hand seines Vaters lag noch auf seinem Kopf.

Doktor Cuenca starb am 23. Dezember 1912. Wieder übermannte Daniel ein Gefühl der Ausweglosigkeit, genau wie einst, als sie ihn ins Gymnasium geschickt hatten. Erst mit dreizehn hatte er es damals überwunden, nachdem er eine Nacht in der Gruft auf dem Friedhof verbracht hatte. Jetzt fühlte er sich einsam und verloren wie nie mehr seither.

Daniels Nachricht erreichte das Sternenhaus elf Tage später. Josefa brachte sie ins Krankenhaus und überließ es Emilia, Diego zu informieren. Schon seit einiger Zeit weigerte sie sich, ihren Mann mit immer neuen Katastrophenmeldungen zu beunruhigen. Der Grund für ihre plötzliche Vorsicht war ihr selbst schleierhaft, sie wußte nur, daß sie mit ihrem Mann nie ohne Schuldgefühle über Politik oder Verluste reden konnte. Als hätte sie über Frieden und ewiges Leben zu entscheiden und verweigerte beides dem leidenden Herzen ihres mit dem Schicksal hadernden Mannes.

Emilia streifte den weißen Kittel ab, ging zu Zavalza und gab ihm Bescheid, als verläse sie einen Urteilsspruch. Er preßte nur die Lippen zusammen und legte ihr eine Hand auf die Wange. Da schloß sie die Augen und kehrte ihm den Rücken.

Knapp vier Wochen später traf Emilia in San Antonio ein, nach vergeblichen Versuchen, ihre Eltern und Milagros zu trösten. Sie reiste mit einem Gobelinkoffer im Gepäck, dazu ein Köfferchen voller Medizinfläschchen, eine Handtasche mit Geld von der gesamten Familie, das Cello, das Doktor Cuenca ihr einst geschenkt hatte, und die feste Überzeugung, daß der Arzt nur gestorben war, um sie zu zwingen, seinen Sohn aufzusuchen.

Sie sprang vom Waggon auf den Bahnsteig, wo ein markanter Geruch nach weichen Brötchen mit Butter die Luft erfüllte. Nachdem sie eben erst dem Chaos entkommen war, in dem ihr Land versank, und nur Bahnhöfe passiert hatte, über denen ein penetranter Gestank nach Schießpulver oder Tod hing, ließ Emilia sich nun ganz von diesem Duft überwältigen, während sie sehnsüchtig nach Daniel Ausschau hielt. Endlich entdeckte sie ihn von weitem und wartete, ohne seinen Namen zu rufen, bis er zu ihr kam. Sie wollte sich Daniels Anblick einprägen, wie er in der Menge nach ihr suchte. Sie wollte das Gefühl haben, noch könne sie zurück. Und sie wollte noch ein letztes Mal Atem holen, bevor sie offenen Auges das Reich der Vernunft verließ. Dann erst hob sie die Hand, um zu winken und Daniels Namen zu rufen. Als er bei ihr war, klammerte sie sich fest an den Körper dieses ungelenken, gehemmten Mannsbilds, das ihr die Arme entgegenstreckte.

Gemeinsam weinten sie den ganzen Abend und einen Teil der Nacht. Um sich selbst, um die Nacht, die den alten Cuenca umfing, um das Verlorene und um seine nie untergehende Welt, um die Ermordeten und die Mörder, den Krieg, der sie getrennt hatte, und um den Frieden, den sie nicht finden konnten. Dann erweckte sie die Natur ihrer Leiber zu neuem Leben. Als sie wieder aufwachten, lagen sie in einem vollkommenen Gleichgewicht von ineinandergeschlungenen Armen und Beinen, und sie bewahrten diese Gleichung bis zum frühen Mittag .

»Ich habe keine andere Wahl.« Emilia zog mit den Fingern die knochige Spur nach, die Daniels Brust zweiteilte.

An den folgenden Tagen sah der Himmel sie morgens am Fluß entlang bis zum Stadtrand schlendern, wo die gut bestellten Felder begannen und es nach dem Gras roch, das am Boden wuchs. Emilia lernte Howard Gardner kennen. Er wurde ihr Vertrauter und der treueste Zeuge ihres Glücks und ihrer Ziele. Sie lernte, wo man die beste Butter und das zarteste Gemüse kaufte, verlor die Angst, sich zu verlaufen, und ging jeden Abend in der sternendurchsiebten Dunkelheit schlafen, die über der Wüste lag.

Emilia füllte das Haus mit Pflanzen und verwandelte die beiden Zimmer ihrer kleinen Wohnung in einen Hort von Kästchen und Gegenständen, in dem Daniel etwas vom Geruch wiederfand, der im Sternenhaus herrschte. Es verwirrte ihn, jeden Abend dorthin zurückzukehren, denn Emilia entkleiden zu können, wann er wollte, bedeutete, all das Unwiederbringliche für einen Moment noch einmal kurz aufleben zu lassen, bevor es ihm gleich wieder entglitt, sobald er den Fuß auf die Straße setzte. So wurde der Trost, sie wiedergefunden zu haben, schnell zur Sehnsucht nach allem übrigen.

»Du schleppst deine ganze Welt mit dir herum«, sagte er eines Abends, als er von der Zeitung heimkam.

»Und du läßt sie dafür überall zurück.« Emilia schaute nicht von dem Buch auf, in das sie vertieft war.

Daniel beugte sich über sie, um ihr einen Kuß zu geben, und nahm ihr die Anatomielehre aus den Händen, die sie gerade studierte.

Jeden Abend kehrten Daniel und Howard mit einer Neuigkeit aus Mexiko heim, die Daniel auf der Zunge brannte. Zuerst eine Erhebung in Tlaxcala, dann der Ausbruch eines Vulkans in Colima oder die völlige Zerstörung des wichtigsten Hafens von Yucatán durch Feuer, und eines kalten Abends die von einem stotternden, aber fehlerlos arbeitenden Telegraphen übermittelte Nachricht vom Ausbruch einer Verschwörung gegen Madero in der Armee unter Führung der beharrlichsten Repräsentanten der alten Diktatur.

Wie ein Windstoß, der Dinge aufwirbelt, um sie dann heftig zu Boden zu schleudern, begann Daniel den Militärputsch gegen Madero in allen verfügbaren Einzelheiten zu schildern. Er erzählte von den durch die aufständischen Militärs befreiten Gefangenen, von der Bombardierung der Zivilisten, von Reaktionen der Panik und Akten der Barbarei. Derweil stopfte er Kleidung in einen Koffer und offenbarte Emilia schließlich, daß sie am nächsten Tag nach Mexiko reisen würden.

»Wir können nicht einfach so ruhig und glücklich weiterleben, während sich dort all das ereignet.« Wenn er bisher die Rebellen gegen den zaudernden Madero unterstützt habe, würde er jetzt die Verräter seiner Reformen bekämpfen.

Mit entsetztem Blick ließ Emilia Daniel reden und eine Weile fluchen, ließ ihn Kriegspläne schmieden, mit Howard die Menge der wöchentlichen Berichte vereinbaren und die Orte, an die er sich auf der Suche nach Stories begeben, die Leute, die er interviewen und die verschiedenen Blätter, denen Howard die Artikel verkaufen würde. Dann teilte sie Daniel mit der gleichen Ungerührtheit, in der er, ohne sich um ihre Meinung zu scheren, seinen Entschluß gefaßt hatte, kühl mit, daß sie die Grenze nicht überqueren würde. Sie sei noch nicht ganz angekommen, noch habe sie die Erinnerung an ihre Zugreise durch ein verwüstetes Land nicht verwunden, und es fehle ihr der nötige Mut zur Rückkehr. Im übrigen sei fraglich, welchen Sinn es haben solle, den Tod in einem Krieg zu suchen, in dem keiner mehr wisse, wozu und zu wessen Verteidigung er überhaupt geführt werde. Sie könne nur ihrer Mutter recht geben, wenn sie sage, die Politik fördere das Schlechteste im Menschen zutage und die Kriege brächten die schlimmsten Männer an die Macht. Sie zweifle nicht daran, daß Daniel um jeden Preis losziehen werde, aber bei seiner Rückkehr könne er auf sie nicht mehr zählen. Er habe ihr doch versprochen, mit ihr nach Chicago zu reisen, um Doktor Arnold Hogart kennenzulernen. Mit dem berühmten Pharmazeuten und Arzt war Diego Sauri in langer und inniger Brieffreundschaft verbunden.

»Ich werde meine Pläne nicht ändern. Ich bin es leid, immer nur zu springen, mal hü, mal hott, wie es dir und deiner Republik gerade in den Kram paßt«, entschied sie.

Während des gesamten Vortrags hielt sie die Kaffeetasse in einer Hand und zeigte, begleitet von Howard Gardners bewunderndem Blick, eine Entschlossenheit, die Daniel an das Mädchen mit den herabbaumelnden Beinen auf einem hohen Ast denken ließ. Zu Ehren ihres Gastes hatte sie auch noch alles in einem so fließenden, anmutigen Englisch hervorgebracht, daß ihr Vater seine helle Freude daran gehabt hätte. Als sie endlich alles losgeworden war, nahm Howard ihr die Tasse aus der zitternden Hand und küßte sie auf die im Eifer des Gefechts erröteten Wangen.

Emilia schenkte ihm endlich Kaffee ein, ohne das Schweigen zu unterbrechen, und Howard machte es sich mit seiner Tasse in einem Sessel bequem, begierig, sich nichts von dieser bühnenreifen Auseinandersetzung entgehen zu lassen. Daniel saß halb hinter seinen aufgestützten Ellenbogen verkrochen am Tisch. Er schloß die Augen, fluchte leise und konnte an nichts anderes denken als an seinen sehnlichsten Wunsch, sie zu behalten. Wie einen dummen Jungen, dem man schonend und doch nachdrücklich die Realität beibringen mußte, damit sie in seinen Schädel ging, putzte sie ihn herunter, wenn sie so mit ihm sprach. Es machte ihn fertig, wenn der Sturm der Empörung ihre Wangen peitschte und ihren Verstand freiblies, wenn sie sachlich argumentierte wie ein Historiker und seine Launen mit der Herablassung einer reifen Frau quittierte. Das Leben unter all den grüblerischen Erwachsenen hatte ihr Denken geprägt. Eine Diskussion mit ihr war wenig aussichtsreich, da sie den scharfen, unbeirrbaren Blick von Josefa hatte, Diegos Kühnheit im Urteilen und Milagros' Eigensinn. Er besaß nur sehr wenige Argumente, um sie zu überzeugen, und gar keins, um es vor Publikum anzuführen. Also zeigte er keine Regung und sagte lange nichts, bis die Luft so dick wurde, daß Howard einen letzten Schluck Kaffee hinunterkippte und es für ratsam hielt, sich zu verabschieden.

»Egoistin«, schimpfte Daniel, als sie allein waren.

»Du bist arrogant«, erwiderte Emilia.

»Und du hartherzig«, sagte Daniel.

»Falscher Märtyrer«, konterte Emilia.

Was folgte, war ein erbitterter Kampf wie unter Tieren, mit Bissen und wüsten Beschimpfungen und dem Schwur, sich zu vergessen, sich zu trennen, sich auf ewig zu hassen.

»Verrecke doch«, stieß Emilia hervor, während sie sich aus dem Gerangel und den Stößen, zu denen das Ganze eskaliert war, befreite. Sie hatte einen Kratzer an der Stirn, glühende Wangen, und die Knöpfe ihrer Bluse standen offen.

»Aber ohne dich.« Daniel hielt inne, um sie zum ersten Mal seit Beginn ihres Streits richtig anzusehen. Gott, war sie hübsch, hübscher denn je. »Du bist grausam«, sagte er, während er sich bückte, um sein Hosenbein anzuheben und nach der schmerzenden Stelle zu suchen, die von einem Tritt ans Schienenbein rührte.

»Tut's weh?« fragte Emilia reumütig.

»Nein.« Daniel ging auf sie zu. Unter der offenen Bluse bebten ihre Brüste. Daniel steckte die Hand in den Spalt dazwischen. Es wurde bereits hell, als ihre Körper schließlich auf der Suche nach Waffenstillstand miteinander verschmolzen. Sie spielten das innige Spiel, sich zu lieben, als gäbe es keine Zukunft, und vergaßen ihren Kummer. Sie nahmen ihre Schwüre ewigen Hasses zurück und versöhnten sich. Doch keiner wich auch nur einen Zentimeter von der Position ab, die er bei Anbruch der Nacht vertreten hatte, und obwohl sie sich Toleranz, Erinnerung ohne Ressentiments und Treue schworen, wachten sie auf, ohne eine taugliche Einigung gefunden zu haben, die vor dem einfallenden Tageslicht bestehen konnte.

»So gern suchst du ihn, daß du ihn am Ende finden wirst«, sagte Emilia.

»Wen?« wollte Daniel wissen.

»Verlange nicht, daß ich es ausspreche.« Sie umarmte ihn hastig, um das Entsetzen vor dem Tod, der beim Abschied zwischen ihnen stand, zu bannen.

20

Daniel kehrte nach Mexiko zurück, wie er in dem Augenblick beschlossen hatte, als er vom Militärputsch erfuhr. Emilia blieb es überlassen, das wenige, was sie angeschafft hatten, zu verkaufen; sie verstaute auch alle Bücher von Doktor Cuenca in Kisten, bezahlte die letzte Miete und gab den Hausschlüssel ab. Anschließend machte sie sich auf die Reise zum Studium nach Chicago, in eine Zukunft, in der Krieg nicht vorkommen sollte.

Eines dunklen Morgens um zehn Uhr traf sie in der in tiefstem Winter versunkenen Stadt ein. Es schneite, und vom See her fegte den Passanten ein eisiger Wind ins Gesicht. Emilia hätte nie gedacht, daß Kälte so weh tun kann. Während sie sich zum ersten Mal durch eine dicke Schneedecke kämpfte, schrie sie zum grauen Himmel, der auf sie herabzufallen drohte. Und da sie abgelenkt war und nicht darauf achtete, wo sie den Fuß hinsetzte, geriet sie auf der glatten Fläche bald ins Rutschen. Unter der Last ihres Gepäcks und ihres Ärgers drehte sie sich sekundenlang, krampfhaft bemüht, nicht zu stürzen, und landete schließlich doch, ohne sich mit den Händen abfangen zu können, mit dem Gesicht mitten im Schnee. Völlig durchnäßt und halb erfroren, dachte sie, sie habe es nicht anders verdient, weil sie die Augen vor den offensichtlichen Tatsachen verschloß, weil sie vor dem floh, was ihr bestimmt war, weil sie zu viel erwartete. Was tat sie hier nur, sie, die das Glück hatte, in einem warmen Tropenland geboren zu sein, zu Tode erschöpft im schmutzigen Schnee, verdrossen, müde und so einsam, wie sie es sich nie hätte vorstellen können? Was hatte sie hier zu suchen, wo doch unter den Sternendächern das allerbehaglichste das ihres Zuhauses war? Ärztin werden?

Sie kämpfte mit den Tränen, doch der Gedanke, daß sie ihr auf den Wangen gefrieren könnten, schreckte sie derart, daß sie eine gehörige Portion Kummer herunterschluckte und rasch wieder aufsprang. Dieser Ort war wenig dazu geeignet, in Grübeleien und Nostalgie zu versinken. In der Handtasche hatte sie die Adresse eines Gästehauses. Sie beschloß, es aufzusuchen und nicht mehr zu verlassen, bis das Schneegestöber sich gelegt hätte.

Zwei Monate später schneite es immer noch. Allerdings hatte sie gelernt, über eine rutschige Schneedecke zu laufen, sich als Hörerin in der Northwestern einzuschreiben, und sie arbeitete in Hogans Labor. Mit dem Freund ihres Vaters hatte sie sich gleich vom ersten Moment an, als sie sich kennenlernten, phantastisch verstanden. Hogan, seit kurzem verwitwet, interessierte sich mindestens ebensosehr für Heilpflanzen wie die Sauris und empfing Emilia in seinem Refugium voller Fläschchen mit halb väterlicher, halb jugendlich begeisterter Herzlichkeit. Er ersparte ihr alle Probleme mit dem Gesetz, die sie als Ausländerin mit Touristenpaß bei der Arbeitssuche gehabt hätte. Bei ihm stiegen zwei altbekannte Gefühle in Emilia wieder auf: Einerseits vermißte sie mehr denn je die Musik und den Enthusiasmus ihres Vaters, andererseits fand sie selbst ihren alten Elan wieder. Morgens besuchte sie die Universität, und an den Nachmittagen assistierte sie Hogan in der Nähe des Hyde Parks. Von frühmorgens bis lange nachdem die Stadt in der endlosen, winterlichen Dunkelheit versunken war, blieb sie unermüdlich auf den Beinen. Innerlich glich Emilia der Stadtlandschaft. Sporadisch brach ein Lichtstrahl durch, die Gewißheit, es so richtig zu machen, ein Funke Ironie als Trost für ihr Heimweh und ihre Zweifel. Die meiste Zeit aber war sie düster wegen der Nachrichten, die sie aus Mexiko erreichten. Jede Katastrophe, von der sie hier in der Ferne hörte, wuchs in den Nächten ins Unermeßliche. Die Tage füllte sie ganz mit Hektik aus. Nach dem Abendessen spielte sie für die Wirtin und die anderen Gäste Cello, schwungvoll wie ein ungarischer Geigenspieler. Wenn es schließlich doch soweit war, daß sie alleinblieb und das Licht in ihrer Kammer löschte, dann pochte die Schwärze ihr wie ein Tumor im ganzen Leib. Sie vermißte die Sauris, Milagros, Zavalza, und als hätte sie nicht schon genug Kummer, belastete sie am meisten die Sorge: War Daniel noch am Leben?

Schlaf fand sie immer erst gegen Morgen, wenige Stunden vor dem Aufstehen. Selbst an den Sonntagen sprang sie dann aus dem Bett und beschäftigte sich mit irgendeiner Arbeit. Sie lernte mit solchem Feuereifer, daß sie ihre Lehrer in Erstaunen setzte. Sie wußten nicht recht, was sie von einer Studentin ohne die nötigen Papiere für ihre Zulassung zum Medizinstudium halten sollten, die aber von manchen Krankheiten wußte und sprach, als hätte sie bereits die Abschlußprüfung bestanden. Um sie von ihrem sichtlichen Kummer abzulenken, bot Doktor Hogan ihr an, sich dem Praktikum anzuschließen, das die Studenten im letzten Studienjahr bei ihm im Krankenhaus absolvierten. Als er sah, wie sie sich dort bewegte, wie sie mit den Kranken umging und sich nach ihrem Gemütszustand erkundigte, um herauszufinden, was sie bedrückte, war er hocherfreut.

Was Emilia an ihrem neuen Lehrmeister am meisten begeisterte, war seine Theorie vom Zusammenhang von physischen und psychischen Leiden, seine nach landläufiger Meinung völlig »verrückte« Idee, daß Geistesstörungen mit medizinischen Mitteln behandelt werden könnten und selbst Melancholie mit Arzneimitteln heilbar sei. Durch ihren Vater und aus eigener Erfahrung wußte Emilia von Kräutern, die eine verzweifelte Seele heilten. Mit Hilfe von Hogan und eines ausführlichen Briefaustauschs mit Diego Sauri probierte und probierte sie, bis sie tatsächlich einen Heiltrank mixen konnte, der Melancholiker wieder zum Lachen brachte und eine verletzte Seele wieder aufrichtete.

Hogan hatte solche Volksmedizin zunächst nur bei hoffnungslosen Fällen angewandt, wenn es dem Kranken, nachdem er alles versucht hatte, immer noch so schlechtging, daß er in Lebensgefahr schwebte. Später freilich verordnete er das Mittel auch bei leichten Fällen, von denen einige auf wundersame Weise genasen. Bei Emilia entdeckte er eine Fähigkeit, Schwermütige zu heilen, die nicht nur mit den Kräutermischungen zu tun hatte, sondern daher rührte, daß sie den Leidenden stundenlang zuhörte. Egal ob sie zusammenhanglos redeten, sich ständig wiederholten, Unsinn von sich gaben oder bis spät in die Nacht kein Ende finden konnten. Emilia zeigte nie die geringste Ungeduld, und nachdem sie immer aufs neue den wirren Gedanken eines Verzweifelten gelauscht hatte, schaffte sie es noch, das richtige Ende des Fadens aufzuspüren und an einem Ausweg zu stricken. In allen Fällen, die auf Störungen des Geistes oder des Gemüts deuteten, ernannte Hogan sie zu seiner Assistentin. Den Rest – die unterschiedliche Funktionsweise der Nervenzellen, die Herzrhythmen und ihre Unregelmäßigkeiten, welcher Wissenschaftler welches Antiseptikum entdeckt hatte, warum der Arzt Alexis Carrel den Nobelpreis gewonnen hatte, wer die Methode zur Diagnose von Diphterie entdeckte oder aus welchen Gründen es ratsam war, daß ein guter Arzt Shakespeare las und die griechische Mythologie kannte – brachte er ihr nach und nach bei, etwa wenn er über einen hoffnungslosen Fall sprach, über eine Neuentdeckung oder ein schwieriges Krankheitsbild, das unlösbar schien. Bisweilen unterbrach Emilia Doktor Hogan mitten in einer Lektion, die er in seiner angelsächsischen Gründlichkeit erteilte, und erinnerte an einen Merkspruch ihres ersten Meisters:

»Doktor Cuenca sagte immer: Es gibt keine hoffnungslosen Fälle, sondern nur Ärzte, die keine Lösung finden.«

Hogan war ein hochgewachsener, energischer Mann mit rosiger Haut, den Emilia manchmal so zum Lachen brachte, daß er puterrot wurde. Er konnte aber auch ganz weich werden und vor Rührung schier dahinschmelzen. Für sein Leben gerne hätte er die Sauris, Milagros, den Dichter Rivadeneira, Zavalza und natürlich Daniel Cuenca kennengelernt. Bald wußte er so viel über sie, daß er meinte, sie ohne weiteres erkennen zu können, träfe er sie auf der Straße. Einige ihrer Angewohnheiten entzückten ihn geradezu, etwa die Sonntagstreffen. Also organisierte er fortan in seinem Haus ähnliche Sonntagsgesellschaften, wie Emilia sie aus der Zeit ihrer Kindheit schilderte. Hogan hatte insgeheim eine lyrische Ader, mit der er sich seit dem Tod seiner Frau und erst recht seit Emilias Ankunft immer mehr hervorwagte. Folglich verpflichtete er sich, die Sonntagnachmittage mit dem Vortragen seiner Verse zu beginnen. Anschließend spielte Emilia Cello, im Duett mit Pauline Atkinson, einer alten Freundin von Hogan, die von griechischen Einwanderern abstammte, ausgezeichnet kochte und sie mit ihren kleinen, präzisen Händen auf dem Klavier begleitete.

Doktor Hogan war ein leidenschaftlicher Sternforscher. Auf dem Dach seines Hauses hatte er ein festes Teleskop installiert und kannte die Namen, Farben und Bahnen aller Sonnen, Planeten, Kometen, Meteoriten und Monde, deren Licht bereits vor Jahrhunderten erloschen war und nur in den Träumen der Menschen weiterleuchtete. Abends führte er seine Gäste auf einen Turm, den er im Hof hatte errichten lassen, und bombardierte sie mit einer Unmenge von Theorien und Hypothesen, die zwar alle schon einmal an anderer Stelle von anderen Wissenschaftlern geäußert worden waren, aber kaum mit mehr Elan. Zum Glück gab es auch eine Reihe von Gästen, die die Sonntage mit anderen Interessen, Aufführungen und Zerstreuungen bereicherten. Auf diesen Sonntagsveranstaltungen bei Doktor Hogan lernte Emilia sogar einen Fotografen kennen, der nicht nur für sein Können berühmt war, sondern auch für sein Wissen über die Anfänge der Fotografie, die Experimente eines italienischen Genies im XVI. Jahrhundert; oder Helen Shell, die bezaubernde, blonde Philosophiestudentin und Nichte eines bekannten, mit Hogan befreundeten Impresarios und Homöopathen, die sich eben vom Joch ihres New Yorker Luxuslebens und ihrer Erziehung zum Müßiggang freigemacht hatte. Sie war eine passionierte Bewunderin des Philosophen William James und hatte die Angewohnheit, sich zweimal pro Woche in einen anderen Mann zu verlieben. Mit Emilia schloß sie eine allsonntäglich gepflegte Freundschaft, wenn sie sich in allen Einzelheiten anvertrauten, was sie in der vergangenen Woche erlebt hatten. Während des ausführlichen Vortrags eines belgischen Wissenschaftlers über die Rätsel des Atoms oder der hochgeistigen Überlegungen, die ein Historiker hinsichtlich der Frage anstellte, warum die Chinesen Europa nicht entdeckt hatten, oder des bescheidenen Geständnisses eines Mathematikers, seine Wissenschaft diene nicht nur der Forschung, sondern auch einer Art Selbstdisziplin, oder der Ausführungen eines Ökonomen über die Existenz von Papiergeld im Orient, drei Jahrhunderte bevor im Okzident 1640 die ersten nachgewiesenen Scheine hergestellt wurden, schwebten Emilia und Helen zwischen kleinen Andekdoten und unaufschiebbaren Visionen. Hogan, der sie leise tuscheln hörte, während ein Gelehrter seine Zweifel aufzeigte oder über die zahlreichen Entdecker dozierte, die in der Anonymität untergehen, fragte sich, wie Emilia nur alles behalten konnte, um später mit ihm über die verschiedenen Zeitbegriffe zu diskutieren oder sich darüber zu wundern, daß die Idee, die Bücher mit einem Inhaltsverzeichnis zu versehen, erst seit dem 18. Jahrhundert verbreitet sei, wo es auf ihn doch so gewirkt hatte, als habe sie nichts von all dem mitbekommen.

Auf seine Frage, wie es ihr gelang, zwei Unterhaltungen gleichzeitig zu folgen, erzählte Emilia ihm, diese Fähigkeit sei allen Frauen ihrer Familie angeboren. Einige, wie etwa ihre Tante Milagros, seien sogar in der Lage, vier Gesprächen gleichzeitig zu folgen. Um diese Begabung zu erklären, holte sie weiter aus: Möglicherweise lag das an dem Land selbst, denn in Mexiko geschahen so viele Dinge gleichzeitig, daß man die wichtigsten Ereignisse versäumte, wenn man nicht auf mehreres gleichzeitig achtete. Da war zum Beispiel die Revolution, die weiterhin ihr Unwesen trieb. Nach dem Mord an Madero hatte Victoriano Huerta – laut Diego Sauri der größte Verräter der Geschichte Mexikos – die Präsidentschaft der Republik an sich gerissen und bis Ende des Jahres 1913 den Kongreß geschlossen, die Presse mundtot gemacht, mehrere Abgeordnete ins Gefängnis gesteckt und den prominentesten von ihnen ermordet. Unbehelligt von öffentlicher Kritik, versah er sich selbst mit außerordentlichen Vollmachten und verschob die Wahlen auf unbestimmte Zeit. Was dann geschehen war, konnte man nicht in allen Einzelheiten schildern, so gut man auch gleichzeitig beobachten und verstehen mochte. Im Süden setzten die Zapatisten ihren Kampf fort. In Mexikos Norden, in Sonora, Coahuilla und Chihuahua bekriegten sich alle, vom maderistischen Gouverneur bis zu Pancho Villa, einem gerissenen, mit allen Wassern des harten Lebens in der Sierra gewaschenen Strauchdieb. In einem seiner langen Briefe, die Emilia immer wieder las, schrieb Diego: »Das Land, das Madero umbrachte, als er an der Macht war, hat ihn nun neu erschaffen als Symbol der Hoffnung.« Die Kräfte der Gegenrevolution reichten zwar, um die schwache Demokratie Maderos zu stürzen, aber nicht, um eine nationale Einigung herbeizuführen. Während eines langen, blutigen Jahres war es im gesamten Land immer wieder zu Aufständen gegen den Usurpator gekommen, angezettelt von den unterschiedlichsten, nur durch Haß zusammengeschweißten Interessengruppen, doch darüber, was bei der Regierungsübernahme zu tun sei, herrschte keinerlei Einigkeit. Es war ihnen sogar gelungen, die Armee des alten Diktators Díaz zu zerschlagen, die Madero zu Lebzeiten nicht aufzulösen gewagt hatte, und sie erreichten, daß Huerta abdankte und als Verlierer ins Exil ging, anders als der von ihm gestürzte Präsident immerhin lebend und als freier Mann. In gemeinsamem Triumph, doch zerstritten in ihren Motiven und Zielen, hatten die bewaffneten Rebellen in der Hauptstadt Einzug gehalten. Die einen standen für den laizistischen, unternehmerischen, aufgeklärten und strebsamen Norden, ohne Ideale und mit handfesten Interessen, die anderen hatten sich zur Verteidigung des indianischen und kolonialen Erbes erhoben, verlangten die Aufteilung der Ländereien und eine Justiz, die ihr angestammtes Elend und Unglück beseitigte. »Die Stunde des Sieges«, schrieb der Apotheker, »wurde die Stunde des Zerwürfnisses und der Konfrontation.«

Nachdem man mit der Vergangenheit abgeschlossen hatte, begannen die Mexikaner, sich um die Zukunft zu streiten. Und der Krieg brach erneut aus. Daniel reiste zwischen den Fronten, doch sein Herz schlug für Villas und Zapatas Anhänger, sosehr sein Kopf ihm auch sagen mochte, daß diese Caudillos in all ihrer Ignoranz und Brutalität völlig unfähig waren, ein so komplexes Land wie das zu regieren, das sie gewaltsam erobert hatten. Die Bewunderung, die er für sie hegte, machte ihn nicht blind für ihre Fehler und Exzesse. Das entnahm Emilia zumindest der wiederholten Lektüre seiner Artikel, die das von Howard geleitete Blatt publizierte.

Die Post der Sauris erreichte sie spät und unvollständig; wahrscheinlich vermoderten mehr als die Hälfte der Briefe, in denen Josefa und Diego bis ins Detail schilderten, was sich in diesen Jahren vor ihren Augen oder in ihrer Vorstellung abspielte, irgendwo im Land der unerfüllbaren Wünsche. Auch Milagros schrieb ihr, denn trotz ihrer täglichen Klage über die Verbohrtheit, die ihre Nichte in der Ferne hielt, hegte sie mehr Verständnis dafür als sonst jemand. Überraschend kamen auch Briefe von Sol und mit ihnen Erinnerungen an früher. Nach ihrer Hochzeitsreise war Sol von einer Schwangerschaft in die nächste geraten. Aus ihren Zeilen sprach Überdruß und daneben eine Art Furcht, die sie, artig den Schein wahrend, zu kaschieren versuchte. Am verläßlichsten und ausführlichsten waren Zavalzas Briefe, und die von Daniel blieben aus. Emilia gewöhnte sich daran, mit seinem Schweigen wie mit einem Vorwurf zu leben. Von Beginn an hatte sie beschlossen, um ihn zu weinen wie um einen Toten, der zu früh gegangen ist, weil man ihm noch etwas schuldig war. Es gab – so hatte sie sich gesagt – zwei Daniels: der eine hatte mit ihr die Spitze der Mondsichel erklommen und alle ihre Träume übertroffen, denn kein Traum war schöner als die Wirklichkeit, wenn er sie glücklich machte. Der andere aber war ein Verräter, der auf sein Revolutionspferd stieg, um sie für sein Land zu verlassen – als könnte Heimat woanders sein als in ihrem gemeinsamen Bett.

»Am Anfang ist für mich eine Welt zusammengebrochen und vermoderte bis zum Gestank, wenn er nicht da war. Inzwischen ist sie nur ein wenig fader geworden, aber wenigstens brauche ich ihn nicht mehr zum Atmen«, gestand Emilia an einem philosophisch gestimmten Sonntag ihrer Freundin Helen Shell und erntete dafür nur ein mildes Lächeln. Als neide sie trotz ihrer unkomplizierten, frohgemuten Selbstzufriedenheit Emilia die wundersame Kraft dieser Leidenschaft, die ihr auch dann noch ein Rätsel blieb, wenn sie die Weisheit ihrer hochverehrten Philosophen zu Rate zog. Immer nur den gleichen Mann im Kopf zu haben, seit der Kindheit seine Sehnsüchte auf den einen zu projizieren, ihn zu vermissen wie am ersten Tag und seit zwei Jahren mit keinem anderen ins Bett zu gehen, fand sie geradezu schockierend, abartiger und unmoralischer als alles, was sich der protestantische Pastor, mit dessen Sündenpredigten sie aufgewachsen war, in seiner schmutzigen Phantasie hätte ausmalen können.

Mit der unternehmungslustigen Helen Shell ging Emilia ins Theater, wenn sie das Gefühl hatte, die Welt erdrücke sie. Mit Helen teilte sie ihre Lektüre, ihre Passion für die neuesten Romane, für seltene Gedichte, für Gespräche bis zum Morgengrauen. Mit Helen reiste sie manchmal nach New York. Dort bestaunte sie die Brücken und die Verrücktheiten einer Stadt, die sie nach und nach in ihren Bann zog.

Eines Morgens traf gleichzeitig mit Helen, die sie zu einer lange ersehnten Bahnreise abholen wollte, ein Eiltelegramm aus Mexiko ein. Emilia wollte es schon öffnen, da bat Helen sie in ihrer unbändigen Vorfreude auf die gemeinsame Fahrt, nicht eine Nachricht zu öffnen, die vielleicht alles verdarb. Emilia zögerte einen Moment, bevor sie der Bitte ihrer Freundin entsprach, denn sie war sicher, daß ein Eiltelegramm aus einem Kriegsgebiet nichts Gutes verhieß. Sie wagte es nicht einmal, nach dem Absender zu sehen, um nicht zu erfahren, um welche der in Frage kommenden Personen es sich handelte. Das Telegramm so verschlossen auf dem Tisch in ihrem Zimmer liegenzulassen, dazu fehlte ihr freilich der Mut. Also stopfte sie es zuunterst in ihre Handtasche und nahm es mit.

Im Laufe des Tages tastete sie mehrere Male nach dem Umschlag, um sicher zu sein, daß er noch da war. Abends besuchte sie mit Helen den Ballsaal eines New

Yorker Luxushotels, um mit dem ersten netten Kavalier, der sie auffordern würde, Foxtrott zu tanzen, der eben in Mode gekommen war. Helen Shell hatte in der Universität einen Mann kennengelernt, der zu der Zeit gerade ihr Schwarm war. Nach eigenem Bekunden hatte sie sich nur deshalb nicht unsterblich in ihn verliebt, weil seine Füße zu groß waren. Doch an dem Abend, als sie Foxtrott miteinander tanzten, bestand er die Feuerprobe, denn trotz der Riesenschuhe, die an einen Clown erinnerten, hielt er Helen fest in den Armen, Gesicht an Gesicht, und drehte sie so gewandt, daß ihre von ihm geführte Taille heftig Feuer fing, was keinem Galan je zuvor gelungen war.

Emilia schaute ihnen zu, als wäre sie die ältere Schwester, zwar ohne Neid, aber mit leichter Wehmut, als die beiden in schummrigem Licht über das Parkett glitten. Helen war etwa drei Jahre älter als sie, doch sie betrachtete sie mit dem Wohlwollen einer frühreifen Erwachsenen. Ein Leben unter Sterbenden, eine Erinnerung, die von den ersten Kriegswirren beherrscht war, und der Verlust ihrer großen Liebe machten sie reifer als ihre Freundin.

Gut zwei Jahre waren vergangen seit dem Morgen, an dem sie von Daniel Abschied genommen hatte. Aus Erzählungen anderer und aus den Reportagen, von denen er immer ein Exemplar an Gardner schickte, wußte sie, daß Daniel ständig in irgendeiner Verkleidung – als Frau, als Gringo, als Priester, als Bandit, als Nordmexikaner, wenn er den Norden durchquerte, als Südmexikaner im Süden – durchs Land reiste. Von Milagros hatte sie erfahren, daß er ein halbes Dutzend Mal nach Puebla gekommen war in der Hoffnung, sie sei heimgekehrt, und ebensooft beim Verlassen der

Stadt geschworen hatte, niemals wiederzukehren. An dem Abend, als Helen Foxtrott tanzte, zwang Emilia sich, die Augen nicht zu schließen, zuzusehen, wie sie lachte, und den fröhlichen Rhythmus mitzuträllern, dem ihre Schritte folgten. Sie erlaubte sich nicht einmal ein Blinzeln, um nicht in Erinnerungen an die endlosen Schlachten, Verfolgungen, Greuel und Verbohrtheiten in Daniels Schriften zu versinken. Doch während die Musik ihr ein sanftes Gefühl der Geborgenheit gab, klangen die Worte aus Daniels Artikel der letzten Woche in ihr nach: »Wie die Dinge momentan stehen, ist es nicht mehr wichtig, welche Seite mutiger ist oder wer recht hat. Das haben wir schon lange verloren, und feige ist nur, wer für seine Sache außer Landes geflohen ist.«

Eine ausgestreckte Hand in ihrem Blickfeld unterbrach ihre sorgenvollen Gedanken, und sie erhob sich, um Foxtrott zu tanzen, als zöge sie in den Krieg, belustigt über ihre flinken Füße, die Arme, die sie hin und her führten, über die Mischung aus Spanisch und Schottisch, mit der ihr Partner sie über ihr Leben ausfragte, und ihr Lächeln, wenn sie sich wie eine Fremde reden hörte.

Erst als die Musik verstummte und sie aus dem Saal unter den freien Himmel der letzten Februarnacht traten, spürte Emilia, immer noch am Arm des euphorischen Blondschopfs, mit dem sie getanzt hatte, wie ihr Vorsatz, den Umschlag nicht zu öffnen, wankte. Ungeduldig kramte sie am Boden ihrer Handtasche, und als sie ihn in Händen hielt, blieb sie mitten auf der Straße stehen, um das Telegramm zu lesen. Einen Moment brauchte sie, um die tonlose Stimme ihrer Tante Milagros zu entziffern: Daniel war tot. Sie wußten nicht, wo. Das letzte Dorf, aus dem sie Nachricht erhalten hatten, lag in Nordmexiko.

»Was ist los?« wollte Helen wissen.

Die Nachtluft roch bereits nach Frühling, doch da würde Emilia schon fort sein. Von ihrem Tanzpartner um die Taille gefaßt, versuchte sie, ein Wort herauszubringen, dann brach sie in Tränen aus, als müßte sie die Welt unter Wasser setzen.

Am nächsten Tag erkundigte sie sich, wie sie am schnellsten auf direktem Weg nach Mexiko heimkehren könne. Sie wollte nicht mehr nach Chicago zurück. Hogan schrieb sie einen langen, entschuldigenden Dankesbrief und nahm dann ein Schiff, das sie zu einem Hafen nahe der mexikanischen Grenze bringen sollte. Helen begleitete sie zum Kai, beherrscht, ja sogar scherzend, ohne eine Klage über die Trennung, die sie traurig stimmte, und mit einer Menge nützlicher und unnützlicher Dinge – darunter ein Koffer mit medizinischer Ausrüstung, zwei Hüte, mehrere Mittelchen, die sie auf einer Reise für unverzichtbar hielt –, wodurch das Gepäck, mit dem Emilia nach New York gereist war, auf das Dreifache anwuchs. Bevor sie sich umarmten, versprach Helen, Emilia all ihr Hab und Gut zu ihren Eltern nach Hause zu schicken, und schwor ihr auf das Bild ihres neuen Verehrers, sie bald zu besuchen.

21

Emilia Sauri erreichte Mexiko über einen Grenzposten, der seit langem kaum noch Reisende abgefertigt hatte. Bei der Paßkontrolle fragte der Zollbeamte, als er das im Ausland eingekleidete Modepüppchen sah, was sie in einem so gottverlassenen Teil der Welt, so fern für Leute wie sie, zu suchen habe.

»Würden Sie glauben, wenn ich sage, das Leben?« erwiderte Emilia, ohne ihr Prinzessinnengesicht zu verziehen.

»Nein«, sagte der Beamte, während er eine verschnörkelte, noch aus der Zeit der Diktatur stammende Einreiseerlaubnis abstempelte.

»Wer hat denn hier jetzt das Sagen?« wollte Emilia wissen.

»Wer eben kann«, sagte der Zollbeamte und verlor sich in endlosen Erklärungen über die unterschiedlichen im Aufstand befindlichen Militärs und die von ihm jeweils für rechtmäßig oder unrechtmäßig erklärten lokalen Machthaber der letzten Monate. Emilia lauschte vor allem seiner Sprache, die ihr so lange nicht mehr ans Ohr gedrungen war, und wußte nicht, was sie tun sollte vor Wiederhörensfreude, außer sich zu schwören, nie mehr länger als einen Monat an einem anderen Fleck des Erdballs zu bleiben.

Auf dem Weg zur Grenze hatte sie einen Abstecher nach San Antonio gemacht und von Gardner den Namen des Ortes erfahren, von dem aus Daniel seinen letzten Artikel geschrieben hatte. Zwar wußte er seit zwei Monaten nicht mehr, wo er sich aufhielt, doch Gardner tröstete sie, er sei schon mehrere Male verschollen gewesen.

»Er ist wie eine Katze«, sagte Gardner, als sie ihm weinend das Telegramm zeigte, in dem Milagros ihn für tot erklärte und sie bat, ihn zu suchen. »Er ist mit sieben Leben geboren und hat jetzt vielleicht eins verloren«, beharrte er zu Beginn des Abendessens. Dann trank er neun Whiskys ohne Wasser. Als sie beim Nachtisch anlangten, vergoß er mehr Tränen als Emilia.

»Hör mal, reiß dich zusammen, die Witwe bin ich«, sagte Emilia mit dem Anflug eines Lächelns, ein unter lauter Tränen aufscheinender Regenbogen.

Die Nacht verbrachte sie in dem chaotischen Junggesellenzimmer, das Howard ihr stolz anbot, als wäre es ein Palast. Am nächsten Morgen reiste sie nach einem Frühstück, bei dem sie zum ersten Mal sei vielen Tagen wieder Hunger verspürt hatte, in Richtung Grenze ab, auf der Suche nach den sechs Leben, die Daniel noch verblieben sein mußten. Das Reden mit Howard hatte ihr soviel Mut gemacht, daß sie sich auf der Fahrt sogar mehrmals sagte, ihre Tante Milagros neige halt zu Übertreibungen. Doch als der Zollbeamte den Paß zuklappte und ihr die Genehmigung erteilte, auf Suche nach dem Verschollenen zu gehen, sank ihr Mut wieder. Wohin sollte sie mit sich und ihrer dummen Hoffnung, Daniel irgendwo zu finden? Sie betrat ein Land, nicht ihr Wohnzimmer, noch dazu ein Land, dessen Grenze zu den Vereinigten Staaten sich endlos hinzog und das so ausgedehnt war, daß sie bis ans Ende ihrer Tage nie alles absuchen konnte. Wie kam ihre Tante Milagros nur darauf, daß sie Daniel finden würde, wenn sie im Norden Mexikos nach ihm suchte, sie brauche nur den Fuß dort

hinzusetzen. Als paßte Nordmexiko in ihre Westenta-
sche. Als wäre Nordmexiko ein Park und nicht diese
riesige, schwarz ausgedörrte Ebene, die sie tagelang mit
dem Zug durchquert hatte, ohne auf irgend etwas zu
stoßen.

Es war Dienstag, als sie ein Dorf betrat, das sie mit
rauhem Schweigen empfing. Wie in den anderen lief
sie herum auf der vergeblichen Suche nach Straßen mit
Heldennamen, nach dunklen, regelmäßigen Pflaster-
steinen auf dem Bürgersteig. Doch für ihren Empfang
hatte das Dorf nichts als sirrend heiße Luft und ein paar
windschiefe Hütten parat, bei deren Anblick Emilia sich
fragte, wo sie anfangen sollte, bei wem sie sich erkundigen sollte und was zum Teufel sie dort überhaupt machte, außer wie ein trauriger Köter herumzustreunen.

Sie entdeckte ihr Spiegelbild im Schaufenster eines
Eisenwarenhändlers und sah eine magere, ungekämmte
Gestalt mit tiefen Schatten unter den Augen, die schwer
an ihren vier Gepäckstücken und ihrer Ungewißheit
schleppte, eine Fremde sogar in den eigenen Augen. Da
fiel ihr nichts Besseres ein, als sich niederzusetzen und
erneut in Tränen auszubrechen. Aus diesem Ort hatte
Daniel seine letzte Sendung für die Zeitung in San Antonio aufgegeben, was nicht hieß, daß er sich dort aufge-
halten hätte. Da sie seine Eile und seine Unruhe, seinen
Absolutheitsanspruch kannte, dachte Emilia, wenn er
dort etwas aufgegeben hatte, dann auf der Durchreise,
welchem Rebellenführer, welcher Information, welchem
Wahn, welchem Ruhm oder Mißstand auch immer auf
der Spur. Sie fragte sich, auf welcher Seite Daniel wohl
gestanden haben mochte, und sagte sich dann, zweifels-
frei auf der Seite der Verlierer. Und wer würde den
Streit, der sich im Land entfesselt hatte, verlieren? Was

machte das schon aus, dachte Emilia, sich die Tränen mit einem Taschentuch trocknend, auf das Josefa in winzigen, sauberen Lettern ihren Namen gestickt hatte. Warum war sie nicht geworden wie ihre Mutter? Warum konnte Daniel nicht ein beständiger, ausgeglichener Mensch sein wie ihr Vater? Warum nur hatte sie dieses seltsame Los getroffen, sich auf diese Art zu verlieben? Wo es doch so viele Männer gab, etwa Zavalza mit seiner Ruhe oder auch den alten Pharmakologen Hogan, der sie verehrte und alles an ihr vollkommen fand. Warum konnte sie sich nicht von der Macht befreien, die sie zu einem Mann drängte, der vielleicht sogar tot war. Daniel mit seinem Blick wie Fragezeichen, den in die Stirn fallenden Haarsträhnen und lauter Flausen im Kopf. Daniel, der sie mit seinen Händen berührte, wo sonst niemand hinkam, der sich Zugang zu ihr verschaffte, als wäre sie sein Besitz, der sie rief, wann immer es ihm beliebte, und fortging, wenn er sich an ihr satt gesehen hatte. Daniel, der ihr das Herz zwischen den Beinen pochen ließ, der sie anflehte und verfluchte. Daniel, der nun womöglich irgendwo in der Einöde vermoderte. Daniel, der ihr in zwei Jahren nicht eine Zeile geschrieben hatte. Wenn sie insgeheim auf seinen Tod gehofft hatte, warum rannte sie dann gleich los, um ihn zu suchen, sobald sich jemand nur einbildete, ihr Hirngespinst sei wahr geworden?

Sie weinte, den Kopf zwischen den Knien, unter einer Sonne wie in der Wüste, der sich um diese Zeit niemand sonst aussetzte, bis das Vergessen sie umfing und ihr Instinkt sie drängte, Schatten zu suchen. Am Nachmittag stand sie wieder auf, um das heruntergekommene und halb verlassene Dorf zu durchstreifen. Doch keine Straße, keine Stimme, keinen Stoffetzen von der kaffeebraunen Hose, mit der er aufgebrochen war, weder seine Schreibmappe noch seinen Strohhut oder seine Feldflasche, achtlos weggeworfen, konnte sie dort finden, sie existierten nur in ihrer Erinnerung. Es war schon Nacht, so schwarz, daß Emilia Furcht bekam, was sie sich als einsame Weltenbummlerin sonst völlig abgewöhnt hatte. Plötzlich verspürte sie mächtigen Hunger und hätte sogar einen dieser Ochsen mit Haut und Haaren verschlungen, wie man ihn in Puebla unter bunten Saucen verborgen servierte und an dessen Anblick am riesigen Rost mit dem funkensprühenden Fell und dem spritzenden Blut, wenn man ein Stück abhieb, sie sich nie hatte gewöhnen können. Sie blieb vor einem Haus stehen, aus dem es genau danach roch, nach einem über Feuer schmorenden Ochsen. Sie stieß die Tür zu einer dunklen Höhle auf, die ein Gasthof sein mußte, obwohl keinerlei Schild auf andere Kunden aus zu sein schien als die, die sich dort drinnen laut gröhlend unterhielten. Sie suchte sich einen Tisch, wo sie sich mitsamt ihren Gepäckstücken, ihren tiefumschatteten Augen und ihrer Erschöpfung niederlassen konnte.

Das Lokal war voller trinkender Männer, aber von solcher Atmosphäre fühlte sie sich kaum eingeschüchtert. Männer, wenn sie zusammen sind, müssen trinken, denn sonst müßten sie nüchtern reden, und nüchtern können Männer über nichts als Geschäfte sprechen. Vom anderen Ende der Höhle näherte sich eine große, üppige Frau mit einem so edel geschnittenen Gesicht, daß Emilia sich nicht erinnern konnte, jemals volkommenere Züge gesehen zu haben. Sie hatte eine heisere Stimme und kräftige Hände und fragte Emilia nach ihrem Wunsch, als wäre sie eine alte Freundin. Dann brachte sie Emilia, was es gab, und ließ sich neben ihr nieder, um ihr beim Futtern zuzusehen, während sie ihr frei heraus alle möglichen Fragen stellte. Wohin sie die Reise führte und woher sie kam, ob sie das Pferdefleisch nicht sehr zäh finde und wieso sie geschwollene Augen hatte wie vom Weinen um einen Mann und seine Torheiten.

Emilia erzählte ihr alles, was ihr auf der Seele lag, angefangen bei ihrer Begeisterung für die Medizin bis hin zu dieser verfluchten Abhängigkeit von dem Mann, dessen Foto sie in einem Medaillon zusammen mit dem von ihren Eltern und Milagros bei sich trug.

»Und ist er es wert, daß du so um ihn weinst? Was Außergewöhnliches ist an ihm nirgendwo zu entdecken«, schloß die Frau, nachdem sie die Züge des Jungen, dessen sepiafarbenes Gesicht Emilia mit der Kuppe ihres Zeigefingers streichelte, genau inspiziert hatte. Ohne auf eine Antwort zu warten, fuhr sie fort, jede Frau trage ihre Blödheit zwischen den Brüsten, und wenn das ihre sei, müsse es einen Grund haben, wo sie sogar das süße Leben mit Frieden, Freuden, Eierkuchen der Gringos aufgegeben habe und losgeeilt sei, um seinen Leichnam zu suchen. Emilia lauschte mit Vergnügen ihrer offenherzigen, heiseren Stimme, bis sie bei dem Wort »Leichnam« wieder in die Trübsal verfiel, die sie seit dem Telegramm ihrer Tante erfüllte. Als sie sah, wie Emilia erschauderte, erhob die üppige Schönheit sich von der Bank, auf der sie sich elefantenschwer niedergelassen hatte, nahm sie tröstend in die Arme und streichelte sie wie ein Baby. Dann bot sie Emilia an, bei ihr zu Hause zu übernachten, und kehrte in die Küche zurück, um ihr, wie sie sagte, Zimtwasser zu bringen, bevor sie heimgingen.

Die Küche begann hinter dem letzten Lichtpunkt am Ende der Höhle. Von Emilias Platz aus waren nur ein

Licht und eine Wand zu sehen, hinter der eine Küche verborgen sein mochte wie die ihrer Mutter, wo jeder Topf in einer Mulde für seine Größe stand, die Pfannen mit verschiedenfarbenen Bändchen als perfektes Puzzle an der Wand hingen und in der Mitte sich ein Fenster zum Patio hin öffnete, durch das verheißungsvoll der Jasmin hereinlugte. Sie träumte gerade von Josefas Küche, den Blick auf die schummrige Wand gerichtet, die ihr die Sicht in die Küche der Herberge versperrte, als ein Mann mit einem Tuch um den Kopf und einer großen Tasse in der Hand ins Licht heraustrat. Er wurde von der üppigen Wirtin mit dem Kochlöffel gelenkt, trug eine lange Schürze vor den Beinen, hinkte leicht und war nur noch Haut und Knochen. Mit ihren übermüdeten Augen und dem Aufruhr im Herzen war es, als sähe sie ein Gespenst, aber direkt vor ihr stand tatsächlich unversehrt und ohne einen Kratzer Daniel Cuenca.

»Ist das dein Herzallerliebster?« Die Wirtin nahm ihm das Tuch vom Kopf.

Emilia musterte Daniel von oben bis unten, als müßte sie die einzelnen Körperteile erst zusammenfügen, um ihn wiederzuerkennen.

»Was ist mit deinem Bein passiert?« Emilia versuchte, das Zittern am ganzen Leib zu unterdrücken.

»Ich habe mich gestoßen«, sagte Daniel. »Ist dir kalt?«

»Ich weiß nicht.« Emilia streckte die Hand aus, um den Dreitagebart auf Daniels Wangen zu berühren. »Darunter bist du derselbe?«

»Wie eh und je«, versicherte Daniel.

»Du bist also gar nicht gestorben?«

»Doch, mehrmals.«

Auf ein Zeichen der Wirtin hin standen alle Männer auf, die die Gaststätte bevölkerten, und ein Spottlied schallte durch den Saal.

»Ist das alles, was ihr euch zu sagen habt?« fragte die Üppige.

»Vor Publikum, ja«, sagte Emilia.

Das genügte, damit die Wirtin ihnen das Bett zur Verfügung stellte, das einst die skandalöse Liebe ihrer Eltern, einer kühnen Spanierin und eines vorurteilslosen *Tarahumara*, beherbergt hatte. Doña Baui del Perpetuo Socorro, der Name, mit dem die Frau stolz ihre doppelte Herkunft anzeigte, schlug das Geld aus, das Emilia ihr wie ein Almosen in die Schürze steckte. Sie gab es ihr zurück mit der Erklärung, darüber werde man später reden, und begleitete sie hinter Daniel durch die Tür hinaus. Am nächsten Tag stand sie früh auf und ließ überall verlauten, daß im zweiten Stock ihres Hauses eine Ärztin schlief.

Dieses Dorf war die letzte Ausgangsstation für Daniels Unternehmungen gewesen, und dorthin war er von seinen Reisen in die Sierra, von den Besuchen bei den großen Ölfeldern, seinen Fahrten in Zügen mit ungewissem Ziel stets zurückgekehrt. Die Region war einst sogar reich gewesen, doch nachdem sie seit fünf Jahren von Revolten heimgesucht wurde, wußte man am Morgen noch nicht, was man am Abend essen würde. Daniel arbeitete Kost und Logis in der Pension mit Tellerwaschen und Fußbödenschrubben ab, Dingen, die zu seinem Glück immer noch gefragt waren. Denn die Leute hatten sich derart bemüht, ihre Bedürfnisse einzuschränken, daß man nicht mal mehr einen Bäcker oder eine Näherin brauchte, geschweige denn einen zum Journalismus bekehrten Advokaten. Auch gute Köchinnen waren nicht gesucht, denn um die Gerichte zuzubereiten, die zu haben waren, genügte ein Feuer und ein bißchen guter Wille. Gesetze waren vorläufig eingemottet, bis man sie irgendwann in ferner Zukunft wieder brauchen würde. Ein Advokat, der nichts vom Tellerwaschen oder vom Schießen mit einem Gewehr Kaliber 30 verstand, war daher nicht gefragt. Der einzige anerkannte Beruf, an dem in der Region noch Bedarf bestand, war der des Arztes, egal mit welcher praktischen Erfahrung oder Fachrichtung. Selbst Zahnärzte ohne Titel waren begehrt wie ein Klumpen Gold. Folglich konnten Emilia und Daniel nicht wer weiß wie lange, völlig selbstversunken, ineinander geschlungen in ihrem Kämmerlein Versöhnung feiern, sondern wurden weniger als fünf Stunden, nachdem sie übereinander hergefallen waren, jählings aus den Wolken, in denen sie schwebten, wieder heruntergeholt.

Gegen sieben Uhr morgens waren gut fünfzehn Kranke zur Pension gekommen. Baui hatte sie nach ihren Beschwerden eingeteilt und wartete nun darauf, daß Emilia endlich aus ihrem Liebestaumel erwachte, mit dem sie ihre Zeit vergeudete. Da man nach einer Weile des Ausharrens immer noch kein Wort hinter der Tür vernahm, platzte die Wirtin ungeniert in das alte Elternschlafzimmer hinein. Als hätte sie nicht die beiden ineinander verschlungenen Leiber vor sich, sondern späte Zecher am Tisch ihres Wirtshauses, forderte Señora Baui sie auf, sich anzuziehen, sobald sie mit ihrem Tanz fertig seien, denn Emilia habe an diesem Morgen noch anderes zu tun. Zu einem einzigen Knäuel verschlungen, ließen Emilia und Daniel sich durch Señora Bauis Überfall nicht im geringsten stören: Mit geschlossenen

Augen fuhren sie in ihrer Beschäftigung fort, der sie sich bereits die gesamte Nacht über hingegeben hatten. Die Wirtin nahm es hin, daß sie keine Antwort erhielt, da sie sah, daß die beiden sie verstanden hatten. Bevor sie den Raum wieder verließ, gestattete sie ihnen noch zehn Minuten: drei, um aus der Welt, in der sie schwebten, auf den Boden zurückzukehren, und sieben zum Waschen und Herabkommen.

Es war noch nicht acht Uhr, als Emilia sich bereits mit einer dörflichen Patientenschar konfrontiert sah, mit Erkrankungen von simplen Magenschmerzen bis hin zu den scheußlichsten Wunden, die ihr je unter die Augen gekommen waren: halb abgerissene Arme, Hände ohne Finger, faulende Beinstümpfe, Köpfe ohne Ohren, hervorquellende Gedärme. Unter anderen Umständen wäre sie bei dem Horrorspektakel, dem sie Abhilfe schaffen sollte, vor lauter Machtlosigkeit in Tränen ausgebrochen, doch nun, noch ganz voll des Feuers, mit dem die Liebe jede Ohnmacht besiegt, beschloß sie, Schritt für Schritt vorzugehen, von den unmöglichen Fällen bis zu den leichten. Mit einer Zurückhaltung, die sie an ihm nicht kannte, bot Daniel an, ihr ab sofort zu assistieren, und während er ihr folgte, um die Namen und Daten jedes Kranken aufzunehmen, verfluchte er seine spezielle Schwäche, die ihn daran hinderte, Arzt zu sein. Seit jeher hatte er gewußt, daß er unfähig war, Schmerzen mit anzusehen, ohne zu erstarren; da er aber merkte, daß solche Hilflosigkeit zu einem Mann schlecht paßte, hatte er es vorgezogen, sie gar nicht erst zu zeigen. Deshalb hatte er nicht Medizin studieren wollen, deshalb hatte dieser Abgrund zwischen ihm und seinem Vater bestanden, den sie erst zum Schluß überwunden hatten, deshalb floh er vor Emilia und der Selbstverständlichkeit, mit der sie Krankheiten und Schmerzen bekämpfte, ohne den Mut zu verlieren. Mehrmals wollte er an diesem Morgen vor dem Grauen davonlaufen, dem Emilia sich hingebungsvoll widmete. Bei jedem neuen Fall wäre er bald in Ohnmacht gesunken, obwohl er versuchte, so wenig wie möglich hinzusehen, ganz darauf konzentriert, Namen, Alter und Symptome des Kranken zu notieren. Emilia wollte zuerst die Schwerverletzten und die Kinder hinter sich bringen, doch fast alle Patienten waren Kriegsversehrte oder Kinder. Eine Gebärende käme in dieser Gegend nie auf die abwegige Idee, dem Arzt seine Zeit zu stehlen. Deshalb nahm sie alle gleichzeitig auf, in einem einzigen Kraftakt, der, wie Daniel versicherte, nur in Chaos enden konnte. Doch mit Hilfe der üppigen Wirtin, die ihren Kommandoton und ihr Organisationstalent nutzte, erwies sich die Aktion im Laufe des Vormittags nicht nur als möglich, sondern sogar als wohlkoordiniert.

Als er sah, wie Emilia sich zwischen den Kranken bewegte, erkannte Daniel, daß sie stärker, beherzter, weniger großspurig und nützlicher für die Welt war als er mit all seinen Theorien und seinen Schlachten. Was konnte sie noch fürchten, wenn sie der durchlöcherte Leib eines Mannes, der seine Erschießung überlebt hatte, nicht vor Schreck erstarren ließ.

Der Tag hatte ihnen reichlich Elend beschert, und ihn, der es gewöhnt war, zwischen namenlosen Leichen umherzulaufen, hatte nacktes Entsetzen gepackt angesichts dieser Halbtoten mit Namen, deren faulige Wunden Emilia noch abgeleckt hätte, wäre damit eine Heilung möglich gewesen.

»Ist das der erlösende Krieg, den du führst?« wollte Emilia am Abend wissen. Sie hatte eben ein halbes Glas

Schnaps in einem Zug geleert, bevor sie sich daran machte, gemeinsam mit ihm und der Wirtin einen Teller schwarze Bohnen auszulöffeln.

»Alle Kriege sind so«, erklärte er.

»Das habe ich dir doch gesagt«, brummte Emilia.

»Du hältst dich wohl für perfekt.« Daniel wollte unbedingt den ersehnten Streit vom Zaum brechen.

»Sie redet weniger und tut mehr als andere«, warf die Wirtin das nötige Holz ins Feuer, um den Streit weiter zu schüren.

Nach der Befriedigung der Begierde steht immer eine Welt zur Diskussion. Bei reichlich Alkohol gerieten sie in einen heftigen Streit, der im traurigsten Besäufnis endete, das Emilia je erlebt hatte. Sie war fix und fertig und brauchte nicht viel Schnaps, um ihre Zunge anzuheizen und ihren Gram von zwei Jahren in eine Salve von verletzenden Bemerkungen zu verwandeln, mit denen sie sich gekonnt gegen Daniels Sticheleien zur Wehr setzte. Er tat seinerseits ihren Mut als heimliche Geltungssucht ab und ihre Tüchtigkeit schlichtweg als Mangel an Mitgefühl. Emilia ertrug diese Eskalation eine Stunde lang, bis sie endlich den Tränen freien Lauf ließ, die sie den ganzen Tag über zurückgehalten hatte. Zwei Kinder, denen es eigentlich nur an sauberem Wasser mangelte, ein Soldat, der seinen Arm unter dem Pferd eines Generals eingebüßt hatte, und eine Frau mit einem unbekannten, eitrigen Leiden zwischen den Beinen waren in ihren Armen gestorben. Sie hatte ohne Medizin, ohne sterilen Faden dagestanden und nur zwei Nähnadeln zum Wundennähen gehabt. Alle Behandlungen waren ohne Betäubung erfolgt, und mindestens sechs Leute, die in einem Krankenhaus wie dem von Chicago in kurzer Zeit geheilt worden wären, hatte sie zum Sterben heimschicken müssen. Ohne Frage war dieser Krieg eine Schweinerei, selbst wenn alle Kriege so aussahen. Sie hatte sich dem nicht aussetzen wollen, deshalb war sie in eine andere Welt geflüchtet, als sie ihn kommen sah. Doch an diesem Abend war ihr endgültig klargeworden, daß der Krieg sie nie wieder loslassen würde, auch wenn sie nur noch von ferne zusehen und ihr nichts anderes mehr beschieden sein sollte, als seine Niederlage zu überwinden und die Trümmer aufzulesen.

»Krieg ist immer Scheiße«, mischte die imposante Üppige, halb Tarahumara, halb Valencianerin, sich in den Disput, einen der vielen, die sie unter Betrunkenen schon geschürt hatte.

»Doch alle haben ihre Helden«, entgegnete Daniel und genehmigte sich einen ordentlichen Schluck Schnaps.

Emilia sah ihn an, als hätte er eine ungeahnte Wahrheit von sich gegeben, und lechzte nach dem Alkohol, der auf seinen Lippen glänzte und ihn plötzlich, anders als noch vor zehn Sekunden, attraktiv und heldenhaft wirken ließ. Dieses Bild wollte sie bei den Dingen bewahren, die sie in ihrem Herzen verschlossen hielt. Sie leckte ihm den Schnaps von den Lippen und nahm den Geschmack mit ins Bett, den Ort der Waffenruhe, zu dem es beide zog.

22

Sie hatten kaum drei Nächte zwischen den gekalkten Lehmwänden verbracht, die Señora Baui ihnen vermietete, und schon war es Emilia gelungen, eine häusliche Atmosphäre zu schaffen. Auf die Kommode stellte sie ein Foto, auf dem Doktor Cuenca Flöte spielte, eines, auf dem Josefa und Diego sich innig in die Augen schauten, ein weiteres von Milagros Veytia am Rand eines Brunnens sitzend und dazwischen zwei Kakteentöpfe. Außerdem erstand sie eine Porzellanwaschschüssel, die ein Campesino als einen der Funde seiner regelmäßigen Streifzüge durch verlassene Haciendas auf dem Dorfplatz anbot, hängte einen Wandbehang mit Stickereien über dem Kopfteil des Betts auf und verwandelte so das Zimmer in ein festliches Refugium, in dem man das rauhe, traurige Leben im Dorf vergaß.

Da man bei dem trockenen Klima jener Region unter dem Schutz des schwarzen, von Glitzerpunkten gesprenkelten Himmels schlafen konnte, hatte die Wirtin ihren Patio in ein Lazarett umfunktioniert. Eines der vielen, die damals aus dem Boden schossen, mehr von dem Andrang unzähliger Kranker und dem Wunschdenken einiger Hilfswilliger in Betrieb gehalten als von der tatsächlichen Fähigkeit, das bißchen Leben so vieler kriegsversehrter Mexikaner erträglicher zu machen. Hartnäckig kämpften Baui und Emilia für die Existenz dieses Sanatoriums, weil sie wie viele die Illusion hegten, gute Werke könne man zur Not auch mit dem bloßen Willen tun, wenn einem sonst nichts zur Verfügung steht.

Emilia war von früh morgens bis spät am Abend eingespannt, doch wenn sie ihr Zimmer in der Herberge wieder betrat, war sie frisch gekämmt und blitzsauber, als käme sie eben vom Bad im Fluß. Eines Abends fand Daniel sie bei der Heimkehr hübscher denn je. Ihre Wangen waren erhitzt vor Erschöpfung, und einige der lila Blütenblätter, die von einem Baum in der Nähe des Brunnens herabregneten, hatten sich in ihrem Haar verfangen. Daniel bemerkte es und hatte dennoch nur einen flüchtigen Blick für sie, küßte sie lustlos und las stur weiter in der vergilbten Zeitung, die das Dorf vor vierzehn Tagen erreicht hatte.

»Wir wissen nicht mal, was anderswo passiert. Als säßen wir im Gefängnis«, klagte er.

Emilia gab keine Antwort. Zu gut kannte sie die Symptome, die sie mehr fürchtete als die Pest, weshalb sie ihrem Verstand untersagte, sie ernst zu nehmen.

»Warum bist du nur so abweisend? Komm her, daß ich dir den Rücken kraule«, sagte Emilia nach einer Weile des Schweigens und ging von hinten auf ihn zu.

Daniel faltete die Zeitung zusammen und legte sich bäuchlings aufs Bett. Emilia fuhr mit den Fingern an seinem knochigen Rücken entlang.

»Ich werde nicht aufhören, bevor du nicht aufhörst, ein Gesicht zu machen wie ein kranker Hund«, warnte sie.

»Das Gesicht bleibt«, sagte Daniel schon entspannter und weniger trotzig.

Zeitweilig überfiel ihn die Angst, sein eingefleischtes Nomadentum zu verlieren, seine Überzeugung, daß es keine echte Freiheit gab außer der, an einem Tag in einem Bett und am nächsten in einem anderen aufzuwachen, nicht mehr als einen Monat lang unter dem gleichen Himmel zu schlafen und nicht so lange am selben Tisch zu essen, bis der Gaumen sich an die Küche gewöhnt hat. Er verehrte die Emilia, die sein Leben ab und zu erleuchtete wie ein Licht, das ihn, wenn es von Dauer wäre, irgendwann blind machen würde. Denn in ihren Armen war die Liebe unauslöschlich, frisch wie am Anfang und immer voller Überraschungen. Und doch schreckte ihn nichts mehr als der Gedanke, dieser Leib könnte ihm eines Tages nicht mehr begehrenswert erscheinen. Wenn er allein durch die Welt zog und der Erdboden unter einem Baum ihm als Bett diente, zeichnete er vor dem Einschlafen den vollkommenen Bogen ihrer Brauen in der Luft nach und sagte sich ganz langsam, daß alles an ihr perfekt sei, harmonisch und gut geformt wie diese Linien. Dann sehnte er sich mehr denn je nach ihr, und diese Sehnsucht erfüllte ihn mit einem Gefühl von Unverletzlichkeit und Glück. Er konnte sich einfach nicht an den Gedanken gewöhnen, diese Sehnsucht endgültig zu stillen. Er wollte nicht, daß irgendwann der Abend kam, an dem er sich an ihr sattgesehen hatte und ihre Erscheinung ihn nicht mehr mit diesem Schauder erfüllte.

Aus Vorsicht vor der nahen Gefahr, die sie spürte, begann Emilia, häufig Notfälle vorzuschieben und bei den Kranken zu schlafen, in ihren Augen das beste Mittel, den unausweichlichen Tag hinauszuzögern, an dem er beschließen würde, daß sie sich dort, wo sie sich befanden, nicht mehr wohlfühlten, daß das Leben eintönig geworden war und drohte, zur Routine zu werden, wenn nicht rechtzeitig etwas Unvorhergesehenes und daher Wünschenswertes dazwischenkam und sie davor bewahrte.

Ende April kam ein Mann, der mit seiner Familie und aller Habe aus der Hauptstadt geflohen war, mit einer Fülle neuester Nachrichten ins Hospital. Er redete von Mittag bis zum nächsten Morgen mit Daniel und überhäufte ihn mit Informationen und Befürchtungen. Beim gemeinsamen Essen mit Emilia und der Wirtin erzählte der Fremde vom Einzug der Bauernheere in die Hauptstadt, wie Villa und Zapata vom Balkon des Palacio Nacional aus dem Aufmarsch ihrer Truppen beigewohnt und wie sie das Gefühl ausgekostet hätten, sich auf den Präsidentenstuhl zu setzen, von ihrer langen, konfusen Unterredung in Xochimilco und ihrem Entschluß weiterzukämpfen, einer im Norden und der andere im Süden, und wie sie das politische Zentrum des Landes verlassen und erklärt hätten, sie seien die Bankette leid und hätten kein Interesse mehr am Regieren, dafür gebe es Studierte und Leute, die sie als ihre Vertreter zurücklassen könnten, bewacht von einer Machete, die auf sie niedergehen würde, wenn sie die Campesinos nicht gut behandelten.

Derlei Geschichten alarmierten Daniel. Jeder, der ein wenig informiert war, wußte genau: Wenn man die Hauptstadt für die Provinz aufgab, bedeutete das den Verlust der Macht, die früher oder später jeder Beliebige mit mehr Ehrgeiz an sich reißen würde.

Er holte eine Flasche Schnaps. Als er zurückkam, küßte Emilia ihn, bevor sie ins Hospital ging. Ganz in das Gespräch vertieft, bemerkte Daniel ihre Abwesenheit kaum. Seine ungeteilte Aufmerksamkeit galt dem, was der Mann erzählte. Der Krieg tobte überall weiter; in der Hauptstadt litten die Menschen Hunger und wurden ständig terrorisiert. Das Leben dort war der Willkür der jeweiligen Partei ausgeliefert, die einmarschierte und sie dann wieder verließ. Man wußte nicht, wohin das führen würde, vorläufig war jedenfalls noch kein Ende abzusehen.

Ein Schnaps folgte dem anderen, und bei jedem wiederholte Daniel, am wichtigsten sei es, eine Macht zu finden, die die Schwächsten begünstigte. Er verfluchte die Stunde, in der das Land die gute Sache, die es zu den Waffen hatte greifen lassen, begraben hatte und in die Hände unersättlicher, hitziger Männer geraten war. Als Emilia nachts in den Eßsaal zurückkehrte, versuchte sie, dieser Unterhaltung ein Ende zu setzen, doch Daniel war zu sehr auf Reden und Trinken aus, um ins Bett zu gehen. Schließlich ließ Emilia ihn dort. Ich bin müde, sagte sie, um ihm nicht zu sagen, du bist unerträglich.

Erst im Morgengrauen kam Daniel und torkelte ins Zimmer. Er brabbelte wirres Zeug über die sinnlosen Greuel des einen oder anderen Gemetzels und fragte laut, was aus den dummen Idealen geworden sei und mit welchem Recht die Caudillos eine ehrliche Sache, für die die besten Männer gestorben seien, auf den Müll warfen. Mit sich selbst hadernd und nebenbei auch mit Emilia, weckte er sie, um sich über das Schicksal zu beklagen, das ihn von den wesentlichen Ereignissen ferngehalten hatte. Warum waren sie, während so viele schlimme Dinge geschahen, im Dorf geblieben, nur auf sich selbst fixiert, gaben sich als braves Ehepaar und lebten friedlich, wie es nirgends sonst im Land war.

Den ganzen nächsten Tag trat er immer wieder gegen die Wände vor Wut über das, was er seine Schwäche nannte, seinen Mangel an kühler Entschlossenheit, seine Trägheit, welches Wort auch immer nun plötzlich für die einfache, aber unleugbare Tatsache stand, daß Emilia von ihm Besitz ergriffen und erreicht hatte, daß er alles vergaß, um nun schon allzulange nach ihrer Pfeife zu tanzen. Während er zornig auf und ab lief, machte er ihr Vorwürfe, weil sie wenige Stunden, bevor er das Dorf verlassen wollte, dort eingetroffen war, ihn daran gehindert hatte, pflichtgemäß dem Krieg zu folgen, und ihn seine journalistische Aufgabe hatte vergessen lassen, die letztendlich das einzige war, was in seinem Leben zählte.

Noch am Morgen zuvor hatte Daniel ihr zehnmal ins Ohr geflüstert, nichts auf der Welt bereite ihm soviel Freude wie sie und er kenne keinen besseren Lebensinhalt als ihren Körper. In Erinnerung an die perfekt inszenierten Zornesausbrüche ihrer Tante Milagros wollte Emilia ihm schon eine ganze Ladung von Schimpfwörtern entgegenschleudern, als die Vorsicht ihrer Mutter ihr eine wirksamere Art einflüsterte, um ihn friedlich zu stimmen, ohne ihren Stolz und ihre Kehle zu strapazieren. So schluckte sie ihre Wut und ging hinunter, um Baui Bescheid zu sagen, daß sie den erstbesten Zug, der vorbeikäme, nehmen würden. Dann ging sie wieder ins Zimmer, wo sie Daniel mit seinen Selbstgesprächen alleingelassen hatte, und nahm in fünf Minuten den Behang von der Wand, packte die Fotos ein, faltete die Decke zusammen, die sie aus New York mitgebracht hatte, und füllte den Koffer mit zweimal frischer Wäsche für jeden. Während sie damit beschäftigt war, flaute Daniels Redeschwall ab und endete schließlich mit der Frage, wohin sie denn zu gehen gedenke.

»In den Krieg«, erklärte Emilia.

Daniel musterte sie in ihrem reisefertigen Aufzug und wollte wissen, was sie mit dem Lazarett vorhabe. Da ließ sie sekundenlang den Kopf hängen, und als sie wieder aufblickte, hatte sie sich so heftig auf die Lippen gebissen, daß sie bluteten. Sie brauchten kein Wort mehr darüber zu verlieren, da schon alles arrangiert sei. Daniel sah sie an, ratlos, wie er einer so anderen Reaktion begegnen sollte, als er sie mit seinem Wutausbruch hatte provozieren wollen. Er hatte angenommen, nach all dem Geschrei würde Emilia ihn allein in den Krieg und das ihr so verhaßte Chaos ziehen lassen. Statt dessen reagierte sie völlig entgegengesetzt zu dem, wie sie sich noch in San Antonio verhalten hatte. So etwas hätte er vorhersehen müssen, denn die Unberechenbarkeit dieser Frau war erblich. Er schwieg eine ganze Weile und sah sie an, wie ihre Umrisse allmählich mit der Dunkelheit der anbrechenden Nacht verschmolzen.

»Du bist eine wahre Wundertüte. Manchmal verabscheue ich dich regelrecht«, sagte er schließlich mit einem letzten Tritt gegen die Wand.

»Das beruht auf Gegenseitigkeit«, versetzte Emilia.

»Na, ziehen wir eben in den Krieg«, sagte Daniel.

Vier Tage später kam ein Zug. Schon von weitem vernahmen sie sein Pfeifen, als sie schon fast die Hoffnung verloren hatten. Baui verschlug es den Atem, der sonst ihre voluminösen Lungen füllte, vor Panik, unverhofft zur Ärztin aufzusteigen. Sie rannte hinauf und flehte Emilia an, sie nicht ganz allein zu lassen. Als Antwort wurde sie nur mit Küssen und einer hastigen Vervollständigung der tausenderlei Ratschläge überschüttet, die Emilia ihr während der ganzen Zeit der gemeinsamen Arbeit gegeben hatte. Auf dem Weg die Treppe hinab gab Baui zu bedenken, daß niemand allein durch eineinhalb Monate Zusehen zum Arzt wird. Doch da ihr Wortschwall Emilia ungerührt ließ, brach sie schließlich in Tränen aus. In ihren ganzen siebenundvierzig

Lebensjahren in der Einöde hatte diese Frau noch nie geweint. Daher war sie selbst so verblüfft, als ihr das Wasser über die runden Wangen lief, daß sie nur, weil der Zug sich bereits in Bewegung gesetzt hatte, nicht auf die Idee kam, deswegen um ärztlichen Rat zu fragen. Mit der rechten Hand klammerte Emilia sich an der Waggontür fest und winkte mit der linken, in der sie den Handkoffer hielt, der üppigen Schönen, die ihr nun zum Abschied nach all dem, was Emilia ihr verdankte, auch noch eine Flut von Tränen hinterherschickte.

»Wenn sie sterben müssen, dann wenigstens ohne Schmerzen«, rief Emilia ihr noch von ferne zu.

Dann schrumpfte Bauis stattliche Gestalt allmählich zu einem Punkt am staubigen Horizont. Emilia schluckte die zwei salzigen Tropfen, die ihr aus den dunklen Augen getreten waren, und sah wie durch einen Schleier ihre Freundin mit der Landschaft verschmelzen. Dann suchte sie nach Daniel, der bereits auf das Dach des Waggons geklettert war und sie von dort mit der gleichen Stimme rief, die sie von seinen früheren Stippvisiten kannte, wenn er unerwartet aufgetaucht war. Seine Augen leuchteten wieder wie früher, als das Leben noch ein Abenteuer war, und er streckte ihr eine Hand entgegen, nach der sie nicht griff, schon weil sie nicht heranreichte. Sie ließ ihn unter den Mitgliedern einer Truppe von zweifelhafter Herkunft Platz nehmen und suchte sich eine Stelle am Boden, auf dem die Kinder, Tiere und Kohlenbecken einer Gruppe Frauen zusammengedrängt waren, die sangen, als gäbe es etwas zu feiern.

Vom ersten Tag an war ihr klar, daß sie diese Reise niemals vergessen würde. Das Erlebnis des alltäglichen

Grauens vergißt man nie. In jenen Tagen sahen ihre Augen so viel Schreckliches, daß sie noch lange Zeit Angst hatte, sie zu schließen und sich abermals im Krieg mit seinen Grausamkeiten wiederzufinden. Nur Daniel konnte ihr solche Pein zumuten, und nur in seinem Gefolge war sie fähig, all das Elend und den Schmerz als unabänderlich hinzunehmen. Als der Zug an einer Reihe Gehenkter mit heraushängender Zunge vorbeifuhr, flüchtete sie sich in Daniels Arme, um diese Fratzen und den Anblick eines Kindes beim Versuch, an die in der Luft baumelnden Stiefel seines Vaters zu gelangen, zu vertreiben, die in sich zusammengesunkene, schreiende Frauengestalt, die säuberlich in Reih und Glied stehenden Bäume in der Landschaft, ein jeder mit seinem Toten als einziger Frucht. Sie hielten sich in den Armen, unfähig, nach dem ersten Schock die Augen zu verschließen, sich das Recht einzugestehen, bei den übrigen wegzusehen. Einige Stunden später und nur wenige Kilometer weiter stießen sie auf einen Treck von Lumpengestalten auf der Flucht vor einem Haufen berittener Männer, die wahllos auf lästige Greise, vorzeitig gealterte Kinder und verstörte Frauen schossen, welche Schutz suchten hinter brennenden Häusern, die einen Gestank verbreiteten, der einem bis ins Mark drang und Schreckensvisionen von den schlimmsten Schandtaten wachrief. Von Zeit zu Zeit hielt der Zug einen ganzen Tag lang mit der Weisung, auf einen General zu warten, damit er eine Ladung Soldaten mit Eiterwunden abliefern und gegen frischen Nachschub austauschen konnte, arglose junge Männer, ganz versessen darauf, wild herumzuknallen. Der Gedanke, einer von ihnen könnte womöglich Daniel mitnehmen, wie sie es mit den Männern der Soldatenfrauen getan hatten, ließ Emilia erschaudern. Aus einem der Waggons hörte man, wie den verlassenen Frauen beim Singen immer wieder die Stimmen versagten und sie vor Verzweiflung schluchzten, bis sie den Gesang wieder aufnahmen. Dann erklang es wie ein Raunen: *Wir lassen unser Leben ohne Not, Männersache ist der Tod, ist der Tod.*

Sie wußte nicht, was schlimmer war, die Tage voller quälender Bilder oder die Fortbewegung im Dunkeln während der unheimlichen Nächte, in denen sie als zusammengepferchte Gestalten durchgeschüttelt wurden, im Takt des altersmüden, staubigen Zugs. Es gab in den Waggons keinerlei Autorität, die das Miteinander hätte regeln können, jeder machte mit seinem Platz, mit seinen körperlichen Bedürfnissen was ihm beliebte. Manche entfachten sogar aus den Resten der zerfetzten Plüschbezüge, die sie von den wenigen verbliebenen Sitzen rissen, ein Feuer und buken im Waggon Tortillas. Andere urinierten in die Ecken oder aus den Fenstern. Wieder andere schliefen halb nackt, fluchten auf ihre Partner oder fielen übereinander her, ohne sich an den Mitreisenden zu stören. Anfangs hatte Emilia sich noch bemüht, das gesittete Benehmen beizubehalten, das ihre Eltern sie so sorgfältig gelehrt hatten, doch mit der Zeit lernte sie, wie die anderen Passagiere ihren Bedürfnissen nachzugeben. Schließlich wurde sie so verwegen, die Finsternis um Mitternacht abzuwarten, um dann ihren Rock zu lüften, damit Daniel darunter schlüpfen konnte, ein Spiel angesichts des sicheren Todes, das in der Vereinigung beider Leiber das Leben in sein Recht setzte.

Es lag in der Luft, daß jeder Morgen der letzte sein konnte und es ein Wunder war, wenn man noch einmal die Nacht erreichte, um sich in der dahingleitenden Finsternis des Zuges oder mitten auf dem Feld mit dem

Duft nach den winzigen Blüten zu lieben, auf denen sie sich ausstreckten, wenn die Dampfmaschine wieder einmal versagte und ihnen während des stundenlangen Wartens nur die Liebe als willkommener Zeitvertreib blieb. Oft, wenn Daniel hastig schrieb oder sich mit den Soldaten unterhielt und Emilia ihm dabei nur zusah, fragte sie sich, was sie eigentlich dort suchte, zu was sie überhaupt auf der Welt nutze war, außer sich zu seiner Verfügung zu halten. Das einzig Sinnvolle, was sie tun konnte, war, bisweilen einen Verwundeten zu untersuchen, ohne etwas in der Hand zu haben, um ihn zu heilen, was ihr Tag für Tag vor Augen hielt, daß die Medizin ohne die Pharmazie nichts wert war. Zu wissen, eine Frau könnte mit einem Sud geheilt werden, der unerreichbar in Diego Sauris Regalen herumstand, quälte sie dermaßen, daß sie nicht mehr sprach, nicht mehr lachte, nicht mehr aß und nicht einmal mehr nach dem Körper verlangte, den Daniel ihr zum Trost darbot. In ihren Augen befanden sich in diesem Zug mehr Kranke als Gesunde, mehr entkräftete als starke Menschen, lauter solche, denen eher ein Bett und eine Stärkung nottat als eine Pistole und ein General, der sie in die Revolution führte. Sie konnte stundenlang darüber nachgrübeln, auf welchen Vitaminmangel die so verbreiteten weißen Flecken in den Kindergesichtern zurückzuführen waren oder mit welchem Antiseptikum die Geschlechtskrankheiten vermieden werden könnten, die die Soldaten tief in der warmen Vagina ihrer Frauen hinterließen.

Die Kunde von den medizinischen Fähigkeiten des Mädchens im gelben Waggon, das ein Köfferchen voller Arzneimittel und Hände habe, die geschickt Wunden vernähten und Verbände anlegten, verbreitete sich im ganzen Zug. Noch aus den hintersten Waggons kamen sie nun, um sie wegen aller möglichen Beschwerden zu konsultieren, für die Emilia kaum mehr Trost parat hatte, als aufmerksam zuzuhören und Kräuter oder ein Pulver für später, nach der Zugfahrt, zu empfehlen, wenn sie etwas besorgen könnten.

Eine Frau kauerte schon vier Tage lang mit dem Kopf zwischen den Beinen in ihrem Waggon am Boden, da Emilia bereits am ersten Morgen die Schmerzmittel ausgingen und angesichts ihrer Qualen seit dem dritten Tag die Worte fehlten. Emilia verfluchte ihre Zeit in Chicago, die sie, wie sie sich sagte, medizinisch kaum auf das Leben unter Armen vorbereitet hatte, und suchte verzweifelt nach einer Erkenntnis, nach der sie aus dem Nichts heraus heilen könnte. Doch mehr, als sie bereits versucht hatte, fiel ihr nicht ein. Das einzige, was sie tun konnte, um ihr Beistand zu leisten, war, sich neben die Frau zu hocken, die nur ein ersticktes Stöhnen von sich gab, wie alle, die von früh auf lernten, daß sie um nichts in der Welt lästig fallen durften. Als Emilia dort mit dem Gefühl saß, nutzloser zu sein denn je, näherte sich ihnen eine kleine, halb verwachsene alte Frau und behauptete, helfen zu können. Mit einem Blick überzeugte sich Emilia davon, daß sie nicht ohne Grund so sprach, und rückte mitsamt ihren sinnlosen Kenntnissen beiseite, um der Alten Platz zu machen. In aller Förmlichkeit nannte sie ihren Namen und bat um die Erlaubnis, dabeizubleiben und zuzusehen. Die Heilkundige nickte mit dem Kopf, wie um eine Fliege zu verscheuchen, und zeigte, als sie sich das Umschlagtuch abnahm, zwei kräftige, junge Hände, die nicht zu der offensichtlichen Hinfälligkeit ihres winzigen, greisen Körpers paßten. Mit diesen Händen begann sie der Kranken über den Kopf zu streichen, ganz behutsam, als suche sie nach bestimmten Punkten, um dort ihre sanften Finger ruhen zu lassen. Dann fuhr sie ihr über die Augenlider, am Nacken hinab, massierte die Stelle zwischen Daumen und Zeigefinger an der linken Hand und einen bestimmten Punkt auf der Fußsohle, an dem sie sich länger als an den anderen Körperstellen aufhielt. Nach und nach hörte die Frau auf zu stöhnen und fiel endlich in den Schlaf, den sie in den letzten Nächten nicht hatte finden können.

Vor der Greisin hockend, sah Emilia ihr mit unverhohlener Ehrfurcht zu, um alles genau zu studieren.

»Verstehen Sie etwas von Akupunktur?« fragte sie die Frau, die aus einer anderen Welt zurückgekommen schien.

»Ich heiße Teodora, und was das für einen Namen hat, weiß ich nicht«, erwiderte die Alte, das Tuch wieder über der Brust zusammenschlagend.

»Bringen Sie es mir bei?« bat Emilia.

»Soweit du es lernen kannst.«

Binnen kurzem waren sie unzertrennlich. Emilia folgte der Alten mit dem gleichen Feuereifer durch den klapprigen Zug, mit dem sie ihren anderen Lehrmeistern gefolgt war, und es gab kein Detail, das sie sich entgehen ließ, keine Frage, die sie nicht stellte.

»Es kommt auf das Gespür an«, erklärte die Alte, als Emilia mit Namen aufwartete, die sie nicht kannte, oder mit quälenden Fragen, auf die es nach ihrer Erfahrung keine andere Antwort gab als den Willen, das Nichts zu bezwingen. Manchmal verzweifelte Emilia, weil Teodora zu rasch vorging und zu viel als bekannt voraussetzte. Bei einer Gelegenheit fragte die Frau barsch: »Frag ich dich etwa, wie du Wunden vernähst? Da sieht man einfach zu und lernt es, basta.«

Anschließend machte sie sich daran, einem Kranken die Wunde zu vernähen, wofür bisher immer die sanfte Señorita aus dem gelben Waggon zuständig gewesen war.

Sie brachten die Tage damit zu, daß eine von der anderen alles lernte, was sie an Kenntnissen weitergeben konnte. Emilia hätte immer behauptet, daß sie von diesem Austausch mehr profitierte. Teodora ihrerseits behandelte Emilia mit dem Respekt, den man jemandem zollt, der viel von etwas beherrscht, das man schon immer lernen wollte.

Wer weiß, wieviel sie tatsächlich von all dem glaubte, was sie zur hören bekam: von der These, daß die Menschen ihre entscheidenden Gefühle im Gehirn und nicht im Herzen bewahren, von der Bedeutung von Sterilität und sauberem Wasser, von den Wundern der Anästhesie und anderen neuen wissenschaftlichen Erkenntnissen. Jedenfalls gab sie Emilia ihren eigenen Wissensschatz ohne Zögern preis, und es gelang ihr nach und nach, sie in der Kunst zu unterweisen, bestimmte körperliche Leiden allein durch Handauflegen zu lindern, und sie gab ihr eine Menge anderer kleiner und großer Weisheiten weiter.

Als Emilia Daniel davon erzählte, sah er sie schweigend an. Er fand sie jeden Abend magerer und abgekämpfter, aber auch gefaßter angesichts des Elends, das sie in den ersten Tagen so aus der Fassung gebracht hatte. Voller Bewunderung und Beklommenheit beobachtete er schweigend, wie sie sich tagtäglich abmühte, ihr verklebtes Haar zu kämmen, sich das Gesicht zu reinigen und ab und an zu lächeln, als sei die Welt nicht dabei, aus den Fugen zu geraten. Dabei wurde ihm klar, daß er sie ewig lieben würde.

23

An einem Mittwoch Anfang Juni gegen drei Uhr morgens näherte sich die Dampflok mit den höllisch ratternden Waggons im Schlepptau der mexikanischen Hauptstadt. Eine angenehm laue, noch nächtliche Luft wehte Emilia ins Gesicht, als sie den Kopf aus dem Waggonfenster streckte, um den anbrechenden Tag auf den Augenlidern zu spüren. Der Tau und die frische Brise, die ihr durchs Haar fuhr, kündigten bereits die Hochebene an. Am dunklen Horizont zeichneten sich die Vulkane ab, als wachten sie über die Katastrophe, die dieses Land erschütterte. Emilia betrachtete ihre Silhouetten. Wie groß die Katastrophe auch sein mochte, solange sie dort standen und alles im Blick hatten, mußte es eine Lösung geben.

Die endlose Zugreise war so abenteuerlich gewesen, daß die Passagiere einen Empfang wie nach einer Pilgerfahrt verdient gehabt hätten. Doch am Bahnhof erwarteten sie nur ihr eigener Lärm und der allmählich aufklarende Himmel. Daniel, dem es ab und zu gelang, einen todesähnlichen Schlaf zu finden, öffnete die Augen erst, als der Zug aufhörte, ihn mit seinem Geruckel einzulullen. Er sah Emilia am Fenster, die Arme um die Schultern der kleinen Teodora gelegt und mit ihr tuschelnd, als könnte es etwas geben, was die beiden noch nicht besprochen hätten.

Nachdem sie eine Weile gewispert hatten, umarmten sie sich. Emilia küßte Teodora auf die Wangen und weinte, als sie sich trennten, in einer Ungeniertheit, die bei Daniel immer wieder die gleiche Mischung aus Ungeduld und Scham hervorrief. Sie war wahrlich keine Heulsuse, doch wenn sie es sich erlaubte, weinte sie genauso, wie sie lachte, ohne Rücksicht auf andere, unbesorgt darum, wie lange sie brauchte, um ihren Kummer zu verwinden. Diese Art zu weinen hatte sie von ihrer Familie gelernt, und hätte Daniel sich nicht über diese Neigung bei ihr beklagt, wäre sie nie auf die Idee gekommen, ihr Verhalten als tadelnswert zu empfinden.

Als Daniel sah, wie Emilia mit der Abschiedszeremonie begann, erhob er sich vom Boden, der ihm als Bett gedient hatte, strich sich mit den Händen das wirre Haar glatt, knöpfte die Jacke zu und räusperte sich, damit sie endlich merkte, daß er auch noch da war. Der Zug hatte sich inzwischen geleert, und rundum begannen die neuen Reisenden einzusteigen. Es war an der Zeit, den Waggon zu verlassen und sich auf den Weg durch die Straßen der belagerten Stadt zu machen.

Am Bahnhofsausgang nahmen sie eine von ausgemergelten Kleppern gezogene Kalesche und baten den Kutscher, sie zum Zócalo im Herzen der Stadt zu bringen. Der Mann erkundigte sich, ob sie dort in der Nähe unterkommen wollten oder ob sie vorhätten, den Zócalo und den Palacio Nacional nur zu ihrem Vergnügen zu besichtigen. Im letzteren Fall würde er ihnen raten, sich besser nicht in jener Gegend herumzutreiben. Dann erklärte er ihnen die Situation in der Stadt: Im laufenden Jahr hatten mehrmals die Bewohner des Palastes gewechselt. In dem Rhythmus, in dem die verschiedenen um die Stadt kämpfenden Seiten ein- und auszogen, war der Palast der einen oder anderen Partei in die Hände gefallen. Noch am Morgen hatte es geheißen, die untereinander zerstrittenen Parteien Villas und Zapatas hätten beschlossen, den Präsidenten auszutauschen. Folglich war der Zócalo sicherlich ein wilder Tummelplatz. Die gesamte Stadt eignete sich momentan nicht sonderlich dazu, von einem jungen Paar zum Vergnügen besichtigt zu werden.

Emilia wollte direkt zum Haus im Roma-Viertel. Von Milagros wußte sie, daß ihnen die Wohnung immer noch offen stand. Doch Daniel nahm sie beiseite und bat sie, den wirren Gerüchten, die irgendein Kutscher aufgeschnappt hatte, keinen Glauben zu schenken. Als sie schließlich den Zócalo umfuhren, war er fast wie leergefegt. Eine Tür der Kathedrale öffnete sich einen Spalt, um zwei fromme Frauen einzulassen. Ein Straßenverkäufer ließ krächzend die Dampfpfeife des Karrens ertönen, in dem er Süßkartoffeln garte. Ein Kindermädchen lief in der Nähe vorbei, auf der Suche nach einem Toten, mit dem sie den Sohn ihrer Herrschaft unterhalten konnte.

Jeden Tag finde man Kadaver, die niemandem gehörten, mitten in der Nacht aufs Gratewohl umgebracht, sagte der Kutscher und riet ihnen davon ab, nach Einbruch der Dunkelheit auszugehen, da um diese Zeit, wie er meinte, die Revolutionäre noch ungenierter und noch betrunkener herumlungerten als am Tag.

Genervt durch sein Gerede, bat Daniel ihn, sie am Eingang eines nahegelegenen Cafés abzusetzen. Emilia wandte ein, dermaßen verdreckt könnten sie nicht in ein Café spazieren. Sie brauchten dringend ein Bad.

»Erst kommt das innerleibliche Wohl, dann die Reinlichkeit. Was wir unbedingt brauchen, ist etwas zu essen«, beharrte Daniel. Im übrigen würde niemand an ihnen Anstoß nehmen, wo doch die Welt bereits den Armen und Verdreckten gehörte, denn die Soldaten aus dem Volk, die im Zug mitgereist waren, regierten das Land.

Nachdem sie dem Kutscher eine Summe gezahlt hatten, die ihnen in Pesos astronomisch, dann aber, in Dollar umgerechnet, geradezu lächerlich erschien, stiegen sie aus.

»Es findet sich immer jemand, der für zehn Dollar Leute umbringt«, erklärte der Kutscher. »Achten Sie darauf, nicht zu zeigen, daß Sie soviel bei sich haben«, unkte er den beiden hinterher.

Sie betraten das Café in der Überzeugung, daß der Kutscher übertrieb und ein Dollar nicht so viele gängige Pesos der momentanen Regierung wert sein konnte. Emilia besaß noch etwas von dem in den USA gesparten Geld, wo Doktor Hogan sie für ihre Arbeit bezahlt hatte, und zwar nicht aus reiner Liebe, sondern als Teil des monatlichen Ertrags aus dem Verkauf der von ihnen unter Diego Sauris brieflicher Anleitung hergestellten Medikamente. Auch Daniel hatte noch einen Rest der Dollars, die Gardner ihm für seine noch nicht honorierten Beiträge geschickt hatte, doch konnten sie nicht erwarten, mit dieser gemeinsamen Barschaft lange wie die Fürsten zu leben. Jedenfalls waren sie erschrocken, wie hoch die Rechnung für zwei Spiegeleier und drei Brötchen mit einem Milchkaffee und einer heißen Schokolade im Vergleich zum Preis drei Jahre zuvor ausfiel.

»Fast wie ein Hochzeitsschmaus«, sagte Emilia.

Daniel war inzwischen in ein Gespräch mit einer Frau vertieft, die ein Kind im Tuch trug. Aufgeregt zischelnd öffnete sie ihre zur Faust geballte Hand, um ihm den ausgefallensten Brillanten zu zeigen, den er je im Leben gesehen hatte. Sie bot ihn für nicht mehr als das Sechsfache des Preises für das Frühstück an. Bevor Emilia, die immer noch nicht fassen konnte, daß ein Teller Bohnen zwei Pesos kostete, mitbekam, was dort geschah, legte Daniel der Frau das Geld in die Hand und nahm den Ring an sich.

Gespannt, ob man ihnen im Haus in Roma öffnen würde, blieben sie stehen, um sich zu betrachten. Sie waren verdreckt wie zwei Guerrilleros. Doch sie konnten nicht verhehlen, was sie waren: zwei, die man aus dem Paradies vertrieben hatte, wo es weiche Betten gab und Doppelbadewannen, wie sie Emilia vier Jahre zuvor noch ganz selbstverständlich benutzt hatte, nicht ahnend, daß sie eines Tages zu den Dingen gehören würden, die ihr am meisten fehlen sollten. Nachdem sie eine halbe Stunde lang Sturm geklingelt hatten, fragte jemand in ängstlich schrillem Ton nach, wer da sei. Emilia erkannte die Stimme von Consuelo, der alten, alleinstehenden Frau, die sich damals, als Emilia zu Besuch gewesen war, um das Haus gekümmert hatte. Dann endlich ging die Tür auf.

Beim Eintreten entschuldigte Emilia sich dafür, daß sie wie zwei Vagabunden aussahen, doch nach wenigen Sätzen merkte sie, daß Consuelo wohl durch nichts mehr zu erschüttern war. Das Haus hatte seinen feierlich eleganten Stil bewahrt, doch etwas an den gepolsterten Möbeln und den weichen Teppichen ließ es nun wohnlicher wirken, gewandelt wie seine treue Hüterin.

»Wenn Sie wüßten, was wir hinter uns haben, würden Sie sich die Mühe sparen, Ihren Aufzug zu entschuldigen«, bemerkte Consuelo. »Egal, was Sie tragen, Sie sind immer was Besseres, und es ist mir eine Ehre, Ihnen diese bescheidene Bleibe anbieten zu können.«

Dann erzählte sie, daß in den vergangenen Monaten ein General der Villa-Partei das Haus beschlagnahmt und den Generalstab im Nachbargebäude einquartiert hatte. Der Mann, der nicht so übel war, wie sein Mundwerk glauben machte, schien eine gewisse Privatsphäre zu benötigen, weshalb er sich seit November jeden Abend dort zurückgezogen hatte, bis vor einem Monat General Villa geruht hatte, seinen Krieg woanders zu führen. Consuelo war dem Mann und den zahlreichen Frauen, mit denen er das Bett zu teilen beliebte, samt allen ihren Launen gefällig gewesen, nur damit sie sich im Haus nicht nach Lust und Laune austobten. Sie hatten die gesamte Vorratskammer leergegessen und den Weinkeller geplündert, doch nicht ein Buch aus der Bibliothek, kein einziger Teller, keines der Gläser war verschwunden.

Überzeugt, daß die Revolution nichts Schlimmeres hätte bringen können, bekreuzigte sie sich am Ende ihrer Geschichte und betete für die Seele ihres Neffen Elias, eines vierzehnjährigen Jungen, der dem General gefolgt war.

»Hat man Ihnen denn gesagt, er sei tot?« fragte Emilia.

»Für mich ist er an dem Tag gestorben, als er das Haus verlassen hat«, erklärte Consuelo.

»Der Junge wird wohl seine Gründe gehabt haben«, bemerkte Daniel in frostigem Ton.

»Was ist das für eine dumme Idee, daß alle gleich sind«, entgegnete Consuelo. »Soll ich Ihnen ein warmes Bad bereiten?«

Daniel hielt es für ratsam, die Diskussion um die

Gleichheit zu vertagen. Die Aussicht auf ein Bad erschien ihm in dem Moment ein nicht minder kostbares Ideal als die hehrsten revolutionären Ziele.

Es gibt nichts Besseres als warmes Badewasser, dachte Emilia, als sie in das kristallklare Naß der ersten Wanne eintauchte. Daniel stieg hinter ihr hinein ins Bad, und beide schickten sich an, den Dreck von fast einem Monat im Wasser abzulösen. Die Wanne bot genügend Bewegungsspielraum für zwei Verliebte. Sie seiften einander ein, umarmten sich unter Wasser und alberten herum, bis ihre Fingerspitzen ganz schrumpelig waren und Emilias glühende Wangen ihr Gesicht erleuchteten. Endlich hatten sie genug davon, im eigenen Schmutz zu paddeln, und beschlossen in die Wanne nebenan umzusteigen, um sich abzuspülen.

»Was für ein Prachtwesen du bist«, entfuhr es Emilia, als sie Daniel aufrecht über sich stehen sah und sich noch nicht entschließen konnte, das Wasser zu verlassen. Von unten boten seine Hoden einen lustigen Anblick, und sie begann ihm die Beine zu streicheln, küßte sein knochiges Knie, richtete sich auf, um mit dem Kopf unter den Bogen zu tauchen, den seine Oberschenkel bildeten. »Jetzt bist du das Dach über meinem Kopf«, sagte sie.

Daniel beugte sich herab, um sie zu küssen und zog sie aus dem Wasser.

»Was für einen Unsinn du redest«, meinte er, schlang sich ein Handtuch um die Taille und verschwand, um irgend etwas zu holen.

Emilia begann im sauberen Wasser zu planschen, in Erwartung, daß Daniel endlich auch hereinstieg, anstatt hin und her zu laufen.

»Wonach suchst du, was du hier nicht finden kannst?« fragte sie mit der Hand auf dem dunklen Haarbüschel, das so viel Glückseligkeit barg.

»Ich weiß nicht«, meinte Daniel, als er endlich ins spiegelglatte Wasser eintauchte, in dem sie vor sich hin schlummerte. Er hatte Lust, ihr mit beiden Händen die Taille zu umfassen und seine Zunge in den Nabel mitten auf ihrem flach gespannten Bauch zu versenken. Doch zuerst suchte sein Mund ihren und darin die Zunge, die so erfahren und einfallsreich war, immer im Bund mit den Augen.

»Ich habe dir schon lange keinen Stein mehr geschenkt«, sagte er, als er sich schließlich von ihren Lippen löste.

Emilia spürte einen Schauder von Gold auf den Zähnen, die Zunge ertastete eine runde Öffnung, und sie preßte die Lippen zusammen. Zwei glitzernde Tränen liefen ihr über das blanke Gesicht. Daniel hatte ihr den am Morgen gekauften Ring in den Mund gelegt.

»Heul nicht, das macht mich verrückt«, bat er. »Willst du mich heiraten?«

Am nächsten Tag zogen sie gestriegelt und gebügelt los, um ein Telegrafenamt, ein Bekleidungsgeschäft zum Einkaufen und ein Restaurant zum Feiern zu suchen und jemanden, der Zeit und Lust hatte, sie zu trauen. Als erstes fanden sie das Telegrafenamt. Emilia schickte das längste Telegramm, das man dort je erlebt hatte, an die Sauris. Das zweite, was sie auftrieben, war ein elegantes Restaurant, das nicht unter der allgemeinen Knappheit zu leiden schien. Sie bestellten einen Tisch für drei Uhr und machten sich wieder auf die Suche nach einer neuen Garderobe und einem Standesbeamten.

Fast alle Läden waren geschlossen, doch dann entdeckten sie auf dem Markt einen weißen Huipil, von den geduldigen Händen einer Frau aus Oaxaca bestickt.

»Welch ein Glück, keine Feinde zu haben«, bemerkte Emilia, als sie ziellos ihren Weg fortsetzten.

»Warum sagst du das?« wollte Daniel wissen.

»Nur so.«

Sie ließen sich einzig vom Impuls der augenblicklichen Muße leiten. Doch plötzlich standen sie, ohne es zu wollen, an einem Friedhofstor.

»Hier liegt Juárez begraben«, erklärte Emilia, als sie den Friedhof von San Fernando erkannte. Vier Jahre zuvor hatte sie hier mit Milagros nach berühmten Gräbern geforscht. Sie ging auf das Tor zu, um den Friedhof noch einmal zu besichtigen.

»Du wirst doch wohl nicht vorhaben, auf den Friedhof zu gehen«, protestierte Daniel.

Emilia antwortete mit einem Lächeln, das bis in ihre dunklen Augen aufstieg. Daniel mußte an Milagros Veytia denken, die gesagt hatte, daß Emilias ganzes Wesen von einer rätselhaften Grazie sei. Vielleicht lag das Geheimnis darin, daß sie nicht perfekt war; in der winzigen Lücke zwischen den Schneidezähnen, der kaum merklichen Windpockennarbe, die den Hochmut ihrer athenischen Nase läuterte, der seltsamen Art, wie sie die Braue hochzog, wenn sie eine Frage für überflüssig erachtete.

Sie betraten das Pantheon. Emilia ging vor und erklärte, dort habe auch Miramón, der Erzfeind von Benito Juárez, gelegen, bis seine Frau Concha ihn wieder ausgraben und an einen anderen Ort bringen ließ, sobald sie erfuhr, daß Juárez ganz in der Nähe lag. Daniel mußte über die Anekdote lachen, was Emilia nutzte, um ihn daran zu erinnern, wie schön es doch sei, weder

Feinde zu haben noch sein Leben mit politischen Querelen zu vergeuden. Das einzig Richtige, was man im Leben tun könne, sei verzeihen. Die einzige Möglichkeit, nicht verantwortlich für einen Erdrutsch zu sein, bestehe darin, niemals eines der Erdklümpchen zu werden, aus denen sie entstehen. Wieder mußte Daniel lachen, warf ihr aber vor, die Dinge zu einfach zu sehen. Im Bewußtsein der Mühe, die es sie gekostet hatte, zu solch einfacher Sichtweise zu gelangen, legte Emilia den Arm um seine Taille und ging schweigend weiter.

Der Friedhof war wie die gesamte Stadt verwahrlost und im Verfall. Um zwölf Uhr mittags waren die Bänke bereits von Bettlern und Betrunkenen in Beschlag genommen. Zwischen ihnen und einigen wild blühenden Hecken schlenderten Emilia und Daniel einher, selig in ihrem Glück und vergnügt beim Gedanken daran, daß sie heiraten würden.

Ein uralter Mann näherte sich, um nach dem Datum zu fragen. Sie sagten es vollständig auf, mit Uhrzeit, Tag, Monat und Jahr. Als Dank für eine so ausführliche Auskunft erbaten sie von dem Alten, sie für Mann und Frau zu erklären.

»Das kann ich nicht«, erwiderte der Greis.

»Warum nicht?« fragte Emilia.

»Weil ich schrecklichen Hunger habe. Ich warte darauf, daß meine Tochter zurückkommt, die mit anderen Frauen losgezogen ist, um die Bäckerei eines Spaniers zu plündern.«

»Trauen Sie uns, während Sie warten«, bat Emilia.

»Nein«, sträubte sich der Mann. »Ich traue nicht zwei Leute, die bald wieder auseinandergehen.«

»Woher wollen Sie wissen, daß wir uns wieder trennen?« fragte Daniel.

»Weil ich Wahrsager bin«, antwortete der Greis auf dem Weg zu einer freien Bank, um sich zu setzen. Wie hypnotisiert folgten ihm Emilia und Daniel.

»Und wer wird nach Ihrer Prophezeiung am Ende die Revolutionsregierung bilden?« erkundigte sich Daniel, der bereits seit dem Morgen gerne jeden gefragt hätte, was er von der politischen Lage wußte oder vermutete.

»Die Schlimmsten«, sagte der Alte.

»Und wer sind die Schlimmsten?«

»Das müssen Sie schon selbst prophezeien«, erwiderte der Greis. Emilia beugte sich zu dem Alten, um ihm zu versichern, daß sie sich niemals trennen würden.

»Was man denkt, ist nicht ausschlaggebend«, sagte der Alte. »Sie werden sich trennen, weil das Richtige immer verschlungene Wege geht. Aber wenn Sie sich so sehr lieben, will ich Sie trauen. Stellen Sie sich hier auf.«

Er wies auf eine Esche gleich neben der Bank. Dann erklärte Don Refugio, wie er sich nannte, sie allein kraft der Autorität, die aus seinem Gesicht sprach, dem Gesicht eines in Überlebensfragen weisen alten Mannes, ohne weitere Umstände, nur indem er sie nach ihren Namen fragte, zu Mann und Frau. Anschließend pflückte er drei Blätter von der Esche über ihren Köpfen. Er biß auf die oberen Blattspitzen und reichte sie dann weiter, damit jeder an irgendeiner Stelle darauf biß. Danach untersuchte er sie wie Blätter voller Paragraphen, behielt eines für sich und reichte jedem der beiden frischgebackenen Eheleute ebenfalls eins.

»Dieser Baum nährt sich vom Licht der Toten. Deshalb brauchen wir keine weiteren Zeugen«, erklärte der Greis. Schließlich fragte er sie, ob sie ihn nicht für die Trauung zum Essen mitnehmen wollten.

24

Das Restaurant hieß *Sylvain*, verfügte über einen Raum
für das gemeine Publikum und mehrere reservierte Séparées. Emilia und Daniel setzten sich mit ihrem apar-
ten Gast an einen kleinen Tisch am Fenster. Während
Emilia noch überlegte, ob er überhaupt lesen konnte,
wählte Don Refugio schon Fisch in scharfer grüner
Sauce, Schweinebraten mit Schnittbohnen und eine
Flasche Rotwein. Daniel beobachtete mit Interesse, wer
alles das Lokal aufsuchte. Während sie ihre Gerichte bestellten, füllten sich die Séparées nach und nach mit
Generälen, die sich wie Politiker gaben, und Politikern,
die sich wie Generäle aufführten. Lärmend betraten sie
das Restaurant und begrüßten sich lauthals quer durch
den ganzen Saal. Daniel sah immer wieder zu ihnen hin-
über, und nur allzubald hatte er auch schon ein paar
Freunde ausgemacht, mit denen er im Norden gegen
Huerta gekämpft hatte.

»Auf uns brauchst du keine Rücksicht zu nehmen«,
sagte Emilia, als sie sah, wie er sich ständig den Hals
verrenkte vor lauter Lust, sich wieder ins Abenteuer
zu stürzen, dem er zwei Monate zuvor den Rücken
gekehrt hatte. Dabei lächelte sie wie eine Prinzessin,
die ihren Prinzen ermuntert, sich in Gottes Namen umzubringen, wenn er das denn unbedingt will, und bedeutete ihm mit einem Klaps auf den Rücken, er solle
sich doch getrost zu seinen alten Freunden gesellen.

Don Refugio hätte sich nun seiner treffenden Pro-
gnose für das Paar rühmen können, doch er hielt es für

ratsamer, sich zurückzuhalten und einfach auf die heiß ersehnte Suppe zu warten. Er nahm ein Brötchen aus dem Korb und beklagte sich über die schlechte Bedienung, die noch keine Butter gebracht hatte, wie sich das gehörte. Dann begann er eine Unterhaltung mit Emilia, als wären sie von Anfang an allein gewesen, und erzählte ihr aus seinem Leben. Er war auf einer Hacienda des Generals Santa Ana aufgewachsen, wo ein Jesuitenpater ihn aufgelesen hatte, ein leidenschaftlicher Mathematiker, Blumenliebhaber und hartnäckiger Verteidiger der Gemeinsamkeiten zwischen Religionen, die die Welt meist als gegensätzlich erachtete. Von ihm hatte Refugio außer Lesen und Schreiben auch Rechnen und Gartenpflege gelernt sowie die These, Wiederauferstehung des Fleisches und Reinkarnation seien identisch. Als Don Refugio zweiunddreißig war, starb der Jesuit, blind und bei allen in Ungnade, denen die Versöhnung von Gegensätzen in der Mathematik, der Religion und vor allem der Politik ein Dorn im Auge war. Zum Glück fand Don Refugio Arbeit im Haus eines auf religiöse Themen spezialisierten Wandmalers, bei dem er lebte, bis Porfirio Díaz als angeblicher Liberaler und Schutzherr der Armen das Land zum bewaffneten Aufstand rief. Damals diente er zwei Jahre in der Armee, lange genug, um ein für allemal zu lernen, daß das Wichtigste im Leben für alle, ob arm oder reich, ist, von der Armee verschont zu bleiben. Die Armut endete nicht mit dem Sieg von Díaz, und wieder verlief das Leben des kleinen Mannes ohne Hoffnung auf Besserung. Refugio bekam Arbeit als Gärtner auf einer Hacienda in Morelos. Da faßte er den Mut, eine Frau mit schielendem Blick, aber goldenem Herzen zu heiraten, die zwei Wochen, nachdem sie ihm eine Tochter geschenkt hatte, verschied.

Kurz nach diesem Verlust entdeckte er seine hellsehe-
rischen Fähigkeiten, als er voraussah, daß seine Tochter
an Typhus sterben würde. Seither hatte er nichts anderes mehr getan, als fortzulaufen, sobald er die Krankheit
nahen fühlte. Er war von einer Stadt zur anderen ge-
pilgert, hatte in Querétaro bei einem Glockengießer
gearbeitet, in Veracruz für einen Notar, bei Huren in
Córdoba, dem Erfinder einer Maschine zum Enthäuten
von Magueykakteen in Tlaxcala, bei einem libanesischen
Stoffhändler nahe Mérida, einem Arzt, der Knochen-
verletzungen nur durch Handauflegen heilte, und bei
wundertätigen Nonnen, die ein Sanktuarium bewach-
ten. In der Einsiedelei der Nonnen hatte er beim Rosen-
stutzen auf dem Hof eine adrette Witwe kennengelernt,
die aus Zacatecas gekommen war, um die Gunst der
Heiligen zu erbitten. Was sie eigentlich suchte, war
ein Mann, und als sie nach drei Tagen noch keinen
gefunden hatte, kam sie zu dem Schluß, Don Refugio
sei ihr von der Mutter Gottes bestimmt, und bat ihn, sie
zu heiraten. Don Refugio beschloß, fortan seine Vorahnungen nicht mehr zu beachten, die er nun seiner
ersten Frau anlastete: Vielleicht ließ sie ihn aus reiner
Eifersucht alle drohenden Gefahren sehen, an die er
nicht denken wollte. Mit seinen fünfzig Jahren verliebte
er sich in diese Witwe wie ein Jüngling. Unter ihren Fittichen lernte er, mit Messer und Gabel zu essen und sich
wie ein Herr zu kleiden, Schach zu spielen, Bellini zu
hören und zu Bett zu gehen voller Vorfreude auf die
Überraschungen, die ihm die Nacht bescheren würde.
Eines Nachts träumte er, daß ihre Söhne, die ihn haßten
und vom ersten Tag seiner Ankunft in Zacatecas einen
Schürzenjäger gescholten hatten, ihn umbringen wollten, und da sah er sich gezwungen, diese wunderbare

Frau, die ihn so mit ihrer Liebe überschüttet hatte, zu verlassen. Er verließ sein Ein und Alles und irrte seither durch die Welt, stets verfolgt von der Sehnsucht nach den Armen der Witwe und von seinen finsteren Prognosen, den Kopf voller Visionen und Mezcal, der nicht nur dort, sondern auch im Magen Unheil anrichtete. Er lebte mit einer Enkelin zusammen, die er seine Tochter nannte, einem fünfzehnjährigen Mädchen, krank und schwanger, aber aufgeweckt und lebenslustig wie ein junges Füllen.

Auch Emilia schilderte ihm kurz ihr Leben mit allen entscheidenden Einzelheiten. Angefangen bei der Liebe zu ihrer klugen Mutter, die ihr wie ein Lächeln vorschwebte unter all ihren Blumen im Gang, und ihrem Vater, der zwischen den Porzellantiegeln und alten Büchern seiner Apotheke vor sich hinsang, bis zu ihrer Reise nach Chicago und der Rückkehr zu dem Mann, an den sie mit fünf Jahren ihr Herz verloren hatte und den sie niemals verlassen wollte. Als sie das sagte, spürte sie ein verdächtiges Zucken in den Augenlidern, das sie mit einer Eleganz überspielte, die Don Refugio sehr wohl wahrnahm und für das Schönste hielt, was ihm seit vielen Tagen widerfahren war – abgesehen natürlich von dem großzügigen Essen, das seinem Hunger ein Ende setzte.

»Du bist also Ärztin?« versuchte er ihr über die Gemütserregung hinwegzuhelfen.

»Ja.« Damit gab Emilia zum ersten Mal zu, daß sie auch diese Leidenschaft bereits von Kindesbeinen an hegte und niemals darauf verzichten würde.

»Reg dich nicht auf, manche Dinge hat man einfach nicht in der Hand«, sagte der Alte, während er mit seiner zitterigen, knochigen Hand die weiche, weiße des

Mädchens streichelte. »Was du nicht wissen kannst, ist, daß du deinem Mann viele Leben voraus hast.« Dann erklärte Don Refugio ihr zur Ablenkung eine halbe Stunde lang, wie viele Reinkarnationen der Geist, der in ihrem Körper weilte, vermutlich hinter sich hatte.

Es war bereits nach sechs Uhr abends, und das ganze Lokal vibrierte vor Gläserklirren und derben Worten, als Daniel übersprudelnd von neuen Informationen an ihren Tisch zurückkehrte. Eineinhalb Stunden brauchte er, um ihnen alle Neuigkeiten mitzuteilen, eine unglaublicher als die andere. Dabei erkannte Emilia, daß bei dem Streit zwischen den Parteien von Villa, Zapata und Carranza nur eines klar war: die Liberalen, die wie sie zwischen allen Stühlen saßen, würden die wahren Verlierer sein.

»Was hilft's, die Zeiten zu beklagen, in denen man lebt«, sagte Refugio. Seit Daniel wieder zu ihnen gestoßen war und von einer Unzahl ungeklärter Verbrechen, von Verrat und vagen Hoffnungen redete, suchte Refugio seinen Kummer in Anisschnaps zu ertränken.

»Refugio hat eine kranke Tochter«, fiel Emilia Daniel ins Wort, der gerade lebhaft von den Ideen und Verwirrungen der Revolution sprach, als erzählte er Geschichten aus einem spannenden Buch.

»Das wirklich Wichtige ist dir wie immer egal«, klagte Daniel. Dann küßte er sie versöhnlich und schlug ihr vor, den restlichen Abend zu einem Besuch bei Refugios Tochter zu nutzen, derweil er ein Gespräch beenden wolle.

Emilia begleitete Don Refugio zu dem Hof nahe dem Dorf Mixcoac, wo er lebte. Dort lernte sie seine Tochter kennen, eine zerbrechliches junges Mädchen, immer bemüht, die Krankheit, die ihrem Körper heftig zusetzte, mit einem Lächeln zu überspielen. Als sie allein waren und Emilia sie während der Untersuchung ausfragte, bat das Mädchen Emilia, für sich zu behalten, wie schlimm es um sie stand, und ihren Zustand auf den Hunger zu schieben, da ja so viele Hunger litten und aussahen wie sie, weshalb niemand an etwas Ernsteres dachte.

»Wenn man sterben muß«, sagte sie, »dann lieber überraschend, als die anderen schon vorher zu belasten.«

Ihr Leiden war unheilbar. Das erkannte Emilia schon beim bloßen Anblick. Doch Ruhe und gutes Essen würden ihr ein längeres Leben bescheren, als wenn sie wie ein Tier bis zum Umfallen arbeitete. Emilia bat sie, sich helfen zu lassen, sich Ruhe zu gönnen, nicht in aller Frühe zum Melken aufzustehen oder die Milch im Ort auszuliefern.

»Bitten Sie mich nicht, ab heute zu sterben«, erwiderte das Mädchen ernst.

Emilia versprach, am nächsten Tag wiederzukommen. Anschließend begleitete Don Refugio sie traurig und nicht mehr ganz nüchtern bis zu ihrer Haustür in Roma.

»Meine Eulalia wird sterben, nicht wahr?« fragte er unterwegs, ohne eine Antwort abzuwarten. »Am Ende werden diese Schweinehunde, die uns all den Hunger und das Grauen gebracht haben, verschwinden und von noch übleren Kerlen abgelöst werden. Aber schon jetzt prophezeie ich: die anderen werden siegen. Nur weil sie es sich in den Kopf gesetzt haben, nicht etwa weil sie tapferer oder gerissener wären.«

Emilia umarmte ihn wortlos und betrat das Haus. Sie wußte nicht, was sie sagen sollte. Wie gerne hätte sie das

Schweigen des Alten mit beruhigenden Worten ausgefüllt, seine Gewißheit entkräftet, doch sie mochte ihn zu sehr, um ihm etwas vorzuheucheln. Inzwischen war es fast elf Uhr. Sie stieg die Treppe hinauf, sicher, daß Daniel bereits heimgekehrt war. Doch Consuelo hatte noch nichts von ihm gehört und überfiel sie in ihrer Besorgnis mit einem endlosen Wortschwall: Wie aussichtslos es gewesen war, auf dem Markt etwas Ordentliches zu bekommen, um es ihnen abends vorzusetzen. Alle Lebensmittelläden hatten geschlossen, und man wußte weder, welche Geldscheine gerade galten, noch wie lange, weshalb sie schleunigst die von der derzeitigen Regierung gedruckten loswerden wollte, denn falls, wie die Leute sagten, Carranzas Partei siegte, würde sie innerhalb eines Jahres auf zwei Koffern voller wertlosen Plunders sitzen und den Verlust beweinen.

Emilia nahm sie nur als ein Geräusch in dem Gewitter wahr, das sie vorausahnte, nachdem sie Daniel im Restaurant wieder mit der Politik hatte liebäugeln sehen. Seit jeher wußte sie, daß ihm der gemeinsame Krieg ihrer beiden Leiber nicht genügte, um in Frieden zu leben, daß er überhaupt nicht in Frieden leben wollte und daß er, was sie auch ersann, um ihn zu halten, stets woanders seinen unruhigen Geist und seine Abenteuerlust zu stillen suchen würde. Vielleicht war das ja die Natur des Politikers, eine allgemeine Unfähigkeit, es zu lange im Privatleben auszuhalten. Allmählich wurde sie es aber leid, sich immer gegen einen Mann behaupten zu müssen, der alles daranzusetzen schien, sich dem Glück einer erfüllten Zweisamkeit zu entziehen.

Eine Weile lief sie im Salon auf und ab, bis sie den Stuhl entdeckte, auf dem sie Jahre zuvor eine schlaflose Nacht verbracht hatte in Erwartung, daß kein anderer als ihr Daniel mit dem spitzbübischen Lachen und dem verführerischen Körper anklopfte. Die bloße Erinnerung genügte, daß sie die Wut packte, wie immer bei diesen müßigen Grübeleien. Kein einziges Mal wollte sie sich mehr den Kopf darüber zerbrechen. Also wünschte sie Consuelo eine gute Nacht und schlüpfte in ein Nachthemd aus französischer Seide, das der Engländer für seine zeitweilige Geliebte im Schrank aufbewahrte.

Als sie ins Bett ging und den feinen Stoff an ihrem Leib spürte, verbot sie sich jede Träne aus Kummer über ihre einsame Hochzeitsnacht.

Daniel kehrte erst im Morgengrauen heim. Lautlos betrat er das Schlafzimmer, in dem Emilia starr wie eine Statue unter der Decke lag. Die Dunkelheit begann sich zu lichten, als er noch ganz benommen von all den Neuigkeiten, dem Klatsch und den geleerten Gläsern unter die Decke schlüpfte. Sobald Emilia merkte, daß er näherkam, schreckte sie hoch und riß die Augen fragend auf, um sie sogleich wieder zu schließen. Da ihr zerzaustes Haar sich über beide Kopfkissen ergoß, streckte Daniel sich auf der unbändigen schwarzen Lockenpracht aus und verfing sich in ihrem verheißungsvollen Duft. Dann legte er den Arm um ihre zerbrechliche Taille und schmiegte seinen nackten Körper an die einzige Stelle ihres Leibes, von dem er spürte, daß sie wach war.

Um neun Uhr ertappte die Morgensonne sie verkehrt herum liegend, ganz auf sich konzentriert und fern von allen Sehnsüchten, die sie sonst zu trennen drohten. Im Leib der Frau gefangen, die Sterne regnen ließ, wenn sie wie ertrinkend seinen Namen rief, empfand Daniel die Welt draußen wieder als etwas Unvollkommenes, wo man sich nicht herumtreiben sollte. Er schlürfte Emilia wie ein Labsal, das ihm jeden Rest an Unruhe nahm, und schlief lange, ohne daß ein einziger Wunsch seine Träume störte. Als er aufwachte, war es bereits Mittag, und der Platz neben ihm, wo Emilia liegen sollte, war schon lange erkaltet.

Halbnackt rannte er hinaus, laut nach ihr rufend, als hätte er sie mitten in der Schlacht verloren. Als Consuelo ihn so sah, sagte sie rasch, Emilia habe sich vor zwei Stunden auf den Weg zum Krankenhaus des Roten Kreuzes gemacht. Daniel fühlte sich wie vor den Kopf gestoßen, als er das hörte, und verfluchte die Medizin, der Emilia sich verschrieben hatte. Warum war ihr, so wie es momentan um das Land stand, nicht eingefallen, Sängerin oder Generalin zu werden? Warum ausgerechnet Ärztin, wozu dieser Beruf, den sie ohne einen offiziellen Titel mit Stolz und wissenschaftlicher Ernsthaftigkeit ausübte, dieser Beruf, der sie gerade dann unerreichbar machte, wenn er sie dringend brauchte wie andere einen chirurgischen Eingriff. Dabei war es ein Drecksberuf, der einen nie das Grauen vergessen ließ, bei dem zugunsten eines Kranken alles andere zurückstand, ein Beruf für Besessene, Masochisten, Überhebliche. Ein Beruf für häßliche Männer, alte Hexen, für jeden, der sich aus Enttäuschung über die Schwäche der Menschen als Held aufspielen wollte, aber doch kein Beruf für Emilia, die sich gerade erst von seinem Körper gelöst hatte; denn nichts, am wenigsten all der Dreck und das Leid, verdienten die Berührung mit dieser Frau, deren geheime Wonnen und Schätze seit eh und je nur ihm gehörten.

Er stieß einen Fluch aus, bei dem Consuelo sich bekreuzigte, und nahm ein Bad, um zu vergessen und sich über das Gefühl des Verrats hinwegzutrösten.

Er verließ das Haus eine Viertelstunde bevor Emilia heimkehrte und nach ihm suchte, um ihm die schreckliche Armut und Verwahrlosung der Hospitäler zu schildern, ihm klarzumachen, daß die Menschen an Typhus starben und Typhus vom Hunger kam, und ihn zu fragen, warum er und seine Kriegsgenossen, wenn sie nicht wußten, wie sie all das Unrecht beseitigen sollten, überhaupt erst den Versuch gewagt hatten. Was, zum Teufel, hatte die Revolution denn gebracht?

Statt all diese Fragen loszuwerden, fand sie nur eine kurze Notiz auf dem Eßzimmertisch, er sei ab vier Uhr im Hotel Nacional. Nicht einmal einen Kuß hatte er ihr auf dem Zettel hinterlassen. Sie konnte sich vorstellen, daß er wütend war, machte sich Vorwürfe, weil sie ihn alleingelassen hatte. Doch dann fühlte sie sich wieder im Recht, sie konnte ja nicht noch seine Soldatenfrau spielen, immerhin hatte sie ihre eigenen Aufgaben und Ziele und tat gut daran, ihnen nachzugehen. Während sie bei einem Teller Suppe saß, machte sie sich wieder Vorwürfe. Dann ging sie die Treppe hoch und begann, ihr Haar zu bürsten, in der Hoffnung, dabei die Gedanken zu ordnen. Dieses Ritual, das für sie immer mit Josefas Ratschlägen verbunden war, führte nur dazu, daß sie sie mehr denn je vermißte. Womit war sie wohl gerade beschäftigt, freitags um zwei Uhr nachmittags? Vielleicht saß sie Diego gegenüber am Mittagstisch, bei einer Unterhaltung über das Land und ihre Tochter, zwei gleichgroße Unwägbarkeiten? Obwohl sie die Eltern seit zwei Jahren nicht mehr gesehen hatte, begleiteten sie sie überall hin, sie trug sie in sich in ihrer Gestik, ihrem Ungestüm, ihren Schwächen und Hoffnungen. Sie waren da, wenn Emilia in den Spiegel blickte, wenn sie sich wie ihr Vater vor Müdigkeit die Augen rieb oder das Liedchen trällerte, das ihre Mutter vor sich hinpfiff, wenn sie verzweifelt etwas suchte, was sie verlegt hatte, oder wie sie ihr Erstaunen äußerte oder ihren Kummer für sich behielt, also in jeder Lebenslage. Wie weit war Tante Milagros wohl ergraut? Wer siegte beim monatlichen Schachturnier? Wie viele neue Gedichte hatte Rivadeneira geschrieben? Und stimmte es, daß Antonio Zavalza, wie ihr Vater erzählte, täglich die Familie besuchte? Sollte sie ihm dafür jetzt noch dankbar sein?

Sie mußte sich eingestehen, daß sie ihre Welt vermißte: die Suppe bei ihrer Mutter, die Musik ihres Vaters, beider Kabbeleien, die Geschichten von Milagros, Zavalzas Arme, denen es gelang, die Dämonen ihrer Sehnsüchte zu vertreiben. Nie hätte sie gedacht, daß ihr diese Umarmung einmal, nur sieben Stunden, nachdem sie mit Daniel geschlafen hatte, fehlen könnte. Sie errötete; wie inkonsequent sie doch war: Zavalza zu vermissen. Als wäre die Welt nicht ohnehin schon absurd genug. Sie legte die Bürste fort. Mit ihrem Spiegelbild flirtend, band sie sich das Haar im Nacken zusammen und kniff sich in beide Wangen. Anschließend machte sie sich, den Kopf voller Heimweh, auf die Suche nach Daniel, während sie überlegte, ob er wohl die leiseste Ahnung davon hatte, wie groß die Welt war, die sie sich versagt hatte, um ihm zu folgen.

25

Bereit zu warten, bis Daniel irgendwann erschiene, nahm Emilia an einem Tisch Platz, schenkte dem Kellner, der ihr Kaffee brachte, ein freundliches Lächeln und war in Gedanken ganz woanders.

Selbstgespräche waren ihr, die in einer gesprächigen Umgebung aufgewachsen war, nach den vielen Reisen und dem Alleinsein zur lieben Gewohnheit geworden. Sobald sie einen Moment der Muße hatte, wurde ihr Kopf zum Tummelplatz für Erinnerungen und Geister, die zwar im Leben miteinander nicht bekannt, mittlerweile aber höflich einander vorgestellt worden waren und sogar Freundschaft geschlossen hatten. Sie konnte sich inzwischen nicht mehr erinnern, wann sich diese Erscheinungen eingestellt hatten, die sich vor ihren Augen unterhielten, doch ohne die Gespräche einiger Paare und die daraus resultierenden Ratschläge hätte sie nicht leben können. Dazu gehörten der verstorbene Doktor Cuenca und Señorita Carmela, ihre Grundschullehrerin. Stets versteiften sich diese Erinnerungsgestalten in ihrem Kopf darauf, über Daniels gute und schlechte Eigenschaften zu streiten. Doktor Cuenca, der seinen Sohn zu Lebzeiten kaum gegen Emilias Vorwürfe in Schutz genommen hatte, brachte es nun als Toter auf eine endlose Liste von Lobsprüchen auf seinen Jungen. Señorita Carmela hingegen, für die Emilia die Tochter war, die sie in ihrer unabänderlichen Ehelosigkeit nicht hatte bekommen können, zählte die Fehler des Jungen auf, sooft Emilia Zeit und Lust hatte, sie sich anzuhören.

Als die Diskussion unter den Beteiligten so heftig wurde, daß Emilia nicht weiter zuhören mochte, begann es zu regnen. Gegen Señorita Carmela, die Daniel Egoismus und Kälte vorwarf, denn tatsächlich sprach Daniel manchmal in metallisch scharfem Ton und klang dann böse wie keiner auf der Welt, auch wenn er es gar nicht böse meinte, hatte Doktor Cuenca geltend gemacht, wie behende der Junge seine Finger auf die warme Scham der schlafenden Emilia legte und sie dort streichelte, bis der gesamte Körper erwachte und schließlich die phantastischsten Laute aus ihrer Kehle sprudelten.

Davon überzeugt, daß beide recht hatten, versuchte Emilia immer wieder, sie durch heftiges Schütteln mit dem Kopf zu vertreiben, als sei dies der einzige Körperteil, der ihr zu schaffen machte. Als sie wieder zu sich kam, hatte sie die Beine unter dem Kleid übereinandergeschlagen und eine Hand auf der anderen, um den aufsteigenden Zorn zu unterdrücken, weil sie wieder einmal sehnsüchtig auf den verspäteten Dickschädel wartete, mit dem sie durchs Leben ging. In dem Moment sah sie einen schlanken, dunkeläugigen Mann mit braunen Locken eintreten, der elegant fünf Koffer auf Rollen hinter sich her zog. Von weitem beobachtete sie, wie er näher kam und mit einem der Kellner sprach. Der Gesichtsausdruck des Bediensteten veränderte sich allmählich bei den Worten des Mannes, und dann kam der Koch mit einem strahlenden Lächeln hinzu.

»Der Herr geht mit seinen Büchern zum Vorratsraum im Patio«, wies er lauthals einen Jungen an, der ihm den Weg zeigen und mit dem Gepäck behilflich sein sollte.

Emilia fragte sich, welchen Auftrag ein solcher Mann wohl hinten in der Küche haben mochte, als sie die Bemerkung der Kellner hörte, endlich sei jemand gekommen, der die Kühltruhe in Ordnung bringen könne.

Vor dem Tisch, an dem Emilia gemächlich ihren kalten Kaffee trank, zog eine Prozession gen Küche vorbei, und sie stand auf, um ihnen zu folgen.

Dort angelangt, umringten sie alle den Neuankömmling vor der leeren Kühltruhe. Der Mann öffnete einen relativ kleinen Koffer, der jedoch für seine Statur, die nicht für schwere Lasten geschaffen schien, immer noch zu groß wirkte, und entnahm ihm einen Schraubenzieher, eine Zange, einen Engländer und elektrische Kabel. Dann öffnete er zwei der Schrankkoffer, die aufrecht auf Rollen transportiert wurden, und brachte eine komplette Bibliothek in Miniatur mit vier sauber eingearbeiteten Buchregalen zum Vorschein. Die Zeit verstrich, während alle gebannt warteten und der Mann sich in die Bücher vertiefte und ab und zu wie ein Arzt in den Innereien der Kühltruhe wühlte, die seit neunzehnhundertdreizehn nicht mehr in Betrieb war, als der letzte Spezialist für Elekroapparate das Land in Richtung Kuba verlassen hatte. Eine Stunde später begann die Kühltruhe nach mehreren Konsultationen wieder wie eine Wespe zu surren, wobei sich alle, die sie noch heil und gesund gekannt hatten, einig waren, daß sie ihre alte Stimme wiedergefunden hatte.

»Wie kommt es, daß Sie Kühltruhenexperte geworden sind?« fragte Emilia den Mann mit den Koffern.

»Ich bin Bücherexperte«, erklärte er. »Ignacio Cardenal. Ich freue mich, Ihre Bekanntschaft zu machen«, fügte er über Emilias Hand gebeugt hinzu.

»Emilia Sauri, stets zu Diensten«, sagte Emilia.

»Stets zu Diensten? Haben Sie acht, was Sie sagen.«

»Ist doch nur so eine Redensart wie ›angenehm‹«,

361

sagte Emilia, erstaunt über die seltsamen Manieren dieses Herrn.

»Ich komme aus Spanien«, sagte Señor Cardenal, »dort versteht man den Ausdruck ganz anders.«

»Dann nehme ich es zurück.«

»Darin sind Sie ganz Spanierin.«

»Ich bin eine Mischung.«

»Eine gute Mischung. Sind alle so geraten?«

»Alles kommt vor. Wie in den Enzyklopädien.«

»Kennen Sie sich aus mit Enzyklopädien?«

»Mein Vater hat eine, die er über alles liebt und mir noch zu Lebzeiten vermacht hat. Aber ich hänge nicht so arg an meiner wie Sie an Ihrer: Ich lasse sie zu Hause, wenn ich auf Reisen gehe.«

»Da machen Sie aber einen Fehler. Sie sehen doch, wie nützlich Enzyklopädien sind.«

»Sind sie für alles gut?« wollte Emilia wissen.

»Nur nicht zum Verkaufen. Ich drucke, binde und verkaufe sie.«

»Und Sie führen sie spazieren.«

»Ich bin hergekommen, um sie an den Mann zu bringen, und muß erfahren, daß die Mexikaner sich in eine Revolution gestürzt haben. Momentan kauft niemand etwas für Mußestunden. Und dieser Minister, der mich eingeladen hat, ist längst über alle Berge.«

Der Spanier mit seiner gezierten Aussprache und dem Auftreten eines Intellektuellen erzählte Emilia folgende Geschichte: Als er vor vier Jahren durch Mexiko gereist war, hatte man zwei Dutzend Enzyklopädien für Bibliotheken bei ihm bestellt. Nun war er damit zurückgekehrt, doch kein Mensch kannte ihn mehr oder zeigte Interesse an seinen Büchern. Er würde sie wohl gegen ein paar Tage im Hotel und eine Rückfahrkarte eintauschen müssen, falls sie überhaupt jemand akzeptierte. Ansonsten mußte er wahrscheinlich so lange Kühltruhen reparieren, bis er das Geld für die Heimkehr zusammen hatte.

Etwas an seinem Tonfall und seinem klugen Blick machte ihn so anziehend und vertraut wie einen alten Bekannten. Ähnliches schien er gegenüber Emilia zu empfinden. Sie nahmen an einem Tisch Platz und begannen sich zu unterhalten, als stünde die Zeit still. Das zumindest war ein Vorteil des Krieges: Alles wartete darauf, daß etwas, das von anderen abhing, irgendwann eine Lösung finden würde. So lange schien die Zeit sich nicht vom Fleck zu bewegen, und die Leute, die sich in ihr aufhielten, rührten sich auch möglichst nicht. Warten war die wichtigste Betätigung derer, die gegen niemanden kämpften. Und während man abwartete, gab es nichts Besseres, als sich bei einem guten Gespräch zu zerstreuen. So verbrachten also Ignacio Cardenal, der betrogene Buchhändler, und Emilia Sauri, die Ärztin ohne Krankenhaus, den Rest des Abends in angenehmer Unterhaltung, als wären sie ihm das schuldig.

Unter seiner wüsten Lockenmähne barg Cardenal einen noblen und nicht weniger unbändigen Geist. Er schilderte Emilia sein Leben und seine Lieben in Spanien. Er hatte eine bildhübsche Gattin, die er als die feurigste Frau von Bilbao beschrieb, und drei Töchter, die ihm ähnelten, mit den gleichen Augen, in die ihre Mutter sich einst verliebt hatte. Er sprach von seiner ungeheuren Liebe zu den Büchern, durch die er seine Familie mit der Zeit ruiniert hatte. Im Gegenzug erzählte Emilia dem bankrotten Buchhändler von Daniel, der Medizin, ihren Meistern, ihren Reisen, ihrem ungewissen Los, ihren Zweifeln. Schließlich verließen sie das Restaurant und gingen in der Nähe des Hotels spazieren, als lauerten nicht hinter jeder Ecke Räuber und andere Gefahren, unbekümmert um die letzten Tropfen des Regengusses, die ihnen auf Kopf und Schultern spritzten. Die gepeinigte, dunkle Stadt, durch die sie schlenderten, ganz in ihre Lebensgeschichten vertieft, erschien ihnen wunderschön. Sie hätten die ganze Nacht so weiterlaufen mögen, doch ein Rest von Vernunft und der Hunger, den sie unterwegs nirgendwo stillen konnten, trieb sie gegen neun Uhr zurück ins Hotel. Inzwischen kannten sie sich schon weit besser als manche, die sich Freunde fürs Leben wähnen. Sie waren eben dabei, ihre Hände zu messen, als Daniel lächend in den Speisesaal hereinstürmte, als wäre es gerade erst Viertel nach vier.

»Wer ist das denn?« fragte er Emilia, auf den Spanier zeigend, als sei der unerwünscht.

»Das hier ist der Señor, mit dem ich mich den ganzen Nachmittag über unterhalten habe. Und wer bist du?« gab Emilia zurück.

»Hocherfreut, Señor«, begrüßte ihn Daniel, ohne ihn eines Blickes zu würdigen oder auch nur die Hände von Emilias Schultern zu nehmen.

»Die Freude ist ganz meinerseits«, sagte Ignacio, der genau im Bilde war über Daniel und seine Vorfahren. »Sie sind wohl der Kavalier, der diese Señorita den ganzen Nachmittag lang hat warten lassen.«

»Ich gebe nicht vor, ein Kavalier zu sein. Und die Señorita ist meine Frau.«

»Davon, daß sie verheiratet ist, hat sie nichts gesagt.«

»Mehr als verheiratet«, sagte Daniel mit Blick auf Emilia.

»Schlimmer als verheiratet«, sagte Emilia, ihn fest ansehend. »Ignacio ist mein Freund, ich habe ihm alles erzählt, und er versteht nicht, wie jemand mit meinem Kopf in eine solche Sache hineingeraten konnte.«

»Dein Freund? Wann ist es denn schon mal gegeben, daß Mann und Frau Freunde wären? Und wie gerät man mit dem Kopf in eine solche Geschichte?«

»Ich habe nicht behauptet, mit dem Kopf allgemein. Ich habe von der Weisheit ihrer Gefühle gesprochen.«

»Was weiß der da überhaupt von deinen Gefühlen und ihren Weisheiten?«

»Genug«, sagte Emilia

»Dann kann er mir wohl auch verraten, was zum Teufel du von mir willst?« fuhr Daniel sie an.

»Das kann ich dir selbst sagen«, antwortete Emilia. »Ich will, daß du den Mund hältst.«

Daniel wieherte los wie ein Füllen auf der Weide, warf die Haarsträhne zurück, die ihm über den Augen hing, und bestellte einen Brandy, um die Zurechtweisung zu begießen. Wer hatte sich denn am Morgen, als er aufgewacht war, schon still und heimlich davongemacht? Wer hatte sich denn zum Roten Kreuz in all die Scheußlichkeiten begeben, um seinen blitzsauberen Arsch an diesem Ort voller ansteckender Kranker zu riskieren?

»Du bist ja betrunken«, sagte Emilia gereizt und mit Kampfgeist.

»Wir sind alle betrunken. Der ganze Schlamassel ein einziges Besäufnis. Voller Machtintrigen, Blutvergießen, erschöpfter Nächstenliebe. Und im besten Fall ist auch Alkohol im Spiel. Alle sind wir ständig betrunken. Zum Beispiel du: Was mußt du den Tod unter all den Dahinsiechenden suchen? Wozu steckst du den Pestkranken die Hand in den Rachen?«

»Woher weißt du denn, daß ich das getan habe?«

»Weil ich gehe, dich aber nicht verlasse«, erwiderte Daniel. »Ich weiß alles von dir, angefangen beim Leuchten zwischen deinen Beinen bis hin zu deiner dämlichen Form von Nächstenliebe.«

Emilia erhob sich von ihrem Stuhl, kam auf ihn zu, fuhr ihm mit der Hand durchs Haar und küßte ihn mitten auf den Mund, der nach dem Schnaps des ganzen Nachmittags schmeckte.

Reglos genoß Ignacio Cardenal das Schauspiel von seinem Stuhl aus. Wenn sie es ihm so dreist genau vor seiner Nase boten, brauchte er sein Entzücken nicht zu verhehlen. Das Tempo, in dem dieses Paar vom Streit zum Kuß überwechselte, fand er geradezu denkwürdig.

»Ihr habt euch verdient«, meinte er lachend.

»Da sagst du was, du Halunke«, bestätigte Daniel, als er sich von den Lippen löste, die er wie Bonbons gelutscht hatte.

In der folgenden Woche gingen die drei gemeinsam ins Theater, wo eine Chansonnette die Katastrophe durch Witz bannte, in die Operette, die es mit ihren kleinen Kümmernissen und Scheinkonflikten den Menschen ermöglichte, ohne Scham Tränen über ihre eigenen, weit schlimmeren Sorgen zu vergießen, und in den Zirkus, bei dem Emilia die Erinnerung an den bedrückenden Abend in ihrer Jugend nicht loswurde, an dem sie erfahren hatte, daß Daniel im Gefängnis saß.

Die Vorstellung schien sich getreu zu wiederholen: zwei Clowns, eine überragende Kunstreiterin, ein Löwendompteur mit ausgemergelten Tieren, drei streitsüchtige Zwerge, ein müder Akrobat und fünf Tänzerinnen undefinierbaren Alters. Sie feierten alles, als hätten sie so etwas noch nie gesehen, war doch die Illusion im Zirkus das getreue Abbild des Wahnsinns, in dem sie lebten. Während die Trapezkünstlerin, nachdem sie eine Weile geschaukelt hatte, in den Abgrund sprang, der sich unter ihr auftat, flüsterte Emilia Daniel ins Ohr: »Das einzige, was ich bei allen Gefahren, die ich Euret-wegen auf mich genommen habe, nicht riskiert hätte, ist, sie nicht auf mich zu nehmen.«

Nicht nur sie schwebten im Ungewissen, die gesamte Stadt schien zwischen zwei Schaukeln zu hängen. Die Kämpfe in der Peripherie hörten sich an, als würden sie im Stadtkern geführt. In den Nächten randalierten die Städter wie Soldaten auf Urlaub. Jeder Tag war der letzte, jeden Tag ging etwas verloren, was das Leben und selbst die Sonne am Himmel zu verändern schien.

Daniel arbeitete von früh an. Er schrieb Berichte für mehrere ausländische Zeitungen und verbrachte den Tag unter Revolutionären der einen oder anderen Seite. Manche traf er in ihrem Büro oder auf öffentlichen Ver-anstaltungen, manche klammheimlich in der Nacht in ihren eigenen Häusern oder bei anderen, die sie trotz der damit verbundenen Gefahren aufgenommen hatten. Die einen wie die anderen kannte er aus der Zeit, als sie noch der gleichen Armee angehört hatten und Maderos Mörder vom Präsidentensessel stürzen sollten. An den Streitigkeiten und Auseinandersetzungen, die sie später entzweit hatten, war er nicht beteiligt gewesen. Deshalb glaubte er, alle hätten bei diesem Zwist auf ihre Weise recht, doch keiner der Parteien gestattete er, seine eigene Meinung zu beeinflussen.

»Du machst dir Illusionen«, warnte ihn Cardenal ganz in spanischer Nüchternheit. »Am Ende werden beide Seiten dich des Verrats bezichtigen.«

»Seit ich ihn kenne, hat er nur Illusionen nachgehangen«, bestätigte Emilia.

»Red nicht so, als ob du mit beiden Füßen auf dem Boden stündest«, wehrte sich Daniel. »Jeden Morgen tauchst du in die Hölle ab. Gibt es eine größere Illusion, als tagtäglich unbeirrt ein Stück gegen den Tod anzukämpfen?«

Emilia Sauri hatte dem Roten Kreuz ihre Dienste angeboten. Sie empfingen sie mit offenen Armen. Jeder, der helfen wollte, war willkommen. Niemand fragte sie nach ihrem Titel, denn jeder Arbeitstag war eine Eignungsprüfung, und um sie zu bestehen, reichte es, die nötige Kraft zu zeigen. Von acht Uhr morgens bis sechs Uhr abends rackerte sich Emilia ab und bestand dabei jede nur erdenkliche Prüfung. Es gab zu viele Kranke und zu wenige Betten, die Luft war von einem fauligen Gestank und einer bedrückenden Litanei unaufhörlichen Wehklagens erfüllt. Doch, wie Daniel sagte, das war die Musik, die sie beflügelte. Zum Leben reichte ihr nicht allein die Liebe zu ihm.

Wenn sie abends einen dieser heiklen Punkte berührten, tat sich ein Abgrund auf, den sie rasch wieder schlossen. Die übrige Zeit lebten sie im siebten Himmel. Das schrieb Emilia zumindest ihren Eltern, und das sagte ihr auch ihr Gefühl, wenn sie einmal Muße hatte, es zu befragen. Denn Zeit blieb ihnen kaum. Sobald sie das Krankenhaus verließ, schleppte Daniel sie in die brodelnde Stadt, begierig, aus der Enge herauszukommen und mit allen möglichen interessanten Leuten zu reden. Ärzte und Politiker, Botschafter und Sänger, Maler und Stierkämpfer – alles, was diese Stadt ihnen an Besonderem bot, schloß mit ihnen Freundschaft, obwohl nur Refugio mit seinen Vorahnungen und Cardenal mit seinem Glauben an die Vernunft als einzige Form der Analyse ernstlich ihr Vertrauen gewonnen hatten.

Anfang Juli stürmte Carranzas Armee die Stadt, nachdem sie den Widerstand der gegnerischen Armee gebrochen hatte. Wieder einmal wechselten die Regierung, die Währung, die Machthaber. Daniel glaubte mehr denn je, er könne die einen zum Bündnis mit den anderen überreden. Er suchte den befehlshabenden General von Carranzas Truppen auf und redete und trank die ganze Nacht mit ihm. Refugio meinte, er bringe sich unnötig in Gefahr mit der Bitte um Verständnis für die keineswegs endgültig Besiegten. Daniel lachte nur über seine eindringliche Warnung, doch es verging keine Woche, da bereute er bereits, ihm nicht geglaubt zu haben, denn die Gegner eroberten die Stadt in einem geglückten Coup zurück, der alle überraschte, mit Ausnahme Refugios in seiner weisen Voraussicht.

»Jetzt«, bestärkte er Consuelo, »können Sie Ihre Scheine tatsächlich ausgeben, bevor das Revolutionsgeld nichts mehr wert ist.«

Am 2. August schien die Gegenpartei sich auf Dauer zu etablieren. Zu seinem eigenen Erschrecken entwickelte Cardenal den gleichen Hang zu Prophezeiungen wie Don Refugio. Noch am selben Abend warnte er Daniel bei einem der wenigen Abendessen, die Consuelo organisieren konnte:

»Sobald der Sieger feststeht, werden sie hinter dir her sein. Niemand wird dir glauben, daß du der Freund der einen und der anderen Seite bist.«

Auch über solche Warnungen lachte Daniel nur. Doch Emilia erschauderte bis ins Mark. Das Krankenhaus nahm sie mehr denn je in Anspruch, da die Kämpfe der letzten Monate noch mehr Verletzte gebracht hatten, die sie pflegte, ohne danach zu fragen, welcher Seite sie angehörten. Doch durch sie war ihr klar geworden, wie sehr die beiden Lager bereits von Haß und Wut zerfressen waren, und sie konnte sich nur zu gut ausmalen, wozu die Verletzten, waren sie erst einmal wieder hergestellt, mit diesem Haß fähig sein würden. Auf keiner Seite entdeckte sie Verständnis, und wer nicht für dich war, war gegen dich, so einfach war das. Genau das traf auf Daniel zu, da mochte er noch so lachen. Und wieder fegte der Sturm über Emilias Welt hinweg, ließ das Kartenhaus einstürzen, das sie mühselig für ihr kurzes Eheleben aufgebaut hatte.

An einem regnerischen Sonntagmorgen traf Salvador Cuenca in der Stadt ein. Er kam aus Veracruz, dem Hafen, wo bisher die Regierung unter Venustiano Carranza residiert hatte. Er reiste mit einer Gruppe von Spezialbeauftragten an, die im Außenministerium arbeiten sollten, und frühstückte bei Emilia und Daniel, die ihn begeistert empfingen, nachdem sie sich so lange nicht gesehen hatten. Salvador Cuenca hatte sich Carranza angenähert und genoß dessen Vertrauen und Unterstützung. Er war überzeugt, daß die Gegenpartei den Teil des Landes, den sie noch besetzt hielt, verlieren würde und es folglich für alle Beteiligten besser wäre, wenn dies möglichst bald geschehe. Daniel war so glücklich, ihn zu sehen, und so sicher, politisch mit ihm immer der gleichen Meinung gewesen zu sein, daß er ebenso bereitwillig, wie er ihm gelauscht hatte, nun auf ihn einzureden begann, wie nötig es sei, sich zu verständigen, um die Revolution nicht zu spalten und eine Menge wichtiger Männer zu verlieren, denn Vorurteile und Haß schadeten nur dem Land und verhinderten, daß es redlich und mit Großzügigkeit regiert werden könne. Während Salvador ihm zuhörte, schlürfte er in kleinen Schlucken einen Kaffee, der ihm fad und traurig schmeckte. Anschließend erklärte er seinem Bruder, in welche Gefahr ihn solche Ratschläge, arglos vor Leuten preisgegeben, die sie mit Groll und Mißtrauen vernahmen, gebracht hätten. Daniel besitze überall Feinde, unter den Generälen, mit denen er geredet hatte, und den Auslandsvertretern, die seine gutgemeinten Artikel nur als Feindeslob verstünden. Er habe sich der Villa-Partei verdächtig gemacht, die ihn für einen Anhänger Obregóns, und Carranzas Leuten, die ihn für einen Zapatisten hielten. Zu seiner Sicherheit bleibe ihm kein anderer Ausweg als das Exil. Salvador wollte schon für seine Rückkehr sorgen, wenn die Wogen sich geglättet hätten, doch in den folgenden Monaten sollte er sich besser woanders aufhalten. Zu viele Mörder liefen zur Zeit frei herum, es gab zu viele angestaute Aggressionen, als daß er sie weiterhin mit Artikeln und Reden über zivilisiertes Handeln und eine gute Regierung reizen durfte.

»Niemand will vernünftig sein oder maßvoll oder gut«, erklärte Salvador. »Ohne Emilia zu nahe zu treten, muß ich doch sagen, daß die Liebe jedem ein schlechter Freund ist, der mit Kriegskämpfern redet.«

Er eröffnete ihnen, daß er Daniel ein Angebot zu machen habe, in der Hoffnung, er sei so klug zuzugreifen.

Am nächsten Tag sollte eine Gruppe ausländischer Priester nach Veracruz abreisen, die von der heftigen kirchenfeindlichen Welle aus dem Land getrieben wurden. Da sie wichtiger waren als andere und Carranza keinen Konflikt mit den Kirchenfürsten riskieren wollte, hatte er Salvador beauftragt, sie in einen Zug nach Veracruz und dort auf ein Schiff zu schaffen, das sie ohne Aufsehen nach Spanien bringen würde. Daniel konnte und sollte sich ihnen anschließen, gemeinsam mit Emilia, die bis zum Ablegen des Schiffs leicht als Nonne durchgehen würde.

Die Aussicht auf ein solch ungewöhnliches Abenteuer machte den Kummer wett, den Daniel beim Gedanken daran empfand, die Stadt ausgerechnet in dem Moment zu verlassen, da die Dinge, wie ihm schien, sich zum Besseren wandelten, nachdem es in den letzten Monaten doch so schlecht ausgesehen hatte. Als geborener Phantast und Vagabund fiel ihm andererseits sofort ein, wie interessant eine Reportage über all das sein müßte, was sie unterwegs erleben würden. Außerdem konnten sie immer wieder über Kuba heimlich einreisen und sich unerkannt im Land bewegen, ohne Anhaltspunkte, wo man sie suchen sollte.

Schließlich willigte er in Salvadors Plan ein unter der Bedingung, daß Ignacio Cardenal, dessen Geschichte er kurz umriß, mit unter die Gefangenen geschleust wurde. Salvador war so glücklich über die Reaktion seines Bruders, daß er den Vorschlag gleich akzeptierte und sogar versprach, er wolle versuchen, die Enzyklopädien zu verkaufen, falls der Spanier sie ihm eine Weile überlasse. Kurzum, als Ignacio, in seiner selbstsicheren Intelligenz, das Haus betrat, war Daniel bereits in eine Soutane gehüllt, um seine Rolle für den nächsten Morgen zu proben. Nach seiner Ansicht konnte ihm und Emilia nichts Besseres geschehen, als den Experten für Enzyklopädien zumindest eine Zeitlang auf seiner Heimreise zu begleiten. Ignacio brach in Freudentränen aus beim Gedanken, in sein Land und zu seiner Frau heimzukehren. Doch nachdem er sich für dieses großzügige Angebot bedankt hatte, fragte er Daniel, ob

Emilia überhaupt einverstanden sei mitzukommen. Ganz erstaunt über die Frage, wandte Daniel sich vom Spiegel ab, in dem er sich in seiner komischen Verkleidung betrachtet hatte. Emilia hatte nichts davon gesagt, daß sie mitkäme, obwohl sie einverstanden war, daß Daniel schnellstmöglich verschwinden mußte. Als Salvador dann noch eingewilligt hatte, Cardenal unter die Ausgewiesenen zu schmuggeln, hatte sie ihm einen Kuß gegeben, sich dann aber rasch vom Tisch erhoben, um ins Krankenhaus davonzueilen. Daniel war überzeugt, daß sie alles vorbereitete, um sie zu begleiten.

»Bist du da so sicher?« fragte Ignacio. »Manchmal frage ich mich, ob du sie überhaupt kennst.«

»Sie kann mich nicht so im Stich lassen«, sagte Daniel, in einen Sessel sinkend.

»Wer von euch beiden läßt denn wen im Stich?« fragte Cardenal, bevor er ging, um seine Sachen zusammenzupacken.

Daniel blieb allein mit den Zweifeln in seiner Brust. Emilia kehrte früh heim. Sie fand ihn im Schlafzimmer, scheinbar ganz mit dem Problem beschäftigt, welche Bücher er mitnehmen wollte. Von der Tür aus sah sie ihn hantieren, als hätte er sie nicht langsam die Treppe heraufkommen hören. Dann ging sie zu ihm und berührte seinen Körper, den einzigen Glücksbringer, den sie zum Durchhalten brauchte, und schloß ihn die Arme, bis unaufhaltsam der nächste Tag heraufdämmerte.

26

Erst als es Tag wurde, sprach sie aus, was beide schon wußten. Sie würde nicht mitfahren. Sie hatte nicht einmal Lust, sich anzukleiden, um ihn zum Zug zu begleiten.

»Verräterin«, sagte Daniel von der Schlafzimmertür her.

Noch im weißen Nachthemd, vergrub sie den Kopf unterm Kissen und verschwand zwischen den Bettüchern. Als sie Salvadors Stimme hörte, die Daniel zur Eile mahnte, mußte sie sich in die Faust beißen, um ihn nicht zu bitten, er möge bleiben.

Eine Stunde später lief er mit Ignacio Cardenal und zwölf bleichen Priestern über den Bahnsteig der San-Lázaro-Station. Salvador als ihr Begleiter schloß die Reihe. Draußen regnete es, und die Wassertropfen prasselten lärmend aufs Dach. In der schwarzen Soutane mit dem weißen Rundkragen, die er am Vorabend anprobiert hatte, brauchte Daniel sich gar nicht zu verstellen, um der traurigste und ernsteste unter den Priestern zu sein. Er blickte zu Boden und bewegte die Lippen wie zum lautlosen Gebet, als Emilia sich ihm in den Weg stellte, ihn auf den Mund küßte und sich mit aller Kraft an die Soutane preßte, die seinen Leib bedeckte. Sie war völlig durchnäßt und außer Atem.

»Ich will doch hierbleiben«, sagte Daniel zu Salvador.

»Verlange nichts Unmögliches«, erwiderte Emilia, wieder an seinen Lippen. Der Zug setzte sich schon in Bewegung. Emilia schob Daniel zum Waggon, von wo

Cardenal ihm die Hand entgegenstreckte. Ein eisiger Wind kam auf, als Emilia krampfhaft lächelnd dastand, bis das scheppernde Geräusch der sich im Regen entfernenden Eisenbahn immer schwächer wurde.

Sie blieb noch einige Wochen im Krankenhaus und wartete, daß starb, wer dahinsiechte, und daß, wer geheilt werden konnte, wieder sein Leben aufnahm, um tagtäglich den Tod zu riskieren. In die Stadt war wieder eine gewisse Ruhe eingekehrt, doch Emilia empfand ihren Anblick als trostlos. An jeder Ecke vermißte sie Daniel, in jeder Straße, inmitten der Anonymität auf dem Paseo de la Reforma oder vor der zerstörten Tür einer Kirche, morgens, wenn sie bei ihrem ersten Kaffee saß oder in der lastenden Stille zu Hause in der klaffend leeren Badewanne und nachts, wenn sie wachlag, die Lippen wund vom vielen Beißen auf ihren Brillanttrauring. Den Ring trug sie, um nicht zu verlieren, was sie an ihre Schuld gemahnte, die ganze Nacht über im Mund. Hatte sie ihn verraten? Konnte man den bloßen Wunsch, nicht wieder ins Chaos zurückzukehren, überhaupt Verrat nennen, die Angst vor den Streitereien, den untätigen Vormittagen, vor dem Verzicht auf die vernünftige und bereichernde Welt, auf ihre Berufung und ihre Bestimmung? Solche Fragen weckten sie wie einfallende Sonnenstrahlen in der Dunkelheit, und Nacht für Nacht geriet ihr die Zeit durcheinander. Schließlich nahm sie hin, daß sie am Tag ständig übernächtigt war, und dachte sich Tricks aus, um nicht in Schwermut zu verfallen, wenn die Dunkelheit auf sie einstürzte. Mit einem Cello, das Refugio bei einer Kirche für sie ausgeliehen hatte, widmete sie sich wieder der Musik; und sie las in *Tausendundeiner Nacht*, hielt Nachtwachen im Krankenhaus und schrieb lange Briefe. Daneben führte sie gewissenhaft Tagebuch, um für Daniel ihre Gefühle und ihren Kummer, ihre Hoffnungen und ihre Reue festzuhalten. Irgendwann würde das Leben ihnen beiden Gelegenheit geben, sich hinzusetzen und nachzulesen, was sie in dieser blinden Zeit erlebt hatte, die sie unentwegt verfluchte und doch für keine andere hergegeben hätte. Statt ihm zu folgen, bis sie zu seinem Schatten wurde, hatte sie sich für die Trennung entschieden. Doch nach diesem Entschluß fühlte sie sich einsam, elend, anmaßend und töricht.

Sie wurde wieder zu einer unentbehrlichen Zuhörerin. Angefangen bei den Infektionskranken bis hin zu den Frauen, die bei ihren Verwundeten wachten in Erwartung, daß das Schicksal sich ihrer erbarme, schenkte sie allen ihr Ohr. Sie lauschte Don Refugio mit seinen Befürchtungen und seiner Tochter Eulalia, die ihren sich stetig verschlechternden Gesundheitszustand immer geschickter verheimlichte. Ohne sich zu schonen, hörte sie unermüdlich zu, bis sie lernte, sich als eine der vielen Nadeln im Heuhaufen zu sehen, in dem sie Zuflucht suchte.

Gegen Ende September kam Refugio sie eines Morgens holen. Seine Enkelin hatte wie immer die drei Tropfen Milch bei den zwei ausgemergelten Kühen gemolken, die bei ihnen im Stall von Mixcoac schliefen. Sie bewegte sich, als hätte sie keine Beschwerden, doch Refugio hatte gesehen, wie ihre Seele seit dem Morgengrauen den Leib schon zur Hälfte verlassen hatte, und nun hatte er fürchterliche Angst, das einzige, was ihm noch im Leben geblieben war, zu verlieren.

Emilia folgte ihm, und als sie sie im Stall neben dem einzigen Melkeimer fanden, stellte sie sich schlafend. Man konnte nichts mehr tun, außer neben dem bewegten Don Refugio abzuwarten, bis das Leben schließlich in das überging, was Eulalia als Schlaf ausgab. Es war schon dunkel, als sie die Augen aufschlug mit bereits abwesendem Blick. Bevor sie in einen langen Monolog mit ihrem Großvater hinüberwechselte, konnte sie Emilia noch sagen:

»Mach dir nichts vor. Es hat nichts für sich, vorzeitig zu sterben.«

Emilia und Refugio kauften ihr einen weißen Sarg und brachten sie auf den Friedhof, wo sie um sie weinten, als wäre sie die einzige Tote jener blutigen Tage. Kurze Zeit später beförderten die Züge wieder Zivilpersonen. Da beschloß Emilia, nach Puebla heimzukehren. Mit der Begründung, sie müsse die Vulkane wieder einmal von der anderen Seite sehen und beim Roten Kreuz sei ihre Anwesenheit nicht mehr vonnöten, verabschiedete sie sich von Consuelo und lud Refugio ein, ihr so bald wie möglich zu folgen. Dann stieg sie in den Zug, von dem Wunsch beseelt, sich eine lange Reihe von Tagen im unersetzlichen Schoße ihrer Kindheit einzunisten.

Sie hatte niemanden benachrichtigt, wann sie eintreffen würde. Ihre Erfahrung mit Zügen sagte ihr, daß eine genaue Vorhersage unmöglich war. Doch die Reise zog sich weniger lange hin, als sie erwartet hatte. Ganz in den Anblick der noch grünen, feuchten Oktoberlandschaft versunken, ließ sie ohne Eile die Zeit verstreichen, ohne sich am Geruckel und der Unbequemlichkeit eines Waggons zu stören, dessen stolze Vergangenheit arg unter den Strapazen des Krieges gelitten hatte. Nach der Ankunft im Bahnhof ging sie über den menschenleeren Bahnsteig in einem Abendlicht, das viele Erinnerungen wachrief und sie, wie der Wind das Segelboot an den wartenden Strand, zum Sternenhaus trieb.

Die Apotheke war noch offen, als sie von einer Mietdroschke sprang, um zum Eingang zu laufen und laut nach ihrem Vater zu rufen. Vor einem Stapel von Papieren auf die Theke gestützt, machte Diego Sauri große Augen, wie hypnotisiert von der Erscheinung, die er auf sich zustürmen sah, und sprach laut den Namen seiner Tochter aus, als müsse er ihn erst aus seinem eigenen Mund hören, um wirklich zu glauben, was er sah. Emilia empfand die Stimme wie ein Streicheln über den Kopf. Ohne erst um die Theke herumzugehen, umarmte sie ihn über das starre Möbel hinweg, unter Tränen und mit so lautem Jubel, daß Josefa den Lärm wie Glockengeläut bis in die Küche vernahm. Sie lief die Stufen hinab, obwohl sie nach einem schweren Treppensturz im Jahr zuvor sonst nicht mehr so rannte. Die beiden lagen sich immer noch in den Armen und schauten einander an, als glaubten sie noch nicht, sich zu sehen.

Josefa wußte, daß sie wie irre drauflosweinen würde, wenn sie sich gehenließ. So hielt sie in der Tür zum rückwärtigen Ladenraum inne, um erst einmal tief Luft zu holen und sich mit dem Ärmel zwei Tränen zu trocknen. Dann pfiff sie wie früher, wenn sie ihre Tochter als Kind am Schultor abgeholt hatte. Sobald er seine Frau hörte, ließ Diego Emilia los und sah ihr nach, wie sie sehnsüchtig zu Josefa rannte, wie jemand der Frieden im Gebet sucht.

Schön und voller Widerspruchsgeist, erschien lärmender als in ihren besten Zeiten Milagros abends mit Rivadeneira, der trotz des Krieges nicht ein Quentchen an Eleganz eingebüßt hatte. Sie aßen gemeinsam zu Abend und unterhielten sich über alles und nichts, kamen von

Mexiko-Stadt auf Chicago, von Daniels Exil auf den Krieg als eine Schmach, gegen die alle machtlos waren. Sie hatten einen Teil ihres Lebens der Suche nach dem vitalen Land gewidmet, das unter der Diktatur schlummerte, hatten sich einen Staat mit Gesetzen gewünscht, in dem man nicht blindlings dem Willen eines Generals unterworfen war. Doch der Krieg gegen die Diktatur hatte nichts als weitere Kriege ausgelöst, und der Kampf gegen die Übergriffe des Generals hatte nur weitere Generäle mit mehr Willkür auf den Plan gebracht.

»Die traurige Ironie ist, daß wir statt Demokratie Chaos geschaffen haben und statt Gerechtigkeit Henker«, sagte Diego Sauri deprimiert und voller Sarkasmus.

»Daniel glaubt felsenfest, daß all die Toten zu etwas gut gewesen sein müssen«, meinte daraufhin Emilia.

»Solange nicht noch mehr Lebende in den Tod getrieben werden«, sagte Milagros, bei der jedes Scheitern eine neue Wunde aufriß.

Emilia erzählte von Baui in Nordmexiko, die mit ihrer ungestümen Mischung aus urmexikanischem und spanischem Charakter das so schwer heimgesuchte Dorf befehligte, wo man ein provisorisches Lazarett errichtet hatte. Sie machte ihnen vor, wie Baui sich über Daniels übertriebene Hast lustig gemacht hatte: *Lauf nur, lauf; kommst trotzdem zur Stunde deines Todes an*. Einem nach dem anderen zeigte sie die Rückenmassage, die sie von der alten Heilkundigen im Zug gelernt hatte. Sie beschrieb die von Katastrophen gebeutelte Stadt Mexiko. Und sie erzählte von dem klapperdürren Refugio mit seinen wahrsagerischen Fähigkeiten, der sie trotz der Vorhersage ihrer Trennung bereitwillig getraut hatte. Auch von Eulalia sprach sie, die eine Bäckerei überfallen hatte, um nicht auf das Anisbrot verzichten zu müssen, von dem sie nächtelang geträumt hatte. Schließlich machte sie noch Daniel nach, wie er sich mit tiefem, priesterlichem Ernst unter die ausgewiesenen Kleriker geschmuggelt hatte, bis sie alles verdarb, als sie sich ihm einfach in den Weg stellte und ihn küßte.

»Am nächsten Tag tat mir alles von Kopf bis Fuß weh, als hätte ich Prügel bezogen«, schloß sie, bevor sie das Baiser zum Nachtisch kostete, das himmlisch schmeckte. Danach brach sie unvermittelt in Tränen aus.

Es war schon gegen elf, als es an der Tür schellte und man gleich darauf Schritte den Patio durchqueren und die Stufen heraufkommen hörte. Neugierig fragte Emilia, wer denn klingelte, wo er doch offenbar die Schlüssel besaß, als die Schritte schon im Salon waren. So attraktiv, wie sie ihn Erinnerung hatte, mit seinen langen Beinen, seiner großen, klugen Stirn, seinen sanften Augen und den Händen eines irdischen Engels, erschien Antonio Zavalza im Eßraum. Ein breites Lächeln ließ ihr noch verweintes Gesicht aufleuchten, als Emilia sich vom Stuhl erhob, auf dem sie geschaukelt hatte wie ein Kind, und Zavalza spontan umarmte, ohne sich zu fragen, was man von ihr erwartete, und ihn zu ihrer eigenen Überraschung mit Küssen erstickte.

Das Leben meinte es gut mit ihnen und bescherte ihnen weiterhin viel Aufregung, nur mit weniger Gefahren. Emilia besuchte die Universität und meldete sich mit dem Wunsch nach einem soliden Titel zum Examen an. Sie arbeitete wieder bei Zavalza im Krankenhaus. Als sei er niemals enttäuscht oder böse auf sie gewesen, weil sie ihn verlassen hatte, nahm Zavalza sie mit offenen Armen wieder auf, froh wie über den Mond am hellichten Tag.

Emilia beschränkte sich darauf, über die Zeit ihrer Abwesenheit zu reden, als habe sie sich durch eine höhere Fügung ergeben. Sie arbeiteten wie früher, in vertrautem Miteinander beim Umgang mit fremden Körpern, wie sie es mit den eigenen noch nicht wagten. Sie verließen das Krankenhaus spät und kamen bei Tagesanbruch und schienen sich an die Ausübung ihres Berufs wie an einen sicheren Strohhalm zu klammern. Emilia fühlte sich ausgeglichen und erfüllt wie nie, wenn sie Diagnosen stellte oder Behandlungen durchführte, und zeigte ihrem Lehrmeister zwar selbstbewußt, was sie bei ihm nicht hatte erfahren können, war aber in allem anderen eine dankbare Schülerin.

Mit der Bescheidenheit dessen, der sein Wissen beherrscht, unterhielt sich Zavalza mit ihr über neue medizinische Erkenntnisse und hörte ihr zu, wenn sie von ihren Bemühungen, ihrer Wißbegierde, ihren Fehlschlägen sprach. Die Abende und Sonntage verbrachten sie damit, sich Eingriffe am menschlichen Herzen auszumalen, wie sie von Alexis Carrel erfolgreich bei einem Hund praktiziert worden waren. Sie versuchten, in Diegos Labor das Vitamin A zu isolieren, da sie wußten, daß dies einem Chemiker an der Universität von Yale gelungen war, und beabsichtigten, die Pillen gegen Schwermut herzustellen, deren Formel Emilia seit Chicago bei sich trug. Sie untersuchten die Heilkraft von Kräutern, und auf dem Sud, den Teodora gären ließ, zogen sie weiße Pilze, mit deren Hilfe Emilia einmal die Gonorrhöe hatte schwinden sehen. Als wäre all das nicht Befriedigung genug, brachten das Krankenhaus und die Sprechstunden ihnen auch noch Geld ein. Damit erreichte Zavalza zwar nicht den Wohlstand wie vor dem Krieg, doch es war genug, um bei den zerrütteten

Finanzen des Landes gut zu leben. Für Emilia bedeute-
tete es ein knappes, aber sicheres Zubrot, mit dem sie
ihre Eltern unterstützte, Bücher kaufte, Don Refugio
ein wenig half, wieder ein Cello erstand und sich sogar
manchmal ein neues Kleid gönnte. So verbrachten sie
ein ganzes Jahr zusammen, in dem sie zwar jeder im eigenen Heim lebten, aber sonst fast immer vereint waren, etwa in der Art, wie sie miteinander sprachen, oder
der Leidenschaft, mit der sie in die Zukunft blickten.

Als Emilia nach Weihnachten 1916 immer noch keine
weitere Nachricht von Daniel erhalten hatte als einen an
die ganze Familie gerichteten Brief aus Spanien, verfiel
sie eine Zeitlang in Schweigen, das sie nur unterbrach,
wenn sie sich an die Kranken wandte oder mit Zavalza
über Krankenhausangelegenheiten redete. Ihre Eltern
waren genauso machtlos gegen dieses Schweigen wie
Milagros oder Sol mit ihrem sanften Zuspruch, bei der
als einziger Emilia sich ausgeweint hatte, wenn sie die
Leere seit Daniels Verlust zu sehr übermannte.

»Ich bin neidisch, wie sehr du ihn vermißt«, sagte
Zavalza eines Abends.

»Ich vermisse ihn nicht. Was so wehtut, ist der Groll.«

Sie kamen vom Krankenhaus, und es war kalt. Zavalza wollte nicht zum Essen bleiben. Emilia bat ihn auch
nicht herein.

Langsam nahm sie die Stufen, die auf den Gang mit
den Farnen führte, und sank zwischen zwei Töpfen nieder. Sie blieb eine Weile auf dem Boden unter dem Glas
im schwachen Lichtschein der unzähligen Sterne am
Himmel sitzen und gab sich ganz ihrer Trübsal hin.

»Willst du etwa die ganze Nacht da verbringen?«
fragte Josefa aus dem Salon herausblickend.

»Zumindest einen Teil«, erwiderte Emilia trotzig.

»Na gut. Du hast ja auch niemanden, der dich liebt.«
Mit diesen Worten ging ihre Mutter, um Diego zu suchen.

Emilia hörte sie von weitem rumoren und diskutieren. Dann erwiderte sie kleinlaut das »Bis morgen«, das
sie ihr zuriefen, bevor sie sich ins Bett zurückzogen, den
Ort ihrer Versöhnungen.

Es war schon nach Mitternacht, als Emilia Sauri bei
Antonio Zavalza anklopfte, der mit zwei Hunden und
seinem einsamen Warten lebte. Sie war im Dunkeln, nur
hier und dort an einer Laterne vorbei, zehn Straßen weit
gelaufen und völlig durchgefroren. Zavalza erschien
und forschte in ihrem Blick, ob sie ihn selbst suchte
oder einen Seelsorger. Da breitete sie die Arme aus.

Alles in Zavalzas Welt war von der Schlichtheit derer
geprägt, die wissen, was sie wollen, die kein verlorenes
Paradies suchen, sondern sich nur nach ein bißchen
Licht als Refugium sehnen. Er lebte in der Gewißheit,
daß man das Glück nur findet, wenn man es nicht sucht,
und daß es immer dann eintritt, wenn man es am wenigsten erwartet. Emilia betrat das Haus nicht nur wie etwas Vertrautes, sondern auch im Vertrauen, daß sie dort
keine Fremde war. Und tatsächlich: Alles, die Hunde
und die vom Geruch des Hausherrn erfüllte Dunkelheit, empfing sie, als wäre sie schon oft mitten in der
Nacht dort hereingeschneit. Sie entkleideten sich ganz
langsam, und langsam erkundeten sie die Abgründe und
Begierden ihrer Körper, in ein endloses Zwiegespräch
vertieft, bei dem sie nichts mehr ersehnten, als sich zu
berühren, ihre Macht über ein Reich zu feiern, dessen
Glückseligkeit auszukosten sie nicht müde wurden.

Am Licht, das durch die Augenlider schimmerte, erkannte Emilia, daß es nach sieben Uhr morgens sein mußte. Da die Gewohnheit über ihre Müdigkeit siegte, schlug sie die Augen auf. Das erste, was sie in ihrem Blickfeld entdeckte, war ein Frühstückstablett und dahinter Zavalzas Hände, die sie an all das erinnerten, was sie vermochten. Sie spürte, wie sie errötete, und dachte, als sie ihn dort so sah, daß er ein unverzichtbarer Teil ihres Lebens war und sie ihn ebensosehr liebte wie Daniel, eine Situation, die kaum eine Lösung hatte.

»Mach dir nicht zu viele Gedanken«, sagte Antonio, über ihr verwuscheltes Haar streichend.

Emilia schenkte ihm ein halb strahlendes, halb skeptisches Lächeln und griff dann nach der Hand, die ihr über den Kopf strich, um sie in andere Gefilde zu lenken.

Es war zehn Uhr morgens, als sie leichtfüßig das Sternenhaus betrat mit dem Ausdruck eines Kindes, das etwas ausgefressen hat. Als die Sauris, Milagros und Rivadeneira sie vom Eßzimmer aus hereinkommen hörten, warfen sie sich vielsagende Blicke zu. Alle vier hatten in dem Moment eine Ahnung, die Refugios wahrsagerischen Fähigkeiten in nichts nachstand. Sie hatten gemeinsam gefrühstückt, um sich gegenseitig zu versichern, daß sie sich um Emilia nicht zu sorgen brauchten, die wohl endlich in Zavalzas Armen schlummerte. Als sie Emilia nun hereinkommen hörten, sahen sie sich wortlos an und tranken ruhig ihren Kaffee weiter. Wie auf Wolken schwebte Emilia herein und gab jedem einen Kuß. Dann nahm sie neben ihrem Vater Platz, schenkte sich Kaffee ein, holte einmal tief Luft und sagte dann mit einem Lächeln:

»Ich bin eine Bigamistin.«

»Liebe nutzt sich nicht ab«, sagte Milagros.

»Das werde ich ja sehen.« Emilia lächelte immer noch mit dem Ausdruck wohliger Zufriedenheit, die ihren Körper erfüllte.

»Ihr kennt wohl gar keine Scham«, sagte Josefa. »So viel Glück auf einmal kommt selbst in meinen Romanen nicht vor. Einen Mann wie Rivadeneira gibt's nur einmal. Aber gleich zwei in einer Familie, das würde im Roman einfach niemand glauben.«

»Romanfiguren sind bestimmt keine Heiligen, so wie du meinst«, wandte Milagros ein. »Sicherlich haben sie auch ihre Affären, oder was glaubst du, Diego?«

»Ich weiß nicht, ob sie körperlich dazu in der Lage sind«, gab Diego zu bedenken.

»Na hoffentlich. Dann würde ich mich wenigstens nicht so schuldig fühlen«, sagte Josefa.

»Warum solltest du dich denn schuldig fühlen?« wollte Emilia wissen.

»Weil ich euch verzeihe.« Josefa erhob sich. »Weiß der Himmel, welcher Gott seine schützende Hand über euch hält.«

»Deiner natürlich«, erwiderte Milagros. »Deiner reicht uns vollkommen.«

27

Im folgenden Jahr, 1917, laut denen, die noch den zeit-
lichen Überblick hatten, trat ein Gesetz in Kraft, daß die
Bundessteuern bar zu zahlen seien. Diego Sauri zog sich
eine Erkältung zu vor lauter Jammern und Klagen darüber, daß die Revolution mit all ihrem Wahnsinn dazu
geführt hatte, einen Mann auf den Präsidentensessel
zu heben, der zwar jünger war als er, aber durch sein
Verhalten uralt wirkte, und der, obwohl er als Porfirios
Gegner galt, noch lange nicht andere Bedingungen
schaffte. Der von den Siegern gebildete Abgeordneten-
kongreß bewilligte eine neue Verfassung. Milagros Veytia und Rivadeneira überlebten das schreckliche Feuer,
das in der Station Buenavista ausbrach, als sie im Zug
dort einfuhren: Vor ihren Augen war ein Munitions-
waggon explodiert und wie ein riesiges Feuerwerk in
Flammen und immer weiteren Detonationen aufgegangen. Danach konnte Milagros, immer wenn sie sich in
Gefahr begab, behaupten, nicht einmal der Tod könne
ihr einen solchen Schrecken einjagen wie dieses Erlebnis. Josefa stürzte wieder auf der Treppe, weil sie zu
schnell hinunterlief. Rivadeneira grübelte über das Rätsel, warum General Alvaro Obregón aus der Regierung
Carranza ausgeschieden und sich auf ein Landgut zurückgezogen hatte, um dort ein Landwirtschaftszen-
trum zu errichten, wo seine militärischen Erfolge doch
das ganze Land in Staunen versetzt hatten. Sol García
bekam drei Monate nach dem Tod ihres Mannes eine
Tochter, und Emilia durfte erfahren, daß es durchaus

möglich ist, ein ruhiges Leben und den Luxus entfesselter Leidenschaft miteinander zu vereinbaren.

Sie schlief bei Antonio Zavalza, aß bei ihren Eltern zu Mittag, frühstückte auf dem Weg ins Krankenhaus und stillte ihren Hunger am späten Abend, wo er sie gerade überkam. Alles, selbst die Politik, die von weitem ein interessantes Schauspiel zu bieten schien, verlief in jenem Jahr, als gäbe es nichts als eitel Freude. Und zu Zavalzas großem Vergnügen bewahrte Emilia alles haarklein im Gedächtnis. Wenn sie die Ereignisse der Woche schilderte wie Geschichten aus ferner Vergangenheit, die es verdienten, für die Nachwelt festgehalten zu werden, war er immer wieder derart entzückt, daß er sie eines Abends nach dem Essen zu einem Bummel durch die Stadt einlud, um ihr ein Geschenk zu machen. Im verblassenden Samstagabendlicht erreichten sie die engen Straßen, in denen sich die Möbelgeschäfte häuften, die während der Jahre der Revolution entstanden waren, als sich tagtäglich neue Luxusgegenstände ansammelten. Sie stammten von den geplünderten Haciendas oder aus den mit der gesamten Einrichtung zurückgelassenen Häusern der Reichen, die nicht ihr Leben hatten riskieren wollen, nur um ihre Besitztümer zu bewahren.

Der Schaukelstuhl hing an einem Haken unter der Decke. Es war eine dieser Kostbarkeiten aus Eichenholz, die Rückenlehne und die Spindeln mit aufwendigen Verzierungen versehen. Von der Kopfstütze lachte einem das Gesicht eines freundlichen Greises mit üppigem Schnurr- und Backenbart entgegen. Zavalza bat, ihn herunterzuholen. Als er vor ihm stand, zeigte er Emilia das Gesicht des Alten und wollte wissen, ob sie in dieser Schnitzerei einen guten Zuhörer erkennen könne. Emilia probierte den Stuhl aus, brachte ihn kräftig zum Schaukeln und fragte Zavalza schließlich, ob er denn fortgehen wolle. Zavalza erwiderte, freiwillig würde er niemals gehen, aber falls es doch einmal soweit kommen sollte, wolle er sicher sein, daß sie immer ein offenes Ohr für ihre kunstvoll gesponnenen Erinnerungen finde.

»Ihm kannst du dann alles erzählen«, sagte Zavalza. »Selbst das, was du mir nicht anvertrauen willst.«

Emilia bezichtigte ihn der Eifersucht, stand auf und küßte ihn, damit ihm all die Gedanken verflogen, die seine gerunzelte Stirn verriet. Nie erwähnten sie Daniel, doch da er wußte, wie gerne sie Vergangenem nachhing, mußte die Gewißheit, daß sie nach zwei Jahren keinen glücklichen Moment, keines ihrer Abenteuer vergessen haben konnte, schwer auf ihm lasten.

Sie trugen den überraschend leichten Schaukelstuhl zwischen sich mit nach Hause. An der Haustür wollte Zavalza, daß seine Frau sich hineinsetzte, damit er sie mitsamt Stuhl über die Schwelle tragen konnte. Emilia tat ihm mit ungewöhnlicher Feierlichkeit den Gefallen. Sie strich die Falten ihres Rocks glatt, hob die Füße vom Boden, schloß die Augen und erklärte, sie sei bereit. Zavalza sah, wie ihre dunklen Wimpern zuckten, und hielt, bevor er sie hochhob, sein Ohr an ihren Mund, der etwas wie ein Stoßgebet flüsterte. Als sie ihn so nahe fühlte, schenkte Emilia ihm quasi als Blankoscheck einen Kuß. Für einen Moment erlebten sie den Himmel auf Erden. Dann hob er den Stuhl hoch und trug den Schatz, den das Leben ihm für Freud und Leid so freigiebig in die Arme gelegt hatte, ins Haus.

Es war ein langer Tag gewesen: Morgens hatte eine Frau Drillinge zur Welt gebracht; später war ein Mann erschienen, dem sein bester Kumpel mit der Machete den Arm halb abgetrennt hatte, und obendrein war Madame Moré noch gegen ein Uhr schreiend vor Schmerzen mit einer akuten Blinddarmentzündung hinzugekommen, und sie hatten sie operiert, ohne sicher zu sein, ob sie es überleben würde. Madame Moré war eine liebenswerte alte Frau, die vor vierzig Jahren mit ihrem Ruf als europäische Prostituierte Männer aus allen Landesteilen nach Puebla gelockt hatte. Mit den Jahren hatte sie sich zu einer exzentrischen Alten entwickelt, die überall bereitwillig verkündete, daß sie ihre europäische Abstammung einem feschen französischen Soldaten verdankte, der eine Nacht auf der Schlafmatte einer Frau aus Zacapoaxtl verbracht und ihr den Samen für ein blondes, grünäugiges Mädchen zurückgelassen hatte, bei dessen Geburt sich das gesamte Dorf schämte. Vor Entsetzen, etwas so aus der Art Geschlagenes hervorgebracht zu haben, war die Mutter in die Stadt gereist, um die Kleine jemandem mit dem gleichen Makel der Hellhäutigkeit anzuvertrauen. Der einzige Ort mit Weißen, zu dem die Frau aus Zacapoaxtl um elf Uhr morgens ungehindert Zutritt hatte, war das ehrwürdige Freudenhaus in der Nähe des Bahnhofs. Dort ließ sie die Kleine schlafend in einem Raum voller schlafender weißer Frauen zurück, in der beruhigenden Überzeugung, daß sich dort niemand über ihre Hautfarbe und ihr Aussehen wundern würde. Emilia und Antonio hatten sie trotz des üblen Rufs, der ihr vorausging, vom ersten Moment an, als sie eines Nachmittags in der Sprechstunde erschienen war, anstandslos akzeptiert. Seither fanden sie es äußerst amüsant, sich ihre weisen Sprüche anzuhören oder ihr zu lauschen, wenn sie in allen Einzelheiten Intimitäten all derer zum besten gab, die je

Zuflucht in dem üppigen, schwarzen Flaum gesucht hatten, der ihre weiße Scham bedeckte.

Um Mitternacht wurde Emilia von der Kälte auf ihrem nackten, eng mit Zavalza verschlungenen Körper wach. Schlaftrunken und bibbernd wälzte sie all diese Gedanken, bis sie rasch das Federbett, das ihr immmer als der Inbegriff der Geborgenheit in Zavalzas Nähe erschienen war, über sich und Antonio zog. Sie schmiegte sich an seine Schulter und hörte ihn im Traum Worte sagen, die ihr auf ewig im Ohr nachhallen würden. Das war es wohl, so dachte sie, was ihre Eltern mit Glückseligkeit gemeint hatten.

Zwei Jahre später, im März 1919, verfügte das Krankenhaus über zwanzig Betten und sieben weitere Ärzte. Sol García hatte sich nach dem Unglück, in das die Revolution die Familie ihres Mannes durch den Verlust ihres Vermögens gestürzt hatte, als perfekt kalkulierende Verwalterin des Krankenhauses bewährt. Zavalza meinte, auch mit der Lupe und selbst in Deutschland hätte man eine solche Perle niemals auftreiben können. Wenn Emilia das hörte, platzte sie schier vor Stolz, als flösse in ihren eigenen Adern Sols Blut. Hätten sie sich darum geschert, wäre beiden wohl zu Ohren gekommen, wie schlecht es bei manchen Leuten ankam, zwei Frauen – Damen der Gesellschaft – arbeiten zu sehen. Doch keine von beiden hatte Zeit oder Lust, sich um die Meinung anderer zu scheren, und so genossen sie ihre Tätigkeit. Hauptsache, sie selbst fühlten sich wohl dabei.

In diesem Frühjahr nahmen Emilia und Zavalza eine Einladung von Doktor Hogan an, im New Yorker Geneva College of Medicine einen Vortrag über Darmparasiten zu halten, ein Thema, mit dem damals niemand besser vertraut war als die mexikanischen Ärzte. In diesen Jahren mit ihren zahlreichen Epidemien und gewaltsamen Todesfällen litten, wie Sol errechnet hatte, von zehn Kranken vier an einer Störung des Verdauungstrakts.

Emilia verehrte das Geneva College in besonderem Maße, weil die Studenten dort im Jahre 1847, als noch an keiner nordamerikanischen Universität Frauen zum Medizinstudium zugelassen wurden, bei einer schriftlichen Umfrage, ob sie eine Frau in ihren Reihen aufnehmen würden, geschlossen mit »ja« abgestimmt hatten. Zwar hatten sie geglaubt, es handele sich um einen Scherz, aber Elizabeth Blackwell, die junge Frau, um die es ging, konnte ihre zukünftigen Kommilitonen schließlich davon überzeugen, daß es keinen Grund gab, sich nun von einer aus Jux abgegebenen Stimme zu distanzieren. Als einer der Professoren Miss Blackwell aufforderte, den Hörsaal während seiner Ausführungen zum männlichen Fortpflanzungsorgan zu verlassen, hielten die Studenten sogar zu ihrer Kommilitonin, als sie sich weigerte zu gehen. Am Ende der zwei Jahre Studienzeit, die damals das Medizinstudium dauerte, bestand Elizabeth ihre Prüfung als beste in ihrer Gruppe.

Dr. Blackwell war Hogans Lehrmeisterin gewesen, der eine große Bewunderung für ihre Geschichte und ihr Leben hegte und diese an Emilia weitergegeben hatte. Als hätte sie die Ärztin selbst gekannt, wußte Emilia genau von den Schwierigkeiten, die man dieser Frau während eines Besuchs in London bereitet hatte, wo sie zwar im Unterricht und in den Krankenhäusern geduldet, aber von vielen Patientinnen, die sie behandeln wollte, abgelehnt worden war. Während ihres Aufenthalts in Frankreich war es ihr nicht besser ergangen, so daß sie in ihrem Lerneifer sogar bereit gewesen war, in einer Hebammenschule zu arbeiten, dem einzigen Ort, wo man sie in der Geburtshilfe tätig sein ließ.

Dr. Hogan und die forsche Helen Shell reisten extra nach New York, um sich mit Emilia und Zavalza zu treffen. Beide hatten ihre Liebe füreinander entdeckt, als bestünde nicht ein Altersunterschied von immerhin fünfunddreißig Jahren zwischen ihnen, oder vielleicht gerade deshalb. Helen war unverändert impulsiv, was Emilia vor fünf Jahren so an ihr gemocht hatte, und unter dem Wunder wirkenden Einfluß der jungen Philosophin sah Hogan wieder so aus wie auf den Photos als Dreißigjähriger, als seine erste Frau seinem Leben noch Glanz verliehen hatte.

Wieder daheim in Mexiko, tat Emilia einen Monat lang nichts, als sich Abend für Abend im Schaukelstuhl zu wiegen. Sie versuchte auf dieses Weise alles, woran sie sich im Alter erinnern wollte, im Gedächtnis zu speichern, es horten wie in einem Umschlag, aus dem sie Wunder und Träume herausnehmen würde, wenn das Leben nichts weiter mehr bieten würde als eine Handvoll vager Impulse und blasser Gestalten. Aus diesem Paradies verwobener Erinnerungen würde sie niemand je vertreiben können.

Zavalza beobachtete, wie sie sich in dem Stuhl wiegte und auf all ihre Irrtümer zurückblickte oder ihren Illusionen oder ihrem Kummer nachhing. Er hatte gelernt, sie völlig zu durchschauen, und wußte vielleicht so gut wie sie selbst, welche Ängste sie bisweilen aus dem Schlaf rissen, wußte von den Anfällen von abgrundtiefer Schwermut, die sie an manch einem schweigsamen Nachmittag überkamen, wieviel Zucker sie morgens in den Kaffee tat, wie sie auf den Geschmack des Salzes gekommen war, wie sie zusammengerollt auf ihrer rechten Seite schlief und auf welche Weise er an ihre Träume rühren konnte.

Er war Emilia unendlich dankbar für das Glück, sich geliebt zu fühlen, und für die tagtägliche Freude, sie immer auf der Suche nach einer Überraschung durchs Leben gehen zu sehen. Nie gab sie sich geschlagen oder gebrauchte das Wort »unheilbar«, sie glaubte nicht an Gott, aber dafür um so mehr an eine Art göttliche Vorsehung. Wenn eine Behandlung nicht anschlug, versuchte sie es mit einer anderen Methode. Sie hatte Zavalza beigebracht, daß niemand auf die gleiche Art am gleichen Leiden erkrankte, weshalb auch nicht alle gleich zu heilen waren. Sie stellte die Diagnose allein anhand der Färbung der Haut oder des Glanzes in den Augen, des Klangs der Stimme oder der Art, die Füße zu bewegen. Darin war sie für Zavalza so effizient wie ein wandelndes Labor. Nie hörte er sie die üblichen Fragen stellen wie »was haben wir denn?« Und wenn niemand zu sagen wagte, woher ein Leiden rührte oder alle es für unbekannt hielten, kam sie mit drei unglaublich simplen, aber in sich schlüssigen Diagnoseschritten, und in den meisten Fällen behielt sie am Ende recht. Dank ihres Bemühens, Zuspruch zu geben, glich das Krankenhaus bisweilen mehr einem Beratungszentrum für Gemütskranke als einem Zentrum der Naturwissenschaft, doch im Grunde genommen gefiel ihm ihr Pragmatismus und ihre Art der Suche.

Als im gesamten Land die spanische Grippe ausgebrochen war, hatte Emilia nach und nach zu dem Ärztestab mit Universitätsabschluß ebensoviele Heiler ohne Titel hinzugezogen, die dem Krankenhaus den Ruf einer Anlaufstelle einbrachten, wo nichts unmöglich war. Drei renommierte Homöopathen, zwei indianische Heiler, die sich selbst als Volksärzte verstanden, und eine praktische Geburtshelferin, die mehr vom Kinderholen verstand als der berühmteste New Yorker Gynäkologe, arbeiteten dort zusammen und tauschten vorurteilslos ihre Kenntnisse aus. Außerdem schickte ihnen Hogan jedes Semester noch einen ausländischen Arzt, stets besonders begierig auf diesen so ungewöhnlichen Austausch unter Fachleuten.

Als Emilia und Zavalza eines Tages gegen halb vier nachmittags halb tot vor Hunger zum Sternenhaus heimkehrten, fanden sie Josefa auf dem Boden liegend, und auf ihrem Rücken hockte die kleine, runzelige Teodora und massierte ihr die Körperstellen, die ihr seit ihrem Sturz auf der Treppe solche Beschwerden machten. Durch Emilia war Zavalza über die alte Frau und die Kunstfertigkeit ihrer Hände im Bilde, so daß er nun nicht erstaunt war, als er hörte, wie seine Frau sie mit dem Respekt einer Schülerin vor ihrer Lehrmeisterin ansprach, und sich nicht wunderte, daß Teodora wie von einem Echo gerufen so plötzlich in der Apotheke der Sauris erschienen war.

Um die Arbeitsteilung im Krankenhaus vollkommen zu machen wie in einem Zirkus mit drei Manegen, tauchte eines zur Neige gehenden Tages unter flammendem Abendhimmel auch noch Refugio mit seinen wundersamen Fähigkeiten unter dem Arm auf. Als Diego Sauri ihn in ihr Büro führte, überkam Emilia unwillkürlich wieder dieses Gefühl wie Vogelflattern in der Magengegend, und während sie sich umarmten, fragte sie sich, was wohl aus ihrem anderen Mann geworden sei und der zum Scheitern verurteilten Verbindung, wie

Refugio es ihnen prophezeit hatte. Seit fast vier Jahren hatte sie Daniel nicht mehr gesehen, und obwohl sie in Frieden lebte und ihre Seele mehr gehegt und gehätschelt wurde denn je, wußte Emilia, wie man weiß, daß man Augen hat, ohne es sich ständig zu vergegenwärtigen, daß ihr Körper sich unverändert nach diesem anderen Mann in ihrem Leben verzehrte. Diese Tatsache machte sie sich nicht allzuoft bewußt und behielt sie für sich, wie jeder Geheimnisse im Herzen bewahrt, die er hinter einem Lächeln verbirgt. Von Zeit zu Zeit jedoch erlaubte sie sich freilich, diese Sehnsucht zu schüren, und obwohl sie nicht einmal nachfragte, wenn Milagros ihr in Zavalzas Abwesenheit berichtete, was in Daniels Briefen stand, wußte sie alles von ihm, was sie wissen wollte: daß es ihm gut ging und er am Leben war, daß er weiterhin für verschiedene Blätter schrieb und sie immer noch liebte, trotz der Wut, mit der er sie während des ersten Jahres nach ihrer Trennung gehaßt hatte, die er als willkürliches Im-Stich-Lassen empfand und bezeichnete.

Milagros verstand es geschickt, Daniels Briefe in der Frisiertischschublade in ihrem Schlafzimmer im Sternenhaus zu vergessen, die Emilia immer noch für alles mögliche benutzte. Dort nahm sie die Briefe alle zwei bis drei Monate heraus, bevor sie sie nach eingehender Lektüre am nächsten Nachmittag zur Siestazeit wieder zurücklegte. Seine Briefe waren wieder sehr lang. Sie begannen mit einem knappen »Liebe Tante« und sprachen fortan immer im Plural von »Ihr«: »Wie geht es Euch?«; »Würde es Euch gefallen …«; »Ich vermisse Euch«; »Ich habe an Euch gedacht«. Sie sprachen nie von Heimkehr, wenig von Politik, viel von anderen Ländern und überhaupt nicht von anderen Frauen. Manchmal waren sie so geschrieben, daß Emilia sich schuldig fühlte, obwohl sie gar nicht erwähnt wurde; und andere Male lief sie zu ihrem Schaukelstuhl, um den Zauber früherer Jahre noch einmal aufleben zu lassen. Danach senkte sich das wahre Leben, die Gegenwart, die Neugier, die nahe Liebe wieder wie ein Filter über ihre Erinnerungen an den Mann ihrer zahlreichen Kriege.

Refugio wurde als offizieller Rede-Therapeut im Krankenhaus beschäftigt. Am Anfang glaubte nur Emilia an die Heilkräfte seiner Worte, doch die Erfahrung lehrte mit der Zeit auch alle übrigen dort, ihn als unschätzbare praktische Hilfe zu würdigen. Refugio sprach ebenso mit Wöchnerinnen wie mit Sterbenden, mit verletzten Kindern wie mit verschlossenen Männern, die von sich nichts weiter preisgaben als ihren Namen, und da er mehr Zeit zum Zuhören hatte als jeder andere, war er obendrein ein perfekter Beobachter der Krankheitsphasen, die die Patienten durchlitten.

Im Laufe der letzten Jahre hatte Emilia eine besondere Vorliebe für Erkrankungen im Bereich des Gehirns und des Rückenmarks entwickelt, diese unerbittlichen Schaltstellen, die, angeregt durch simple, oft diffuse Impulse, von ihrem Knochengehäuse aus alles rücksichtslos steuern. Zu ihr kamen alle Fälle von abrupten Gemütsveränderungen, Gedächtnis- oder Sprachstörungen, Lähmungserscheinungen, Zuckungen, Sehstörungen, Koordinationsproblemen und sonstigen rätselhaften Erkrankungen. Sie machte sich die Arbeit, die Symptome und Folgeerscheinungen von Störungen des zentralen Nervensystems zu klassifizieren. Refugio half ihr, indem er zuhörte und geduldig alle Empfindungen, Visionen, Neigungen und Fehlleistungen eines jeden Patienten feststellte, wenn sie nicht da war.

Im unheilvollen Jahr 1920 mußte das Land mit ansehen, wie ein Großteil der Generäle, unzufrieden mit
der friedlichen Restauration der Carranza-Partei, unter
der Führung von Alvaro Obregón und dem guten militärischen Stern, auf den Josefa bei ihrem Lieblingsland-
wirt schon immer vertraut hatte, gegen die Regierung
putschten. Emilia beschäftigte in diesem Jahr mehr denn
je die Sorge um das Innenleben einer Frau, die ohne
ersichtlichen Grund in Schwermut verfiel, um die seltsamen Träume eines Mannes im Fieberwahn und um die
Sphärenklänge, die ein Mädchen immer vernahm, kurz
bevor es in krampfartige Zuckungen verfiel oder der
Teufel in sie fuhr, wie ihr Beichtvater versicherte; oder
sie beschäftigte sich mit den Sprachstörungen eines für
das Schreiben hochbegabten Jungen, mit den Beteuerungen eines Kranken, seine Frau sei ein Regenschirm, mit
der klaren Erinnerung alter Leute an früher und ihrer
Vergeßlichkeit im alltäglichen Leben, mit den Wahrneh-
mungen eines Jugendlichen, der alles in schwaches,
dunkelviolettes Licht getaucht sah, kurz bevor er das
Bewußtsein verlor, und der fünf Minuten später völlig
erschöpft wieder erwachte, als hätte er einen Berg bestiegen. Nichts erfüllte sie in ihrem Berufsleben mehr als
die Behandlung von Gemütskrankheiten. Sie liebte die
Befriedigung und die Überraschungen, die einem die
wundersamen Zusammenhänge zwischen dem boten,
was jeder fühlt, denkt, sich vorstellt, und dem Organ im
Körper, das man als »Gehirn« bezeichnet. In ihrer Begeisterung für dieses Thema beschloß sie, in die Vereinigten Staaten zu reisen, um an einem Kurs teilzunehmen, zu dem Hogan sie in der sanften, aber bestimmten
Art, mit der Lehrmeister niemals aufhören, ihre besten
Schüler herbeizuzitieren, von einem Tag zum anderen

eingeladen hatte. Zavalza war es unmöglich, sie auf eine so weite Reise zu begleiten, weil das Krankenhaus nicht beide zugleich für längere Zeit entbehren konnte. Emilia bat daher die stets unternehmungslustige Milagros mitzufahren, die auf ihre späten Tage Reisen für die einzige vernünftige Art hielt, sich noch in Abenteuer zu stürzen und wie frisch verliebt zu fühlen.

Es war Oktober, ein Tag nachdem die Abgeordnetenkammer General Alvaro Obregón zum verfassungsmäßigen Präsidenten der Republik ernannt hatte, als Zavalza sie in Veracruz auf ein Schiff mit dem Ziel Galveston und New York brachte. Emilia bemerkte den schmerzlichen Ausdruck von Verlassenheit, den Antonio mit einem starr geradeaus gerichteten Blick zu verbergen suchte, als habe er etwas in der Unendlichkeit verloren. In seinem Altruismus und seiner Besonnenheit wäre er eher gestorben, als Emilia von der Reise abzuhalten. Doch durch seinen krampfhaften Versuch, sich seine Bitterkeit nicht anmerken zu lassen, hatte er all seine sonst so hilfreiche innere Ruhe eingebüßt. Bei klarem Verstand hätte er sich sagen müssen, daß er sie nicht für immer verlor, daß Trennungen eine Beziehung beleben, daß er früher gut allein zurechtgekommen war und daß er, so sterbenselend er sich auch fühlte, davon nicht sterben würde.

»Wenn du willst, fahre ich nicht«, log Emilia gerührt.

Zavalza lächelte dankbar für diese Geste, während er sich aus ihrer Umarmung löste. Dann bat er sie nur noch, ihn in ihren Gedanken zu bewahren, und verließ das Schiff, das mit einem dumpfen Signalton die Ausfahrt verkündete.

»Es klingt verheißungsvoll«, sagte Milagros, als mehrmals die Schiffssirene erklungen war. Dann hob sie ihren nicht mehr jungen Arm und unterstützte ihre Nichte, die mit aller Kraft dem ganz verstört am Ufer zurückgebliebenen Zavalza voller Dankbarkeit und Zuneigung winkte.

28

Josefa Veytia sagte immer, man habe sein Schicksal nicht in der Hand, denn nichts sei so unvorhersehbar und so wenig zu beeinflussen wie die natürliche Vorsehung des Zufalls. Da Emilia die Geschichte kannte, wie ihre Eltern einander gefunden hatten, hielt sie Josefas Auffassung vom Schicksal für das Ergebnis ihrer persönlichen Erfahrungen, und die waren bekanntlich nicht auf andere übertragbar. Als Emilia dann aber beim Betreten des New Yorker Hotels einen freudestrahlenden Daniel in der Halle sitzen sah, meinte sie, ihren Augen nicht zu trauen, und Josefas Lebensweisheiten ballten sich in ihrer Brust zu einem mächtigen Strudel aus Unvernunft, der sie unweigerlich mitriß.

Daniel war ganz in eine Unterhaltung mit zwei Männern vertieft, der eine blond, fast wie ein Albino, der andere mit blauschwarzem Haar und tiefdunkler Haut. Emilias erste Reaktion war, sich mit Milagros anzulegen, die ihr folgte und mit dem Gepäckträger redete. Wer, wenn nicht sie, konnte dieses Rendezvous arrangiert haben? Doch unfähig, sich zu verstellen, blickte Milagros selbst so erstaunt drein, daß sie von jeglicher Schuld reingewaschen war.

Da Emilia wußte, wie sehr Daniel in Gesprächen aufging, und sie erst einmal einen klaren Kopf bekommen wollte, lief sie rasch zum Empfangschef, einem Mann mit tiefen Augenringen, daran gewöhnt, mit Leuten umzugehen, die in Eile und kurz angebunden waren. Daher wunderte er sich nicht über diese blasse, wie von

Furien gehetzte Frau, sondern hieß sie knapp willkommen und händigte ihr unverzüglich den Schlüssel für ein Zimmer im siebenten Stock dieses leuchtenden Palastes aus. Emilia rettete sich in den Aufzug, wo Milagros schon wartete, immer noch in ihr endloses Gespräch mit dem Gepäckträger vertieft, und dann verschwanden sie schleunigst von der Bildfläche.

Sobald sie die Zimmertür hinter sich zugeschlagen hatte, ließ Emilia sich aufs Bett fallen und verfluchte ihre leidige Neugier, die sie aus dem Winkel der Erde hervorgelockt hatte, in dem sie so glücklich gewesen war, verfluchte den Augenblick, als sie es Rivadeneira überlassen hatte, ihr ein Hotel zu reservieren und den Aufenthalt dort zu bezahlen. Während heftige Kopfschmerzen sie befielen, von denen sie nicht wußte, ob sie von der Verwirrung ihrer Sinne oder ihres Herzens herrührten, fühlte sie sich eins mit allen Bedrängten der Welt.

Nachdem sie stundenlang in der Dunkelheit auf den ruhigen Atemrhythmus der ebenfalls wachliegenden Milagros gehorcht hatte, fiel Emilia endlich doch in einen bleiernen Schlaf und träumte, sie schliefe mit Zavalza. Dann platzte Daniel ins Schlafzimmer und weckte sie. Er war mit Medaillen übersät, die er ihr verehren wollte wie einem kleinen Mädchen, das ganz versessen auf solch ein Geschenk ist. Er war nackt und legte sich eine Weile zu ihnen ins Bett schlafen. Als er sich wieder davonschlich, ließ er seine Schuhe am Fußende des Bettes stehen. Plötzlich sah sie die Schuhe auf sich zuschweben, bis sie betonschwer mitten auf ihrer Brust landeten und sie fast erdrückten. Wie gefangen unter dieser Last, erinnerte sie sich in einem Traum im Traum an eine bunte Aufschrift hinten auf einem klapprigen, zweirädrigen Karren mit einer Ladung Futterklee, auf dem beide einst eines Abends auf der Suche nach weniger kriegsverseuchter Luft aus der Hauptstadt nach San Angel geflohen waren: »Hebe deine Füßchen, du trittst mir auf mein Herz.«

Als es an der Tür pochte, schreckte sie hoch. Noch ganz benommen vom Nachhall ihres Traumlachens am Himmel über dem kleinen Marktplatz, stand sie auf und ging zur Tür, um zu öffnen.

Auf der Schwelle stand Daniel, genau wie in ihrer schlafraubenden Erinnerung, und sagte ihren Namen, ein Echo, das sie lieber nicht gehört hätte.

»Weißt du nicht, daß die Luft ihre Schattierung verändert, wenn du dich abwendest? Entweder du kommst mit, oder ich ziehe mich auf der Stelle splitternackt aus, hier vor deiner Tür!« Daniel machte bereits Anstalten, die Krawatte zu lösen und das Jackett auszuziehen.

Emilia folgte ihm, was sie auch ohne seinen Erpressungsversuch getan hätte, da machte sie sich nichts vor. Sie folgte ihm so, wie sie war, barfuß, im Nachthemd und mit gelöstem Haar, schlich schlotternd den Hotelflur entlang wie ein unerfahrener Dieb, um dem Leben noch einen Augenblick mit diesem Mann zu stibitzen. Obwohl sie sich doch geschworen hatte, ihm nie mehr zu folgen, war sie sicherer denn je, daß alle Schwüre null und nichtig waren.

Sie betraten ein Zimmer mit schummriger Beleuchtung. Emilia näherte sich Daniel und zog sanft mit dem linken Zeigefinger die knorpelige Linie auf seinem nackten Rücken nach:

»Immer wenn du mir über den Weg läufst, siehst du aus wie ein halb verhungerter Köter«, sagte sie, während sie sich zu ihm neigte, um mit der Zungenspitze das köstliche Salz und den Glanz seiner Haut aufzulecken.

Zwei Tage blieben sie im Zimmer eingeschlossen, bis nichts mehr sie trennte außer der Luft und dem Schweigen, das zwischen zwei Menschen entsteht, die einander ohne Rast und Ruhe verwünscht und verwöhnt haben. Als sie aus ihrer Höhle endlich wieder auftauchten und Milagros Veytia in ein Fischrestaurant direkt am Meer begleiteten, fand diese die beiden so strahlend und unverbesserlich wie einst in ihren Kindertagen. Daniel angelte sich mit der Gabel eine Strähne von Emilias Haar, führte sie zum Mund, um sie genüßlich abzuschlecken, was Emilia mit dem zufriedenen Lächeln einer schläfrigen Raubkatze belohnte, ohne den geringsten Gedanken an die Medizin und ihre Fallstricke.

»Ich werde nicht am Kongreß teilnehmen«, verkündete sie.

»Das ist das Glück der Männer mit Charme«, sagte Milagros, während sie umständlich eine Muschel aus der Schale zu lösen versuchte.

»Und das Joch der Frauen, die sich mit ihnen einlassen«, sagte Emilia.

In den folgenden Wochen streiften sie durch die Stadt wie durch einen Vergnügungspark. Sie bestaunten das Karussell des chaotischen Autoverkehrs und genossen das Riesenrad der atemberaubenden Aufzüge. Die Theatervorstellungen, die sie besuchten, waren wie ein Griff in die Wundertüte und die Schiffe aus Übersee, die sie besichtigten, eine einzige Verlockung; und sie probierten alle erdenklichen exotischen Gerichte, bis sie vom Duft ferner Meere übersättigt waren.

Eines Abends, als die frühe Dämmerung bereits den Winter ankündigte, traf Rivadeneira mit einem spanischen Schiff ein. Fast ein Monat war verstrichen, seit

Milagros und Emilia Veracruz verlassen hatten. Selbst der Kongreß, auf dem Emilia nur kurz erschienen war, um ihren Freund Doktor Hogan um Stillschweigen zu bitten, wofür sie einen Tadel, aber auch das Versprechen zu schweigen erhalten hatte, war bereits seit einer Woche zu Ende.

»Du versäumst eine Menge neuer Erkenntnisse«, hatte Hogan gesagt.

»Dafür gewinne ich eine andere.« Emilia lächelte unschuldig wie ein Engel.

»Macht er dir irgendwelche Verheißungen?« Hogan war völlig fasziniert von ihrem leuchtenden Ausdruck.

»Er ist eine Verheißung«, sagte Emilia.

»Von was?« fragte Hogan.

»Des Augenblicks.« Emilia hauchte ihm zum Abschied einen Kuß auf.

Drei Abende später ließ Daniel seinen gesamten männlichen Charme während eines Abendessens spielen, zu dem Hogan sich aus Solidarität mit Zavalza vorgenommen hatte, so wenig gastfreundlich und so distanziert wie möglich zu sein. Bis zur Suppe blieb er standhaft, doch von da an bis zum Nachtisch erlag er allmählich dem Witz und dem spontanen Wesen dieses Mannes, dessen rücksichtslose Abenteuerlust er stets für verwerflich gehalten hatte. Als Hogan immer wieder anbot, Emilia könne eine Zeitlang in seinem Haus in Chicago wohnen, was sie auf ihrer Reise mit Zavalza in die Vereinigten Staaten nicht geschafft hatte, sagte Daniel an ihrer Stelle begeistert zu und versprach, er und Emilia würden ihn in Kürze besuchen und eines seiner Sonntagstreffen in Schwung bringen; sie könnten sogar eine Woche bleiben. Dieses Versprechen besiegelte er mit einem bewegten Lebewohl, womit er Hogan endgültig erobert hatte.

Als sie in der einsamen Novembernacht ziellos durch die eisigen Straßen schlenderten, wollte Emilia von Daniel wissen, weshalb er denn so sicher sei, daß sie nach Chicago fahren würde.

»Daß *ich* fahren werde«, korrigierte er sie in einem Ton, der keinen Widerspruch zuließ.

»Daniel, was soll ich bloß mit dir machen?« fragte Emilia weniger ihn als sich selbst. Plötzlich besann sie sich wieder ihrer Leidenschaft für die Medizin und dachte an den Mann, mit dem sie diese Passion teilte, und rührte so an eine alte, tiefsitzende Wunde, die Daniel nicht nur nicht heilen konnte, sondern gar nicht sah.

»Heirate mich.« Daniel begann an ihrem Ohrläppchen zu knabbern.

Emilia versuchte diesen Annäherungsversuch mit einem Kopfschütteln abzuwehren.

»Wir haben doch schon geheiratet«, erwiderte sie.

»Aber du betrügst mich mit dem Arzt.«

»Du hast rein gar nichts verstanden.«

»Mir reicht schon, was ich verstehe.«

»Du bist es doch, der immer fortgeht.«

»Mein Körper geht. Aber in Gedanken bin ich ständig bei dir!« Daniel sagte das in einem Ton, den Emilia nicht wiedererkannte.

»Was hab ich denn davon? Was bringt es mir im Alltag, wie löst es meine Probleme? Wo bleiben dabei die Kinder, die ich mir wünsche?«

Daniel wußte keine Antwort, außer erneut ihre Begierde zu entfachen. Plötzlich hatten sie es schrecklich eilig, in ihr Hotelzimmer zurückzukehren, wo allein die Argumente ihrer Körper zählten.

Tags darauf stürzten sie sich wieder in das Getümmel und feierten ihr Glück, sich zu haben, schlenderten durch die quirlige, einladende Stadt, die heimlichen Leidenschaften stets offenstand. Daniel arbeitete bei einer Zeitung und bewohnte eine winzige Junggesellenbude, wo Emilia gar nicht erst versuchte, Ordnung zu schaffen. Dort schliefen sie, liebten sich ungestört, wenn der Rest der Welt arbeitete. Ihren Zwist vertagten sie aus Furcht vor häßlichen Disputen und Vorwürfen. Beide hatten verschiedene Gründe, aber die gleiche Scheu, an etwas zu rühren, das dem im Wege stand, was sie so in vollen Zügen genossen. Sie waren beisammen und dachten nur bis zur nächsten Nacht.

Schließlich reisten sie tatsächlich nach Chicago und blieben nicht nur eine, sondern gleich zwei Wochen bei Hogan. Die Sonntage verwandelten sie in ausgelassene Feste, feierten die Nächte durch, gingen mit Helen und Hogan aus und begossen mit ihnen ihre Freundschaft. Alle vier schienen lieber sterben zu wollen, als eine Minute ihres turbulenten Lebens zu versäumen.

»Dieser Mann paßt besser zu dir«, sagte Helen eines Abends bei einem vertraulichen Plausch nach einigen Komplimenten über Emilias rosigen Teint und die strahlenden Augen.

»Nicht, wenn ich mich nach Frieden sehne«, sagte Emilia.

»Wozu brauchst du denn Frieden, wenn du dein Glück gefunden hast?«

»So denke ich jetzt, aber man lebt nicht immer nur im Jetzt.« Bei diesen Worten dachte Emilia an ihr Leben mit Antonio wie an ein verlorenes Paradies.

Schließlich kehrten sie nach New York zurück, um Weihnachten mit Milagros und Rivadeneira zu verbringen. Da diese sich verantwortlich für das Techtelmechtel der jungen Liebenden fühlten, hatten sie ihren Aufenthalt in der Stadt verlängert, von der sie eigentlich schon nach zwei Wochen genug gehabt hatten. Emilia, für die die Zeit stehen geblieben war, fand beide gealtert, wie man bei Kindern nach längerer Abwesenheit einen überraschenden Wachstumsschub feststellt. Sie fürchtete, bei ihren Eltern würde es ähnlich sein. Nach Puebla hatte sie nur kurze Grüße geschickt und gar nicht erst versucht, ihr Ausbleiben zu erklären. Sie sollten daheim nur beruhigt sein, wissen, daß es ihr gutging und sie glücklich war. Der Wortlaut war immer der gleiche, egal ob sie an Zavalza, Sol oder die Sauris schrieb. Und doch beschlich sie manchmal ein Anflug von schlechtem Gewissen, bisweilen hartnäckiger und beinahe belastend. Doch noch ließ sie sich von keinem Argument, keinem Schuldgefühl, keiner Erinnerung der Welt das Glück des Augenblicks trüben.

Eines Abends, zwei Tage nach einem opulenten, fröhlichen Weihnachtsschmaus, eröffnete Daniel ihr, er werde dringend an einem Ort erwartet, wo er sich mit mehreren Leuten aus Mexiko, darunter ein Mitglied der Regierung Obregón, treffen solle. Er war ganz aufgekratzt, voller Pläne und Erinnerungen an alte Kameraden, blindlings bereit, sich erneut in das Chaos von Intrigen und Machtkämpfen zu stürzen. Emilia hörte ihm wortlos zu, während sie Rum mit Zitrone tranken. Sie wußte, daß sie gegen seine grenzenlose Euphorie machtlos war. Es blieb ihr nur, geduldig seinen Worten zu lauschen, wie man Patiencen legt. Sie leerten ein Glas Rum nach dem anderen, bis spät in die Nacht. Als er sich endlich müde geredet hatte, unterbrach er ab und zu seine phantastischen Visionen, um Emilia in den Atempausen zwischen den Worten zu küssen und ihr seine Euphorie portionsweise einzutrichtern.

Am nächsten Morgen wurde Emilia von einer lange verdrängten, panischen Angst aus ihrem festen Schlaf neben Daniel gerissen, die der Idylle ein Ende setzte. Sie war sicher, daß ihr die Kraft fehlte, ihm eine erneute Trennung zu verzeihen. Sie mußte an den fiebrigen Glanz in Daniels Augen denken, als er von seiner Rückkehr in die Politik gesprochen hatte. Es war höchste Zeit heimzukehren. Sie mußte sich von Daniel losreißen, solange das Feuer noch heftig loderte, bevor ihn wieder das Abenteuerfieber packen und er, ehe sie sich versah, in einen Krieg ziehen würde, der weniger intim war als der ihrer Leiber.

Traurig wie eine Königin, die ihr Königreich verliert, betrachtete sie sein schlafendes Gesicht, dessen Züge sie im Dämmerlicht nur ahnen konnte. Sie küßte ihn nicht zum Abschied, um ihn nicht aufzuwecken und um, wie es von denen heißt, die ohne Lebewohl gehen, etwas von sich zurückzulassen. »Nur mein Körper geht fort, doch in Gedanken bin ich immer bei dir«, schrieb sie in großen Buchstaben auf ein Konzertprogramm und legte es auf das Kopfkissen, wo sie ihre Träume geträumt hatte.

Wenig später streckte Daniel, noch ganz benommen, den Arm nach ihr aus. Als er sie nicht neben sich fand, rief er sie mit der schlaftrunkenen Stimme, die sie so gerne hörte, wenn sie am Fenster schon ihren Kaffee trank und in der Morgenzeitung blätterte. Erst als er immer noch keine Antwort erhielt, schlug er die Augen auf, entdeckte die Nachricht, fluchte und lief ganz verloren und mit zugeschnürter Kehle los, um sie im Hotel bei der noch verschlafenen Milagros zu suchen.

»Was will diese Frau nur?« Er blickte seine Tante vorwurfsvoll an wie ein verwundeter Stier.

»Alles«, sagte Milagros und wußte zum ersten Mal keinen Trost.

Emilia kehrte voller guter Vorsätze nach Mexiko heim. Sie gab keine Erklärung für ihr langes Ausbleiben. Und niemand wollte es wissen. Am allerwenigsten Zavalza.

»Wünschst du dir ein Kind?« fragte er in der Nacht, in der sie ihre Liebe wiederfanden.

»Ich war bei Daniel.«

»Ich weiß«, sagte Zavalza. Weiter sagten sie nichts.

29

Antonio Zavalza hatte es immer gewußt. Dieses Wissen hatte von Anfang an das zarte Band des Vertrauens zwischen ihm und Emilia Sauri geknüpft. Er war eine Ausnahme unter den Männern und liebenswert wie kein anderer, denn kein anderer hätte den Reichtum einer Frau zu schätzen gewußt, die die Kraft aufbrachte, unbeirrbar und auf Dauer zwei Männer zu lieben.

Der lange Krieg ging zu Ende. Diego Sauri feierte das mit gemischten Gefühlen, da damit die Hoffnung auf eine bessere Welt schwand, und versuchte, in Frieden zu leben. Josefa hatte lange auf ihn einreden müssen, bis er das als das einzig wahre Ziel anerkannt hatte:

»Laß uns dein Heimatmeer besuchen«, hatte sie eines Abends gesagt.

Zwei Tage später waren sie abgereist. Seither konnte Josefa sich das Paradies nur im strahlenden Blau der Karibik vorstellen.

»Hier sollten wir einen friedlichen Lebensabend verbringen«, sagte sie als unverbesserliche Romantikerin.

»Ich würde die Vulkanluft vermissen«, sagte Diego.

Da sie inzwischen glückliche Großeltern waren, kehrten sie schließlich wieder heim zu ihren drei Enkelkindern und freuten sich zu sehen, wie sie unter den unermüdlichen Fittichen ihrer Tochter aufwuchsen.

Hartnäckig schleppte Milagros sie immer wieder auf größere oder kleinere Reisen mit: zu den Pyramiden im tropischen Regenwald, ans Meer, auf alte Friedhöfe, ins Reich der Sterne und der Wunder.

Sonntags machten sie Ausflüge, aßen mit Blick auf einen spiegelglatten See in einer Landhütte, die Rivadeneira hatte bauen lassen, um dort Schach zu spielen und zu segeln.

Niemand sollte je erfahren, wie oft Daniel heimkehrte. Die Wohnung an der Plazuela de la Pajarita hatte Milagros als geheime Zuflucht für ihn und Emilia behalten, wo sie ihren immerwährenden Krieg austragen konnten. Dort trafen sie sich mal nachmittags, mal am späten Vormittag zum Stelldichein, dort lebten sie ihre Kämpfe, ihre unerfüllten Sehnsüchte aus, teilten ihre Erinnerungen und die friedlichen Momente der innigen Versöhnung.

Einmal begegneten sie sich zufällig auf dem Friedhof von San Fernando. Ein anderes Mal tauchte Emilia hochschwanger und munter wie ein Vögelchen bei ihm auf.

»Du siehst aus wie eine russische Puppe«, sagte Daniel. »Und wenn man dich öffnete, fände man eine Emilia und noch eine und noch eine …?«

Wie viele Emilias gingen durchs Leben voller Begierde, es bis zum letzten auszukosten? Daniel wußte, daß er sie niemals alle kennen würde. Von manchen wollte er auch lieber nichts wissen.

»Ist das Baby von mir?« fragte er.

»Alle meine Kinder sind von Doktor Zavalza.«

Wie viele Emilias? Die Emilia, die Tag für Tag im selben Bett, neben einem toleranteren Mann als er aufwachte. Die Emilia, die so selbstverständlich in die Schreckenswelt des Krankenhauses eintauchte, wie sie ein Glas Milch trank. Die Emilia, die sich der Untersuchung des Gehirns und seiner rätselhaften Reaktionen verschrieben hatte. Die Emilia, die so vielen Menschen tagtäglich Licht in ihr Leben brachte.

»Ist Octavio mein Sohn?«

»Ich hab dir doch gesagt: Die Kinder sind von Zavalza.«

»Aber Octavio schwärmt für Musik.«

»Alle drei schwärmen für Musik.«

All diese Emilias stahlen ihm seine Emilia. Die Emilia, die nur für ihn entflammt war, die nie müde wurde, das rätselhafte Reich seines Herzens zu erkunden.

»Heirate mich.«

»Wir haben doch schon geheiratet.«

»Aber du betrügst mich mit dem Arzt.«

»Du hast rein gar nichts verstanden.«

»Ich verstehe nur, daß du mich mit dem Arzt betrügst.«

Wie viele Emilias? Die Emilia, die Zavalza gehörte, oder die ihrer Kinder, die mit dem Stein unter dem Kopfkissen, die vom Baum oder die im Zug, die Ärztin, die Apothekerin, die Reisende oder seine. Wie viele Emilias? Meine und keine, tausend und seine.

1963 hatte Milagros' Wohnung noch den alten Schlüssel. Daniel trug ihn wieder um den Hals. Das Licht der Abendsonne fiel warm auf die unergründlichen Vulkane, als Emilia mit nie erloschener Lust den Salon betrat. Daniel hatte die Balkontür geöffnet und blickte auf die Straße.

»Ist das Mädchen, das dich zur Tür gebracht hat, meine Enkelin?«

»Du weißt doch«, sagte Emilia, »alle Kinder sind von Doktor Zavalza.«

»Aber das Mädchen da streicht sich mit meiner Geste das Haar aus dem Gesicht.«

»Wann bist du angekommen?« Emilia küßte ihn wie

einst, als ihre Münder noch straff waren. Sie hatte ein flaues Gefühl in der Magengegend, und in ihrer Brust pochte es wie eh und je.

»Ich war niemals fort.« Daniel strich ihr zärtlich über den Kopf, der einen Hauch von Geheimnis barg.